秋风 野分

夏目漱石 著
梅定娥 译
上海译文出版社

Natsume Sōseki

目 录

二百十日 …………………… 1
秋风 ……………………… 61
矿工 ……………………… 203

二百十日*

* 日本杂节（二十四节气以外的节日）之一，指立春后第二百一十天，九月一日前后。此时水稻开花，台风袭来，自古日本农村把它当作一个多灾难的日子。

一

　　阿圭甩着两只手回来了，不知道是从哪里回来。
　　"去哪里了？"
　　"在街上转了转。"
　　"有什么好看的吗？"
　　"有个庙。"
　　"然后呢？"
　　"庙门前有一棵银杏树。"
　　"然后呢？"
　　"从银杏树到正殿约一百五十米的路程，都是石头铺成的。是个很狭长的寺庙。"
　　"你进去看了吗？"
　　"没有。"
　　"别的还有什么？"
　　"没有什么了。每个村子里都有寺庙，你知道到底为什么吗？"
　　"那是啊，有人死的地方就一定会有寺庙啊。"
　　"是的，是那样。"阿圭把头歪向一边。他常常感佩于一些无关紧要的事。过了一会，歪着的头直起来了，阿圭说了下面这样的话：
　　"然后在铁匠铺前看他们换马掌，真是非常精巧啊。"
　　"我是说，如果只看寺庙的话，那时间也太长了点。钉马掌有那么稀奇吗？"

"不觉得稀奇,但我还是看了。你知道他们要用多少种工具吗?"

"多少种?"

"你猜猜看。"

"不猜了,你告诉我好了。"

"竟有七种之多。"

"有那么多?都是些什么和什么?"

"什么和什么?确实有那么多啊。有剥蹄甲的凿子,有敲打凿子的锤子,然后有削蹄甲的小刀,还有剜蹄甲的叫不上名字的东西,还有……"

"还有什么?"

"还有很多奇奇怪怪的东西。最让我吃惊的是马非常温顺,那样被削,被剜,竟一点事没有。"

"因为是蹄甲啊,人剪指甲不是也没事吗?"

"那是人啊,可它是马啊,你想想。"

"不管是马还是人,都一样是指甲啊。你真是太闲了啊。"

"因为闲才去看的。不过,在昏暗的地方看打铁真是美啊,红艳艳的、火花飞溅。"

"肯定有火花,就是在东京闹市区,打铁也一样会飞火花的。"

"东京闹市是也会飞,但感觉不同。在这样山里的铁匠铺,首先打铁的声音就不一样,你听,这儿也能听得见呢。"

初秋的日头已经向寒冷的远方倾斜,山里的空气透露着寂寥,令人惆怅的黄昏中传来当、当的打铁声。

"听见了吗?"阿圭问。

"喔。"阿碌回答之后就沉默了。隔壁房间里传来两个人饶舌的说话声。

"然后呢，对方把竹刀①打落了，那就是说，对方打到了他的手腕。"

"是吗，手腕终于被打了啊。"

"手腕终于被打了，只是轻轻打了一下手腕。不过，毕竟竹刀已经掉了，所以一点办法都没有啊。"

"喔，竹刀掉了呀？"

"……竹刀刚刚就掉了呀。"

"竹刀被打落，手腕被打，这下麻烦了。"

"麻烦了啊。因为竹刀也掉了，手腕也被打了。"

两人的对话说来说去都是竹刀和手腕。默默对坐着的阿圭和阿碌相视微笑了。

当、当的打铁声响彻整个安静的村庄。声音高亢，却不知为何让人有点不安。

"还在钉马掌。怎么觉得有点冷，是吧？"阿圭绷直了穿浴衣的身体。阿碌穿着跟阿圭一样的白底单衣，他伸手合上了衣领，并拢了两只吊儿郎当的膝盖。过了一会，阿圭说：

"我小时候住的那个镇子的中心有一家豆腐店。"

"有家豆腐店？"

"有家豆腐店，从豆腐店的拐角慢慢往上走个一百来米，有个叫做寒磬寺的庙。"

"有个叫寒磬寺的寺庙？"

"对。现在也还有吧。从门前看，只能看到高大的竹林，就好像没有正殿也没有僧堂似的，就那个寺庙。一到凌晨四点钟，不知道

---

① 学剑道时所使用的竹制的刀。

谁就开始敲钟。"

"谁？那肯定是和尚敲的吧。"

"不知道是不是和尚。只听在竹林里幽幽地敲着。冬天的早上，霜下得很厚，我躲在被窝里，一两寸厚的棉被为我遮蔽着世间的寒冷，听那钟声从竹林里当当地传过来。不知道是谁在敲。我每次经过寺庙前，都看到长长的石板路，歪歪倒倒的山门，还有几乎完全遮蔽山门的高大竹林，可一次也没有窥视过山门里面。听着竹林里面敲钟的声音，我在被窝里把身体弯成一只大虾。"

"你说弯成一只大虾？"

"嗯，弯成虾那样，嘴里还嘟哝着当当，当当。"

"那样子真古怪。"

"这时，豆腐店的人一定会起床，撑开窗户。接着就会听到石磨磨豆子的唧唧声，哗啦啦为豆腐换水的声音。"

"你家到底在哪儿啊？"

"我家就是在能听到这种声音的地方。"

"所以在哪里啊？"

"就在那旁边。"

"豆腐店对门？隔壁？"

"就在二楼。"

"哪里的？"

"豆腐店的二楼啊。"

"啊？！那就是说……"阿碌吃惊了。

"我家就是开豆腐店的啊。"

"啊？！豆腐店吗？"阿碌再次吃惊了。

"当篱笆上的牵牛花枯萎成茶色，一拉就发出咔嚓响的时节，当白雾笼罩着小城,城市边缘的煤气灯一闪一闪的时候,钟声又会响起,当、当,从竹林深处清亮地响起。这时,门前的豆腐店就像收到信号一样,开始安上拉门。"

"你说门前的豆腐店,那不就是你家吗?"

"安上我家、也就是门前豆腐店的拉门。我一边听着当当的钟声,一边走上二楼,铺好被子睡觉。——我家的炸豆腐味道很好,远近都很有名。"

隔壁房间聊竹刀和手腕的两人都安静了,对面屋檐下,一位六十多岁的胖胖的老人,把弯曲的背靠在柱子上,双腿盘坐着,正在用钳子一根一根地拔着下巴上的胡须。他用力按着胡须的根部,使劲往上一拔,钳子往下扯,下巴往上翘,看起来就像一个机器似的。

"那要花多少天才能拔完?"阿碌问了阿圭一个问题。

"专心拔的话,半天能拔完吧。"

"不会那么快。"阿碌反对。

"是吗?那要一天?"

"一两天也拔不干净。"

"是啊,也许要花一周左右。你看啊,他一边抚摸着腮帮子一边拔,多仔细啊。"

"他那样,还没等旧的拔完,新的可能就已经长出来了。"

"总之应该很疼吧。"阿圭转移了话头。

"肯定疼。我们给他点忠告吧。"

"什么忠告?"

"叫他不要拔了啊。"

"那不多事嘛。那还不如问他拔完要花多少天。"

"喔，可以啊。你去问。"

"我才不去，你去。"

"问倒没什么，但是不无聊吗？"

"所以那就别问了。"阿圭毫不可惜地撤回了自己说出的话。

村里的打铁声停顿了一段时间，这时又当、当地响起，响彻澄净的云霄，似乎要像闪电一般把这山里的秋天敲碎。

"听着那声音，就让我想起豆腐店的声音。"阿圭两手抱在胸前，说。

"豆腐店的孩子，到底为什么变成这样了呢？"

"豆腐店的孩子变成哪样了？"

"你不是不像做豆腐的吗？"

"不管是做豆腐的还是卖鱼的——他想成为什么，就能成为什么啊。"

"是啊，也就是说靠头脑。"

"不光是头脑。世间上卖豆腐的聪明人多了去了，但他们一生都在卖豆腐。怪可怜的。"

"那是因为什么？"阿碌孩子气地问。

"因为什么，不就是想不想的问题吗？"

"你就是想做，但世间不让你做，这样的情况不也很多？"

"所以说可怜啊。生在不公平的世间没有办法，所以，不管世间让不让做，首先要自己想做。"

"想做却成不了该怎么办呢？"

"成也罢不成也罢，关键你要想。你想，世间慢慢就会变得让你做了。"阿圭任性地说。

"要像你说的那样就好了，哈哈哈哈。"

"我可不就是那样过来的吗?"

"所以说你不像卖豆腐的啊。"

"以后我也许会再变得像个卖豆腐的呢。真麻烦啊。哈哈哈哈。"

"那样的话,你准备怎么办?"

"如果那样的话,那就是世间险恶。我想让不公平的世间变得公平点,但世间如果不听,那就是世间不好了。"

"但是世间也有它的逻辑啊,如果卖豆腐的能变得高贵,那自然高贵的人也会变成卖豆腐的。"

"高贵的人是什么样的人?"

"所谓高贵的人,就是……比如说,贵族、有钱人之类吧。"阿碌立即对高贵人物做了说明。

"喔,贵族、有钱人之流。只是现在还在卖豆腐呢!"

"那帮卖豆腐的,坐马车,建别墅,那脸上的表情就好像世间是他们的,真不像话。"

"所以,要让那帮人都变成真正的卖豆腐的。"

"我们想他们变成那样,可他们不愿意啊。"

"他们不愿意也要让他们做,这样世间才能公平。"

"能公平那就太好了,你放手去干吧。"

"不是我一个人干,你也得干。——如果只是坐马车建别墅也就算了,还一味地压迫别人呢,那些卖豆腐的。也不想想自己也只不过是个卖豆腐的。"阿圭慢慢慷慨激昂起来了。

"你遭遇过那样的事吗?"

阿圭两手抱在胸前点了点头。村里的打铁声依然当当地响着。

"还在当当地敲。——你看我的手腕很粗吧?"阿圭突然卷起了袖子,把那黑黑的东西伸到了阿碌的面前。

"你的手腕以前就粗。而且黑得吓人。你磨过豆子吗？"

"磨过豆子，挑过水。——欸，如果你不小心踩了别人的脚，谁会道歉？"

"一般规则是踩了的人道歉吧。"

"突然打了别人的头呢？"

"那是神经病吧。"

"神经病就不用道歉了吧？"

"那是，不过能让他道歉的话，还是道歉好吧。"

"可神经病却要对方道歉，这不是很让人吃惊吗？"

"有那样的神经病吗？"

"刚说的那帮卖豆腐的，全是那样的神经病。他们压迫别人，不是还要别人对他们毕恭毕敬吗？正常人都是自己觉得不好意思，是吧？"

"当然，那是正常人。对付卖豆腐的神经病没别的办法，就是放在一边置之不理。"

阿圭再一次"喔喔"。过了一会，阿圭又补充道：

"与其任凭那样的神经病越来越多，那我还不如根本就不要来到这世上。"他仿佛在自言自语。

每当两人的对话中断的时候，打铁的当当声就从村子的一头传到另一头。

"不停地在敲啊。总觉得那声音跟寒磬寺的钟声很像。"

"你很在意啊。寒磬寺的钟声和那些卖豆腐的神经病难道有什么关系吗？——你一个豆腐店的孩子，是因为什么缘故变成现在这样子的？能说来听听么？"

"可以说给你听，但你不觉得很冷吗？晚饭前我们去温泉泡下吧？你不想去吗？"

"嗯，去吧。"

阿圭和阿碌拿着毛巾来到院子里。旅馆木屐上穿着棕绳做的带子，跟大城市一样印有旅馆的名号。

二

"这温泉水能治什么病？"豆腐店的阿圭在浴池里一边哗啦哗啦擦着身体一边问道。

"能治什么病呢？看分析表，好像什么病都能治。——你那样不停地擦，也治不好你凸起的肚脐。"

"这水纯透明呢。"凸肚脐先生两手掬起温泉水放入口中。一会儿后，一边说"什么味道也没有"一边又把水吐了出来。

"可以喝的。"阿碌说着就大口大口地喝起来了。

阿圭不再洗肚脐了，把手肘撑在浴池的边沿上，越过玻璃，茫然地望着窗外。阿碌浸在水里，只露出头来，仰望着对方肚脐以上的身体。

"体格真不错，完全是野生状态的。"

"因为我是豆腐店出身啊。如果体格不好，就不能和贵族、有钱人干仗。我只是一个人，对方可是一帮人啊。"

"听起来好像有打架对手。你敌人到底是谁？"

"谁都行。"

"哈哈哈，你倒蛮游刃有余啊。你打架好像很厉害，但没想到你的脚力也那么厉害。如果不是和你一起，我昨天都没有勇气走到这里。其实，中途我都想打退堂鼓了。"

"其实我觉得有点对不住你。昨天我自觉走得已经够慢了。"

"真的吗？若是真的，你太了不起了。——怎么那么怪兮兮的啊，夸你一句就得意忘形了？"

"哈哈哈，我怎么会得意忘形呢！得意忘形的都是贵族和有钱人。"

"又是贵族和有钱人。他们是你眼中钉啊。"

"即使没有钱，我也是无人能比的卖豆腐的。"

"是，虽地位卑贱也是堂堂正正的卖豆腐的，野生的大力士。"

"你看，窗外开的那黄色的花是什么？"

阿碌在水中扭过头去看。

"南瓜啊。"

"瞎说什么。南瓜是在地上爬的，而它们是顺着竹子爬到浴室的屋顶上的呢。"

"爬到屋顶上，就结不出南瓜了吗？"

"可是，这个时候开花你不觉得奇怪吗？"

"管那么多，有什么可奇怪的。屋顶上盛开着南瓜花。"

"你那是和歌吗？"

"是吧。前半段没准备作和歌，到了后半段它却成了和歌了。"

"屋顶上能结出南瓜，卖豆腐的能坐马车啊。岂有此理！"

"又愤世嫉俗了？到这样的山里来愤世嫉俗，没任何作用的。不如早点爬到阿苏山火山口，看红色熔岩飞出喷火口的美景。——不过，你要是跳进去那可就麻烦了。——我怎么有点担心你啊？"

"其实喷火口是非常猛烈的吧，你想想看，巨大的、通红的石头被喷到天空上，而且是从各个方向同时喷向三四公顷大小的地方，一定是非常壮观的。——明天不早点起床不行啊。"

"嗯，起床没问题，不过在山上你也走得那么快的话，那我可就对不起了。"阿碌马上布起了防线。

"总之六点起床……"

"六点起床?"

"六点起床,七点半泡好澡,八点吃早饭,八点半从厕所出来,然后离开旅馆,十一点参拜阿苏神社,十二点开始爬山。"

"啊?谁啊?"

"我和你啊。"

"照你刚才说的,怎么感觉是你一个人爬山啊。"

"别介意。"

"感激不尽的安排啊。我就像是你的跟班呢。"

"哪儿有。中午吃什么呢?还是吃面条吧?"阿圭在考虑明天的午饭。

"面条就免了。这里的面条就像木头筷子一样,吃了肚子撑得受不了。"

"那吃荞麦面?"

"荞麦面也免了。面类我对付不了。"

"那你想吃什么?"

"想吃好吃的。"

"阿苏山哪有什么好吃的啊。所以这时候,还是用面条对付一下。"

"什么叫'这时候'?这时候是什么时候啊?"

"我们这次旅行是为了培养刚健的品位的……"

"是那样的旅行吗?我怎么一点都不知道?刚健没问题,但面条决不赞成。虽然我看起来不怎么样,可身份还是不错的啊。"

"所以不能那么柔弱。我在缺学费的时候,一天吃两合①白米也能对付过去。"

"那你肯定瘦了不少吧?"阿碌同情地问。

"没怎么瘦。只是长了很多虱子,非常痛苦。——你长过虱子吗?"

"我没有,我们身份不同啊。"

"那你就经历一次看看。那可不是容易抓尽的啊。"

"用开水洗衣就行了吧?"

"开水?开水也许有用。但洗衣不花钱是不行的。"

"原来如此,你那时一文钱也没有啊。"

"一文也没有。"

"那你是怎么弄的?"

"没办法,我把衬衣铺在门槛上,找一个差不多大的石头来,一下一下地敲打。结果,虱子还没死,衬衣已经被敲破了。"

"哎呀呀。"

"而且,这事被旅馆老板娘发现了,她让我搬出去了。"

"那很头疼啊。"

"不头疼,连这种事都头疼的话,我活不到今天。我还要围堵贵族和有钱人,让他们去卖豆腐呢。动不动就头疼解决不了问题。"

"那我们这些人,是不是现在就必须去一边走一边大声叫卖:豆腐、油炸豆腐、豆腐果呢?"

"你又不是贵族。"

"虽然还不是贵族,可我有很多钱啊。"

---

① 日本的计量单位,1 合约 180 毫升。

"你是有钱，但就那么一点，不行。"

"就这么点就没资格说豆腐吗？你非常瞧不起我的财产啊。"

"你给我擦擦背啊。"

"你也给我擦吗？"

"可以啊。隔壁两个男的都互相擦背了的。"

"隔壁两男的背差不多大，擦起来很公平。但你的背和我的背面积差很多，我很吃亏的。"

"那么啰嗦，我还是自己擦吧。"阿圭两脚稳稳地站在池子里，一把抓紧毛巾，握着两端，啪的一声斜搭在背部中间。随着胳膊上肌肉隆起，饱蘸了水的毛巾在山岗一样结实的背上开始一下一下地擦起来。

随着毛巾的运动，阿圭的粗眉开始皱起来，鼻孔膨胀成三角形，鼻翼饱满，向左右两边展开，嘴巴就像在切腹一样，紧闭双唇，但嘴角向两耳方向扯动。

"你好像金刚力士啊，金刚沐浴！你真能做出那种强烈的表情来啊，太不可思议了。眼睛非瞪得那么圆才能擦背吗？"

阿圭一句话不说，嘎吱嘎吱使劲地擦着，时不时地把毛巾放入水里，让其充分吸满水。每当这时候，汗水、油脂、污垢、温泉水的混合物，就有十五六滴飞到阿碌的脸上。

"我服了你了。不好意思，我要出去冲一下了。"阿碌飞也似的逃出了浴池。虽然逃了出去，但因为太受震撼，就站在冲洗的地方，茫茫然地望着金刚沐浴。

"那隔壁的客人到底是什么人？"阿圭在浴池里问道。

"别谈什么隔壁的客人了，你的脸真是太不可思议了。"

"洗好了，真舒服。"阿圭一放下毛巾，就像一块大石头似的，扑通一声落到水中。一池子的温泉水仿佛吃了一大惊,一下子从池底涌到了池面,哗啦啦地溢出池子的边缘。

"啊,太舒服了。"阿圭在水花中说。

"是吗?那么旁若无人地擦洗,肯定很舒服。你真是豪杰啊。"

"隔壁的客人不是一直在说竹刀和手腕吗?他们到底是什么人?"阿圭真是有耐心。

"大概是和一直在说贵族和有钱人的你一样的人吧。"

"我是有深刻原因的,但那俩客人莫名其妙。"

"原因他们自己知道。——所以,手腕被打了啊。"阿碌学着隔壁人的声音说。

"哈哈哈哈,所以,哎呀,竹刀被打落了啊。哈哈哈哈。很开心的人啊。"阿圭也学着说。

"他们也许是愤世嫉俗的人呢,草双子[①]上不是有吗?说那个什么什么,实际上是海盗头子毛剃九右卫门。"

"他们一点也不像海盗。刚才来温泉时我偷看了一下,两人都枕着木枕,在呼呼大睡呢。"

"因为他们有枕着木枕也能睡得着的脑袋。所以,手腕被打了啊。"阿碌又学了。

"竹刀也被打落了。哈哈哈哈。他们睡觉时,红色封皮的书还放在胸口上。"

"那红色的书,那竹刀被打落,手腕被打了。"阿碌学个没完没了。

"是什么呢?那书。"

---

① 江户中期江户出版的带插图的娱乐读物的总称。

"是《伊贺的水月》①。"阿碌毫不迟疑地回答。

"《伊贺的水月》?《伊贺的水月》是什么?"

"《伊贺的水月》,你不知道?"

"不知道,不知道很可耻吗?"阿圭歪了歪头。

"可耻倒不至于,只是没法说啊。"

"为什么没法说?"

"说到为什么,你知道荒木又右卫门吗?"

"嗯,又右卫门吗?"

"知道吗?"阿碌又走进了浴池里。阿圭又起身站在池子里。

"你别再像金刚力士那样沐浴了啊。"

"不了,不洗背了。泡久了头有点晕,所以要经常站起来。"

"如果只是站着我就放心了。——然后,呃,你不知道荒木又右卫门?"

"又右卫门?是啊,好像听说过。丰臣秀吉的手下?"阿圭说,完全驴唇不对马嘴。

"哈哈哈哈,服你了。要把贵族、有钱人都变成卖豆腐的,口气那么大,却什么都不知道。"

"等等,让我想想。又右卫门是吧,又右卫门,荒木又右卫门,等等,叫荒木又右卫门,嗯,我知道了。"

"是什么?"

"相扑力士。"

"哈哈哈哈、荒木、哈哈哈哈、荒木、又、哈哈哈哈、又右卫门,是相扑力士。越来越让人无语了。真无知!哈哈哈哈。"阿碌大

---

① 江户时期冈山藩士渡边数马与妻子的哥哥荒木又右卫门一起讨伐仇敌河合又五郎的故事。

为愉悦。

"那么可笑吗?"

"可笑?谁听了都会笑。"

"那人那么有名吗?"

"是啊,他可是荒木又右卫门啊。"

"难怪我好像在哪里听说过。"

"不是有句话叫'逃往九州相良'[①]吗?"

"也许有,但没听说过。"

"你真让人头疼啊。"

"一点都不头疼。就算不知道荒木又右卫门,丝毫不损我的人格。反而是那五里的山路都走不了、一个劲地唠叨不满的人才让人为难啊。"

"不能比脚力和臂力,比这个的话,你这个卖豆腐的就是天下第一了,我是无论如何比不过的。我该到豆腐店去当学徒就好了。"

"首先你平时不能就这么虚弱不运动,一点意志力都没有。"

"我觉得我意志力已经够强了,只是碰到面条就完全意志薄弱了,这我自己也意识到了。"

"哈哈哈哈,说这个没意思。"

"但是,你这个卖豆腐的,怎么会有这么漂亮的一副身板啊。"

"这么黑还漂亮?"

"跟黑白没关系,卖豆腐的一般不是都有纹身吗?"

"为什么?"

"原因不知道,都有纹身,你怎么没有?"

[①] 该故事中著名的台词。

"这话问得蠢了。像我这种高尚的人,怎么会做那样愚蠢的事呢?贵族或者有钱人纹一下也许很相称,对我来说那种东西完全不适合。荒木又右卫门不是也没纹?"

"荒木又右卫门吗?这还真不知道,因为我还没有那么仔细地调查过。"

"不说这些了,总之,明天六点起床啊。"

"总之,还是要吃面条吗?也许我意志薄弱比较麻烦,但你意志坚强也让人头疼。自从家里出来后,我说的话你一句也没听过。都是我唯唯诺诺服从命令。卖豆腐主义太强了。"

"就要这么强硬点,不能让其越来越嚣张。"

"你说我吗?"

"不是,我说世间的那些家伙。有钱人,或者贵族,还有什么什么人,那些自以为是威风八面的家伙。"

"那你就错了。现在是我在替那些家伙受过,屈从于卖豆腐主义。真令人吃惊啊,以后再也不想跟你一起旅行了。"

"不用在乎这些。"

"你不用在乎,可我是十分在乎啊。而且旅费还要平摊,简直愚蠢至极。"

"但是,如果不是我,你怎么能看到天下第一壮观的阿苏山喷火口呢?"

"真遗憾,我一个人也能爬阿苏山。"

"可惜那些贵族或有钱人,出人意料的没有意志力……"

"我又成了他们的替身了。你别冲我说这些,直接去找那些贵族或有钱人,怎么样?"

"会的,我也准备这么做。——他们没有毅力,不通道理,作为一个人无分毫价值。"

"所以，让他们一个个都去卖豆腐。"

"我想到时我会的。"

"光想是不行的。"

"我一年到头都想，肯定行。"

"真有耐心啊。就我所知道的，有人整天想着会得痢疾、会得痢疾，结果真的得了痢疾。你也能那么顺利实现就好了。"

"那个拔胡子的老爷爷提着毛巾来了。"

"来得正好，你就问他一下看看。"

"我泡得有点头晕，我出去了。"

"哎，别，你不用出去。你不愿意问的话，我来问，再泡一会吧。"

"看，后面'竹刀'和'手腕'一起来了。"

"哪里？真的，一起来了。后面还有人来，啊，老婆婆来了。这老婆婆也在这里泡吗？"

"总之，我出去了。"

"老婆婆进来的话，那我也出去吧。"

走出澡堂，秋天的风凉凉地从袖口吹入，贴着肌肤一直吹到肚脐的边上。凸肚脐的阿圭"啊——嚏"，酣畅地打了一个大大的喷嚏。上坡的地方，五六朵白芙蓉寂寞地开在秋天的薄暮里。抬头往上看去，对面的阿苏山远远地发出轰隆隆的声音。

"爬到那里去吧。"阿碌说。

"山在轰响着呢。真畅快。"阿圭说。

三

"大姐,这人胖吧?"

"挺胖的。"

"胖?我是卖豆腐的啊。"

"嘻嘻嘻。"

"卖豆腐很好笑吗?"

"一个卖豆腐的却长着西乡隆盛①的脸,所以可笑。不过,现在吃这种素食的话,明天根本没力气爬山。"

"你又想吃好的了。"

"什么想吃好的,吃这些只会营养不良。"

"这么丰盛,已经足够了。——有千张,还有平菇、红薯、豆腐,种类不是挺丰富的吗?"

"种类是不少,连你做买卖的材料都有了。——郁闷啊。昨天尽让我吃面条,今天是千张加平菇。啊啊啊啊。"

"你吃吃这红薯看,刚从地里挖出来的,味道非常好。"

"不是非常'刚健'的味道嘛!——大姐,你们没有菜吗?"

"真是不巧,什么也没有。"

"'没有',太难为人了。鸡蛋总有吧?"

"鸡蛋的话,有——"

"请把鸡蛋煮成半熟拿来。"

"怎么做?"

"做成半熟。"

"煮吗?"

"对,是煮,煮一半,半熟,不懂啊?"

"不懂。"

"不知道?"

"不知——道。"

"我都碰到些什么人了啊!"

"您说什么?"

"怎么着都行,拿鸡蛋来。还有,哦,请等一下。你喝啤酒吗?"

"喝也行。"阿圭神情自若地回答。

"喝也行,那不喝也行。——那就不要了吧?"

"要也行,总之喝点吧。"

"'总之',哈哈哈。没人比你更喜欢'总之'了。然后,到明天,你就会说'总之先吃面条'吧?——大姐,顺便拿些啤酒来。鸡蛋和啤酒,明白了?"

"啤酒,没有。"

"啤酒没有?——你听,没有啤酒哦。怎么觉得这里不是日本的国土似的。可怜的地方。"

"没有的话,就不喝,也行啊。"阿圭依然泰然回应道。

"啤酒没有,但是有惠比寿[2]。"

"哈哈哈哈,终于进入佳境了。你听,她说有不是啤酒的惠比寿啊,我们也喝一下那惠比寿吧?"

---

① 西乡隆盛(1828—1877),讨伐幕府运动的指挥者,维新三杰之一,曾任明治政府参议、陆军大将。1877年在西南战争中战败自杀。
② 日本麦酒酿造会社(东京)制造贩卖的"惠比寿麦酒"。麦酒是啤酒的日式说法。

"嗯，喝也行。——那惠比寿也是装在瓶子里的吧？大姐。"阿圭这时终于和这女侍应说话了。

"是。"女侍应用肥后[①]方言答道。

"好，总之把那盖子打开，连瓶子一起拿来。"

"是。"

女侍应似乎很心领神会地去了。窄窄的平纹细布腰带简单地系在臀部的上端，碎白小花纹的窄袖显得有些小，只有头发是一种异样的束发[②]，很让阿䃅和阿圭感到惊奇。

"那女的真是异彩照人啊。"阿䃅说。阿圭一脸平静，毫不在意地回答说："是哦。"随后又来了一句，"单纯的好女人"，这句话接在前一句的后面，就像竹子接在木头上一样。

"你的品位很刚健啊。"

"喔，其实，对乡下人的精神进行文明教育的话，也可以培养出伟大的人物。可惜了。"

"那么可惜吗？你可以把她带回东京，教育看看。"

"喔，这个可行。不过，那之前必须先把文明的皮囊扒掉。"

"皮很厚，扒起来很吃力吧？"阿䃅说，好像是在说西瓜似的。

"吃力也得扒。他们顶着个漂亮的脸蛋净做些卑鄙下流的事。要是没钱的家伙，他一个人卑鄙也就算了，可要是有身份的人那就麻烦了。因为他会让卑鄙下流的本性在社会蔓延，非常有害。而且，有身份的人、有钱人里经常会有这种卑鄙下流的家伙。"

"而且，越是那样的人，皮越厚吧？"

"他们只有外表是非常美丽的，内心里比那女侍应不知道圆滑世

[①] 即肥后藩（熊本藩），今熊本县一带。
[②] 日本明治时期，受西方影响后形成的一种女子的发型。

故多少,所以让人讨厌。"

"是吗?那今后我也加入刚健党吧。"

"你当然要加入进来了。所以,首先第一条,明天六点起床……"

"中饭吃面条是吗?"

"看阿苏山喷火口……"

"注意不要一时想不开飞身跳进去。"

"我要面对天地间最最崇高的生机景象,培养伟大的人格,超越龌龊的凡尘俗事。"

"太超越了会厌烦世间,反而麻烦了。所以差不多超越就行了吧。反正我的脚也不一定能超越到哪里去。"

"意志薄弱的人。"

短袖的女侍应端着托盘过来了,上面整齐排列着一瓶啤酒,两个玻璃杯,四个鸡蛋。

"啊,惠比寿来了。惠比寿不是啤酒,有意思。好,我们来喝一杯。"阿碌递给对方一个杯子。

"喔,顺便鸡蛋也给我两个吧。"阿圭说。

"可鸡蛋是我要的啊。"

"但你准备一个人吃四个吗?"

"担心明天的面条,想准备两个带着。"

"嗯,那我就不要了。"阿圭打消了念头。

"你不要我倒过意不去,还是给你吧。虽然对刚健党来说吃鸡蛋稍稍有点奢侈,但我同情你,——喏,可以吃。——大姐,这惠比寿是哪里做的?"

"大概是熊本吧。"

"嚄，熊本产惠比寿啊，味道很好。你觉得呢，熊本产惠比寿的味道？"

"嗯，跟东京产的一样。——喂，大姐，惠比寿不错，但鸡蛋却是生的啊。"

阿圭打开了一个鸡蛋，眉毛微蹙。

"是。"

"我说是生的啊。"

"是。"

"简直不得要领。你不是让她煮半熟吗？你的也是生的？"阿圭丢下女侍应，转而问阿碌。

"要半熟却得到不熟吗？我来剥一个看看。——哎呀，这不行啊……"

"原来是全熟。"阿圭把头伸到对方的盘子里。

"是全熟。另一个呢？——啊，也是全熟。——大姐，这不是全熟鸡蛋吗？"这回阿碌问那女侍应。

"是。"

"真是吗？"

"是。"

"怎么觉得是到了一个语言不通的地方。——那个客人的是生鸡蛋，我的是熟鸡蛋吗？"

"是。"

"为什么这么做？"

"煮了一半啊。"

"原来是这样。这样啊，干得漂亮，哈哈哈哈。你明白半熟的说法了吗？"阿碌两手一拍。

"哈哈哈哈，真是单纯。"

"简直像单口相声里的故事一样。"

"弄错了吗？那位客人的还要再煮下吗？"

"这样就行了。——大姐，这里离阿苏多远？"阿圭转移话题，问了与鸡蛋无关的问题。

"这里就是阿苏。"

"如果这里就是阿苏，那明天不用六点起床了。待个两三天就马上回熊本吧。"阿碌马上说。

"请一直待在这里吧。"

"大姐都这么说了，那我们就听她的劝，如何？"阿碌向着阿圭问，阿圭不理。

"你说这里也是阿苏，是指阿苏郡吧？"

"是。"

"那，到阿苏神社有多远？"

"到神社有二十三里。"

"到山上呢？"

"从神社再走十五里。"

"山上一定很壮观吧？"阿碌突然插嘴问道。

"是。"

"你上去过吗？"

"没有。"

"那你不知道啊。"

"是，不知道。"

"不知道那没办法，本来想问问情况的。"

"你们要爬山吗？"

"嗯，想早点爬，想得不得了。"阿圭一这么说，阿碌马上针锋相对地说，"我不想爬，不想得不得了。"

"嘻嘻嘻，那您就一个人留在这里。"

"嗯，还是在这里躺着听那轰隆隆的声音，比较省力气。说到轰隆隆，声音好像比刚才更大了，你听。"

"是啊，大了很多。因为是晚上吧。"

"山有点躁了呢。"

"躁了就会发出巨大的声音？"

"是。而且会有很多灰落下来。"

"什么灰？"

"就是火山灰。"

女侍应打开拉门，拿食指在走廊上抹了一下，伸出漆黑的手指说：

"您看。"

"原来是这样，一直在落。昨天也是这样的吧？"阿圭很感动地问。

"是。山有点暴躁了呢。"

"喂，不管怎么暴躁你还是想爬吗？看这样子还是往后推迟几天吧？"

"山暴躁的话更加愉快。剧烈活动的山是很难能看到的。听说火山活跃时和平静时火山口的火势完全不同。是吧？大姐。"

"是。今晚应该非常红。可以出来看一下。"

阿圭心急地马上冲到了走廊。

"哇，很剧烈啊。喂，你快点出来看，很壮观的。"

"壮观？壮观的话就出来看看吧。哪里？——啊，真是——真是伟大啊——那，到底还是不行。"

"什么不行？"

"什么不行？——登山途中不得被烧死吗？！"

"说什么蠢话。现在是晚上，所以看起来是那样子。其实，白天也就那样。是吧？大姐？"

"是。"

"也许是，但危险啊。在这里待着都觉得脸很热。"阿碌抚摸着自己的脸颊。

"你就会夸大其词。"

"可你的脸看起来也是红的。篱笆外面不是有一大片稻田吗？那些绿色稻叶，不也映照成红色了吗？"

"净说假话。那是星光照耀的。"

"火光和星光完全不同。"

"看来你也是非常无知啊。你知道，那火在四五十里以外的地方啊。"

"就算四五十里以外，那里的天空不也是赤红一片吗？"阿碌指着火光的方向用手指画了一个很大的圆圈。

"因为是晚上。"

"就算是晚上……"

"你很无知。不知道荒木又右卫门也就算了，但这一点事理都不知道就很丢人了。"阿圭从一旁看着对方的脸。

"这涉及人格啊。涉及人格可以忍受，涉及生命我就只好投降了。"

"又说那样的话。那我们就来问问大姐。——大姐，就那样的火势也能上山，是吧？"

"是。"

"没危险吗？"阿碌盯着女侍应的脸。

"是，女人都可以上。"

"女人都能上，那男人就非上不可了。这都什么事啊。"

"总之，明天六点起床……"

"知道了。"

扔下这一句，阿碌就回到房间躺倒在榻榻米上。阿碌离开后，阿圭一个人默默地扬着眉毛，注视着火柱。那火柱从地底垂直地冲向半空中。

四

"喂，马上开始转弯，终于开始爬了啊。"阿圭回头说道。

"这里转弯啊。"

"刚才他不是告诉我们说，路的尽头有寺庙的石台阶，不进门，往左拐吗？"

"那个面馆的老头吗？"阿碌不停地来回摸着胸口。

"是啊。"

"我根本不明白那老头说了什么。"

"为什么？"

"为什么？世间买卖有很多，他却开面馆，光是这个就是缺乏见识，糊涂。"

"面馆也是正当职业，远比那些积累金钱，以压迫穷人为乐的人高贵多了。"

"也许很高贵，但我跟开面馆的完全合不来。——不过，我已经被迫吃了面条了，现在再怎么恨面馆老板也无济于事了，只能忍着了。在这里转弯吧。"

"石台阶是看到了，但那就是寺庙吗？没有大殿，什么也没有啊。"

"可能被阿苏山的火烧掉了吧？所以他没说吧？——喂，天气有点危险呢。"

"没事，不用担心。因为有天佑，有老天帮助。"

"哪里有？"

"哪里都有。有意义的地方，天佑到处都是。"

"你真是自信啊。刚觉得你是刚健党，你又变成天佑派了。下次就要成为天诛组①，驻守在筑波山上了吧？"

"我从卖豆腐的时候开始就是天诛组了。——像那欺负穷人的人——卖豆腐的也是人啊——他们欺负人，却只为自己高兴，根本没有利害冲突，真让人震惊。"

"你什么时候有过这种遭遇？"

"什么时候不重要。说到桀纣，都知道自古以来就是恶人。可二十世纪却到处都是桀纣啊，而且他们还披着厚厚的文明外衣，怎能不让人痛恨。"

"我甚至觉得只有皮，里面没有其他内容的还要好些。还是因为太有钱，他们觉得无聊，所以才想做出那样的事来吧。他们拥有太多金钱，大抵都成桀纣。我这种有德君子穷困潦倒，而他们那种愚劣之辈却用钱去祸害别人。这世间真让人头疼啊。干脆把那帮东西倒拽着，一股脑儿从阿苏喷火口扔到地狱去吧。"

"我迟早把他们扔进去。"阿圭仰头看着翻滚的青烟，穿着草鞋的双脚定定地站在大地上。

"你样子好吓人啊！你没事吧？还没把他们一股脑儿扔下去，你可不能自己先跳进去啊。"

"那声音真是壮烈啊。"

"脚底下好像已经在摇晃了。——喂，你把耳朵贴着地面听听看。"

---

① 幕府末期，由公卿中山忠光为主将的尊皇攘夷派志士的武装集团。在大和国（今奈良县内）起兵，后被幕府军围剿覆灭。又称天忠组。

"听到什么？"

"奇怪的声音。确实，脚底下在咆哮。"

"却不见有烟出来呢。"

"风的原因吧。现在是北风，烟往右边吹去了。"

"树太多了，分不清方向。再往上走点大概就能判断了。"

灌木林的路还很长。路宽不足三尺，两人关系不管如何好，也无法并排行走。阿圭悠闲地甩着两只大脚往前走。阿碌缩着瘦小的身体小步尾随其后。他一边跟着，一边感叹阿圭的脚步之大。一边感叹一边走，慢慢地就落后了。

道路忽左忽右曲折向上，走了不到三十分钟时间，阿圭就不见了踪影。透过树丛之间往前看却什么也看不见。没有一个下山的人，上山的人也根本遇不到。只能时不时地看到马的脚印，偶尔看到断了的草鞋挂在荆棘上。除此以外没有任何有人的迹象。阿碌稍稍有点不安起来。

不似昨天的晴空万里，今天早晨出发时，天空中弥漫着雾气，阿碌看到后就有些担心。他在想，如果天晴就好了。他就这样怀抱着渺茫的希望，终于好不容易来到了阿苏神社。白色木头建成的神社里，神官参拜时拍手的声音响彻静静矗立的杉树的树梢，阿碌抬头仰望空中，却有什么东西滴到了额头上。中午吃饭时，煮面的热气透过拉门纸的破洞吹来，当他看到白色的蒸汽向右边飘散时就觉得下午要下雨。

在灌木丛里走了小半里，阴沉的天空好像终于撑不住了，树梢上的雨声，"沙沙"地向北方跑去。后面又是一阵新的声音掠过耳际，与吹翻的树叶一起向北方跑去。阿碌缩着脖子，吃惊地望着眼前的这一切。

大概一个小时以后，灌木林终于走完了。不，与其说走完了，不如说是灌木林突然消失了。回头看，不知道后面是哪里。除了一直走来的那条路，四面都是随风起伏的青草，茫茫地连成高高低低的几段，那后面就是黑色的滚滚浓烟。虽然看不到喷火口，但那烟喷出的地方近在咫尺。

走出树林，沿着青青的草原走了不到五十来米，看到大块头的阿圭站在那里仰望天空。他没有打伞，连帽子都没戴，剃得光光的脑袋凸显在青草里，好像是在察看周围的地形。

"喂，等等我。"

"喂，山的活动剧烈起来了，剧烈起来了。你镇静点。"

"我镇静，你稍微等我一下。"阿碌用尽全力从草上爬起来。阿圭等着好不容易追上来的阿碌，训斥道：

"喂，干吗那么磨磨蹭蹭的！"

"所以我不是说过面条不行吗？啊，真难受。——喂，你的脸怎么了？那么漆黑！"

"是吗？你的脸也是漆黑的。"

阿圭很自然地拿起白底浴衣的一只袖子，在头、脸上来回地擦着。阿碌从腰间拿出手帕。

"真的，一擦衣服全黑了。"

"我的手帕成这样了！"

"好厉害啊。"阿圭一边让他的光头淋着雨，一边望着四面的天空。

"是火山灰。火山灰溶在雨里落下来的。你看那芒草。"阿碌用手指指着说。随风摆动的长长的芒草叶子上，湿漉漉地布满了灰。

"真的是啊。"

"真叫人头疼。"

"没事。就在前面了。朝着烟喷出来的地方走去就快了。"

"看起来是很快,但我们不认识路啊。"

"所以刚才我一直在等你。这里有路往左边去,也有路往右边去,刚好是岔路口。"

"原来如此,两边都是路。——但从烟的情况来看,好像往左边拐比较好。"

"你那么想吗?我准备往右边走呢。"

"为什么?"

"为什么,右边有马蹄印,左边却一点也没有。"

"是吗?"阿碌弯下身子,分开路上覆盖着的青草,往左边走了五六步,又马上返回,说:

"好像不行,马蹄印一个也找不到。"

"没有吧?"

"那边有吗?"

"嗯,只有两个。"

"就只有两个啊。"

"是啊,只有两个。看,就是这里和这里。"阿圭用伞尖指着芒草底下淡淡的马蹄印。

"只有这么点,让人担心啊。"

"没事。"

"又是天佑吗?你的天佑靠不住的次数也太多了。"

"这就是天佑。"阿圭还没有说完,一阵风卷着雨水"唰"地吹过,放肆地卷起阿碌的麦草帽,把它吹到了三十多米远的地方。满眼的青草,被风吹着齐刷刷地向一个方向倒去,眼见着颜色就要发生变化，又被吹着一齐倒了回来，恢复到原来的样子。

"真痛快。草上能看到风吹过的足迹，你看那里。"阿圭指着重重起伏的绿色草海说道。

"一点不痛快。帽子飞了。"

"帽子飞了？帽子飞了没什么。我去捡，我去给你捡来。"

阿圭突然把洋伞压在自己的帽子上，灵敏地飞入了芒草丛中。

"喂，是这方向吗？"

"再往左边一点。"

阿圭的身躯不断往绿色深处走去，最后只看到脑袋。留在后面的阿碌又开始紧张起来。

"喂，没事吧？"

"什么？"前面脑袋发出声音。

"问你有没有事啊。"

不一会，阿圭的脑袋也消失了。

"喂——"

黑烟就在眼前升起，形成灰色的烟柱，圆柱的各个部分仿佛蠕动似的不停地滚滚上卷，在半空中融入大气中，然后和着雨，不由分说地落到阿碌的头上。阿碌出神地望着刚才那脑袋消失的方向。

过了一会儿，大概五十米的前方意外地突然露出了阿圭的脑袋。

"没找到帽子啊。"

"帽子不要了，你快点回来。"

阿圭晃着光光的脑袋，在芒草丛中游了过来。

"喂，到底飞到哪里去了？"

"谁知道它飞哪里去了呢，它飞的时候也没跟我商量一下就走了。别说帽子了，我不想再走了。"

"这就不想走了？还没怎么走呢。"

"看那烟和这雨，感觉有点吓人，走路的劲头全没了。"

"现在你就别撒娇了。——不是很壮观吗？那浓烟滚滚的样子。"

"就是那滚滚浓烟吓人。"

"别开玩笑了。就是要到那烟的边上去，然后从那里往下面窥探啊。"

"想想完全没必要。那样窥探然后跳下去的话一点不费事。"

"总之，接着走吧。"

"哈哈哈哈，又是'总之'。你一说'总之'我就会上当，中午也是因为'总之'，我终于吃下了面条。如果因此得上痢疾什么的，那完全是拜你的'总之'所赐了。"

"行，我负责。"

"为我生病负责那又能怎么样？又不能替我生病。"

"喔，没问题。我照顾你，你传染给我，然后我让你得救。"

"是吗？那我稍微放心点了，好吧，再走一会儿。"

"看，天气也比刚才好多了。我就说有天佑嘛。"

"运气不错。不过，走是走，今晚不让吃点好的可不行啊。"

"又要吃好的啊。只要你走，肯定让你吃好的。"

"还有……"

"还有什么要求？"

"喔。"

"什么？"

"告诉我你的经历。"

"我的经历？就是你所知道的那样啊。"

"以前的，我所不知道的那些。你在豆腐坊做学徒的那

37

会儿……"

"不是学徒，就我这样也是豆腐店的少东家呢！"

"就是你做少东家那会，听着寒磬寺的钟声，突然恨起有钱人的来龙去脉。"

"哈哈哈哈，这些事，你想听我就告诉你。但你也必须加入刚健党啊。你们啊，没碰到过有钱的恶人，所以才那么无忧无虑。你读过狄更斯的《双城记》吗？"

"没有。读过《伊贺的水月》，不读狄更斯。"

"所以你更加对贫民没什么同情心。——那本书的最后，有医生在狱中写的日记，真是悲惨啊！"

"是吗？怎么悲惨？"

"那本书就是写在法国大革命的前夕，贵族作威作福欺压平民的事——这些今晚睡觉的时候说给你听吧。"

"喔。"

"法国大革命是自然而然地产生的。有钱人和贵族那么残暴，会有那样的下场理所应当。喏，就和那山轰隆隆地喷烟是一个道理。"阿圭停下脚步，望着烟的方向。

秋雨蒙蒙笼罩大地，沸腾的浓烟从百里的地底冲天而起，冲破秋雨的羁绊，吞吐翻转，吞吐翻转，那重量不知有几千几百吨。那几千几百吨的烟中的每一个分子似乎都在爆发、在震动，那声音从遥远的地方传来，它携带着浓浓的烟尘一起跳跃到头顶的天空上来。

在风雨中，阿圭攒着毛毛虫似的两条眉毛，一动不动地眺望着，又以非常平稳的语调说：

"很宏伟，是吧？"

"非常宏伟。"阿碌一本正经地回答。

"宏伟得让人觉得有点恐怖。"一会儿以后，阿碌又加上了这样一句。

"那就是我的精神。"阿圭说。

"革命吗？"

"嗯，文明的革命。"

"什么是文明的革命？"

"就是不流血的革命。"

"不用刀，那用什么？"

阿圭不说话，用手掌啪啪拍了两下自己的光头。

"用头脑吗？"

"嗯。对方用头脑来战，所以我也用头脑回击。"

"对方是谁？"

"就是用金钱和权力来欺侮无依无靠的同胞的那些家伙。"

"嗯。"

"公然买卖社会罪恶的那些家伙。"

"嗯。"

"买卖也可以是为了温饱的借口。"

"嗯。"

"那些公然把社会罪恶当作娱乐的家伙，不管怎么说是必须批判的。"

"嗯。"

"你也跟我一起干。"

"嗯，我也干。"

阿圭慢慢地迈开了脚步，阿碌默然地跟在后面。天空中有烟、雨、风和云。地上只有绿色的芒草、黄花龙芽以及几处偶尔闯进来

39

的、寂寞的山铃铛花。两人孤独地向无人之境走去。

芒草的高度长到腰部以上，它们从左右两边伸过来，覆盖了不到一尺宽的山路。即使侧着身子往前走，都不可能避免碰到这些芒草。一触碰上，芒草上被雨水打湿的灰就会沾到衣服上。阿圭阿碌衣服都是白底，衬裤也是白色的，只有袜子和绑腿是藏青色，碰到湿漉漉的芒草发出唰唰的声音。腰部以下全染得像大黑老鼠一样。腰部以上部分也好不到哪里去。因为淋了雨，而雨里都是火山灰，所以，全身就跟刚从下水道里爬出来一样。

道路本来就是弯弯曲曲的，即使没有草，也看不清它延伸到哪里，通向哪里，而被草覆盖后就更看不清了。地上残留的马蹄印也是好不容易才找到。两人走的方向到底对不对，将走到哪里，只能说只有天知道，完全靠运气了。刚开始走的时候，升腾的烟雾就在正前方，但不知不觉地，方向发生变化，慢慢地，火山灰从侧面扑过来，而在侧面的喷火口也自然而然地转到了背后。这时，阿圭停下了脚步。

"路好像错了啊。"

"嗯。"阿碌一脸恨意，也停住了脚步。

"你的脸怎么那么可怜兮兮的？难受吗？"

"本来就可怜啊。"

"哪里痛吗？"

"脚上起了很多水疱，受不了。"

"那怎么办？非常痛吗？你搭在我肩膀上怎么样？可以省点力气。"

"嗯。"阿碌有气无力地回答了一句，却站着没动。

"到了住宿的地方，我会告诉你很多有趣的事。"

"但到底什么时候才能到住宿的地方？"

"预计是五点到汤元，但那烟很奇怪啊。不管是往左还是往右它都在眼前，不远离也不靠近。"

"我们刚上来的时候就在眼前。"

"是啊。我们再沿着这条路往前走走看？"

"嗯。"

"或者，我们休息下吧？"

"嗯。"

"你怎么好像突然没精神了？"

"完全托面条的福啊。"

"哈哈哈哈，作为补偿，到了住宿的地方，我给你讲有趣的故事。"

"也不想听你说话了。"

"那我们就喝不是啤酒的惠比寿吧？"

"嗯。这样子，不知道什么时候能到住宿的地方啊。"

"没事，不用担心。"

"但是天要黑了啊。"

"是吗？"阿圭掏出了怀表。"四点差五分。天黑是因为天气的原因。不过这方向变化确实让人有点头疼。上山后，走了一二十里了吧？"

"看水疱的样子，好像走了有七八十里了。"

"哈哈哈哈。刚刚那烟在前面，现在一直在后面。那就是说我们往熊本的方向走了一二十里了。"

"也就是说，我们离开山那么远了。"

"是这样。——你看，那烟柱的边上又看到了新的烟了。那多半是新的喷火口吧？看那浓烟滚滚的样子，不就在那里吗？但为什么就走不到呢？肯定就是在这山往里走一点的地方，麻烦的是没有路。"

"有路也不行。"

"你看那烟啊云什么的，浓滚滚地往头顶上飘来，不是很壮观吗？是吧？"

"喔。"

"怎么样？这种非常的景色只有在这个时候才能看见啊。哎呀，漆黑的东西落下来了。你的头——不行，我的帽子借给你——这样戴上。你不是有手帕吗？从上面把它绑起来，免得又飞了。——我给你绑。——伞还是收起来，反正逆风用不了，就当拐杖拄着。有了拐杖，走路就省劲点了。"

"好走多了。——风和雨都越来越大了啊。"

"是啊，刚才虽然有点要晴的样子。风和雨没问题，但脚很疼吧？"

"疼啊。刚爬的时候只有三个水疱，现在满脚都是。"

"晚上我用香烟灰和饭粒一起捶成膏药给你敷。"

"到了住宿的地方，就好了……"

"走的时候最难受？"

"嗯。"

"怎么办呢？——到一个高的地方，应该能看到人走的路。——看到那里有一个高的草坡吗？"

"右边的那个吗？"

"是，爬到那上面，一定能看到喷火口，也就知道路了。"

"知道是知道，但走到那里天就已经黑了。"

"等等，我来看看时间。现在四点零八分。天还没黑。你就在这里等，我去看看就来。"

"我可以等，但你回来时如果不认识路那就麻烦了。我们俩可就分散了。"

"没事。反正不会死。如果有什么事，我会大声呼叫的。"

"嗯，那时你就叫我。"

阿圭猛然向云烟低回的地方跑去。阿碌非常担心，但也只能站在芒草丛中目送唯一可以依靠的朋友的背影离去。不久，阿圭的身影就消失在草丛中。

巨大的山体以每五分钟一次的频度，发出比平时更大的轰隆声。每当此时，烟、雨一起颤抖，并借势从斜横里向悄然站立的阿碌的身体猛扫过去。视线所到之处是一片草原，芒草在浓烟中被风吹着倒向一边，雨从上面哗哗跑过。草和雨之间，大片乌云放肆地低回其中。阿碌一边盯着草山那边，一边颤抖。混着火山灰的水滴已经渗透到阿碌的下腹部。

当浓浓的黑烟，一层又一层地卷着长长的漩涡，汹涌地冲天而起的时候，阿碌的脚底下突然感到地震一样的震撼。随后，山的轰鸣稍微安静了一些。这时，听到地底下传来"喂——"的呼喊声。

阿碌把双手放在耳后倾听——

"喂——"

确实有人在呼喊。令人不可思议的是，那声音就是从脚底下涌上来的。

"喂——"

阿碌突然朝着声音传来的地方飞奔而去。

"喂——"尖尖的、仿佛从肺里挤压出来的声音响起后，就听到从草底下传来粗嗓门的回应：

"喂——"毫无疑问，这就是阿圭。

阿碌胡乱地分开齐胸的芒草，向声音的方向飞奔而去。

"喂——"

"喂——你在哪里？"

"喂——我在这里。"

"哪里——"

"这里——这边路上危险，要小心，会掉下来的。"

"你掉哪里了——"

"掉这里啦——，要小心。"

"我会小心，你掉在哪里——"

"掉下来的话，脚上水疱会痛的——"

"我没事——你掉哪里啦——"

"这里——你不要往前走了，我去那里，在那等我。"

阿圭嘶哑的声音传到地面，渐渐靠近。

"喂，我掉下来了。"

"掉哪儿了？"

"你看不见吗？"

"看不见。"

"那再往前来一点。"

"哎呀，这是什么地方？"

"草里面竟有这样的地方，很危险。"

"怎么会有这样的山谷啊？"

"火山熔岩流过后留下的。你看，这里面是黄色的，寸草不生。"

"是啊。还有这种麻烦的地方啊。你能上来吗？"

"哪儿上得去啊！有三四米高呢。"

"麻烦了，怎么办？"

"你能看到我的头吗？"

"能看到你光头的一小片。"

"你啊。"

"在。"

"你趴在芒草上，试着把脸露出在崖壁上看看。"

"好，你等等，我就把脸露出来。"

"嗯，我等着。在这里啊。"阿圭用洋伞咚咚敲着崖壁的中间部分。阿碌看准了地方，把腹部压在湿漉漉的芒草上，小心翼翼地把头探出崖壁上方。

"喂。"

"喂，你怎么样？水疱疼吗？"

"别管什么水疱了，你快点上来。"

"哈哈哈哈，没事的。下面没有风，反而舒服呢。"

"舒服什么，你再不早点上来的话天都要黑了。"

"你啊。"

"在。"

"没有手帕吗？"

"有。怎么做？"

"掉下来的时候被绊了一下，趾甲被刮掉了。"

"趾甲？痛吗？"

"有点痛。"

"能走路吗？"

"应该差不多。有手帕的话，你扔下来。"

"要撕开吗?"

"不用,我自己撕,你把它揉成团扔下来。被风吹走了就麻烦了,把它团得结实点丢下来。"

"湿的,没事,不会飞的。看好,我扔了啊。嗨。"

"天比刚才黑多了,烟还是在那么喷吗?"

"是,天空中全是烟。"

"山的响声怪吓人的啊。"

"好像比刚才响得更厉害了。"

"喔,撕开了啊。这下有绷带了。"

"要不要紧?出血了吗?"

"血已经混着雨水渗出袜子了。"

"应该很痛吧。"

"什么,痛?痛,是活着的证据。"

"我肚子疼起来了。"

"因为你肚子贴在湿草上。已经行了,你站起来吧。"

"站起来就看不到你的脸了。"

"那如何是好?要不你干脆跳下来好了。"

"跳下去,然后呢?"

"跳不下来吗?"

"不可能跳不下去——跳下去,然后怎么办?"

"一起走啊。"

"那样准备走到哪里去?"

"反正这里曾是火山口喷出的岩浆流到山下的路线,沿着这坑走,一定会走到什么地方。"

"可是——"

"可是什么，不愿意吗？不愿意那就没办法了。"

"不是不愿意。——你要是能上来不是更好吗？你为什么不试着上来呢？"

"那你就沿着坑顶的边缘走，我在坑底下走。这样一来上下可以说话，可行啊？"

"这边缘根本没有路。"

"都是草吗？"

"嗯，全是草……"

"喔。"

"草都有胸口高了。"

"总之，我上不去啊。"

"上不来？那没办法。喂——喂——我说喂呢，喂。你怎么不说话？"

"在。"

"还好吗？"

"什么还好？"

"可以说话吗？"

"说话没问题。"

"那为什么不出声？"

"我在想啊。"

"想什么？"

"想怎么出去啊。"

"你到底是怎么掉下去的？"

"我想早点让你放心，我一心只盯着草山，就忘了脚底下了，所以掉下来了。"

"那就等于是为我掉下去的啊。可怜见的。没什么办法能让你上来吗？"

"是啊。——我没关系。倒是你，早点站起来吧。肚子在草上受凉了会生病的。"

"别说什么肚子了。"

"不是痛吗？"

"痛是痛。"

"所以，总之你先站起来吧。我也想想怎么从这里出去。"

"想到了就叫我。我也想想。"

"好。"

对话中断了一段时间。站在草丛中的阿碌，六神无主地环视四周，看到前方撞到草山上的黑云，在山腰碎成一片浑浊的海，而那些东西正向头顶五六尺远的地方压过来。看时间已近五点，就是在一般的山里，也是光线该暗下来的时候了。风不停地呼呼地吹着，每刮一次，都把黑夜从遥远的国度裹挟过来。在步步紧逼的暮色中，狂风呼啸，呈"卍"字形旋转。从喷火口吹出的几万石浓烟，无一例外地都被卷入到"卍"字中，致使狂风所到之处，都弥漫着一片黑暗。

"喂，在吗？"

"在。想出什么办法了吗？"

"没有，山的样子怎么样？"

"越来越暴躁了。"

"今天是几号来着？"

"今天是九月二号啊。"

"也许是二百十日也未可知。"

对话又中断。二百十日的风、雨、烟淹没了整个草原，就连一百米外的草随风倾斜的样子都似乎看不清楚。

"天已经黑了。喂，在吗？"

山谷里的人似乎被二百十日的风掠走了，没有任何回答。阿苏山轰鸣着，似乎就要炸裂开。

阿碌面色苍白，又像一根棍棒一样直挺挺地趴到了草上。

"喂——你不在吗？"

"喂——在这呢。"

离昏暗的谷底五十米高的崖壁上，似乎看到有白色的东西在移动，还在招手。

"去那种地方干什么——"

"从这上去啊——"

"能上得来吗——"

"能上去。快点过来，喂——"

阿碌忘了肚子疼，忘了脚上的水疱，如脱兔一般飞了出去。

"喂，是这里吗？"

"就是那里。在那里，把头伸出来看看。"

"这样吗？——怪不得，这里浅多了。现在我从上面把洋伞伸给你，你抓着它，应该就能上来。"

"光有伞不行，你觉得我可怜吗？"

"不，一点都不觉得。那怎么办？"

"把腰带解下来，把一端绑在伞柄上——你的伞柄是弯的吧？"

"是弯的。弯得很厉害呢。"

"把它绑在弯的那一边。"

"绑起来，马上绑。"

"绑好后，把带子的另一端垂下来。"

"垂下来，简单。没问题的，稍等一下。——来了，你看到长长的东西垂下来了吧？"

"你必须紧紧抓住伞啊。因为我的身体有一百三十二斤重呢。"

"不管多重都没问题，放心上来吧。"

"行吗？"

"一点问题也没有。"

"那我就上来了。——啊，不行。要是把你拖下来的话……"

"这次没问题了。刚才只是试试看的。来，上吧，没事的。"

"你要是一滑，我们两人都会掉下来的。"

"我说没问题。刚才我没拿好伞。"

"你把脚踩在芒草的根部让它帮着挡一下。——站得太靠前的话，崖壁崩塌脚会滑的。"

"好，这下好了。来，上吧。"

"脚踩结实了吗？怎么觉得这次也挺危险的啊。"

"喂。"

"什么？"

"你以为我没力气，所以非常担心是吧？"

"喔。"

"我也是堂堂的一个男子汉啊！"

"那当然。"

"觉得当然的话那你就放心，相信我不就行了？虽然我身体比较小，但把一个朋友从谷底救出来这种事我自己觉得还是能做得到的。"

"喔，我上来就是。来了……"

"来……就差一点了。"

阿碌不顾布满水疱的肿胀双脚，牢牢地踏在芒草的根上，肌肤暴露在二百十日的雨里，身体弯成一只虾的形状，用尽全身的力气死死攥住伞柄。头上手帕绑住了麦草帽，帽子下的脸涨得通红，脸的绝大部分暴露在阿苏的山风里，火山灰毫不留情地落到他那咬得紧紧的龅牙上。

所幸的是，八片棉缎蒙成的洋伞的柄，是根布满粗大疙瘩的结实的原木，根本不用担心它有折断的可能性。那木柄弯曲的一端悬挂着鸣海①木棉腰带，那腰带就如萨摩②强弓上新上的弦一样，绷得紧紧地向下穿过芒草，消失在山谷中。就在消失的方向，不久之后，一个硕大的光头出现了。

随着"呀"的一声，两只手攀上了悬崖的边缘，这大头怪的腰部以上身体，和斜插在屁股上的洋伞一起从谷中爬了上来。同时，阿碌仰面朝天重重地跌进芒草丛里。

---

① 今爱知县名古屋市一带，以鸣海扎染（有松扎染）闻名。
② 地名，萨摩藩，今鹿儿岛县一带。

五

"喂,吃饭了,还不起来吗?"

"喔,不起来。"

"肚子疼好了吗?"

"似乎基本好了,但这样子,不知道什么时候又会再痛起来。总之都是面条搞的鬼,哪儿那么容易就好。"

"能说那么多话就没问题。怎么样?我们现在出门吧?"

"去哪里?"

"去阿苏啊。"

"还想去阿苏啊?"

"当然啊。我们不就是为了去阿苏才来这儿的吗?怎么可能不去呢。"

"是这样吗?但是长了这么多水疱,实在没办法啊。"

"水疱痛吗?"

"别说痛不痛,就这么躺着,头都在嗡嗡地响着呢。"

"给你抹了那么多烟灰,一点没效果吗?"

"烟灰怎么可能有用?"

"可是给你涂的时候你不是非常感谢的吗?"

"因为我以为会有效果。"

"我说,昨天你生气了吧?"

"什么时候?"

"光着身子拉着洋伞的时候啊。"

"因为你也太小看人了啊。"

"哈哈哈。不过,因此我才能从谷底出来。如果你不生气,恐怕我现在还在谷底不知如何是好呢。"

"我水疱破了都不管,把你拉上来了,还光着身子倒在了芒草中。而你连谢谢都没说,真是个没有人情味的人。"

"我不是把你背到住宿的地方了嘛。"

"是你背的吗?是我自己走过来的。"

"那你知道这里是什么地方吗?"

"你可真会愚弄人。这儿是哪?不就是阿苏镇。而且是家马车旅馆,就在我总之被强迫吃面条的那家店的隔壁的第3间。在山上跑了半天,好不容易下山,一看还是原来的地方。简直傻到极点。以后再也不相信你的天佑了。"

"都因为是二百十日,对不住了。"

"而且,你还在山上演戏似的说了那些话。"

"哈哈哈哈,不过那时,你非常感动,不停地点头说'嗯'呢。"

"那时是感动,但现在看来简直傻透了。你那真是认真的吗?"

"嗯。"

"你是开玩笑的?"

"你觉得是哪种?"

"哪种都行,不过,如果是认真的,我想给你忠告。"

"那时是谁哭着要我讲我的经历的?"

"哪哭了?只是脚痛有点伤心罢了。"

"但今天从早上开始不就是很有精神吗?与昨天比简直判若两人。"

"脚痛也不顾吗？哈哈哈哈。其实，是觉得太傻了，有点想生气了。"

"生我的气吗？"

"又没有别人，没办法，只好跟你生气了。"

"真是美丽的麻烦啊。你吃点粥吗？我给你点。"

"喝粥可以，不过你要先问问马车什么时候出发。"

"坐马车想去哪里？"

"还能去哪里？熊本啊。"

"回去吗？"

"不回去怎么办？在这种地方与马车、马住在一起简直要命。昨晚，就在枕头边有人咚咚地踢墙板，简直受不了。"

"是吗？我一点都不知道。有那么大声音吗？"

"那样的声音都听不见的，毫无疑问只有你这种刚健党。你睡眠那么好，简直让人妒恨。跟我早就约好了，说什么讲自己的经历啦，讲什么医生的日记啦，一到关键时刻就睡得死死的。——而且，还大声打呼噜。"

"是吗？真是对不住。因为太累了啊。"

"天气怎么样？"

"大晴天。"

"天气也真是的，要是昨天晴天该多好。——还有，你脸洗了吗？"

"脸早洗了。总之，起床吧？"

"起床？哪儿那么容易起啊。我是光着身子睡的。"

"我光着身子起床的。"

"你真粗鲁。就算是豆腐店出身，也太过分了。"

"我到里面冲了个冷水澡,老板娘把衣服拿来了。已经干了,只是颜色已经变成灰色的了。"

"干了的话,那就叫他们拿过来。"阿碌有力地"啪啪"拍了两下手。厨房里传来男人应答声。

"是马车夫吗?"

"也许是老板。"

"是吗?那我躺在这儿占一卦吧。"

"占卦做什么?"

"占卦跟你打赌。"

"我才不做那样的事。"

"来,车夫,还是老板?"

"是哪个呢?"

"快点说,那人要来了。"

"那,我就猜是老板。"

"那你选老板,我选车夫。输的一方今天一天听命于另一方。"

"不能那么定。"

"早上好……你们叫我了吗?"

"是的,叫了。请把我的衣服拿来,已经干了吧?"

"是。"

"还有,我肚子不舒服,想请你煮点粥。"

"好的,两位都要吗?"

"我只要干饭就足够了。"

"那就一位吃粥。"

"对。还有,马车是什么时候出发?"

"去熊本的八点和一点出发。"

"那我们就八点离开。"

"是。"

"你还是要回熊本吗？好不容易来到阿苏，不上山岂不可惜？"

"去不了啊。"

"但好不容易来了啊。"

"确实，好不容易听你的命令，好不容易来到了这里。但是这水疱，无论如何——除了辜负天佑以外无路可走了啊。"

"脚痛那就没办法了。——好可惜啊，好不容易来到这里。——天气很好，你看。"

"所以你也请一起回去。因为我们好不容易一起来的，不一起回去就很奇怪了。"

"但我们是为了爬阿苏山才来的，不爬就回去对不起人啊。"

"对不起谁？"

"对不起我的主义。"

"又是主义啊？真是憋屈的主义。那我们一起回熊本后再重新来。"

"不甘心重新再来一次。"

"又是对不起又是不甘心。你真是太固执了。"

"也不是啊。"

"可到现在为止，你没有一次听过我的。"

"有过好几次。"

"哪儿有，一次都没有。"

"昨天不就听你的了？从山谷里上来后，我主张接着爬，但你非要下山，所以我们不就回到这里了吗？"

"昨天很特别，因为是二百十日。而且，我不是吃了好多回面

56

条吗?"

"哈哈哈哈,总之……"

"行了。谈判待会再进行,这店里的人在等着呢……"

"是啊。"

"喂,你。"

"在。"

"不是叫你。喂,店里的先生。"

"是。"

"你是车夫吗?"

"不是。"

"那是老板?"

"也不是。"

"那是什么?"

"我是被雇的人……"

"阿呀呀,那赌没法打了。你看,这人既不是赶车的,也不是老板啊。"

"喔,那又怎么样?"

"那又怎么样?——算了。你可以走了。"

"是。那二位都坐马车走吗?"

"这不是还没定下来吗?"

"嘿嘿嘿嘿。八点的马车,马上就准备好。"

"喔,那我们八点前把这问题解决。请你先退下。"

"嘿嘿嘿嘿,您慢慢决定。"

"喂,他走了。"

"那是肯定,你一直在催他走。"

"哈哈哈,他不是车夫也不是老板。没办法了。"

"什么没办法?"

"是这样,我是这样想的。如果那人说他是车夫,那打赌就是我赢了,所以,今天你就什么都得服从我的命令。"

"什么呀,我没跟你打那个赌。"

"视作你已参与打赌。"

"你决定的?"

"暂时吧。那样的话你就必须和我一起回熊本了。"

"会那样吗?"

"我觉得会,所以高兴了一会儿。但他说是被雇的人,那就没办法了。"

"本人说是被雇的人,那就没办法了吧。"

"如果他说是车夫,我还准备给那家伙三毛钱呢,真是蠢蛋。"

"他什么事也没做,没必要给三毛钱。"

"可前晚,你不是给了那束发的女侍应两毛钱吗?"

"这你都知道了?——我只是觉得那女侍应单纯,很喜欢她。比那些贵族、有钱人更值得被尊敬。"

"又来了。没有一天不说贵族和有钱人。"

"呀,他们就是既有毒又厚脸皮的人,一天说多少遍都不嫌多。"

"你吗?"

"贵族和有钱人。"

"是吗?"

"比如,今天做坏事,但没有成功。"

"当然不成功。"

"同样的坏事他们明天接着做。也不成功。后天再做同样的事。

他们每天做每天做,直到成功。三百六十五天,七百五十天,重复做同样的坏事。他们以为,只要重复,坏事就会变成好事。简直不可理喻。"

"不可理喻。"

"如果让那种人成功,那社会就不成样子了,喂,我说的没错吧?"

"社会不成样子。"

"我们活在这世上的首先的目的就是,打败、杀尽这些文明的怪兽,给无力又无钱的平民一点安慰吧。"

"是,嗯,是的。"

"觉得是的话,那就跟我一起干。"

"嗯,一起干。"

"说好一定干啊,行吗?"

"一定干。"

"所以,总之,爬阿苏山吧。"

"嗯,总之,爬阿苏山可以的。"

两人头顶上是第二百十一日的阿苏山,向着无垠的碧空,轰隆隆地倾吐着百年的不平。

秋风

一

　　白井道也是个文士。

　　八年前大学毕业后，一直辗转流落于乡下的几所中学，终于在去年春天飘然回到了东京。"流落"是用来形容沿门卖唱的艺人的，"飘然"意为来来去去全不以为意。至于用它们来形容道也的进退是否合适，就是作者我也说不清楚。因为一团乱丝如果你着眼于一端，看到的也只不过是一根丝的末端而已。但是你该知道，也许这根丝在这一团里缠了几千几万重呢？就是燕子、鸿雁的南来北往这么简单的事，若让鸟儿们自己来说的话那也会有相当多的理由，是相当复杂的。

　　他最先赴任的是越后①的某个地方。越后是有名的石油产地。他所供职的学校，隔着四五条街就是一家大的石油公司。这家公司支撑着该镇经济的三分之二，维持着小镇的繁荣。这家石油公司在镇上居民眼里有着至高无上的地位，慢说一个中学，就是几个中学加起来也不能与它相比。

　　公司的上层因为有钱所以很绅士，中学教师因为贫穷所以很卑贱。卑贱的教师若与有钱的绅士发生矛盾，谁输谁赢那就不用说了。

　　某次演讲会上，道也以"金钱与人品"为题，解释了二者并不一定画等号的理由，暗讽石油公司有钱人的傲慢，告诫青年不能没有主见而一味信奉金钱万能主义。

　　公司上层说他出言不逊。小镇报纸评价他是无能教师在傲慢地发泄不满。就是他自己的同事也怪他多管闲事，损害学校地位，很愚蠢。校长也摆出石油公司和小镇的关系，训斥他平地起风波非常不明智。最后，连道也所寄予希望的学生们也听信家长的意见，说他是不知天高地厚的蠢材教师。因此，道也飘然离开了越后。

第二个目的地在九州。如果没有北部的工业，九州就一无所有。在这里，如果你不是每天笼罩在煤矿的烟尘里，如果你呼出的气息不是黑色的，你就不配做人。穿着污垢锃亮的西服，扬着一张苍白的脸，奢谈世间如何、社会如何、未来的国民如何，这种人是没有生存权利的，因为这些空话没有生产性，一个铜板都换不来。没有生存权利却被允许活着，靠的是实业家的慈悲。废话连篇的学者和留声机一样只会重复的教师，他们每月赖以糊口的几张纸币，都是从什么地方冒出来的呢？实业家一拍巴掌，巨大的财富就能从天而降。学者是什么？文士是什么？教师又是什么？他们就是靠有钱人赏些残羹冷炙而活着的人。

明明没有金钱活不了，却又在那里大骂金钱，那就等于咒骂生你养你的父母。既然看不起创造财富的实业家，那有本事你就别吃饭。去死吧，不想死就老实点。听了这些话，道也又飘然离开了九州。

第三个地方是在中部地区偏远的乡下，这里并没有狂热的拜金主义，只是本地人势力太强大，把非本地人称做"外国人"。如果只是叫人"外国人"倒也罢了，他们还要想尽办法要征服这"外国人"。遇到宴会，就在宴会上冷嘲，遇到演讲就在演讲时热讽，而且还要写在报纸上。学生也欺负老师。他们这样做没别的目的，就是

---

① 日本地名，今新潟县境内。

想把外地人同化成和自己一模一样，否则他们就感到不安。当然，同化是社会要素之一，法国学者塔尔德①甚至说过，社会就是模仿。也许同化很重要，其重要的程度道也心里也很明白，而且不是一般的明白，因为受过高等教育，有着广义的社会观，他比一般人更明白同化的功能。但问题是往高处同化还是往低处同化，这个问题不搞清楚一味地搞同化，对社会不会有帮助，自己也会感到脸上无光。

某天，旧藩主②来学校参观。旧藩主是主上，是贵族，在本地人的眼里就是至高无上的神。当这"神"走进道也的教室时，道也并没在意，继续上他的课。当然，"神"也并没有打招呼。但接下来事情就有点不妙了。道也认为教室是神圣的地方，教师站在讲台上就像战士全副武装上战场一样，就算是贵族、曾经的藩主，他也没有权利让自己中断讲课。但是，因为道也的这种想法，他又不得不飘然离开了这个地方。据说，他走的时候，本地人目送着他的背影，异口同声地感叹着他的"冥顽不化"。道也就在这"冥顽不化"声中飘然而去。

道也三次飘然辞职，又飘然回到东京，再无动静。东京是日本最不易居住之地。就算领有乡下时的薪水，在这里也不能过得很舒服，更何况他扔了工作，现在两手空空。只能说他就是一具站着的木乃伊，已经麻木，没有知觉了。

道也有妻子。既然叫妻子，那他就有养活的义务。就算自己甘心做木乃伊，也没有理由让妻子成为干尸。不过，妻子在远没等到变干之前，就已经开始抱怨他了。

离开越后时，道也把事情的来龙去脉跟妻子讲了。那时妻子说

---

① Jean Gabriel Tarde（1843—1904），法国社会学家，犯罪学家。
② 根据江户时期幕藩体制，藩主是藩的最高统治者，明治维新后废除。

了声"岂有此理",就开始利利索索地收拾行李。离开九州的时候,也解释了原委。这次妻子只说了一句"怎么又这样"就不言语了。离开中部地区时妻子的语气已经是训诫他了:"你这样死脑筋,去哪里都不能长久的。"七年之间三次漂泊,每漂泊一次,他感觉妻子就好像离自己远了些。

妻子离自己越来越远,是因为漂泊的原因,还是因为丢掉了饭碗?就算是漂泊,如果每次漂泊之后工资上涨,那会怎样呢?妻子还会不情不愿,抱怨说"像你这样……"吗?如果成了博士,做了大学教授,她还会不停地说"像你这样……"吗?到底会不会这样,只有问她本人才知道了。

然而,成了博士,做了教授,在空虚的世间留下虚名,妻子便因此改变对丈夫的态度,变得殷勤,那这妻子就算不得是丈夫的知己。因世间对丈夫的待遇而改变丈夫在自己心中的地位,那在评价丈夫时,这妻子跟外人就没有任何区别,与她出嫁前,他们互相不认识时的她没有区别。那么,在丈夫看来她就是个毫不相干的外人。出嫁后一起生活却仍然不了解丈夫,单从这一点看她就不像个妻子。但是世间到处都是这种不像妻子的妻子。道也明白自己的妻子也不例外吗?处处不为人所容,甚至连朝夕相处的妻子也不理解自己,如果他了解这层的话,那一定是非常寂寞的吧。

刚才说过世间到处都是不像妻子的妻子,虽如此,但大家生活得都很圆满。人在顺境时没必要如此剖析妻子的内心,就像得了皮肤病才需要研究皮肤,没病没痛的,就没有人整天拿着显微镜观察那些脏兮兮的东西。但是,一旦顺境发生逆转,堕入命运的深渊时,任是什么样的夫妻都会发生矛盾。父子感情都会破裂更何况是夫妻。这时才恍然大悟:原来美丽的仅仅是她们血液上覆盖着的那层皮而已。但这个道理很难说道也明白到了哪一层。

　　道也三次辞职，目的并不是为了让自己陷入困境，更不是为了让没有任何过错的妻子受苦。只是因为世间不容他，他实在不得已。那么，既然世人接纳不了你，那你为什么不改变自己，努力融进世间？道也是不可能有这样的念头的，若有，那他就不是道也了，那道也就消失得无踪无影了。因为道也坚信自己人格高尚，高于世俗。越是高于世俗就越应该拉着世俗的手往高处走。明知自己高尚却仍然要去俯就世俗，这就等于否定他多年所受的教育，等于土中埋金。如果自己的人格不能影响他人，岂不是这些年的修养都白费了。教英语，教历史，甚至有时还教伦理，这些都是修养人格时顺带积累的技艺，他只是在教这些东西而已。如果受教育只是为了学习技艺，那只要在教室打开书本照本宣科就行。满足于以教书本为生，与靠走钢丝为生，靠转盘子为生，理论上是没有任何区别的。但受教育与学习走钢丝或转盘子是不同的。学会某种技艺，只是细枝末节的小事，而教育，是为了培养人，培养识大小、知轻重、辨善恶、明是非，能明白无误地分辨贤愚、真伪、正邪的顶天立地的大丈夫。

　　以上是道也的想法。在他看来，卖艺糊口并不丢人，但同时也觉得教育就该扎根学问，离了这个根本就是卑劣。他之所以无处容身，乃是因为他太注重学问这个根本，他内心深处并无内疚之情，也不认为无处容身是因为自己没有长性。别人骂他"冥顽不化"什么的，他就算是把这几个字置于掌上，在朗朗夏日对着阳光灿烂的窗户用显微镜去观察，也无法明白其中的缘由。

　　三次成为教师，又三次被赶出校门，每被赶出来一次他都感觉是得了比博士还大的功名。博士也许很伟大，但那只不过是个技艺的称号而已，就如同富豪捐献一艘军舰的费用就可得到从五品的官位一样。道也之所以被赶出门，是因为他人格高尚。上帝创造了世界，而世界上最高贵的就是正直的人，这是西洋的诗人说的。"守护正道的人比上帝更为高贵"，每当被赶出校门时道也都要在心里不断重复这句话。只是，他的妻子从未从他的嘴里听到过这句话，就算听到也不会明白的。

正因为不明白，所以在还没饿死之前，她便抱怨自己的丈夫。道也倒也理解妻子的埋怨，并心怀歉疚，但他不是那种为了取悦妻子而放弃自己原则的丈夫。世间的"人"，娶妻则为夫，与人交往则为友，牵手的是哥，被牵的是弟。立于社会可成先驱者，进入校园则无疑是教师。一人身兼多种角色，而世间只简单称之为"人"。如果真能如这"人"的称呼这么简单，那世界是简单的。妻子就经常居住在这样简单的世界里。在他妻子的眼里，道也就只是个丈夫，她看不到作为学者、作为志士的道也，更看不到坚持真理与世俗抗争的道也。她甚至认为，道也到处被人诟病是因为他能力不够，一直不断辞职是因为他任性而为。

道也连续三次"任性"，后来到了东京，说再也不想去乡下，也明确跟妻子说再也不想当教师了。他对学校不抱希望，也终于明白了要改变这种让人绝望的社会现状只能依靠笔的力量。一直以来，他以为，不管在什么场所，从事什么样的职业，只要自己正直，那么歪风邪气就该像麻秆一样向别处弯曲。他不求盛名，不求威望，只求用自己人格的力量，为承担国家未来的青年们做出一个好的榜样，以自身为例给出一个如何正确取舍的示范。他这样想，并按照这想法亲身实践了六年，但最终一败涂地。他天真地以为社会并没那么糟，他同情正确的东西，高尚的东西，条理明确的东西，总期待着下一次能成功，但对经验不足的他来说，这些年等来的是一生的错误。世间并没有他想象的那么高尚,那么有见识。同情是只跟强者、富人如影随形的。

世间并没有进步多少,他高估了世间的进步,所以一头扎进了乡下。这正如地基还没打好就急着建一座坚实的房子,着手建房很容易,但经不起中途风雨之类的破坏。如果地基也不打,风雨也无法抵挡,这房子是无法令人在世上安居的。把这无法安心居住的世间改造成能够安心居住的家园就是天下之士的职责。

既无钱财又无权势的人要想成就一番天下之士的事业,就必须依靠笔头的力量,就必须借助舌头的力量,就必须绞尽脑汁生出利他的智慧。如果绞尽了脑汁,说烂了舌头,写秃了几支笔之后,世人还是置若罔闻,那时才可罢休。

不过,即使是天下之士也得填饱肚子才能干活。退一万步说,就算自己可以不食烟火,但妻子是不可能忍受饿肚子的。不能挣钱养家的丈夫在妻子眼里就是个大罪人。今年春天,从乡下出来到达芝琴平町①的廉价旅馆时,道也与妻子之间有过以下对话。

"你说不教书了,那打算做什么?"

"还没有打算。到时,总有办法的吧。"

"'到时',那现在岂不是心里一点底都没有?"

"是没底。不知道会怎样。"

"你还这么悠闲,一点都不急吗?!你是男人,或许可以无所谓,但你也得为我想想啊……"

"所以啊,我决定以后不去乡下,也不教书了。"

"怎么决定是你的事,但决定了也拿不到薪水,那还不是枉然?"

---

① 东京都港区旧地名,现为虎之门(虎ノ門)。

"拿不到薪水但能拿到钱,行吧?"

"能拿到钱……那也可以。"

"那不就行了。"

"行是行,但能拿到钱吗?你啊?"

"是啊,我想我能拿到。"

"凭什么?"

"这个我正在考虑。哪能那么快就能有计划呢。"

"所以我很担心啊。虽说决定待在东京,但只是决定,心里没个主意那不还是句空话?"

"你动不动就担心,这不好。"

"能不担心嘛!你到哪里都跟人合不来,弄到最后只好辞职。还说我喜欢担心,我看是你脾气大,动不动就生气。"

"可能吧。可我脾气大是……算了,不跟你争了。我会想办法让我们在东京活下去的。"

"去求求哥哥吧,怎么样?"

"嗯,是个法子。但你知道哥哥可不是个喜欢揽事的人。"

"你看你,就是什么事只认自己的理。他昨天不是很热心,跟你说了很多吗?"

"昨天?昨天好像说了要帮忙。不过,说归说……"

"他不能说啊?"

"不是不能。这么说是好事啊……只是不能指望他……"

"为什么?"

"到时你就会明白的。"

"那去找找你的那些朋友,明天开始去走动走动,怎么样?"

"我也没啥朋友。同学都没啥联系了。"

"不是还有一个每年寄贺年卡的叫什么足立先生的吗？他在东京不是混得不错？"

"足立吗？嗯，他是大学教授啊。"

"是啊，你总那么清高会讨人嫌的。大学教授怎么了？做大学老师不是挺好的吗？"

"是吧。好，我去找找足立看。不过，只要能拿到钱，就没必要非去找足立不可了吧？"

"怎么又说那样的话?！你可真是固执啊。"

"是啊，我真是固执。"

二

　　一个快到正午的秋日，太阳透过帽子晒在头顶，让人感觉似乎头盖骨的下面都变得明亮开朗起来。公园的免费长凳，正因为它是免费的，所以到处都被人占领着。高柳君为了找一个空位子，围着日比谷公园绕了三圈。绕三圈，都没有发现一张等着迎接他去坐的凳子，他只好拖着沉重的脚步往正门走去。这时，迎面快步走来一个与他年龄相仿的青年，并跟他打招呼。

　　"你好！"高柳君应声道。

　　"去哪里？"年轻人问道。

　　"刚才想休息一下，但找来找去没找到空位子。唉，不花钱的位子全坐满了人，根本没地方坐了。"

　　"都怪天气太好了。果然，到处都是人。哎，你看，那个绕过毛竹林往喷水池方向去的那个人。"

　　"哪里？那个女的吗？你认识她？"

　　"怎么可能认识！"

　　"那有什么好看的？"

　　"看她和服的颜色。"

　　"确实，穿着很讲究。"

　　"那颜色映着竹林看起来非常鲜艳。那种颜色如果不是在秋天透明的阳光下就显示不出它的美。"

　　"是吗？"

"难道你不觉得吗？"

"没啥感觉。不过确实很美。"

"只是看出很美吗？你不是想当作家？"

"是啊。"

"那你不敏锐点怎么行。"

"什么！对那样的东西迟钝点怕什么？我在其他方面是很敏锐的。"

"哈哈哈，如此自信，很好。我们好不容易遇上，再一起走走吧？"

"饶了我吧，已经累死了。我要马上坐电车回去，否则吃不上午饭了。"

"我不是想请你吃午饭嘛。"

"下次吧。"

"怎么了？讨厌我请你？"

"不讨厌。不是讨厌，但不喜欢总吃你的。"

"哈哈哈，跟我客气啥啊。走吧。"年轻人不由分说地把高柳君拽到公园中心的西餐店，上了二楼，找了个风景好的窗口坐了下来。

等上菜期间，高柳君双肘撑在桌上，两手托着苍白的脸颊，疲惫地看着窗外的人行道。青年自言自语地嘟哝着："好宽敞""生意好像很不错啊""那样地方竟然也会有穿衣镜广告啊！"又把手伸进西装裤子口袋，大声嚷"完了！忘了买烟了！"

"烟啊，我这有啊。"高柳君把一包"敷岛"[①]扔在了白色桌布上。

[①] 日本卷烟牌子的一种，在明治三十七至昭和十八年（1904—1943）间销售。

就在这时候,女侍送来了刚点的饭菜,没时间点烟了。

"这是扎啤吧。来,我们用扎啤干一杯。"青年喝了一大口从琥珀色的杯底涌上来的泡沫。

"为什么干杯?"高柳君一边喝一边问。

"为我们的毕业啊。"

"我们现在还庆祝毕业吗?"高柳君放下了手里的洋酒杯。

"人生只有一次毕业,所以可以一直庆祝。"

"只有一次所以不庆祝也行啊。"

"你的想法跟我刚好相反啊。——大姐,这个油炸的是什么?啊?是大马哈鱼吗?把这橙子的汁挤在这上面,你看看。"从青年的拇指和食指之间流出的黄色液体滴在大马哈鱼上,就像夏天庭院里簌簌滴落的阵雨,很快就被油吸收殆尽。

"原来是这样的吃法,我还以为那是用来装饰的。"

那边有个穿衣镜,上面贴有札幌啤酒的广告。前面站着两个男人,这时从他们那里突然爆发出巨大的、毫无顾忌的笑声,声音跟破锣似的。高柳君手里正捏着橙子挤汁液,他非常不愉快地扫了他们一眼,但那两人一点也不在乎。

"去啊,什么时候去都行。嘿嘿嘿嘿嘿,今晚去吧?你都有点等不及了。哈哈哈哈哈。"

"嘿嘿嘿嘿嘿。我跟你说,其实啊,今晚就想约你去的。啊?哈哈哈哈。不,那倒不至于。哈哈哈哈。上次那个啊,是那样不是?所以,叫人没办法啊。嘿嘿嘿嘿嘿,啊哈哈哈哈哈哈。"

那跟砂锅底似的赭红色的脸映在镜子里,左摇右晃东倒西歪或长或短,一副旁若无人的模样。高柳君收回他那极端厌恶的眼神,看着面前的青年。

"他们是商人。"青年小声说。

"实业家吧。"高柳君同样小声回答。他终于停了手,放弃了挤橙子。

不久,"砂锅底"结了账,顺便开着女侍的玩笑,笑声响彻二楼,然后他们出去了。

"喂,中野君。"

"什么?"青年嘴里塞满了鸡肉。

"那些家伙,他们觉得这世间是什么啊?"

"他们不觉得是什么吧,他们就是那样过日子的。"

"羡慕啊。得想办法——这样下去不行啊。"

"羡慕那些人干什么?你就是那样想所以不同意庆祝我们毕业吧?来,我们再心情愉快地干一杯。"

"我不是羡慕那个人,我是羡慕他那样优越的身份。我毕业了还是如此疲于奔命,一点都没感觉到毕业有什么好处。"

"不会吧,我简直高兴得不行。我们的生活才刚刚开始。现在怎么能说那样泄气的话。"

"我们的生活才刚刚开始,但前途一片渺茫,所以我很烦啊。"

"为什么?没必要那么悲观吧?可以大干一场。我是跃跃欲试,我们一起干吧。一起大吃西洋料理——看,牛排来啦。这是最后一道菜了。据说半熟牛排有帮助消化的作用呢。这块怎么样呢。"中野君挥舞着西餐刀,拦腰切开了那厚厚的一块。

"原来是红色的。你看,红色的,还在出血呢。"

高柳君并未答话,开始大口嚼起了红色的牛排。不管颜色怎么红,也并不觉得对消化有多大的帮助。

当你在向人诉说心中不平时,还没等你完全说完,对方就给你一些不痛不痒的安慰，那决不会让你心情愉快。因为你搞不清楚他有没有理解你的不平，也不知道他是真心同情你，还是只是一种敷衍。高柳君一边望着牛排上的红色，一边想为什么对方的感情会那么粗犷。中野君给人的感觉就是，当你正想着要深入谈论问题核心的时候，他拿一盆冷水从头上哗啦啦地浇下来。如果对方本来就是个冷淡的、不近人情的人，因为事先有相应的心理准备，那不管对方反应如何冷漠都不会觉得吃惊。如果中野君是那样的人，那话说到一半被他堵住那也就无话可说了。但是，在高柳君眼里，中野辉一是一个漂亮、聪明、通人情、明事理的优秀的人。如此优秀的人却有这么个毛病就让人有些难以理解了。

他们是在同一所高中的、同一个宿舍里、同一个窗子边并排放着的两张书桌上共同生活过的同学，在同一个文学系听同一个教授的讲义，在同一年的夏天从同一所大学毕业。同一年毕业的人数有很多，数起来十个手指都要掰好几次，但是像他们俩这样亲密无间的再无第二对。

高柳君被认为是一个不爱说话、不与人交往、厌世的讥讽者，而中野君是一个洒脱的、完美的、品位高雅的才子。这样的两个人结交之后关系非常密切，在旁人看来简直无法理解。他们的命运就像一件衣服的大岛绸缎①的面子和秩父绢②的里子缝在一起一样已经密不可分了。

如果在芸芸众生中只跟一人亲近，除此人之外再无可亲近之人，那么这个人便是你的父母、兄弟、甚至爱人般的存在。在高柳君眼里，中野并不是个一般的朋友。而中野君没有让他把抱怨的话说完，

---

① 日本高级绸缎的一种，据说原产地为今日本鹿儿岛县奄美大岛。
② 产于琦玉县秩父地区的丝织品，主要用于衣服的里布。

所以他觉得非常遗憾。那感觉正如途中遇到大雨不得已只能返回而无法到达想去的地方。不但不让他把话说完,而且还给予不痛不痒的安慰,那更令人惆怅。本来想请他帮忙挤尽疮中的脓水,谁知他却只是拿着棉球在疮周围轻轻摩擦,反而徒增奇痒,更加难以忍受。

但是,如此寻思的高柳君是不对的,正如批判偶人娃娃不如艺伎那样有魅力,乃是因为批判的人根本不解偶人娃娃的风情一样。中野君是富裕的名门之后,他有一个温馨的家庭,在充满温情的家庭成长,人世间的风风雨雨,对他来说,只是他靠着火炉、隔着玻璃窗眺望的屋檐外的风景罢了。他懂绫罗绸缎的花纹,懂金色屏风的美丽,欣赏银烛的耀眼光辉,更懂活色生香的美女。他当然不是不懂父母恩、兄弟情、朋友义的木头莽汉,只是,他所居住的半球上,从来都是阳光普照。住在明亮的半球上的人,只有在上地理课时,才会偶尔注意到在他站着的大地的另一边还有一个暗无天日、一片漆黑的半球。但那黑暗并没有浸入他的骨髓,所以他就不会有切身的体会。而高柳君是寂寞地居住在这黑暗中的人。他和中野君脚掌相对一同站在这个地球上,除此以外他们别无瓜葛。

大岛绸和秩父绢之所以能缝在一起,是因为不太牢固的针和细细的线。如果把这根细细的线抽掉,那么鹿儿岛县和琦玉县之间仍然横亘着几百里的山川。牙痛的时候,与其去跟那些不知牙痛为何物的人诉苦,不如早早地去找牙科医生能解决问题。因为倾听诉苦的人给你一句"痛成那样,至于吗?"而从这句话中你是决不能得到任何安慰的。

"你们不用悲观,很好。"高柳君放下吃了一半的牛排,点上了"敷岛",望着中野君的脸。对方一边嘴里嚼着,一边同时摇了摇头,摆了摆右手,高柳君理解为对方不同意自己的话。

"我不用悲观？我不用悲观，那意思就是我活得很惬意啰。"

高柳君不禁嚅动了一下他那薄薄的嘴唇，漾起的微微涟漪还没等扩散到双颊就先行消失了。对方的话在继续：

"我不也是上了三年大学，读了很多哲学和文学书籍的吗？别看我这样，我也是知道世间是多么令人悲观的。"

"你知道的只是书本上的吧。"高柳君说，居高临下地如同从高山俯视着谷底。

"书本上——书本上的当然知道，就是现实中，也有很多痛苦，也有很多烦恼啊。"

"可是，你不愁生活，有大把时间，只要想学习就能好好地学，写作也是想写就写。跟我比，你真是太幸福了。"高柳君这次是羡慕地叹息着了。

"其实很多方面并不如你看到的那么轻松。就这样还有很多担心的事，让人厌烦。"中野君一再主张自己有担心的权利。

"是吗？"对方却不怎么相信。

"连你都这么揶揄我，越发觉得没趣。其实今天，正在想要不要去你那里找你，让你大大地同情我一下。"

"不告诉原因，我没法同情啊。"

"原因会慢慢告诉你。正因为心里太郁闷，所以才出来这样散步的。你该稍微观察一下啊。"

这次高柳君笑得很明显：他是打算观察来着，但并没有注意到什么东西。

"那么，你又是为什么这个时候在公园里散步呢？"中野君直视着高柳君的脸：

"呀，你的脸很怪啊。阳光照射的右侧血色非常好，但阴影的另一侧光泽非常差。真怪啊。以鼻子为分界线，两边的矛盾非常明显，就像左右各戴一半悲、喜剧面具似的。"中野君一口气不歇，一下子说完。

听着这无心之评，高柳君仿佛被人从脸上窥探了心底的秘密。他回过神来，伸出右手从额头到腮帮抹了一圈。也许他觉得这样做就能把脸上的矛盾中和起来。

"不管天气怎么好，我也没有散步的闲工夫。今天刚去新桥找丢失的东西，回来经过这里，想顺便在这休息一下再走。"高柳君用刚刚在脸上游走的手撑着下巴，依然一副忧愁的模样。如果悲、喜中和了的话就应该恢复正常的面容，但不知为何，他的脸竟成了一片混沌的表情。

"丢了东西，丢什么了？"

"昨天在电车里丢了草稿——"

"草稿？那很麻烦啊。我稿子写完后，在杂志上登出来之前，都会一直担心。其实，草稿这东西对我们来说真是比命还重要啊。"

"什么啊！我要是有写那样贵重草稿的时间就好了！——可哪有啊。"仿佛自轻自贱的语调。

"那，是什么草稿？"

"地理教学方法的译稿。因为约好了明天必须送到，现在丢了，稿费是拿不到了，还必须从头再写一遍，真让人厌烦。"

"去找了，没找到？"

"没。"

"那去哪里了呢？"

"估计被列车员拿回家，做扫帚之类的去了吧。"

"怎么会！可找不到的话很伤脑筋啊。"

"是伤脑筋，但因为是自己不注意，倒还可以忍受。关键是失物招领处的那家伙——态度非常恶劣、特别形式主义——像背书一样噼里啪啦说了一通之后，再问什么都是一问三不知。那家伙就是代表二十世纪日本人的模范人物。那公司的老板一定也是一路货色。"

"真让人生气！但好在世人并不都像失物招领处的那人一样，是吧？"

"还有像样点的人吗？"

"你在讽刺了。"

"因为世间到处充满讽刺。如今世道就像冷酷的竞进会①一样。"

高柳君一边说一边把刚点着的"敷岛"从二楼栏杆往下扔去。正巧这时，随着一声"谢谢"，冷不丁从门口走出来两个人，燃着的烟头正好落在其中一人的礼帽上。那人扬长而去，帽子上冒着烟。

"喂，你干了坏事了。"中野君说。

"什么，我不是故意的。——啊，就是刚才那位实业家。管他呢，随他去。"

"哦，是刚才那两人啊。怎么磨蹭到现在？可能在下面打球吧。"

"还不是失物招领处那家伙的同类，他们什么事不干。"

"啊，他注意到了——拿着帽子在掸呢。"

"哈哈哈哈，真滑稽。"高柳君愉快地笑起来了。

"你真够坏的啊。"中野君说。

"是啊，这样真的不好。虽说是偶然，但拿这种事来报仇是很卑鄙的。做这样的事还这样高兴，文学士的价值真是荡然无存了。"瞬间，高柳君的脸又回到刚才的忧愁模样了。

---

① 又名共进会。为了振兴产业，从明治初年开始，日本各地开展的收集展览产物产品并进行优劣评定的会。

"是啊！"中野君回答道，仿佛在谴责又仿佛在赞成。

"但是文学士也只是个好听的名称，因为实际上就是写东西的。都成了文学士，却只能做翻译地理教学方法的杂活儿，所以心里不安啊。因为我母亲一直在等着我毕业，期待着我毕业了一切都好起来啊。想想真对不起她。我这个样子，等到什么时候都没有出头之日。"

"不是才刚毕业嘛，哪能那么快就成名成家呢。总有一天我们会写出一部大作品，充分发挥我们的本领，那时天下就是我们的了。"

"那得等到什么时候。"

"不能那么性急。新陈代谢需要时间，不静下心来慢慢等是不行的。那时，世间自会认可我们的真实价值。连我这样的人，只要一直坚持这样写下去，慢慢也会得到一些人的好评。"

"你没问题。你能做自己想做的事。而我，想写的东西很多很多，但根本没有静下心来写作的时间。实在很无奈啊。若有个保护者，能让我专心学习，我定能写出名作来。不管做什么都行，至少有个差事每月固定能有六十元的收入也好。我毕业前就已经自谋生路了，但没想到毕业后还如此艰难。"

"那也没办法。等我能自由支配我家财产，我就做你的保护者。"

"那就拜托了。——真的已经厌烦了。你想想，现在连乡下中学老师的差事都不容易找到呢！"

"好像是的。"

"我的一个朋友，学哲学的，毕业都三年了，还没工作呢。"

"是吗？"

"这样看来，我小的时候，不知不觉干了很多坏事。不过，那时跟现在时势不同，教师的差事也不像今天这么难找。"

"你干什么了?"

"我家乡的中学有个叫白井道也的英语老师。"

"道也,名字好怪啊。不觉得像锅底的铭文吗?"

"他的名字叫道也,但不知为何我们都路也、路也地叫他。这道也先生——你知道吗,他也是个文学士。那个老师,终究还是被大家给撵走了。"

"为什么?"

"还能有什么原因,就是欺负他撵他走了呗。那可是很好的老师啊,人格什么的。因为那时年龄小,不懂,但总觉得他不像坏人……"

"那,到底因为什么撵走他?"

"因为中学老师里有些人非常坏。也就是说,我们是被煽动的。我现在还记得很清楚,晚上,我们十五六人成群结队来到道也老师家门口,大声喊叫,并向他家里扔过两三个石头。"

"太野蛮了。到底为了什么做出这样的蠢事?"

"原因不知道,只是觉得好玩吧。估计没人知道这样做的原因。"

"真是单纯啊。"

"真的很单纯啊。原因大概只有煽动我们的教师知道,说是他太狂妄了去教训教训他一下。"

"真过分。教师里竟有那样的人?"

"有啊。可能因为小孩子太好煽动了,就会有那样的人。"

"道也先生后来怎么样了?"

"辞职了。"

"可怜见的。"

"真惭愧啊。估计他在找到下一个工作之前生活都是很困难的。

下次见到一定要诚心诚意地赔礼道歉。"

"知道他现在在哪里吗?"

"不知道。"

"那不是不知道什么时候才能见到?"

"真不知道什么时候才能见到。也许,他因为找不到教师的职业已经死掉了。——还记得先生辞职前来到教室说的一番话。"

"他说什么了?"

"同学们!我们不是为了教师这个职业而活着的,应该为道而活。道,是很崇高的东西。如果不懂得这个道理,那就还没有成为一个真正的人。请同学们努力早日明白这个道理。"

"哦?"

"教室里我们照例还是哄堂大笑起来了,一边笑一边说着真狂妄,真狂妄。——真不知道到底谁狂妄。"

"乡下学校真是什么事都有啊。"

"哪里,东京不也有吗?不光是学校,世间到处都是一样。真没意思。"

"我们聊得太久了。怎么样,我们一起去品川的妙花园吧?"

"去做什么?"

"去赏花啊。"

"我得回家翻译地理教学方法去。"

"玩个一天怕什么?去那样优美的地方会有一个好心情,翻译会更顺利的。"

"是吗?你是去玩吗?"

"顺便玩玩啊。想去那里写生,积累点素材。"

"做什么用的素材?"

"写好了会给你看的。我在写小说,其中有一章,女人站在花园里,痴痴地凝视着红色的小花,那花的颜色就变得越来越淡,最后变成了白色。我想这么写写看。"

"幻想小说啊?"

"想写幻想的,神秘的,而且有点发古之幽情的,能表达出那种感觉就好了。嗯,写好了你帮我看看吧。"

"那妙花园哪能做你的参考啊。你不如回家去看看霍尔曼·亨特的画。啊,我也有想写的东西,但怎么也没时间。"

"你讨厌自然,这不好。"

"自然不自然的,有什么要紧?在这令人痛彻肺腑的二十世纪哪有闲心去说那些?我的东西写出来,可不是那样做梦般的东西。即使不美,即使很痛,即使很苦,只要能触及我内心的某处我就觉得满足了。我不管它是不是诗情画意的。即使痛得蹦起来,我也要把自己切开,叫人们知道'原来如此,确实是很痛'。我想把这些充分表达出来。悠闲轻松的人们做梦都想象不到,生活深处还有如此的事实,我告诉世间玩乐逍遥的人们,这才是人的本质。他们会说,'哦,是吗,我从没想过还有这样的事,听你这么说还真有,心服口服,无话可说。'我的目的就是要他们承认这些事实。我跟你的方向完全不一样。"

"但是,那样的文学总让人觉得不舒服。——想写你请便。怎么样,到底想不想去妙花园?"

"有去妙花园的时间,我就用来写我的主张了,哪怕一页也好。想到这些我就坐不住了。其实,我哪有闲心在这里慢慢吃这半生不熟的牛排啊!"

"哈哈哈哈,又性急了。有什么不好呢,还有刚才的商人那样的人呢。"

"正因为有那样的人,我才更想要工作。哪怕有他们十分之一的时间和金钱也好,我就写给他们看看。"

"你是怎么着都不肯去妙花园了?"

"很晚了。你穿着冬服,而我穿着夏装,回来路上要是感冒了就麻烦了。"

"哈哈哈哈,找到一个好理由了。已经是穿冬服的季节了,换了衣服不就行了。你什么事都怕麻烦。"

"没换衣服不是因为怕麻烦,是没有衣服换。就是这身夏装,还一文钱没付呢。"

"真的吗?"中野君一脸同情。

午饭的客人全都吃完离开了。他们两人从椅子上起身离开的时候,桌布上寂寞地散落着几处面包屑。公园里比刚才更热闹了,凳子依然被不知哪里来的男男女女占据着。秋天的阳光透过薄薄的夏装温暖地照在背脊上。

三

　　扁柏做的门，门上是银色的瓦。进了这门，在洒过水的花岗岩石板路上，斜着走十来步。石板路的尽头是镶嵌着毛玻璃的对开门，门左右紧闭，门内寂寂然，任凭秋气渐深。

　　打磨得很光滑的直木纹柱子上有象牙色的按钮，轻轻一按，很快里面传来脚步声。随着"喀嚓"一声，大门左右分开，下面露出光滑如镜的地面。门里右边是周长一尺有余的仿紫砂大钵，钵里栽着两三根棕榈竹，悄然地伫立着，一动不动。正面是一面高四尺的金色屏风，上面是三条小铁匠[①]，握着一个奇怪形状的大锤，在叮当、叮当地敲打着能应验灵梦的天皇的弯刀。

　　应声出来的是一个十八九岁的端庄女仆，她接过写有"白井道也"的名片，站在那里问"是找少爷吗？"道也先生歪着头考虑了一下：老爷、少爷都叫中野，真不知道是找其中的哪一个，碰到这样的事还是头一遭，弄不好会吃个闭门羹，那就一辈子都不得知道是谁了，因为只有见了面自己才知道对方是老爷还是少爷啊。迄今为止的上门访问，有很多次，在得知对方是老人、小孩、跛子还是独眼龙之前就被人从门前赶走了。就是不被赶走，人家也不会问是老爷还是少爷。但现在人家既然问了，就得选择一个答案。被逼着必须对一件无关紧要的事做出决断，就是贤人向蠢人交税。

　　"大学毕业的那位……"说到这他突然意识到老子也可能是大学毕业的，遂订正说，"搞文学的那位。"女仆听了一句话不说，鞠了一躬就走了，白袜底上的污垢引人注目。道也先生的头部上方吊着一个圆圆的铁铸的金色灯笼，上面镂刻着波浪和小鸟，镂空的地方贴着纸。先生仰头望着灯笼长长的链子，疑惑这灯笼是如何点亮的。

女仆又出来了，说这边请。道也先生的木屐，大拇指的地方已经凹下去了，上面的绳子也松了。他把它脱下来，留在玄关华丽的地面上，移动着他那长长的、丝瓜形状的身体跟在女仆身后。

客厅是西洋式布置。圆桌上面铺着桌布，桌布上淡雅地绣着五六朵玫瑰形状的花纹，地上是同色系的地毯。桌布自然下垂，似乎是为了与地毯相连，桌布的边缘波浪般地垂落在地板上。壁炉并未启用，前面一尺开外的地方，立着两扇折叠小屏风以遮蔽壁炉的入口。窗帘是很深的紫红色缎子，故而与室内整体装饰有点不太协调，但这些道也先生根本注意不到，因为先生是有生以来第一次进入如此华丽的房间。

先生抬头望着墙上的匾额。里面画的是京都年轻艺伎身着友禅[2]长袖和服在打手鼓，一拍过后，艺伎如葱的手指从鼓上弹回的瞬间，连小手指都描绘得非常逼真。可是，道也先生是不会观察到这些的，在他眼里，这只是一幅没什么品位的画而已。对面的角落里安放着一个新式书架，窗帘缝隙间射进来的阳光正照在书架上，使一部分西洋文书脊上的金色字体闪闪发光。非常高雅，但道也先生丝毫不为所动。

这时，中野君出现了。缎子的棉衣上缠了几圈绉绸腰带，透过

---

[1] 原文"三条小锻冶"，即宗近（生卒年不明），平安朝时期著名刀工，因住在京都三条所以人称三条小铁匠。
[2] 日本传统印染技法，据传诞生于京都，以色彩鲜艳、图案华丽著称。

金丝边眼镜，双眼亮闪闪地看着道也先生，一边说"啊，劳您久等了"，一边在椅子上坐下来。

道也先生穿着怪里怪气的廉价平纹绢织质地的和服，上面套着黑色棉质、印有徽章的外套。他双手放在粗糙的衣服里也不拿出来，神情泰然自若地说，"打扰您了。"

寒暄完毕，中野君依然两眼发光，过了会儿，下定决心似的，满怀好奇地问，"您叫白井道也？"名字看名片就知道了，根本不用问。之所以如此发问，都因为中野君是个不懂世故的文学士的缘故。

"是的。"道也先生平静地回答。中野君有点失望。中野君看到名片时心里一动，满脑子里只有那个被赶出学校的中学老师。亲眼看到他落魄的样子后，满怀同情的中野君就忍不住想确认对方是不是就是那个在中学被学生欺负的白井了。不管如何同情，如果对方不是白井的话那同情就派不上任何用场。因为同情，所以他在确认时禁不住开口就问："您叫白井道也？"但是，好不容易问出口的问题，被一句泰然自若的"是的"呛住，好像是多此一问了。因为经验尚浅，文学士既没有第二次发问的勇气也没有相应的谋略，想给予同情，但对方泰然自若全副武装以对，那这戏就演不下去了。机灵人会用针等刺破这泰然的一角从而达到自己的目的，但中野君是个诚实的人，不太懂世故，还没学会操纵他人。

"今天来拜访您，是有一事相求。"这次道也先生打破沉默。有事相求是同情的好伙伴，无事相求的人没有同情的价值。

"啊，没问题，只要我能做到。"中野君爽快答应。

《江湖杂志》正在实行一个计划，就是以如何解决当代青年的苦闷为题，征求并发表各位先生的高见。考虑到如果总是常见的几个大家的意见可能缺乏新鲜感，这次想一个一个地访问年轻的先生——所以我被派到这里来拜访您了。如果您不介意的话,我想做个笔录。"

道也先生静静地从怀里拿出了笔记本和铅笔。他拿是拿出来了,但也没有要记的样子,也没有想勉强别人说话的意思。他根本就没有指望通过这样一个青年的口去解决那样一个愚蠢的问题。

"原来是这样。"青年抬起亮晶晶的眼睛看着道也先生,但先生的脸就像隔夜的啤酒一样毫无波澜,于是就拉长"这样"的发音,声音慢慢低下去。

"怎么样?给点高见吧。"他例行公事似的催促道,一副如果对方说"没有",他也许会马上拔腿离开的架势。

"这个,就算有,我的意见也没有在杂志发表的价值。"

"不,有。"

"那从哪里说起呢?因为太突然了,没有准备说不出什么像样的意见的。"

"我们社长好像经常在杂志上看到您的大名。"

"不,不客气。"中野君把脸转向一边。

"什么都行,请您说点吧。"

"说什么呢。"青年望着窗外,犹豫不决。

"您看我好不容易来一趟。"

"那就说点什么吧。"

"好,请。"道也先生拿起了铅笔。

"烦闷这个词最近好像很流行,但那大多是一时的情绪,不出三天就会好。那种烦闷自开天辟地直到世界末日都会存在,这个应该根本不是什么问题的。"

"嗯。"道也先生低下头,奋笔疾书,铅笔在纸上滑动,沙沙作响。

"但另有一种青年肯定会遇到、也应该会遇到的比较深刻的苦闷，那是来源于自然的要求……"

铅笔的沙沙声。

"那是什么呢？就是——恋爱……"

道也先生的铅笔戛然而止，脸上显出不可思议的表情，看着对方。中野君好像意识到什么，有点懊悔，但很快表情恢复原状，接着说下去。

"为什么说是恋爱，可能有点不好理解，而且，近来人们不怎么用恋爱这个词。但是这种苦闷是真切的事实，在事实面前不论是谁都必须低下头来，这毫无办法。"

道也先生又扬起了脸。但因为他那长长的苍白的脸上没有任何变化，所以，当然无法看穿他的内心。

"我以为，在我们的一生中遇到的所有苦闷中，再没有比恋爱的苦闷更深刻、更强烈、更痛彻肺腑的东西了。因为恋爱具有如此的威力，我们只要一度陷入这苦闷的烈焰中，就会发生巨大的变形。"

"变形……吗？"

"是，形状发生变化。之前是轻轻地浮着的，因为不知道自己和世界是个什么关系，所以每天懒懒散散地过日子，有一天自己突然明了起来。"

"自己的什么明了起来？"

"自己的存在。明确意识到自己在活着。所以说，从一方面看毫无疑问恋爱是苦闷，但是从另一方面看如果不经历这苦闷一辈子也不会明白自己的存在。不踏入这地狱，就不会进入那天国。只是，乐观的人除外。乐观必须建立在品尝了恋爱的甘苦，确立了人生意义之上的，否则就不真实。所以，恋爱的苦闷没有别的办法可解决，要解决恋爱的苦闷就只有去恋爱。恋爱使我们苦闷，同时又帮助我们解脱……"

"就这些吧。"道也先生第三次扬起了脸。

"还有一点……"

"您接着说也没关系，但是，我们要登很多人的意见，如果后面删掉就是对您的不敬了。"

"既然如此，那就这些吧。这种话题我是第一次谈，您笔记不好记吧？"

"不。"道也先生把笔记本放入怀中。

青年以为笔记者听了自己的言论，感佩之余应该有些赞美之词的吧，哪知对方仍然是一副泰然的态度，只说了一个"不"字。

"啊，打扰您了。"客人站起了身。

"别忙。"中野君拦住了他，希望至少对自己刚才的话能给点意见再走。即便不能，他对前几日高柳君在日比谷说的话有些好奇，想求证一番。总之一句话，中野君太闲。

"不，谢谢挽留，可我还有事。"客人已经离开椅子，往外迈出一步了。"那好"，中野君再闲，这时也只得放弃，起身送客。送到玄关门口，中野君不再犹豫，问："您，应该认识有个叫高柳周作的吧？"被压抑了很久的一句话终于问出口来了。

"高柳？好像不认识。"道也先生上半身向后扭，转头说道。他已经穿好了鞋，一只脚已经离开垫脚石踩到了地面。

"他今年刚大学毕业……"

"那就不认识了。"另一只脚也踩到了地面。

中野君还想说点什么，这时听到人力车咔嚓咔嚓碾压石板路的声音，车在玻璃门的前面停下来。道也先生一拉开门，就看到车上人穿的厚厚的木屐轻快地踏在花岗岩石板路上。道也先生仿佛一片五彩祥云在人眼前飘过，走到屋外的大路上。

时间已经过了四点。深蓝色的天空上飘着墨似的薄薄的黑云，在那背景下一只鹰在飞舞。大雁还没飞来。对面走来几个小孩，日式裤子的左右两边提起卷在腰间，唱着歌，心情似乎特别愉快。他们肩上扛着竹叶和狗尾巴草做的猫头鹰，随着他们走路的节奏一蹦一跳地过去了。他们大概是往杂子谷①那边去吧。长屋檐的点心店的后院里，柿子亮晃晃地清晰可见。时候快到傍晚了，有点凉。

经过药王寺前面的时候，帽檐下往来行人的脸已经分不清了。路边有石头路标，上面写着三十三所，在那左转，从染坊前的小巷进去往西走五十来米就到了自家门口。家里还没上灯。

"啊，你回来了。"妻子在厨房里说。房子比较小，厨房甚至跟玄关差不多大。

"女仆出门了？"道也先生经过两张榻榻米大小的玄关，走向六张榻榻米大小的起居室。

"是啊，有点事，去柳町了。"妻子又回厨房去了。

道也先生从正面壁柜的一角拿出油灯，走到屋檐底下，开始用手擦拭。用稿纸样的东西先擦灯身，再擦灯罩，最后灯芯附近黑乎乎的地方也胡乱地擦了一下，然后把纸揉成一团丢弃在院子里。院子里一片黑暗，什么都看不清。

道也先生坐到桌前，划亮火柴，迅速把火柴移向油灯，屋里一下子亮堂了起来。但从道也先生的角度看，倒是看到更多不那么亮

---

① 东京地名。

堂的地方。壁龛是有一个，但现在是一个挂幅也没有，因为他总有许多不挂的理由。那里放着的是笔记本、稿纸和堆得高高的书。桌子仿佛是白色木头托盆的放大版，非常简单，上面除了墨水瓶和劣质的笔砚外什么也没有。对于道也先生来说，不知道是他根本不需要装饰，还是虽然需要却并无沉湎于此的时间，这是个疑问。但在外人看来有一点是不争的事实，那就是在这间毫无温馨气氛的陋室里，道也先生可以心安理得地写他的文章。也许，先生的生活、所追求的人生目的并不是装饰，而在装饰之外。只是，他妻子越是发现这是不争的事实，越是确信，就越是不愉快。因为，女人是为装饰而生，为装饰而死的。大多数女性甚至不惮把支配自己命运的恋爱都看作是装饰。既然恋爱是装饰品，那恋爱的本尊恋人无疑也是装饰品了。不，不仅是自己心甘情愿做一个装饰品，而且，甚至骂那些不把自己看作装饰品的人是蠢货。但是，尽管大多数女性是如此看待人世的，但她们自己并没有自我觉察到。只是，当她们发现围绕自己的人或物并不能起到装饰作用时，她们就会感受到不愉快。虽说只是感受到不愉快，但当她发现周围的事物或人依旧如故时，从外界感受到的不愉快就会向四面八方反射出去，她会说，"这也还是老样子啊！"慢慢地，这也不是，那也不是，积攒的不愉快就会不断反射出来。不知道道也的妻子是否进化到了这一步，但对大部分普通女性来说，在这种没有任何装饰的空气中生息久了以后自然而然会向这个方向发展。也许她现在正在发展当中也未可知。

  道也先生从怀里取出那个笔记本，开始往原稿纸上誊写。他出门时穿的日式裤子也没脱，态度也还是毕恭毕敬的。他是穿着出门的衣服，恭恭敬敬地在记录中野辉一的恋爱论。但恋爱和这个房间的布置、恋爱和道都是不般配的。他在誊写时心里在想什么呢？人有千种，世有百态。千种人活动于百态人世中是自然之理。只是活动范围广的人会赢，活动力度深的人更是非赢不可。也许道也一边谨慎地抄写笔记，一边自觉自己比那戴着金丝边眼镜的恋爱论者的活动范围更窄、更浅吧。壁龛的后面，蟋蟀在歌唱。

妻子"嗖"的一下拉开了门。道也头也不回。妻子只说了句"忙着呢"，然后脸就隐藏到门后面了。

女仆像是回来了。说是煮豆卖完了，所以买了辣味味噌回来，说豆腐又涨了一厘①。他家房屋后面的专念寺里，和尚正"当、当"地在做晚课。

妻子的脸又从门后伸了出来。

"欸。"

道也先生不知什么时候已经收起了笔记本，现在在另外的纸上热心地写着什么。

"欸。"妻子又叫了一声。

"什么？"

"吃饭了。"

"喔，就来。"

道也先生与妻子对视了一下，马上又转向桌子了。妻子的脸也马上消失了。厨房里传来"吃吃"的笑声。看样子道也先生不写完手头这一节是不会去吃饭的。不久，一大段结束，他放下笔，翻了翻身边的原稿，自言自语道"二百三十一页"。看来是在写文章。

道也先生站起来，走到隔壁房间。小小的长方形火盆上放着平底锅，锅里的豆腐在冒着热气，在咕噜咕噜地颤动着。

---

① 明治时期货币单位，10厘等于1钱，1000厘等于1日元。

"煮豆腐吗？"

"啊，什么也没有，对不住啊……"

"没，没事。只要有的吃，什么都行。"道也说着坐到一个四方形的东西——好像是个多层饭盒——的前面拿起了筷子。

"哎呀，你外裤都没脱啊，你也太……"妻子边说，边递给他盛满饭的碗。

"太忙了，就忘了。"

"你自找的，喜欢忙……"话说到一半，妻子取下煮豆腐的锅，放上铁壶。

"是吗？"道也先生意外地很平静。

"你不是拒绝了挣钱又清闲的差事吗？忙，赚不到一分钱的穷忙，任谁都觉得你不太正常。"

"你那样想我也没办法，但这是我的主义。"

"是你的主义你没问题，可我……"

"你的意思是讨厌我的主义吗？"

"没什么讨厌喜欢的，但至少，多少得说得过去吧，就是我也……"

"有饭吃不就行了，想过更好的日子那是没有止头的。"

"你就那么想，根本就不管我怎样。"

"这味噌好咸啊。哪里买的？"

"哪里？"

道也先生抬起头看着对面的墙壁，妻子的影子斜映在那冷冷的灰色墙上。在此时道也的眼里，那影子和妻子本人一样都是没有意义的。影子旁边的衣架上挂着女人的绸缎礼服，记得这是当时收入比较好的时候在乡下给她买的，对妻子来说稍嫌太艳了点。

那时的想法跟如今完全不同。那时他相信有不少人跟自己有同样的思想或者感情，所以也没有想过要率先用自己的笔去唤醒世人。

如今完全相反。世间讴歌名门，世间讴歌富豪，世间讴歌博士、学士。遇到公正的人格，世人并不知道可以无视他的地位，无视他的金钱，无视他的学识和才艺，而只是尊重其人格本身。人的根本意义在于人格，而人们并不是把人格作为评判人的标准，而是用附之其上的皮毛之物来决定一切。当该附属物与公正人格发生冲突时，世间必定站在附属物的一边而尝试去蹂躏其人格。天下失去一个人的公正人格，天下就失去一分光明。公正人格异常高贵，那是一百个华族[①]、一百个绅商、一百个博士都无法偿还的。我们诞生于世就是为了维护我们的人格，除此以外别无其他任何意义。寒时穿衣饿时进食，只不过是维持人格的一个简便方法而已。提笔磨墨也只不过是一个为了在其他方面贯彻我们人格的策略而已。——这是道也现在的信念。抱如此信念处世的道也不可能事事取悦妻子。

望着墙上的和服，不久饭毕，道也问道：

"你出门了是吗？"

"嗯。"妻子给了这样一个字的回答。道也没说话，默默地喝着茶。这真是万物凋零的秋天里无比寂寥的回答。

"我也不能束手干等着没饭吃，也得想点办法，因为到这个月底就必须担心付不付得起米钱了，所以我出去筹钱了。"这次是妻子先开口了。

"啊，是上当铺去了吗？"

"哪里还有能拿去当的东西啊？"妻子狠狠地盯着丈夫的脸。

[①] 明治日本社会等级的一种，位于皇族之下庶民之上。

"那，你去哪了？"

"去哪里，因为没有别的地方可去，去哥哥那里了。"

"哥哥那里？不能去啊。就算去了那里，又有什么用。"

"是啊，不管什么事你总是一开始就瞧不起，那样不好！不管教育怎么不同，脾气怎么不合，你们不还是亲兄弟吗？"

"兄弟是兄弟，我又没说不是兄弟。"

"所以呀，有了困难找他商量也许会有办法解决。都这样了，你去跟他商量一下有什么不行？"

"我不去。"

"死要面子活受罪是你的怪癖啊。这样不是很吃亏吗？自己赶着让别人讨厌你……"

道也先生木然地望着墙壁上妻子晃动的影子。

"那，你有收获吗？"

"你总是想一口吃个大胖子。"

"又怎么了？"

"在拿到钱之前大家不是都有自己的想法，需要商量、交涉的吗？"

"好吧，那我从头开始问。你去找哥哥去了，瞒着我。"

"瞒着你，不也是为了你吗？"

"好，是为我。去了之后呢？"

"去见了哥哥，我跟他抱歉好久没有走动，之类的，然后把我们的情况原原本本告诉他了。"

"然后呢？"

"哥哥听了之后，说，那真是为难你了，他表示非常同情我……"

"同情你，嗯。——把那炭拿过来，不加炭的话火就要灭了。"

"哥哥说这个应该早点打理妥当的,为什么一直置之不顾呢。"

"可真会说。"

"你还在怀疑哥哥啊,会遭报应的。"

"那,你拿到钱了?"

"你看,又想一口吃个大胖子了。"

道也先生觉得有点滑稽,笑着低下头,去吹那堆在一起的黑炭。

"因为哥哥问要多少才能完全把这窟窿填上——我真很难说出口——终于我狠狠心……"说到这她停下了。道也一个劲地吹火。

"我跟你说,终于我狠狠心——喂,你在听吗?"

"在听啊。"他抬起了被火熏红了的脸。

"我狠狠心说了要一百块。"

"哦。把哥哥吓了一跳吧?"

"然后,他考虑了一下,说,一百块钱,不是说借就能借的……"

"像哥哥说的话。"

"你听我说,后面还有呢。——哥哥说,'不过,这事不比别的,既然这么困难,如果你觉得行的话,我也可以做个中人从别人那里借。'"

"靠不住哦。"

"你听我说完啊。——然后,说总要见着你本人,好好听听你的想法之后再说。我跟他谈到这一步了。"

妻子就像立了大功似的抬起她那颧骨高高的脸来盯着丈夫的脸。她的眼神似乎在说:丈夫没能耐,没日没夜坐在桌子前,兢兢业业勤勤恳恳,但却赚不到能养活妻子和自己的钱。

"是吧。"道也只说了这句,并没有对她的社交手腕表示任何感谢的意思。

"就'是吧'吗?我好不容易把话说到这一步了,下面就看你的了。你不要让我的一番心血白费了啊。"

"没事,不用那么担心。再过一个月我就有望拿到一百或两百块钱的。"道也先生淡淡地留下一句,从火炉边走开了。

编辑《江湖杂志》二十元、编纂《英和字典》十五元,这些是他的固定收入。但其他的工作也很多。诸如给报纸写稿,给杂志写稿。文章写得很多,甚至到了没日没夜的程度,但都没有钱。偶尔收到两元、三元稿酬的时候,他反而觉得不可思议。

这种不能提供任何物质帮助的辛苦著述里有他的生命。他的气魄化作一点一滴的墨汁,一笔一画里飞扬着他满腔的热忱和思想。道也执笔的目的是在读者看到这篇文章时,在他的瞳孔里注入一道电流,在他的筋骨中唤起刹那间的震动。吾辈以文载道,道也对纸发誓:只要有人遮挡着道,哪怕是天神也决不姑息。

他一点一点地遣词造句,仿佛感到赤诚从他指尖流出,热烈地炙烤着笔尖的白纸。甚至连白纸也活起来了,仿佛有了人格。若世间真有酣畅淋漓文采飞扬的文章,那道也的文章必定属于这一类。但是,世间是华族、绅商、博士、学士的世间,是附属物要压碎本体的世间,道也的文章一问世即被无视。妻子把卖不了钱的文章都看作不务正业,做不务正业的文章的人都是没用的人。

听了道也的话,妻子把火箸插在灰里,不可思议地问:

"现在也还能拿到那么多钱?"

"你的意思是现在不如以前了吗?哈哈哈哈哈。"道也先生大声笑了起来。妻子气焰尽失,张大了嘴巴。

"我再去写会稿子。"道也站起了身。当晚,他写他的《人格论》,写到了二百五十页。睡觉已是两点以后的事了。

四

"去哪?"在动物园门口,中野君抓住了高柳君。樱花树粗大的黑色树干,在秋日阳光的照耀下,反射着银色的光芒。没有风,病恹恹的叶子从枝头飘下,静静地落在行人的肩头。脚边的地面上,到处堆积着辞别枝头的枯叶。

叶子的颜色各种各样。高柳君刚才一直望着这些叶子,想:把鲜血放在日头下暴晒七天,把每天变化的颜色随便涂在同一枚叶子上,大概就是这种颜色吧。一想到鲜血,高柳君似乎感到腋下有什么冰冷的东西传到了衬衣上。他无力地咳嗽了一下。

叶子的形状宛如被火烤干的糯米饼一样千差万别,它们争先恐后地往上卷翘,干枯的樱花树叶也一样往上卷翘着,当风吹来的时候,它们就那么翘着随风飘走。失去了水分、变得干枯的东西没有了眷恋,也不会执着。它们之所以能飘飘然安心把自己托付给忽东忽西的风儿,也许是想在死后的祭典上引起骚动。随风飘舞的落叶与被风攫走的木屑一样都是一种疯狂,只不过是将死之物的疯狂。在死与疯狂点缀着自然界之时,高柳君耸了耸瘦削的双肩,又干咳了一声。

高柳君就是在这个瞬间被中野君逮住的,回过神来才发现原来天下太平。头顶是朗朗乾坤,身边是陆续走过的穿着漂亮和服的人儿。中野君身姿俊美,穿着轻薄的毛料外套,腮帮下的珍珠胸针熠熠生辉。——高柳君注视着对方的身姿,却并不答话。

"你去哪?"青年再一次发问。

"去图书馆刚回来。"被问的人终于应声了。

"又是地理教学方法吗？哈哈哈哈。脸上气色不是很好啊，发生什么事了吗？"

"最近不知在何处遗失了喜剧面具。"

"是又到新桥那边去找，又遭遇到很多不愉快吗？没意思。"

"别说新桥，就是走遍全世界也不可能找到。我已经不折腾了。"

"不折腾什么？"

"什么都不折腾了。"

"什么都不做了？休息一段时间也好。什么都别做，请随我来。"

"去哪？"

"今天那边有慈善音乐会，我买了两张票，但找不到人一起去。刚好，你去吧。"

"买了用不了的票吗？好浪费啊。"

"碍于人情没办法。我爹买的，但我爹他又不懂西洋音乐。"

"那就把多余的那张送人啊。"

"本来我想去送给你的……"

"不是送给我，是送给'那里'。"

"那里是哪里？——哦，那里啊。那不用啊，他们自己也买了。"

高柳君没再接话，正面注视着对方。中野君有点不好意思地微笑了，用右手一直拿着的山羊皮手套在胸前不停地敲打。

"为什么拿着不戴的手套到处跑？"

"哪有，刚从口袋里拿出来的。"一边说，中野君一边把手套放进了衣服的暗袋里。高柳君的怒气稍稍平复了下来。

这时后面传来驾车的吆喝，马蹄声响处带起一阵风。两人赶紧退到道路一旁。黑色马车的车顶划过秋日暖暖的阳光，在两人的面前驶过，其中可见一顶绢帽和一把美丽的红色阳伞。

"去的都是那样的人吗？"高柳君用下颌指着马车驶去的方向。

"那是德川侯爵。"中野君告诉他。

"你很门儿清啊。你是他们家仆人么？"

"我不是他们家仆人。"中野君很认真地辩解道。高柳君心里又掠过一阵愉悦。

"怎么样？走吧，要迟到了。"

"迟了就见不到了是吧？"

中野君脸红了。是生气了，还是被戳中了弱点，还是不好意思，这只有高柳君知道。

"还是走吧。你总看不惯这看不惯那，讨厌人多的地方，这样会成为孤家寡人的。"

反击到位，这次败下阵来的是高柳君。孤家寡人，听到这个词，他的耳朵里"嗡"的一下，感到十分惆怅。

"不想去吗？不想去那就没办法，那我就失陪了。"

对方脸上洋溢着同情的笑容，后退了半步。高柳君又一次被击中。

"走吧。"他一下子投降了，去听音乐会，他有生以来这还是第一次。

来到大门前，观众很多很拥挤，甚至让人找不到胸前佩戴着蓝色丝带的招待人员。往前走到尽头，右边的是上等座，左边的是普通座，似乎没有下等座。中野君不用说是上等座了，他回头招呼高柳君"这边走"，看起来对这里非常熟悉。高柳君倍感孤独地跟在中野君身后一步步地攀登着台阶，心想：真希望他们今天能特别设立一个下等座，让自己坐在那里听。他觉得，自己右边往上走的人，左边往上走的人,还有后面接连不断跟着上来的人,他们都是与自己不同种类的动物,他们故意包围自己以免自己逃跑,把自己赶上二楼大厅,然后欣慰地拍着手笑,他们似乎是合谋着这样对待他。回头看,可看到乌黑束发[①]的头顶,可看到以一条完美直线将头发三七分开并用发蜡固定的头盖骨。这样的脑袋十个二十个层层叠叠地直逼上来,使高柳周作一步也不能后退。

来到音乐厅的入口处,高柳君就如陶醉于晚霞一般失神起来。心情仿佛穿过遮天蔽日的绿荫到达山顶,突然豁然开朗,眼前呈现一片广阔的风景。演奏台在遥远的谷底,若要走近去,就要从刚刚爬上来的这最高处,越过按照严格规则排列的人们,一条直线地穿下去,这样才能自然接近到那擂钵的底部。擂钵的底部呈半圆形,往空中辐射,另一半圆则是由人墙组成的一段段的波浪弧形。高柳君已经往下走了七八个台阶,想再看一次,所以又回头向这擂钵的侧面往上看,直到天花板,在这里他眨巴着眼睛停留了片刻。只听一声"Excuse me",一个外国人擦肩而过往下一段台阶去了,那高大的身体似乎要向高柳君倾压下来。白色鸵鸟羽毛在鼻尖摇曳,好闻的香水阵阵袭来。后面是一个秃顶的高大男人,手里小心地抱着绢帽,他跟在女人的后面,侧着身子从两人旁边通过。

"喂,那里有两个椅子是空的。"中野君很熟练地从台阶往里走。坐在同一排座位的人站起身来以便两人通过。高柳君想,如果只有自己一个人,大概谁也不会站起来让路的。

"人真多啊!"中野君坐下来环顾了一下四周,说。然后注意到同伴的服装,突然小声说:

---

① 明治时期女性的新发型。

"喂，得把帽子摘下来。"

高柳君立刻除下帽子，看了看左右。当他发现刚才有三四个人的眼睛在注视着自己的头上时，又一次感觉到自己被包围攻击了。原来，刚才没除下帽子的，整个音乐厅只有自己一个人了。

"外套可以不脱吗？"他请教中野君。

"外套没关系。但太热了，我们还是脱了吧。"中野君稍稍往上站起来一点，利落地往外解开外套的领子大概三寸多，唰的一下拉下了左边的袖子，脱右边的袖子时，正好抓住领口，然后迅速把外套里子朝外翻转过来叠好，搭在椅子背上。里面是崭新的礼服，沿着西装背心对襟形成两条细长而美丽线条的是最近流行的白色吊带。果然品位高雅，高柳君羡慕地望着他。不知何故，中野君总坐不安宁。他一只手搭在椅背上，站起来往后看，又向左右两边看。很多人的视线都落在他的身上，但他丝毫不以为意。这种丝毫不以为意又让高柳君羡慕不已。

不久，中野君似乎终于从那排列着的一千多张脸中找到了自己的目标，饱满的双颊上浮起讨人喜欢的笑容，轻轻地向谁点头致意。高柳君不由自主地向后望去，想看看自己朋友的笑容花落哪边。他忍着不适扭过头来，斜着往三段以上看去，一个女子的身姿映入眼帘。满头青丝的正中间系着一个大大的、神采飞扬的黄色蝴蝶结，微微弯曲的、细细的脖颈刚刚从低头行礼恢复到直立的状态。她眼睛的边缘涂着淡淡的红色，她注视着中野君，水灵灵的双眸似乎要把人世间的一切都吸进她那梦幻的湖底。高柳君心里暗自吃惊。

自己穿的日式裤子是朴素耐用的小苍织[①]，外套已经开始褪色，

[①] 江户时代丰前小仓藩（现在福冈县北九州市）特产，结实耐用的木棉布。

浑浊的颜色上污垢放肆地反射着太阳的光线。上次洗澡已是在五天前，衬衫已经很久没有换洗。自己与这音乐会到底是格格不入。朋友和自己呢？——也是格格不入。朋友高雅入时的身姿，与这有着魔力双眼的主人，纵然是相隔迢迢千里也会碰撞擦出火花。他们相聚在这一堂里共同嗅闻着绮罗的香味，共同呼吸着和乐的温暖。不用说，他们两人的灵魂融汇交融，就是在那被弹奏的纤细的琴弦上也必然相会。来听演奏会的有数千人，而这数千人悉数都在举双手欢迎这两个人。同样是这数千人，悉数都在排斥我一个人。高柳君后悔来此，而他朋友当然无法知道他的这些想法。

"时间到了，开始了。"中野君一边看着活版印刷的曲目表一边说。

"是吧。"高柳君的眼睛机械地落到曲目表上，只见写有：

一，小提琴、大提琴、钢琴合奏。高柳君不知道大提琴为何物。二，奏鸣曲……贝多芬作曲，这名字是知道的。三，慢板乐章……理查德·冯作曲。这个不知道。四，正准备看"四"的时候，突然响起了雷鸣般的掌声。演奏者已经出现在舞台上。

不久，三部合奏曲演奏开始了。全场安静，人人如化石一般。右边的窗外，可看到高大的枞树的一部分，其余部分伸向遥远的天空之国。左手边，澄澈的秋日阳光透过碧绿的窗帘明亮地斜映在白色的墙壁上。

音乐在安静的自然和安静的人们中间愉快地流淌着。中野君听到的是绚烂的空气对耳膜的振动，他欣喜地品味着声音的颜色。高柳君望着从枞树上飞起的麻鹰，疑惑鹰怎么会随着音乐节奏飞舞。

掌声又热烈地响起。高柳君又意识到，自己置身于一群异类动物中，异常孤独。扭头往旁边，看到中野君正在拼命地鼓掌。人们把他从高高的麻鹰飞舞的天空唤醒，让他重新回到这令人窒息的谷底，其中之一就是把自己生拖硬拽拉到这里来的这个好友。

演奏进行到第二部。几千人一起屏住了呼吸。高柳君的心里又变得丰富多彩起来。窗外再看不到麻鹰飞舞，于是他把视线转移向屋顶。三根切割成六角形、周长一尺左右的大梁纵向支撑着乐堂。但至于背后的那根通向哪里，不转头看的话就不得而知了。六角形上间隔画着些花草，和长长的藤蔓缠绕在一起。仰头看，仿佛置身于一个宽广的寺庙内。那黄色或蓝色的声音就像梁上缠绕着的蔓草一样袅袅婷婷、纵横交错地从屋顶上飘下来。高柳君已入无人之境，独自伫立。

第三次掌声突然袭来，旁边好友更是拍得加倍起劲。刚才还是处于无人之境的寂寞，瞬间变成被包围在如冰雹袭来般鼓掌中的孤独中。这包围持续了很长时间。尤其是在演奏者拉开门准备进入她自己房间的时候更加热烈。演奏者右手稳稳地护着小提琴在门边灵巧地一转身，点缀着淡淡红叶的裙摆又在舞台上活动起来。在她挥动着飘飘长袖，接过疯狂盛开的白菊花束，微曲上身款款施礼的时候，高柳君想：——来听这女人的音乐，并不是她允许的。她不让听，但自己悄悄地进来偷偷地听了。

演奏声又响起，雷鸣般的喝彩声立即静寂下来，听众一瞬间又进入死灭状态。高柳君重新获得自由。那心情就仿佛独自一人站在辽阔的原野上，看到遥远的前方突然升起熟透了柿子般的温暖太阳。小时候经常有的这种感觉，现在为何变得如此令人窒息呢？不管是左边，还是右边，人们似乎都在排斥我。连唯一一个亲密的朋友，在关键时刻也是残忍地啪啪啪地拍着手。人常说若无处安身那就逃回父母的身边，但如果自己有那样的父母又何至于沦落至此。七岁时，父亲离家后不知所终。从那以后，小伙伴们就不再和自己玩。

问母亲，母亲说，"爸爸马上回来。"明知父亲不会回来，但为了哄我，母亲不得不说谎。母亲现在还在。她卖掉原来住的旧房子，离开生她养她的小镇，搬到二十四里外的山里一个人寂寞地过着日子。作为儿子，自己就应该大学毕业后混出个人样来，然后把母亲接到东京来住。若逃回母亲身边，那母子俩就只有饿死一条路。——突然，掌声又如潮水袭来。

"刚才的曲子真有趣，是今天所有曲目里演奏得最好的。这人非常擅长表达感觉。——你觉得呢？"中野君问。

"喔。"

"你觉得无聊吗？"

"是吧。"

"别'是吧'的了。——你看，那边的洋人旁边有个穿着精致友禅和服的女的。——那是最近流行的式样，很华丽吧？"

"是吗？"

"你真没有色彩感觉啊。那样华丽的和服，非常适合集会的时候穿。从远处看也看不厌，很漂亮，很好。"

"你的那位，穿得跟那差不多。"

"啊？是吗？哪里，她穿着没那么讲究吧。"

"你是在替她穿着不讲究做辩护吗？"

中野君没再接话。左边一个戴眼镜的男人拿着笔记本在不停地写着什么，他两鬓的头发一根不剩地剃得光光的。

"那个人，是搞音乐批评的吗？"这次高柳君说话了。

"哪个？——那个人啊，穿黑衣服的？不是，那人是画画的。每场必来，一来必带写生簿，画人脸。"

"也不征求别人同意？"

"嗯，是啊。"

"小偷啊，人脸小偷。"

中野君低声笑起来了。中间休息十分钟。去走廊的人，去吸烟的人，从洗手间回来的人，都映在高柳君的眼里。看女人时，跟小时候看丰国[1]的浮世绘插图《田舍源氏》[2]，一页一页翻过去时的心情一样；而那些男人，就像月冈芳年[3]画上的报仇义士一个个都活动起来了一样。但是，一想到自己在他们眼中的样子，他就想立刻出去。他们在自己的前后左右活动，非常优雅地活动着。但他们活动的目的不是为了衣食生活，而是为了娱乐。正如蝶戏花丛，藻浮细浪，他们展示的活动已经超越了实用的功能。能进入这个乐堂的人必定都是在实际生活中得到满足、非常宽裕的人。

可他自己的活动关系到有没有饭吃，是为了糊口。那活动并非如春天般温暖和煦，而是如秋天般肃杀辛苦，是受制于天命，为了偿还无条件享受生命的罪孽的劳作。若论头脑，从那些如蝴蝶般翩翩飞舞的人们当中随便抓个过来，与谁比较他都不会有丝毫逊色。他并非头脑空空，并非毫无见地，也并非说不出让人点头称赞、叫人敬重的话，而是因为他没有任何可以说话的机会。他想说却没有说，人们想听而无从听，这都是因为天缚住了他的手脚，人钳制住了他的嘴巴。赋予我巨额财富，却命令我不许用其一分一毫。此时，因为再也不能恢复往昔一无所有时平静的心境，只能去诅咒给予我如此命运的人。我必须在诅咒中死去吗？——想到这里，他顿觉喉咙堵塞，遂吭吭地咳嗽起来。他从袖子里取出手帕去接吐出来的痰。

---

[1] 江户后期浮世绘画师。丰国有三代，这里指的是第三代丰国。
[2] 柳亭种彦所作的《修紫田舍源氏》的略称。其浮世绘插图由丰国所绘，非常豪华。
[3] 月冈芳年，浮世绘画师，活跃于江户后期至明治前期。

这手帕买来时是白色的，但现在变成了很怪的茶色。他抬起头，看到一个女人离开人群，站着与中野君打招呼。她肩上悬着一根细细的金属链，链子连着的一只怀表藏在红黄交织的和服腰带里。

"啊，您来啦。"她眯着可爱的双眼皮说道。

"今天真是盛会啊！冬田女士的演奏真是太好了。"中野君向女人那边欠着上半身说。

"是啊，真是太让人高兴啦……"说完她就走下去了。

"你认识那女的？"

"我怎么会认识！"高柳君呛了他一句。

对方吃了一惊，随即陷入沉默。中场休息后演奏重新开始，曲名叫做《四叶的苜蓿花》之类。演奏期间，高柳君迷迷糊糊地听，等到啪啦啪啦拍手时，他就像一个患热病的病人从梦中惊醒。这个过程重复了两三次，最后一次把高柳君从梦幻中唤醒的是《唐怀瑟》中的《大行进曲》，敲着铜锣，吹着大喇叭。

不久，千余人的影子一齐晃动起来，两个青年在人群的推推搡搡中走出了门。

太阳终于落山了。图书馆旁边高耸的松树林残存着微弱的绿色，随后就慢慢地变成了黑影。

"冷起来了啊。"

高柳君的回答是两声无力的咳嗽。

"你刚才也在咳嗽，你这咳嗽不正常。去看看医生吧，怎么样？"

"哪有那么严重，没事的。"高柳君一边说一边晃动了几下瘦削的肩膀。穿过松树林，来到博物馆的前面。高大的银杏树上站满了急于归巢的乌鸦，仿佛在树梢上滴上了很多墨汁。光线渐渐昏暗下来的天空中只有数不清的落叶依然在闪着光。这时，又起风了。

"两三天前,有个叫白井道也的人来我家了。"

"道也先生?"

"估计是。叫这名字的人应该不多。"

"你问他了吗?"

"想问,但不好意思,没问出口。"

"怎么了?"

"我总不能问'你有没有在初中被学生赶出来过'吧?"

"你可以不问他有没有被赶出来过啊。"

"但是,他不是那种随便可以问的人啊。那人很叫人为难。除了正事以外什么都不说。"

"也许他现在变了。他去你家找你什么事?"

"说是《江湖杂志》的记者,来我家记录我的谈话来了。"

"你的谈话吗?——世道真奇怪,还是金钱赢了。"

"怎么说?"

"怎么说?——令人同情啊,沦落到如此地步了吗?——道也先生,穿的是什么样的衣服?"

"是啊,衣服并不是很气派的。"

"不气派,到底什么样的衣服啊?"

"嗯,什么样的,不好说,嗯,跟你的差不多吧。"

"哦?像我这样的啊,跟这外套差不多啊。"

"外套的颜色稍微好点。"

"裤子呢?"

"裤子不是棉的,但是皱巴巴的。"

"关键是跟我不相上下吗?"

"关键是跟你不相上下。"

"不会吧。——他个子很高,是个瘦高的人啊。"

"个子很高,脸细长的人。"

"那就绝对是道也先生了。——世间越来越无情了。——你知道他住哪里吧?"

"没问他住哪。"

"没问?"

"喔。去问《江湖杂志》不就马上知道了,也许还和别的杂志报纸有关系呢。我好像在哪里看到过白井道也这个名字。"

从音乐厅归来的马车或汽车络绎不绝地从两人后边追赶上来,在黄昏中往各自家门疾驰而去。后面又跑来两辆人力车,看着以为它们也要追赶着跑到前头去,不想却在大佛[①]处一转,呐喊着进了西洋轩[②]。在黄昏的白色暮霭中,能让人眼睛一亮的女人一定非同常人,她美丽的衣裳甚至击退步步紧逼的暮色,使之退避三舍。中野君立即停住了脚步。

"我就在这里失陪了。我跟人约好了。"

"约好在西洋轩吃饭吗?"

"嗯,是的。失陪了。"说着,中野君就朝那边走去,丢下高柳君一个人立在道路的中央。

惆怅寂寞中,他往下走到池塘的边上。这时,孤独的周作想:"我若有谈恋爱的时间,大概就能把自己的这痛苦写成一篇文章给世人看了。"

抬头往上,可看到西洋轩二楼耀眼绚丽的灯光。

[①] 原在上野公园内东照宫附近的精养轩入口的左边,后在关东大地震时倒塌,现只留有大佛山的名称。
[②] 应指精养轩,西餐饭店。

五

　　高柳君走进一家牛奶店，选了一张靠近拉门的椅子坐下。这拉门上下嵌着毛玻璃，只有中间是块透明玻璃。高柳君啃着烤面包，喝着牛奶。怀里揣着二十元五角钱，这是刚刚用四十一页原稿从地理学教授那里换来的。算下来一页五角的样子。教授给他钱时说，一页不超过五角，一个月不超过五十页。

　　这样一来，这个月总算能糊口。另外还有别处得来的十块钱收入，这要寄给故乡的母亲。故乡现在已是秋天，残破倾颓的草屋顶上也许已经下过一次霜了。鸡又在用爪子刨菊花根部的土了吧。母亲的身体还硬朗吗？

　　对面的桌子被两个学生占领了，他们一边吃西式点心一边在议论团子坂的菊人形①的收入。左边坐着一个学生，在剥橙子，把橙汁挤到牛奶里。挤完一瓣就翻一页《文艺俱乐部》的艺伎照片，挤一瓣再翻一张。艺伎照片翻完后，他拿汤匙在杯子里搅动，脸上显出一种奇怪的表情，大概吃惊于加了橙汁的牛奶凝结了吧。

　　高柳君从一堆报纸下抽出杂志，翻来翻去地找。他要找的《江湖杂志》被折在朝日新闻的下面。虽然被弄皱了，但杂志是新的，是四五天前刚出的。折的那页是六号活字，上面用红色铅笔画满了圈圈。《我的恋爱观》的标题下写着中野春台的名字。不用说春台是辉一的笔名。高柳君把咬缺的面包放在碟子上，立即拿起《我的恋爱观》来读，读着读着就笑起来了。恋爱观的结尾部分同样用红色

112

铅笔写着"色情狂！！！"。

高柳君又翻一页。六号活字的部分很长，里面出现各种各样的人名。标题是各大家为解决现代青年的苦恼献计献策。高柳君突然有了想读的冲动。——首先是提醒青年要积累静心的功夫。可是，教人积累却根本没说如何积累。其次是说要运动，用冷水擦身。这个比较简单。第三说不读书又不懂世事的青年没有烦闷。虽然说没有，但真有那也没办法。第四是劝告一到休假就一定要去旅行，但没说旅费从哪里来。——高柳君已经厌烦，不想再读，唰的一下合起来，翻到了第一页。

"解脱与拘泥……忧世子"，因为标题有趣，遂接着往下浏览。

"身体局部有病痛就会很在意，不管做什么都会让你注意到那里。而身体非常健康的人，行止坐卧都会忘记自己身体的存在。因为身无病痛，不会把注意力集中在某病患处，所以才会心宽体胖。我曾经问过脸色瘦削苍白的人，问他是不是胃不好。那男的却说，胃一点也没毛病。说，其证据就是，自己活到这么大，还不知道胃长在哪里。我那时听了一笑了之，但之后一想却悟出不少道理。这个人的胃非常健康，完全没必要在意胃，所以胃长在哪里都无需在意。自由地喝，自在地吃，完全没有问题。这个人就是在胃上开悟了。……"

高柳君口里说，有点不可思议啊，说在胃上开悟真不可思议。"胃之道理可推及全身，身体之道理可推及精神。只是精神。

"有某一才能之人拘泥于其才能，擅长某一技之人拘泥于其一

---

① 东京本乡区（今文京区），为了观赏，秋季用菊花做成所谓的菊人形展现歌舞伎或战争的场面。菊人形真人大小，头、手与真人似，但衣裳全用菊花装饰，成为该地区秋季一大特色。

技，因此使自己痛苦。不过，才、技，因心境不同有时可以完全忘记。而人却无法轻易从自己的缺点中解脱出来。

"有的女人系着二百万或四百万日元的腰带去听音乐会，她因太在乎腰带而听不进音乐。这是因为她拘泥于腰带。这是一个骄傲的例子。正如前面所说，擅长的一面、好的一面的东西可以遗忘，容易规避其作祟。但是不好的一面顽固执着，非常不容易规避。昔时某处有一人被介绍与客人，双方坐在椅子上低头行礼。低头时，一方看到对方一只脚的袜子破了个窟窿露出了大拇指。就在他低头的同时，袜子破了那人把没破的那只脚放在破了的那只脚上。这是因为这个人拘泥于他袜子的破洞……"

我也在拘泥，我的身体里全是破洞，高柳君一边想，一边接着往下看。

"拘泥就是痛苦，必须避免。这世上痛苦本身很难避免。但是，拘泥的痛苦是把一天的痛苦延长至五天甚至七天，这是多余的痛苦，所以必须避免。

"自己之所以拘泥，是因为以为别人会注意自己，也就是以为别人也会拘泥的缘故……"

高柳君想起了那天的音乐会。

"从而，要想从拘泥中解脱，有两个方法可用。其一是不管别人如何拘泥，只要自己不拘泥即可。即使别人圆睁眼睛看着你，竖起耳朵听着你，即使是批评、是谩骂，你只管不在意，继续走自己的路。如，大久保彦左卫门[①]曾经坐着浴盆上城……"

高柳君羡慕起彦左卫门了。

[①] 大久保彦左卫门（1560—1639），名忠毅，服务于德川家康以下三位将军，多奇行。

"用华丽的衣服打扮马夫，马夫马上就会拘泥起来。但在这点上，贵族和大名就知道怎么解脱。但如果让贵族或大名穿上马夫的围裙，他们就会马上不自在。在这件事上，释迦牟尼和孔子知道怎么解脱。因为在物质世界中，只要你不看重它，你就不会拘泥于它……"

高柳君一口气喝光了凉牛奶，嘴里说着"对对"。

"第二个解脱法是一般人的解脱法。一般人的解脱法不是避免拘泥，而是避免使自己置身于不得不拘泥的地位。事先就要注意不要招人注意，以免痛苦反射到自己。所以，一开始就必须有谄媚流俗，附和浮世的心理准备，否则不能成功。江户市井民众非常明白这个解脱法；艺伎歌肆的熟客知道这个解脱法。而西洋的所谓绅士们运用这个解脱法最是得心应手……"

把艺伎和绅士相提并论，有意思，青年又横着咬了一口烤面包，使之成了半圆形，又把大拇指在膝盖上蹭了蹭，擦去了上面沾着的牛奶。

"在艺伎、绅士、青楼熟客看来，耶稣、孔子、释迦牟尼完全就是疯子。而在耶稣、孔子、释迦牟尼看来，艺伎、绅士、青楼熟客也让人不自在。他们都有各自擅长的从拘泥中解脱的方法，但他们的解脱在根本上是不同的……"

高柳君从没有认真考虑过解脱二字，他一直只想立足文艺界，想成为某种人，但想成成不了。他觉得自己不是成不了，而是没有钱，没有时间，世人合伙欺负自己。只会遗憾，伤心。所以他又想接着往下看。

"解脱只是一个简便的方法，这个简便的办法可以使现代芸芸众生免受迫害痛苦，立于世间，使他贯彻我的真，标榜我的善，提倡我的美，避免拖泥带水的弊端，坚定自己勇猛精进的志向。多少英雄才俊就是因为没有掌握这个方法，而不知不觉堕入鬼窟魔穴，不惜愚蠢地与那些所谓的艺伎绅士青楼熟客计较得失，争长论短。这是国家的悲哀。

"解脱只是简便的方法，而穿过这个方便之门的行为、动作、语言的正确与否与解脱无关。故而，最重要的是，我们必须培养节操。不能拘泥于低劣节操，终其一生无所顾忌地与低劣节操为伍是学人的耻辱。那些花费十年二十年宝贵时间兢兢业业埋头于故纸堆的人，他们的目的不是为衣食，不是为名声，也不是为爵禄财富，而是为了在淡淡的墨痕中，用文字点燃光明的星星之火，并扛着这燃烧的火炬穿过解脱的方便之门，照亮整个世界。

"正因为他们有自己亲自悟出的道理，所以他们可以避免拘泥之扰，使自己尽可能接近第一种解脱方法，是为道德。所谓道德，乃得道之士行其道之行为，对此我们称之为自由，道德是自由的别称。无法理解这大道德的人就是俗人。

"天底下大多数人都是俗人。因为执着于自己地位，所以无法理解这大道德；因为执着于自己财富，所以无法理解这大道德；因为执着于自己的美酒、女人，所以无法理解这大道德。

"光明是品格的先锋，品格是社会之油，没有油社会就无法成立。若油被污染，随之运转的社会就会堕落。那些绅士、青楼熟客、艺伎之徒，他们踩着肮脏的油滑入坟墓。华族、显贵、富商巨贾等，他们欲借门阀之油、权势之油、金钱之油颠倒乾坤。

"真正的油不是他们所能了解的。因为他们自出生以来在油上就没有花费一点精力。不费精力所以无法理解大道德，这情有可原，但若想迫害光明的学徒，那就不只是俗人了，已然成为罪人。

"学习三弦也要花费五六年时间。即使只是听音分辨其演奏的好坏,也不是一个月的学习就能解决的。品格的修养并不比三弦的学习容易。学茶道的人,仅仅是礼仪就要花费不少宝贵的时间,一一照着师傅说的做。培养品格比学茶道还难。人们若能谦逊到能向茶道师傅低头,那更不能不倾听品格的老师——学者的意见了。

"品格对人来说非常重要。破坏乐器的人因为剥夺了社会大众的音乐所以是罪人;烧毁书籍的人剥夺了社会大众的学问所以也是罪人;而毁灭品格的人因为颠覆了整个社会,所以更是刑法无法量刑的罪大恶极的罪人。没有音乐我们可以活,没有学问我们也可以活,没有品格也许也可以活。但是,品格是涉及全部社会生活的根本要素,没有品格的生存就如同回归荒野、与虎为伴的野生生活一般。

"这里有一个人,就是因为这个人的行为不如他们的意,所以很多人就没日没夜地质问他,纠缠他。几年后,他们使这个人变得人格堕落,品格低下。那么,这些人所犯的罪行比杀人还严重。杀人人就没了,被杀的人从社会上消失了,不存在了,没有后患。但品格堕落的人依然还活着。既然活着,这堕落的品格就会影响别人,就会传染,他就成了黑死病。而制造黑死病的人当然是罪人。

"在品格的世界里制造黑死病而不被惩罚,就如杀了人还逍遥法外一样。地位高的人最容易犯这种罪。因为他们位居高位,他们可以用各种方式很简单地影响他人。很容易影响别人却不懂得如何正确地引导他人,那就很危险。

"在品格方面,他们连该领域的学徒都比不上,却有着比学徒强得多的活动能力。能力不是权力,他们中的一些人甚至连这个区别都搞不清。他们甚至抓住学者——出现在这世上,应该教育他们,教给他们品格的人——要他们反过来顺从自己。他们不只是忘记了大道德，他们甚至厚着脸皮，道德败坏地继续横行于社会。

"如果学者顺从他们的意志，那这学者就忘了自己的天职。不能教育他们的学者是胆小懦弱的学者。学者必须体现光明，要让从光明而生的品格成为现实。但是，为了实现这个目的，就要不拘泥于任何事。为了不拘泥，所以需要解脱。"

高柳君也不把杂志合起来，茫然地抬起了双眼。正对面柱子上挂着的八角形时钟"砰"地敲打了一点钟。柱子下面的椅子上怅然坐着的小姑娘随着钟声站了起来。圆桌上廉价的京都陶瓷花瓶里浅浅地插着水仙花，叶子都有些黄了，似乎被放置一边从来没浇过水。小姑娘用手触摸了一下水仙的叶子，又拿起了花瓶旁边的报纸。却也不读，叠了两下又放在一旁。这女人站起来，并不是为了做什么事。她只是太无聊了，听到钟声就机械性地站起来了。高柳君脑子里马上冒出：真是令人羡慕的女人。

关于菊人形收入的议论似乎已告一段落，两个学生抽着烟，望着马路。

"啊，富田来了。"一个说。

"哪里？"另一个问。富田君只是在不到三寸宽的玻璃门缝间一晃而过。

"那家伙真能吃。"

"能吃，确实能吃。"听另一个人的这回答，看来富田是异常能吃。

"人并不是吃了就能长胖啊，那家伙那么能吃却一点不胖。"

"就像读很多书也没出人头地一样。"

"是啊，我俩最好尽量少读书。"

"哈哈哈哈，我说的可不是这意思。"

"我觉得有这意思。"

"富田虽然不胖,但很敏捷。吃的多还是有好处。"

"敏捷吗?"

"上次经过四丁目的时候,突然后面有人喊我,回头一看是富田。头发剪了一半,肩上裹了个很大的床单似的东西。"

"怎么回事?"

"从理发店跑出来的。"

"为什么?"

"他正剪头发,在镜子里看到我的影子,就立刻跑出来了。"

"哈哈哈哈,这吓着我了。"

"我也吓了一跳。他硬是跟我要了给尚志会的捐款,然后又回理发店了。"

"哈哈哈哈,原来如此,是很敏捷。那我俩尽量多吃点吧。不敏捷,毕业后很麻烦呢。"

"是啊。跟文学士似的,拿着二十来块钱,不声不响地缩在便宜租来的房子里,那就没有任何生而为人的意义了。"

高柳君付了账,站了起来。在女侍"谢谢"的声音中,趴在《文艺俱乐部》上的学生,抬起通红的惺忪睡眼,瞪着高柳君,似乎喝了变酸的牛奶,中毒了。

六

"我叫高柳周作……"说着便深深地一鞠躬。高柳君如此行礼也有好多次了，但没有一次像这次这样心里畅快。访问教授家，与委托自己翻译的人见面，以及与其他前辈见面，都是要鞠躬行礼的。前不久被介绍给中野父亲的时候，头低得更低。每次低头的时候，总是感到一种压迫感。因为地位、年龄、服装、居住环境等都在盯着他，催促他低头，于是他被迫无奈只好低头。但道也先生完全不是这样。先生的服装，正如中野君说过的那样，跟自己不分伯仲。先生的书房兼做会客室，这一点也跟自己相同。先生的书桌也和自己的一样，白色原木、四四方方、毫无装饰。先生的脸色苍白、脸型瘦削，这些也与自己一样。在所有这些方面，先生与自己都不相上下，而且，自己低头行礼并不是被逼无奈之举，而是自己内心充满善意的主动低头，这是由同命相怜产生的真正意义上的行礼。"在社会上，行礼时心里骂对方混蛋，表面上却极其恭敬，那是虚伪的行礼，而这次却不同，"高柳君一边想做事先声明，一边低下头。至于道也先生是否知道他心里所想那就不清楚了。

"啊，你好！我是白井道也……"道也先生不慌不忙地应答着。高柳君喜欢这种寒暄的方式。但两人一时却陷入了沉默。因为不明就里，道也自然觉得应该等待对方说明来意，而高柳君急于相认叙旧，想立即与对方成为同命相连的知己，但是因为太突然一时不知如何开口。更何况，可能就是因为当年自己参与欺负、赶走先生，先生才沦落到今天的地步。想到这里高柳君心里觉得内疚，更无法开口了。在这样的状况下，高柳君是极其缺乏勇气的。这次来也是准备赔罪的，但真到了这时候却胆怯得无法说出赔罪的话来。他打了很多腹稿，但却没有一个用得上。

"天越来越冷了呢"，因为不知对方意图，道也先生超然地聊起了天气。

"是啊，好像已经很冷了……"

高柳君想好的开场白被这一句打乱了，本来很想下一句就开始自白，但又接着先生的话说下去。

"先生很忙吗？……"

"是啊，忙得不可开交，穷人无闲暇啊。"

话题方向偏了，高柳君想，得重新再来一遍。

"我来是为了向您请教的……"

"啊，要在杂志什么的发表文章吗？"

又偏了。看来对方无法明白自己的来意，年轻人心里有些惆怅了。

"不，不是。只是，只是，太冒昧了。——如果打扰您了，我下次再来……"

"不，没有打扰我。因为你说有话说，所以问了一下。——没有人会来我家听我说什么的。"

"不会。"年轻人有些奇妙地否定了先生的话。

"你是搞什么学问的？"

"文学，今年刚大学毕业。"

"是吗？那今后是要做点什么的吧？"

"能做的话，很想做，但是没有空闲……"

"没空，我也是愁没空。不过，没空也许更好。因为，有空的人好像很多，也没见谁做了什么啊。"

"那不是因人而异吗？"高柳君的意思是，如果我有空可不会这样。

"是因人而异，不过，现在的有钱人……"道也说到一半停住了，看着书桌。桌上堆着两寸厚的稿子，拉门上映着晾晒的袜子的影子。

"有钱人不行。虽说没钱也很麻烦……"

"没钱人做没钱的事。"道也先生没有钱，生活困顿，却唱着高调。高柳君稍稍有些不满。

"但精力都被用在求温饱上……"

"那也没什么不好。如果精力都用掉了，别的什么都不做也无所谓。"

年轻人哑然，注视着道也，道也像孔圣人一样认真。高柳君觉得自己被戏弄了，他是遇事喜欢往戏弄方面理解的人。

"对先生您来说可能没什么不好。"年轻人不知不觉说出口来，待注意到自己说得有点过头就低下了头。道也却没有任何反应。

"我当然觉得没什么不好，就是你也一样。"道也先生轻描淡写地把对方拉入了自己的阵营。

"为什么？"高柳君试探地问，就如同一只逃开几步，又回头伺机进攻的狐狸。

"你不是说你搞文学吗？是吧？"

"嗯，是搞文学的。"高柳君毫不含糊地回答。在其他任何方面，高柳君都没有给出一个爽快答复的资格，但在自己擅长的领域里就会当仁不让，不管在多少人面前也不会胆怯。

"那就没问题，没什么不好。"道也先生连着说了两遍，但高柳君根本不明白其中缘故，但又不想再发问进攻，因为感觉一定会被途中埋伏的士兵逮个正着。他不知如何出手，只好默默地注视着对手的脸庞。在注视的过程中，又觉得对方应该为自己解决这个问题，所以眼神中又暗含催促之意。

"明白了吗？"道也先生问。看来只是注视着他的脸还是起不到任何作用。

"不明白。"高柳君不得不投降了。

"不就是那样吗？！——文学和别的学问是不同的。"道也先生慷慨陈词。

"啊。"高柳君不由自主地应和着。

"对于别的学问，阻碍学问研究的东西就是敌人，如贫困，繁忙，压迫，不幸，悲惨的遭遇，不和，吵架等，有这些就没法做学问，所以要尽可能避开这些事，以便获得时间和心理空间。以前人们以为文学者也是一样，甚至有过之而无不及。认为在所有的学问中文学者是最需要充足的时间和空间。可笑的是文学者自己也这么想。但这想法是错误的。文学就是人生。人生道路上遇到的所有的东西，痛苦也好，贫穷也好，烦恼也好，都是文学，文学者就是品尝这些滋味的人。文学者不是坐在稿纸前，翻着词典摇头晃脑的闲人，而是指能够成熟圆融地践行高雅的品位，勇于直面人间万事，其感知超越一般人的那些人。那些感知到的内容和处理的方式写在纸上就是文学书籍。即使不读书，只要用心生活，就能成为优秀的文学者。所以，做其他学问尽可能远离妨碍研究的事物，慢慢远离人世。与此相反，文学者却是主动拥抱这些障碍和困难。"

"原来如此。"高柳君表情奇异地说。

"你不这么认为吗?"

不管是不是那么认为,这话是有生以来头一次听说,而给予评论一般只限于事先有准备的场合,能够应对的突然袭击那就不成其为突然袭击。

"喔。"高柳君低下头。文学是自己所擅长的,在自己擅长领域别人还能提出自己回答不了的问题,那自己的才能就并不牢靠。连道也先生都住这么破的家,穿这么差的衣服,那我每个月二十块五角的工资已经很不错了。高柳君这么一想,觉得眼前一下子豁然开朗。

"先生您好像很忙……"

"是啊,自找的穷忙,在别人看来是不务正业的白辛苦,哈哈哈哈。"道也笑了。看样子,他并不觉得辛苦。

"那您现在都做些什么呢……"

"现在吗?嗯,各种各样的事。要做挣钱养家的事,又要做自己本职专业的事,两者兼顾确实是不容易。最近杂志社让我去采访一些人,记录他们的谈话。"

"那很麻烦吧?"

"说麻烦也麻烦,但与其说麻烦不如说愚蠢。反正,随便记录些回来了。"

"也有人说得很有趣吧?"高柳君暗中想套出中野春台的事情来。

"说到有不有趣,前几天去听人家讲 uma、uma[①] 了。"

"uma、uma?"

"是啊,小孩吃东西时不是说 uma、uma 吗?就是讲这个词的来

[①] 日语中意为"好吃"。

历。按那个人的说法,小孩子学说话最先发出的音便是 uma、uma。所以那时候看到什么都说 uma、uma,看不到什么也说 uma、uma,也就是说这发音原来并不特指什么,没有什么特别的意思。但对小孩来说最重要的东西是食物,所以最后专门用来说食物了。小孩长大成人后这习惯保留下来,看到好吃的东西就说 uma、uma 了。所以,重要的是,人生的烦恼只要还原到最初的 uma 二字即可。这不简直就是听了一场单口相声吗?"

"这不是侮辱人吗?"

"是啊,我基本都是去让人侮辱的。"

"不过,说那种蠢话真是不礼貌。"

"不礼貌也就罢了,反正他们不明白。但与之不同的是,也有非常认真但很奇怪的言论。上次听到一段非常激烈的恋爱论,从一个年轻人那里。"

"是叫中野的吗?"

"你认识他?他很热心。"

"他是我同学。"

"哦,是吗?叫中野春台,他真是闲得慌,一本正经地去想那样的事。"

"有钱人。"

"嗯,住的房子很豪华。你跟他很熟吗?"

"是,曾经很熟。但是最近不行了,他好像有了未婚妻还是什么的,不怎么跟我交往了。"

"无所谓啊,不跟他交往。你不吃亏,哈哈哈哈。"

"但是这样剩我一个人,总觉得有点孤单。"

"一个人,也没什么不好。"道也先生又搬出一个"也没什么不好",但高柳君再没有回击"如果是先生可能没什么不好"的勇气了。

"从古到今,想做点事的人基本都是孤单一人,靠依赖朋友那就什么也干不成。有的甚至与家里人都合不来,被妻子看不起,甚至被女佣取笑。"

"到这地步,如果是我,我会郁闷得活不下去的。"

"那你就成不了文学者。"

高柳君默默地低下了头。

"我在你那么大的时候也没有想那么多。但是,现实就是会发展到这一步,这是事实。如果痛苦的只有耶稣和孔子,而我们文学者只是用笔头称赞痛苦的耶稣和孔子,自己却只想过着舒服的生活,那我们便是伪文学者,根本没资格称赞耶稣和孔子。"

高柳君目前是很痛苦,但他想不久之后总会有出头之日,痛苦之中还抱有一丝希望。但现在那希望之丝已经断了一半,感觉在自己活着的时候是很难有拨开云雾见日头的一天了。

"高柳先生。"

"哎。"

"世道艰难啊。"

"很难。"

"你也知道吗?"道也先生落寞地笑了。

"自以为知道,但如果永远这么痛苦下去的话……"

"会受不了吧?你父母都健在吧?"

"只有母亲,在乡下。"

"只有母亲?"

"是。"

"只有母亲在也是不错的。"

"不怎么好。——因为母亲年纪已经很大了,再不想点办法就迟了。原以为我一毕业就会好起来……"

"是啊,最近毕业生那么多,找个工作不容易啊。——怎么样?你愿意去乡下学校吗?"

"我有时也想要不就去乡下学校……"

"但还是不太想去,是吧?——是啊,我也不推荐。我自己就在乡下学校待过。"

"先生是……"刚想说,但以前的事情还是说不出口。

"什么?"道也当然是没有任何察觉。

"先生——您说编辑《江湖杂志》,是真的吗?"

"是啊,做了有段时间了。"

"本月社论谈到拘泥与解脱,作者忧世子是……"

"是我啊。你读了?"

"是,感觉非常有趣。这样说可能有点冒犯,那篇文章站在很高的角度把我想说的话表达出来了,读来受益匪浅,很是痛快。"

"谢谢。这么说你是我的知己了,恐怕是天下唯一的一个知己,哈哈哈哈。"

"怎么可能是唯一的呢。"高柳君认真地说。

"是吗?那太好了。不过,到目前为止,看了我文章称赞我的人,只有你一个啊。"

"以后每篇我都会赞赏。"

"哈哈哈哈,你这样的人哪怕有一百个也好啊,我真希望啊。——还有很荒唐的事呢。前不久有个人来找我……"

"什么人?"

"是商人。不知道从哪里听来的,跟我说,'听说您在搞杂志也许您也可以写文章'。"

"哦。"

"我说,文章写是写。然后那人就说,那就请我帮忙写一个眼药水的广告。"

"傻瓜一个。"

"他说,眼药水广告会登在杂志上,请务必写一个。——叫什么点明水的……"

"好怪的名称——您给他写了吗?"

"没有,最后拒绝他了。后面还有更可笑的事呢。他说,药店开张那天会放出大气球。"

"为了庆祝吗?"

"不是,还是为广告。气球飞到高空是没有声音的,但仰起头的话谁都可以看见,所以人们必须都抬起头来才行。"

"哦?是吗?"

"所以,他让我做那个让大家抬头的人。"

"怎样才能做到?"

"怎么做?他让我不管是走在路上,还是坐在电车里,看到气球就说,'啊,气球,气球,那一定是点明水的广告',要不停地说。"

"哈哈哈哈,这要求把人侮辱得好彻底啊。"

"真是又好笑又好气。我问他,这么简单的事不一定要我去做啊,雇个拉车的什么的干不就行了?听我这么说,他说,不行,拉车的没有人会相信他。不找蓄着胡子、有张一本正经的脸的人是没办法骗到人的。"

"这家伙太无礼了,这到底是什么人?"

"什么人？普通人啊。为了欺骗世人而来雇人，很单纯的人。哈哈哈哈。"

"竟有这种人，要是我就揍他一顿。"

"揍这种人，那你每天揍都揍不完。你听了生气，但世上人都是这样的啊。"

高柳君将信将疑。纸拉门上映着的袜子的影子消失了，从拉开了的那一扇可看到鞋刷子，屋檐下的木地板上到处都是泥。巴掌大的院子的一角栽着一株菊花，清清淡淡地映照着先生的清贫。高柳君虽然对花草树木并无特别感觉，但独对这株菊花产生了美感。越过杉树篱笆墙，远远地看到一株高大的柿子树，树上仿佛镶满了直径半寸大小的珊瑚珠，红红的果实映着天空分外美丽。木夹板声响过，惊飞起一群乌鸦。

"好安静的地方啊。"

"是啊。那是蛸寺的和尚在驱赶乌鸦。每天噼里啪啦地一个劲地赶乌鸦，生活悠闲安静，真好啊。"

"柿子长得真多啊。"

"都是涩柿子。不知道那和尚为什么那么不遗余力地看着那些涩柿子。——你经常咳嗽，身体没问题吧？你太瘦了，那么瘦是不行的，身体是本钱啊。"

"不过先生您不是也很瘦吗？"

"我？我是瘦。虽然瘦，但没问题。"

七

　　白蝴蝶，采白花，
　　小蝴蝶，采小花，
　　心乱乱，心乱乱

　　长长的烦恼，坠长发，
　　幽幽的烦恼，坠黑发，
　　心乱乱，心乱乱

　　怅惘吹过，秋天的风，
　　惆怅居住，在浮世，
　　白蝴蝶和黑头发，
　　心乱乱，心乱乱

　　女人唱完了。如果把珍珠放在银碗里，用白玉般的手指去摇动它，发出的大概就是这种声音吧，男人听得入了迷。
　　"唱得非常好。再练练，声音完全发出来，在更大的场合，听起来一定也是非常不错的。这次演奏会去试试看吗？"
　　"不要，什么'试试'呀。"
　　"那就正式的。"
　　"正式的那更不行了。"

"那你是说不唱了吗?"

"因为在很多人面前的话——我会很害怕,声音都发不出来。"

"那首新体诗很好吧?"

"是的,我非常喜欢。"

"你就这样别动,我给你拍一张唱歌时候的相片吧。"

"照相?"

"是啊,不喜欢吗?"

"怎会不喜欢。但是你照了会给别人看的吧?"

"不想给人看的话,我就一个人看。"

女人不再说什么,眼睛望向别处。和服的领子上绣着散落的梅花,正中间的一朵,如明亮的星星般发出耀眼的光亮,晃着男人的眼睛。

女人眼睛望向一个两层的三尺来宽的台子,下层放着一个长方形的中国南方产瓷花盆,盆里栽着一株纤细的兰花,摇曳多姿,散发出缕缕清香。上层是一座爱神维纳斯的仿制品,在屋子幽暗的一角像梦一样地立着。女人的目光就落在这裸体的像上。

"那个像是?"女人问。

"当然是仿造的。真品据说在巴黎卢浮宫。虽是仿造,也造得非常好。腰以上的微微弯曲的部分和两脚的方向非常相称。——如果身体健全会非常美,只可惜缺了双手。"

"真品也是残缺的吗?"

"是啊,因为真品是缺的,所以仿制品也是缺的了。"

"是什么像?"

"维纳斯,爱神。"男人特别加强了"爱"字的发音。

"维纳斯!"

她深邃的目光热切地注视着维纳斯，仿佛要将其融化。女人的眸子一动不动，冰凉的石膏似乎被它温暖了，那圆圆的乳头，仿佛在随着呼吸微微地颤动。女人自己就是一尊香艳的维纳斯。

"哦。"半天，女人才轻声地说了一句。

"你这么看，会把维纳斯看活的。"

"这就是爱神啊？"女人终于把脸转了过来。

男人刚想说"你就是爱神"，但一碰到女人的眼神马上就踌躇起来。如果说出来，女人的表情就会发生变化。而这注视着自己的荡漾秋波，充满着似乎是怀疑又似乎是期待的情愫，如果因自己而破坏，哪怕只是一瞬间的变化，也正如折断维纳斯的手臂一样，是巨大的犯罪。

"太高贵了……"见男人没有回答，女人有点埋怨地歪着头，自己转换了表情。男人心里喊声：糟了。

"是啊，过于严肃了，没怎么表现出爱的感觉。"

"我觉得有点冷淡呢。"

"你说的对，冷淡一词比较适合它。我也觉得有点不对，但就是找不到一个合适的词。冷淡——冷淡最恰当。"

"为什么要做成那样呢？"

"大概因为是希腊式的，所以比较庄严吧。"

"你喜欢这样的吗？"

女人不惜把自己跟石像比较，以此来窥探情人的心。仿佛他爱了维纳斯，就不爱自己了，她已经忘记维纳斯只是一尊神了。

"喜欢啊，这可是古今杰作啊。"

女人的批判来源于直觉，而男人的爱好一半来源于传说。因为听来的关于美学的知识，男人没有勇气立即赞同女人。看来他不知道学问会欺骗自己，自己已经被学问欺骗了，反而觉得没被欺骗的女人的判断是错误的。

"这是古今的杰作啊。"他又重复了一遍，大有教育女人的审美的意思。

女人只说了句，"是吗"。她心里在电光火石之间所感受到的印象，不是学者的一句话就可以抹去的。

"关于维纳斯本来的样子，我有一种不好的联想。"

"什么样的联想？"女人安静地问，并将双手叠在膝盖上。可看到手腕以下两寸左右白皙的皮肤，其余部分隐藏在柔软的衣服里。衣服的底色淡红，上面星星点点或浓或淡地布满了银色的雨点。

放在上面的那只手，从手背分开延伸的五根手指慢慢变得纤细，指尖上是有光泽的指甲，一切感觉刚刚好。手指又细又长，为了不使这颀长的形状被破坏，柔嫩的肉恰到好处地包裹着它们。五根手指形态各异却又非常协调，使这只手呈现出统一的整体感觉。而拥有美丽双手的人必须配以昂贵的装饰品。

女人细细的手指上戴着一个亮闪闪的东西。

"那个戒指我好像没见过。"

"这个？"叠着的手拿开，右手指摆弄着那闪亮的东西。

"最近我爸爸给我买的。"

"金刚石吗？"

"可能是吧。在天赏堂[①]买的。"

"你可不能太欺负你爸爸呵。"

"哪里呀，不是我要的。是爸爸自己要给我买的。"

[①] 位于东京京桥区（今中央区），经营钟表、宝石类、贵金属、美术品买卖的商店。

"啊，那真是很难得啊。"

"咯咯咯咯，确实很难得，你知道为什么吗？"

"我怎么会知道呢，我又不是福尔摩斯。"

"所以我说你不知道吧。"

"所以我不知道啊。"

"那我告诉你吧。"

"嗯，你告诉我。"

"我告诉你，你可不许笑哦。"

"怎么会笑，我如此认真。"

"上次，池上不是有赛马吗？那时爸爸去了那里，然后……"

"然后，怎么了？——捡来的吗？"

"哎呀，你这人！这是什么话。"

"我一直在等，你又不说。"

"我这不是在说嘛。然后，下了一注。"

"这个没想到。你爸爸也会赌博吗？"

"不，不赌，说是试一试看看。"

"那不还是赌了吗？"

"赌是赌了。就这样赢了五百块钱。"

"哦，所以给你买了。"

"嗯，是的。"

"给我看看。"说着男人伸出手，轻轻地按着那耀眼闪光的东西。

戒指是具有魔力的。莎翁写了很多关于戒指的跌宕起伏的故事。年轻男女在看不见的虚空中紧密相连，那就是恋爱。而恋爱表现在手上就是戒指。

三重细细金丝波浪般环绕成环，连接处稍稍隆起，一颗宝石端坐其中，如镇守天下之君王，任他波浪汹涌，我自稳如泰山，君在妾亦在，妾在君不离。男人凝视着如葱玉指及那戒指。

"原来是这样的戒指啊。"男人说。女人凑近来，两人同坐在一张长椅上。

"从前有好事者挖出维纳斯像，把她安放在自家庭院中橄榄香味最浓的地方。"

"开始讲故事了吗？好突然啊。"

"然后，有一天打网球……"

"哎呀，人家一点也不明白。谁打网球？又是谁挖出了铜像？"

"挖出铜像的是做工的人，打网球的是叫人挖铜像的主人。"

"不都一样吗？"

"主人和做工的人哪能一样？"

"有啥不能，就是挖出铜像的人打网球呗。"

"你非得那样强词夺理，那就那样吧。——挖出铜像的人去打网球……"

"哪里强词夺理了呀？好吧，那就是叫人挖出铜像的人打网球，哎，行了吧？"

"都一样。"

"哎呀，你生气了吗？叫人挖出铜像的人，我这么说不就是道歉了吗？"

"哈哈哈哈，用不着道歉。——然后去打网球，手上戴的戒指比较碍事，影响他挥舞网球拍。所以他把戒指摘下来，想把它放在什么地方，因为戒指很小很容易丢失。——这可不是一般的戒指，是订婚戒指啊。"

"他和谁结婚呢？"

"结婚对象嘛,这个——总之是某家的小姐。"

"哎呀,你有啥不好明说的呀。"

"不是不想告诉你……"

"那你就告诉我嘛?他和谁结婚?"

"这可为难我了,其实,我忘记啦。"

"谁信啊,你就是不想说。"

"可是,我把梅里美的书借给别人了,查不了。"

"既然借给别人了,那算了。"

"那咋办呢?故事好不容易讲到有趣的地方了,却忘了名字,讲不下去了。——好吧,今天就不讲了,等查到那小姐的名字再说吧。"

"那不行啊,好不容易讲到有趣地方了,怎么能不讲呢?"

"但我不知道她的名字啊。"

"那你告诉我后来发生了什么事。"

"没有名字没事吗?"

"没事。"

"好吧,早知这样我就早说啦。——想来想去,终于想出了一个好地方,他把戒指戴在维纳斯的小拇指上了。"

"这个地方想得妙啊,好有诗意啊。"

"可是,打完网球后,他把这件事就忘到脑后了。他带前面提到的那位小姐到乡下旅行时才想起来,但到这时候也没办法了。所以,他也没回去取,就另买了一个差不多的戒指给未婚妻做定情礼物啦。"

"怎么这样,这人太敷衍了。"

"但他忘了,没办法啊。"

"这事竟然还会忘记,太不当回事了。"

"如果是我肯定不会忘记，但人家是外国人啊。"

"嘻嘻嘻嘻，外国人。"

"所以，定亲顺利结束了。回到家，等到结婚的那天晚上——"讲到这里他故意卖关子。

"结婚那天晚上怎么了？"

"结婚那天晚上，维纳斯咚、咚地走进玄关……"

"哎呀，怎么这样。"

"又咚、咚地上了二楼。"

"有点吓人。"

"推开了卧室的门——"

"好可怕啊！"

"害怕的话，那就到这里，不讲了。"

"结果怎么样呢？"

"所以，咚、咚打开了卧室的门。"

"这里别说了，只说结果就好了。"

"那中间就跳过去了啊。——据说第二天一看，那男的身体冰冷，死了，只有被维纳斯抱过的地方变成了紫色。"

"哦，怎么这样。"女人皱起了双眉。美艳的人皱起双眉，就好似娇嫩的面庞上洒上了醋，陶醉在甜美爱情中的男人时不时地品味着这酸酸的味道。

两弯浓浓的新月聚拢起来，一齐抬起了头，那弯弯的弧形下面，亮闪闪的情海波涛，一刻不停地击打着男人的心房。

"他夫人怎么样呢？"还是女人同情女人。

"他夫人病了，住进了医院。"

"后来病好了吗？"

137

"好了吧,这个记不得了。"

"不可能不好的吧,她是无辜的。"

女人不停地努着虽薄但很丰盈的下唇。男人并不觉得女人的不平很愚蠢,反而觉得她充满深情。两人间的世界是爱的世界。爱是最认真的游戏。因为是游戏,所以在最投入最忘情的时候必定要隐藏自己。有闲情逸致游戏于爱情的人是最幸福的。

爱是认真的,因为认真所以深沉。同时,爱是游戏,因为是游戏,所以轻浮。深沉且轻浮的东西就是水底的水草和青年的爱情。

"哈哈哈哈,你用不着担心。他夫人一定会好起来的。"男人也没跟梅里美商量就擅自打起了包票。

爱是迷失,又是参悟。爱吸收天地之所有,并立即赋予其异样的生命力,故而迷失。当眼睛释放出爱时,大千世界万事万物皆是黄金。映在爱的心底的宇宙是充满深情的宇宙。所以,爱又是参悟。但是,正呼吸着爱的空气的人并不知道什么迷失或参悟,只知一味地吸引别人并被别人吸引。自然忌避真空,爱情讨厌孤立。

"我真的觉得她很可怜。要我是她,还不知道会怎么样呢。"

爱对自己具有深刻的同情。只是因为过于深刻,所以自己的享乐得到满足后,就会由己及人,对他人给予异乎寻常的同情。因为过于深刻,若是失恋,也会由己及人,对他人报以异乎寻常的怨恨。

爱情成功的人必定以为自己是善良的人,爱情失败的人也必然以为自己是善良的人。不论成败,爱都是一条直线,只知拿爱去衡量一切。成功的爱是一辆满载同情奔跑的马车,失败的爱则是满载怨恨奔跑的马车。爱是最任性的东西。

最任性的两个善人在布置精美的室内上演最深刻的游戏,室外的天下却是萧瑟寂寥的秋天。这秋天使天下多少个道也先生面临困境，又使多少个高柳君深感寂寞。

"上次音乐会你是和高柳先生一起去的吧？"

"是啊，事先并没约，路上遇到了所以邀他一起去了。因为看他在动物园前站着，很伤心地望着樱花树的落叶，觉得他很可怜。"

"怪不得你邀请他了。他不是病了吧？"

"好像有点咳嗽，没什么大碍吧。"

"他脸色好像很不好呢。"

"那男人过分神经质，自己把自己糟蹋病了。但你要是安慰他，他反而会讽刺你。最近好像越来越怪了。"

"好可怜啊，怎么会成那样呢？"

"怎么会成那样？因为他喜欢一个人待着，把世上其他人都看作敌人，真拿他没办法。"

"失恋了？"

"没听说过。干脆给他找个对象，也许会好些。"

"那就帮他找个吧。"

"帮他找？他那样怪脾气，不行啊，做他老婆会很可怜。"

"但是有了爱人会好起来吧？"

"可能会好一些，但他本身性格就是这样的啊。凡事总是悲观，得了悲观病了。"

"咯咯咯咯，为什么会得那样的病？"

"为什么呢？也许是遗传，要不就是小时候有过什么事。"

"你听他说过什么吗？"

"没有，我不喜欢打听那些事，而且那家伙什么都不说。要是他把心里话轻松说出来也许还能安慰他。"

"他不是有什么困难吧？"

"生活上吗？那是很困难。但你要是给他钱的话，他会扔得老远。"

"但他自己不是挣不到钱吗？因为他是个文学士。"

"慢慢来的话也能挣到钱，但他太性急，最好毕业的第二天就能成为一个优秀的作家，想一举出名，然后轻轻松松地生活，这么想就很难了。"

"他家到底是哪里的？"

"家乡是新潟县。"

"好远的地方啊。新潟是产米的地方啊，他家是农民吗？"

"农民吧。——啊，说到新潟县我想起来了。上次你来的时候，记得有个人跟你擦肩而过吗？"

"记得，那个长着长胡子的人，我看到他的木屐时吓了一跳，非常薄，简直就是草鞋呢。"

"就那样他也是泰然自若。还有，那人一点都不讨人喜欢，不管我跟他说什么，他都不回答。"

"那他来做什么？"

"他是《江湖杂志》的记者，来采访的。"

"采访你吗？你跟他说什么了呢？"

"是啊，那期杂志寄来了，等下给你看。——关于这人还有个奇妙的故事。高柳君在家乡中学时，就是那人的学生。——别看他那样，他也是文学士呢。"

"他那样？哎呀。"

"但是，高柳君他们做了很多调皮捣蛋的事，欺负他，把他赶走了。"

"把那个人赶走了？太过分了吧。"

"现在高柳君自己生活很困难,所以他很后悔。他说老师被赶走时,一定也很困难,说碰到老师的话一定要赔罪呢。"

"就是因为被赶出来了,才沦落成那样吧?那样的话真的是很可怜呢。"

"上次我们不是知道他现在是《江湖杂志》的记者吗?音乐会结束后我告诉高柳君了。"

"高柳先生去看他了吗?"

"也许去了吧。"

"既然是他们赶出来的,那就应该早点去道歉吧。"

善人的话到此告一段落。

"怎么样?去那边跟大家一起玩一会?不喜欢吗?"

"相片,你不照了吗?"

"啊,完全忘了。相片是一定要照的。我要拍一个非常有艺术感的照片。生意人拍的那种可不行。——最近五六年照相有了很大进步,现在能拍出跟美术作品差不多的照片。一般的照片谁拍都一样,但最近因为个人喜好不同,拍出来的照片也不一样。除去一些多余的东西,把颜色调得柔和点,或者统一整张照片的光线亮度,有很多学问呢。学得快的已经成了风景专家或者人物专家啦。"

"你是人物专家吗?"

"我?我是——是啊,——我想成为专职为你拍照的专家。"

"真会说话啊。"

钻石戒指闪闪发光,从宽大的、淡红色袖子伸出的细细的手腕朝男人的膝前落下,指尖轻轻地触及到他的膝盖。

善人们的对话以照相告终。

八

秋天渐行渐远，昆虫的鸣叫声越来越细。

道也先生将生命付之于笔砚，他只为这一件人生大事忙碌，无暇顾及其他。所以，他不知秋已暮天已冷，不知虫鸣声已细，不知世人的无情，不知指甲缝里堆积的污垢，当然也不知蜗寺的柿子已经落尽。以一己之力驱使必须改变的社会开始转变是道也先生的天职，他的使命是使社会往某种高尚的、伟大的、为公的东西方向运转，哪怕只是往前一步也好。除此以外的事情他漠不关心。

高柳君却不能如此。道也先生对其他事一无所知，与之相反，他是事事皆知。他知道路上行人的眼神，知道秋风的凛冽，知道掠过天空大雁的数量，知道美女，知道黄金的贵重；知道自己贱如蝼蚁般生命的短暂，知道夜晚深入骨髓的浮世痛苦；更知道借宿处可怜的饭菜只有山芋。知道太多成了他的怪癖，而助长怪癖的就是他的病。天底下有杀不尽的人，可就是没有一个人能治好这个病。既然无人能治好这病，那纵有千百万人也等同于无。他孤身一人。他不是那种能自我满足、不求他人、悠闲自得的孤身一人，而是渴望同情、渴望温暖的无可奈何的孤身一人。中野君说这是病，我也认为是病。但是让他患上孤身一人病的是世间，而使他患上孤身一人病的世间对病情危笃的病人却视而不见。世间并不只满足于使他患病，它还要杀死这半死的病人。高柳君不得不诅咒这世间。

道也先生眼中的天地是为他人而存在，而高柳君眼中的天地是为自己而存在。前者认为，既然天地是为他人而存在，那么即使对自己不公平也不会心生怨恨；而后者却觉得为自己存在的天地对自己不闻不问，那就是人世间的冷酷。

生来照顾他人的人，与生来被人照顾的人之间有如此大的差别；指导他人的人和依赖他人的人之间有如此大的差别；同是孤身一人却有如此大的差别。高柳君是不知道这差别的。

铺着沾染污渍的冷棉被脑袋枕在脏兮兮的枕头上，因为好久没理发，小平头的头发已经长长。高柳君不经意地抬起眼望着院里的泡桐树。高柳君每当写作眼睛疲惫时必看这棵泡桐，翻译地理学教学法到昏昏沉沉时必看这棵泡桐，写信写不下去时必看这棵泡桐。他也只能看这棵泡桐，因为十平方米见方的荒芜的院子里除了这棵泡桐外没有其他东西。

特别是最近因为身体不舒服，无力工作，只把手肘撑在那诡异的桌子上，双手托腮，夜以继日地望着那泡桐，不知身在何处。

古人云，一叶知秋。悲秋之事先自泡桐而始。穿夹衣的时候，偶尔有片叶子落到篱笆上，还不足以引起人注意，但第二天早上又开始簌簌地落起来。因凉意侵人，所以早早地放下遮雨帘，隔帘也能听到树叶飘落的声音。叶子终于变成了黄色。

绿色渐渐衰败，淡淡的树脂色慢慢浮现出来。随着夜晚越来越寒冷，树脂色也越来越浓。被风雨摧残的命运只在旦夕间。

风乍起，不知从何处吹来，掠过树梢。深黄色的树梢还未摇动之时，一两片叶子就已经飘飘忽忽地落下来。然后渐渐停住。

在秋霜的浸染下，树脂色一天比一天浓。叶子中黑色的脉络开始变得明显，用扫帚去敲击，就会发出煎饼碎裂般的声响。黑线往左右两边伸展蔓延，这时叶子就命悬一线。风起时，从篱笆的缝隙、从屋檐的底下吹来，命悬一线的叶子落下来，不间断地、纷纷地落下来。叶子似乎觉察不到危险，它们毫不留恋地离开树梢。等月上中天时，那光秃秃的树枝历历可数。

仅剩下的几片叶子成了虫儿的食物，浓浓的褐色上这里一个窟窿，那里一个窟窿，叶片千疮百孔。枯黄的叶子觉得非常不安，看叶子的人也非常不安。就在这时，风吹来，所有的叶片都被吹得不知去向。

高柳君抬眼往上看的时候，泡桐已经完成了以上的生命进程，已经是光秃秃的了，只有那个斜斜地伸到窗前的枝条上还缀着一片被虫吃过的叶子。

"孤零零的一片。"高柳君嘟哝了一下。

从上月开始，高柳君就开始没来由地咳嗽。一开始根本没在意，慢慢开始干咳。不光咳嗽，还发烧。以为发烧吧却又好了，想着好了就工作吧却又发烧了。高柳君开始疑惑了。

想找医生看看吧，但一下决心找医生看那就等于承认自己病了。承认自己有病就好比承认自己的罪恶。在自己的罪恶被判决之前，人们一般都会在心里为自己辩护。高柳君在自己的身体被医生宣判前为自己辩护。他辩护说这些都是心理作用，他不知道心理作用和事实是一对兄弟。

夜晚会出盗汗，他经常因此惊醒，在漆黑里睁开眼睛，他心想，要是这黑暗永久持续下去就好了。因为天亮后，就会听到人声，就会意识到人世间的存在，而那是件很痛苦的事。

为了使黑暗更黑，他闭上眼睛，把头缩进棉被里，想从此不再把脸露出来面对世间，想就此入睡，一觉睡到极乐世界就好了。而第二天，太阳的光辉依然无动于衷地照在窗户上。

他一天好几次掏出怀表来数脉搏，但不管验多少次都不正常。或者过快，或者过于不规则，总之不是正常跳动。每次吐痰的时候他都会瞪大眼睛去看，却看不见红色的东西，他心里稍感宽慰。

看到痰里不带血心里感到安慰的人，看到痰里带血时必定会庆幸自己还活着。高柳君虽然差不多是庆幸还活着的状态，但他已经厌倦了活着。人经常会如此自相矛盾。他们是以幸福生活为目的。但既然活着是为了幸福，就必须承认享受幸福的前提是活命。即使他们的目的不是简单地活着，但作为享受幸福的必要条件，在任何痛苦时刻都必须维持生命。他们如此自相矛盾，流落尘世时想死死不成，却自觉一天天被拖进死亡深渊。这正如为了还债每月却又不停地负上新债，此正所谓悲惨的烦闷。

高柳君从被子里爬出来，在细碎花的丝光棉棉袄上套上黑色棉外套，他坐到桌前，还是想做点翻译。桌上东西就那么放着已有四五天了，上面轻轻地落了一层从拉门纸的破洞吹进来的沙尘，砚台里面都成白色了。高柳君似乎嫌麻烦，也不去吹掉沙尘，直接加水进去。不是水盂里的水，而是花瓶里的水。玻璃花瓶里插了五六朵雏菊，他斜倾花瓶，使水落入砚池。拿起磨秃了的古梅园墨不停地磨着，发出沙沙的声音。高柳君不愉快地皱起了眉。他是那种在不愉快产生之前，不去想法消除，而是等不愉快产生后紧咬嘴唇的那种人。他对不愉快非常敏感，但事先又不做好防备，过于自暴自弃。

他在桌上铺开了稿纸，思索了将近一小时，终于写成了两三张。一会儿，似乎写好了，搁下了笔。窗外，一片还没落掉的泡桐叶，孤零零地悬在那里。

"孤零零的一片。"高柳君口中不停地重复着。

他看着那叶子一时向上翻，一时又向下摇，眼看就要被吹落。这时，风却突然停住了。

高柳君拿出信纸，这次开始给故乡的母亲写信。"寒气愈甚，不知您近来可好？遥祝您永远康健。我很好。"写到这里，他考虑了一会，把这几行字撕了下来。又把这撕下的纸片放入嘴里一阵咀嚼，然后，啪的一下把这黑乎乎的东西吐到院子里。

孤零零的叶子又开始摇晃。这次是往左摇两三回又往右晃两三回，眼看快要停住时，只听呼的一阵风过，病叶倏地飘落了。

"落掉了，落掉了。"高柳君似乎在证实叶子真的落了。

他拉开三尺来宽的壁橱，拿出茶色的呢帽。出得门来抬头仰望，秋天的天空中，沉沉的黑云往上面聚拢来。

"老奶奶，老奶奶。"

老奶奶应声，停住了擦抹布的手，走了出来。

"请把雨伞拿来，它在我房间外面的走廊上。"

他是做好了下雨也要撑着伞去走路的准备的。没有目的地，就只是走一走。电车在跑，它跑是跑，但为什么要跑电车自己也不知道。高柳君只知道自己在走，但为什么走，他跟电车一样是无意识的。没有事做，没有目的，也不想走，强迫这样的人去走路是残酷的。因为是残酷迫使他去走路，所以无从报仇。如果想报仇，那就只有去找制造残酷的首谋，而制造残酷的首谋是世间。高柳君孤身一人走在敌阵中，不管走到哪里，他始终都是孤身一人。

雨开始星星点点地下起来了，这是秋冬之交的第一场阵雨。豆腐店的走廊上，桶里的豆腐渣堆得像山一样。山的顶端塌陷，四周冒着缕缕轻烟，轻烟随风袅袅飘到人行道上。咸鱼店里，红色的大马哈鱼被切成一片片摆在那里。旁边是白色的小沙丁鱼干，堆在一起。干松鱼店里，小学徒拼命地用笀帚刷着土佐干松鱼，鱼亮闪闪地发着光。屋里摆着的婚礼用的松树，绿绿的颜色为店里增添了许多喜气。茶叶店里少年伙计正在用臼慢慢地磨着茶粉，老板一边喝着茶一边望着往来的道路。——"啊，危险！"高柳君被撞倒在地。

穿着黑色礼服外套，戴着高高礼帽的仪表堂堂的绅士坐着人力车路过。坐车的势不可挡，走路的被撞倒却无可奈何。虽然叫着"啊，危险！"，但被撞以后也只能忍气吞声。高柳君像个幽灵一样地走着。

穿过青铜材质的神社大门——鸟居，看到石板路上有五六只鸽子稀稀落落地站在雨中。梳着唐人髻[①]的见习艺伎撑着褐色的蛇眼伞[②]站在那里看鸽子。她穿着很长的、比较粗糙的条纹绢织外套，和服下摆下罩着一双光脚。旁边房屋的二楼，两个借宿的书生在窗前正对她进行评头论足。另有一个背影在拍手、摇铃、扔香油钱，然后转过身走了过来。这艺伎穿着黑色绉绸和服，衣服上带三片槲叶图案家纹，简练大方。在与高柳君擦肩而过时，她秋波暗转，向高柳君投来一瞥。高柳君似感千斤压肩，心情顿时变得沉重起来。

高柳君下了三十六级石台阶，看到电车轰隆隆飞驰而过。岩崎邸[③]的石墙壁冷酷地高高耸立在面前。高柳君有一头撞破那石壁的冲动。雨不知什么时候停了，车站有五六个人在等车。穿着黑色礼服的高个子收起了洋伞在抬头望天。

"先生！"孤身一人的高柳君喊了一声。

"啊，奇妙的相逢啊。你散步吗？"

[①] 江户末期到明治时期日本少女发型。左右两边高高梳起，中间用头发结成十字形卡住。
[②] 日本油纸伞。撑开的油纸中心部用白色，周边用深色涂成了环状的伞。
[③] 三菱财阀第二代掌权人、实业家岩崎弥之助（1851—1908）的宅邸。

"是啊。"高柳君应声回答。

"天气不好还出来散步啊。——围着岩崎邸转三圈就是很好的散步。哈哈哈哈。"

高柳君心情一下子活泼了起来。

"先生呢?"

"我吗?我是没有时间散步的,依旧很忙啊。今天去上野图书馆查点东西。"

邂逅道也先生,高柳君一下子精神起来了:先生虽是孤身一人却完全不以为意,想到世间还有先生这样的人在,心里就踏实很多。

"先生,去散会步吗?"

"哦?一会儿的话可以。往哪边走?上野那边就别去了,因为我刚从那边过来。"

"我去哪边都行。"

"那就上坡,往本乡方向走吧。我要从那里回去。"

两人沿着电车线路往前走。孤零零的高柳君有了与他共享孤独的人,仿佛一下子天高地阔起来,甚至觉得拉车的再也不敢撞他了。

"先生。"

"什么事?"

"我刚才被拉车的撞了。"

"哎呀,那很危险啊,没受伤吧?"

"没有,没有受伤,但很生气。"

"是吗?但是生气也没办法啊。——不过也看怎么生气。曾经,渡边华山①被松平侯的队伍不小心给撞了,吃了大亏。华山那时把这

---

① 渡边华山(1793—1841),日本江户后期武士,画家,思想家。

事给写下来了。叫做'松平侯御横行'。御横行三个字是非常有意思的。为了表示对对方的尊敬用了御字,但其中包含着十足的反抗之心,有气概。你也在日记里写拉车的御横行。"

"松平侯是谁?"

"无从知道他是谁。如果他是有名声的人应该不会御横行了吧。华山因那件事发奋图强,所以到现在我们还知道他,但松平某人谁知道他是谁呢。"

"这样想来还是让人愉快的。但一看到岩崎邸的墙壁什么的,就想用头去把它给撞塌了。"

"也许不等你用头去把它撞坏,有谁已经把它弄坏了也未可知。不要说那样的傻话,堂堂正正地创作,如果你去写作的话,那你的寿命就会比岩崎什么的长多了。"

"他们不让我好好创作啊。"

"谁不让你创作?"

"也说不上谁,就是不能。"

"身体不好吗?"道也先生侧过脸来仔细看。高柳君两颊发热,苍白中带潮红。道也沉思了一会:

"你上坡时呼吸那么急促,是不是有什么地方不舒服?"

连自己都硬撑着不想相信的事却被别人说中,原来这事这么明显,连别人都能看出来,高柳君吃惊不小。被说中心事的高柳君堕入了黑暗的深渊。人经常会不自觉地给人以如此冷酷的同情。

"先生。"

"什么事?"

"我看着像病人吗?"

"是啊,嗯,——脸色不太好。"

"像是肺病吗?"

"肺病?不是。"

"没事,您就直说。"

"你觉得是肺的问题吗?"

"遗传。我父亲是肺病死的。"

"是吗……"先生不知如何作答。

若是给装满水的膀胱一个针尖大的小孔用来宣泄,那针尖大的小孔马上就会变成铜板那么大。高柳君似乎也不想听道也的回答,直接说:

"先生,请听下我的历史。"

"好,那就听听。"

"我父亲在镇上邮局工作。在我七岁的时候被逮捕了。"

道也先生一言不发,配合着说话人的步伐慢慢往前走。

"后来听说是挪用公款——那时我什么也不知道。问我母亲,她说爸爸马上就回来,马上就回来。——但父亲始终没有回来。回不来的,他得了肺病,死在了监狱里。这也是好久以后我才知道的。后来我母亲就把房子卖了,搬到了乡下……"

前面来了两辆车,载着梳着新式发型的女人,很有气势地冲过来。两人闪到一边,谈话一时中断。

"先生。"

"什么事?"

"所以我有肺病遗传,没治了。"

"找医生看了吗?"

"没找医生看,看不看都一回事。"

"那不行啊!肺病也不是就一定治不好。"

高柳君阴惨地笑了。雨吧嗒吧嗒地下了起来。枸橘寺门扉上贴着的白纸非常显眼，上面写着"提倡碧岩录[①]"。女校的学生一个接一个地走了出来，红、紫、茶等各种颜色向道路中散开去。

"先生，罪恶也遗传吗？"高柳君一边在女学生群里穿行，一边问。

"哪有这样的事。"

"即使不遗传，我是罪犯的儿子，很悲哀。"

"那肯定是悲哀的，但是必须忘记它。"

戴着手铐的两名犯人由警察护送从警察署里走了出来。雨洒落在犯人的头发上。

"忘了，又会马上想起来。"

道也先生稍微提高了声调。

"但是你的一生是活在过去还是未来？你是还未盛开的花，大好年华还在后面呢。"

"花还未开却已经枯萎了。"

"枯萎之前好好工作。"

高柳君沉默了。回望过去是犯罪，展望未来是肺病，现在在为面包码字。

道也先生把嘴凑到高柳君的耳边，说：

"你可能以为只有你一个人是孤独的，我也很孤独。孤独是很崇高的东西。"

高柳君不能理解这话的意思。

"明白吗？"道也先生问。

[①] 亦称《碧岩集》，宋代著名禅僧圆悟克勤大师所著，共十卷。

"崇高——为什么……"

"你不明白这一点的话，就没办法孤独地活下去。——你自信自己水平高于常人，而别人不承认你的水平，所以你孤独。但是，如果别人承认你的水平，那说明别人也跟你一个层次。艺伎和拉车的理解的人格肯定是低水平的。因为你想象自己跟艺伎、拉车的是同一水平，所以当被他们怠慢时就生气，烦闷。如果与那帮人同等，那就算你创作，那也只能写出与他们同等的东西来。正因为你跟他们水准不同，所以你能写出发挥你优秀人格的作品来。若不能写出人格高尚的作品，那被他们看不起也就理所当然了。"

"我不在乎艺伎和拉车的……"

"这是举例，谁都一样。同一学校一起毕业的人也一样。人们以为同一学校一起毕业的人大概都差不多，那是因为人们以为相同的教育形式会形成相同的素养。如果同一大学的毕业生都差不多的话，那大学毕业生要么全部留名青史，要么全部被历史淹没。如果你努力在想留名青史，那前提就是假定即使同一学校毕业，也必有人留不了名。这个假定本身，就已经表明你自认自己虽与别人同样是学士，但是有着巨大差别，是吧？一方面自认为自己与他们有很大差别，同时又苦恼于他们不理解自己，这是自相矛盾的。"

"所以先生是在为留名后世而努力吗？"

"我的情况稍有不同。刚才的议论是站在你的立场上的。因为你好像希望写出流传后世的优秀作品，所以我才那么说。"

"那先生您想做什么呢，不知可否请教一下？"

"我不在乎名声这种虚的东西。我只是为了自我满足，为了世间在工作。其结果是恶名也罢，臭名也罢，疯子也罢，都随它。我只是因为不这么做我就得不到满足，所以只能这么工作。从我不这么做就满足不了这点来看,毫无疑问这就是我的道。人只有跟随道,除此别无他法。因为人是道的动物,所以我觉得顺从道是最高尚的。顺从道的人连神都要退让三分。岩崎邸的墙壁又算什么,哈哈哈哈。"

眼前这个孤零零的小职员斜戴着破旧的礼帽,撑着锦缎做的洋伞,瘦长的脸正散发出光芒。高柳君似有所悟。

路上的行人来来去去,路边的店家迎送着客人。电车满载着客人东来西往。两个人如丧家之犬一般走在行人如织的街上,他们看起来也许像刚刚被免职的属官和堕落的学生吧。看起来像那就没办法。道也觉得爱像不像,周作却并不愿意被看作那样。两人在四丁目的角上分了手。

九

　　温暖如春的天空下，福地洞天般的别墅里，婚礼正在举行。

　　爱，讨厌偏狭，爱，痛恨独占。相爱的两个人，举满溢之爱滋润众生，掷用不尽之金钱广会宾朋。那些拒绝应邀前来的，必是那讨厌扇底曼舞之熏风，严冬时节偏赴飘雪之国、不识时务的凫雁之辈。

　　圆满的爱所触之处尽皆圆满，两人的爱甚至使那秋冬之交经常阴云密布的天空也圆满起来。——这天艳阳高照。晴朗的天谁都见过，但这天太阳明晃晃，以致不论是谁都要用手遮住阳光才能往上看。人逢喜事精神爽，谁会拒绝如此晴朗的日子呢？婚礼贺客驱车从四面八方赶来。

　　精挑细选的绿色雪松缠在圆柱上，在头顶一丈见宽的地方，它们向左右弯曲连接在一起，这个叫拱门。雪松的绿色过于庄重，但步入爱的国度的人们穿过的门不该如此庄严，还必须有使绿色柔和的温暖色调。

　　那些蜜橘看起来非常滋润，掰开来也许会蜜汁飞溅。虽不知道味道如何，但那颜色是非常温暖的。十月的颜色是金黄色。此情此景使人仿佛置身于纪伊国①中：南海和煦的暖风吹过点缀着金色小球的雪松的枝条，黑暗即将退去黎明即将到来，急不可待的朝阳将光芒投向山岗，万颗金黄色小球一齐闪闪发光。从拱门下面走过的人必定是要不醉不归的。

绿色拱门下站着新的夫妇。站在这里的所有的夫妇都必须是新的，新的夫妇必须是美的。新的、美的夫妇必须是幸福的。他们站在这绿色的门下，分享一份自己的幸福给迎来的宾客，又分享一份自己的幸福给送往的朋友，留下的幸福是用来白头到老共同享受的。它们是新的、而且是美的。

新郎穿着黑色的上衣和条纹的裤子，白可欺雪的手帕时时在黑色的胸前飘动。新娘穿的是带家徽的和服礼服。和服下摆上图案华丽颜色鲜艳，新娘如出水芙蓉般亭亭玉立其中，腰部以上轮廓分明。维纳斯诞生于海上的波浪，这个女人诞生于裙摆的图案。

阳光鲜明地照在女人的脖颈上，在没有喉结的喉咙边上投下若有若无的白色影子。从侧面看去，那影子淡到几乎看不见，影子的边缘消失在脖子清晰柔和的轮廓上。头上，乌黑往后盘成旋涡状的发髻，其中一缕往前浮在额际。发髻中间插着一根金色质地镶嵌深红颜色新式珐琅的发簪。

爱不容有坚硬之物，所有坚硬之物都会被其溶解。女人双眼晶莹闪烁，那熠熠光辉就是她被爱溶化后的模样。所有被她秋波顾盼过的世间万物，都从不可思议的神仙境界飘荡到她的眼底，在恍恍惚惚的世界里逍遥自在。被如此双眸迎接的客人们，陶醉地步入园内。

"高柳先生来了吗？"女人低声地问道。

"啊？"男人附耳过来。园内乐队正在表演越后狮子[2]。宾客已经到了大半，夫妇俩该进入室内接待了。

"是啊，我都忘了。"男人说。

---
① 日本古代国名，在今和歌山县一带。
② 发源于新潟市的日本民间狮子舞。

"客人来得不少了，是不是该去那边了？"

"说的是啊，现在该去了。但是，要是高柳来的话就对不住他了。"

"你的意思他现在不在这里吗？"

"是啊。那家伙在这里看不到我的话，走到门边就会回去的。"

"为什么？"

"原因啊，就是没来过这种地方。——因为他孤身一人，是个孤独的人——总之，不让他穿过拱门我不放心呢。"

"会来吧？"

"来的，因为我专程去请了他。他答应我了，就是不想来也会来，他是那种人，肯定会来的。"

"他讨厌这种场合吗？"

"讨厌。不，也不是讨厌吧，就是有些不自在吧。"

"嘻嘻嘻嘻，蛮怪的啊。"

不自在是因为没有自信。没自信，是因为总觉得别人欺负自己。中野君只是说不自在，夫人只是觉得很怪。这对夫妇忘记了自己的不自在。与这对夫妇处于同一水准的人，就算他们天生容易感到不自在，但直到生命结束，他们都不会体验到这种情绪。

"如果他来，我们还是在这里等等他吧。"

"保证会来。——不用担心里面，爸爸他们都在呢。"

爱是善人。善人为了朋友，可以不惮牺牲自己家的某些体面。为了高柳君，夫妇俩依然站在拱门下。高柳君不能不来。

有的客人坐马车，有的客人坐汽车，高柳君夹在中间，踉踉跄跄，孤身一人赴会来了。这笼罩在大海般温暖的和平气息中的园游会——新婚夫妇脸上荡漾着笑容的波涛，客人沉醉其中，所有人都溶化在忘我的幸福里——让季节一时仿佛回到了春天，和煦的日影使人忘记了即将到来的寒冬腊月。而对高柳君来说，这样的园游会却无异于敌方阵地。

对高柳君来说，地球上所有财富、权势、得意与满足跋扈的地方就是敌阵。隔着十来步，高柳君就看到了立在拱门下的新婚夫妇，他感觉陌生且有隔阂，根本没有是自己朋友的感觉。而做出了一些牺牲、专程在此等候的新婚夫妇，当高柳君的身影映入他们眼帘的时候，他们也并没有感到他是值得他们等待的尊贵客人，即使事实上他们已经等了。

友谊的三分之一是由服装决定的。头脑中想象的朋友和眼前的朋友可不是一回事儿。这天所有来客中，高柳君的服装是最寒碜的。爱是奢侈的，它不会存在于不美好的东西中。尤其是对女人来说。

与高柳君照面时，夫妇俩都在心里"啊"了一声。而高柳君也同样在心里"啊"了一声。

在心里"啊"的时候已经是无路可退了。高柳君踉跄着往前走去。而夫妇俩胸中萌生的"啊"很快就潜藏到爱的光芒的后面。

"啊，你终于来了，刚还在担心你会不会有什么事耽搁了呢。"这是事实，只是没说出自己心里的"啊"。

"我是想早点来，临时有事……"这也不假，但也省略了心里的那个"啊"。人与人的交往中，这"啊"总是被省略的。当"啊"多次被省略的时候，那就是无言的绝交了。新婚夫妇、新的朋友，都会掩盖心里的"啊"，极力表现出热情。

"这是我妻子。"新郎介绍。对孤独的人介绍自己美丽的妻子，是一种善意的罪恶。但沐浴爱河的人，因爱的泛滥看不到这一点。

新娘静静地不说话，款款地低头行礼。高柳君毫无反应。

"走,去那边。我们一起去。"新郎说着移步往前走。走不到二十米,夫妇俩就被一个花白头发的男人拉住了。

"啊,这园子真不错啊,原来可没想到有这么大。你爸爸邀请我好几次了,但每次不巧都有事。——这园子角角落落都拾掇得很好,真不错……"

花白头发一开始说话就没法移动了,这时又有两三个人加入进来。

"不错!""面积多大?""我今年也一直想往这里来呢。"如此这般,他们包围了新婚夫妇。高柳君失望地站在一边。

这时,对面跑来一个和服袖子束起来①的女人,一下子抓住穿着厚外套、衣服上绣着五个家纹的男人,说:"哎,你来一下。"

"不去了,我在别处已经吃过了。"

"你好意思啊!让我这么到处找你。"

"又没有什么好吃的,找我干吗。"

"有啊!不说那么多了,你来不就行了。"她使劲地拉。男人被拽得心疼大衣,只好被她拉着走,中间碰了一下高柳君。被拽的人吃了一惊回头看了一眼,本来脸上表情是"不好意思,我不是故意的",但一看到高柳君的衣服,他的表情立刻发生了变化。

"哎呀,这可是……"一副居高临下的架势,并且只是站在那里看着,一动不动。

"来啊,别管那么多了,来啊。没关系的,你来吧。"女人斜眼瞟了一眼高柳君,又拉着"厚外套"走了。

高柳君慢慢踱了出去。年轻夫妇被阻隔在遥远的彼方,不知去

---

① 日本人为了干活方便,会把和服的袖子用绳子绑在背上。

哪里了。草地的中央支起了个长长的帐篷,往里面看去,只见阴影里摆放了几个栽着菊花的大花盆。他心想,现在还有这样的菊花啊:数百片长长的白色花瓣从花的中心向四周尽情伸展,而在末端又恣肆地向里弯曲,放肆地展现其狂放的姿态。细长的黄色小花瓣,似乎在保护着什么贵重东西似的,紧紧地合抱在中间,使之成为一个圆圆的球状。也有盆栽的松树。玻璃盘中苹果堆得高高的,洁白的桌布把它们衬托得格外鲜艳。苹果的小脸,在没有阳光照射的地方依然泛着光。也有装满橘子的大碟子。听到身边有吃吃的笑声,高柳君吃惊地回过头一看,只见两个戴着礼帽的年轻男人正在咧着嘴笑呢。

"不可思议啊,真的。"一个人说。

"少有啊。就是一乡巴佬。"另一个说。

高柳君盯着两人看。一人的胸前稍微敞开着,露出里面带图案的棉衣。他右手拇指插在棉衣的口袋里,端着胳膊。另一个靠在细细的手杖上,皮鞋打了蜡。右脚竖起脚尖着地,只用一只左脚支撑着他细长的身体重心。

"简直就像个跑堂的。"一只脚说。

高柳君以为他们在说自己。这时棉衣应和着说:

"是啊,园游会竟然穿着燕尾服——就算没留过洋,这点事情也应该知道。"往那边看去,原来那里有穿着燕尾服的,而且是两个人,凑在一起在聊着什么。这就是所谓的同类相聚吧。高柳君终于明白他们是在笑那两个人。但是,为什么燕尾服不适合园游会,他是怎么想也不会明白的。

草地的尽头是舞台,周围挂着芦苇席子,正在热闹地上演着什么。正面的入口处围着红白色的大幕,大幕里面就是铺着长长红毯的舞台。舞台上，三个女人怀抱着三弦，两个空着手分别负责弹和唱。舞台正中央，有个戴着金色纸做的乌帽子①的女人，脸涂得雪白，拿着一个船桨似的东西。她放下桨，又拿起扇子，打开，又合上，又提起长长的红色袖子遮着头，又放下，总在不停地做着各种动作。那里贴着的纸上黑漆漆地写着"朝妻船"，那这演的节目可能就是这个"朝妻船"了。高柳君远远地站在后面看了一会。

从舞台往左边去，有一个花岗石小桥。桥对面的假山旁边种着很多松树。松树的缝隙中隐隐能看到挂着商店门帘样的东西，中间传来女人吃吃的笑声。于是，本已经走到桥上的高柳君又原路返回了。这时，乐队一下子将整个院子的气氛活跃起来了。

高柳君快步走回到帐篷边，但这次没再往里面窥看。里面熙熙攘攘，传来各种各样的声响。转到入口处一看，里面挤满了人，且频频传来杯盘碰撞的声音。没看见年轻夫妇。

高柳君站着看了一会，突然响起了"万岁"的声音，这声音盖过了乐队的演奏声。石桥那边也传来应和的"万岁"声。这是欢呼声。高柳君像一个走错会场的客人一样迟疑地走进了帐篷里。

有人高高地举着盘子从人群中挤了过来。

"您请吃。虽然还有，但人多不容易拿到手。"那人说。高柳君正在想，那盘子若是给自己的话，那人的眼睛看的地方就有点不对。只听后面传来冷冷的"谢谢"的声音。那是一个十七八岁的小姐，穿着桃红色绉绸带和服礼服，接过盘子站在那里。

站在旁边的绅士，从帐篷的一角拿来一把椅子，对小姐说：

"喏，请您站在上面吧。"说着占据了小姐前面的位置。高柳君

---

① 平安时代到近代，日本成年男性穿和服时戴的礼帽。

往左边走出两米左右。在那里，穿着和服和西服的人正靠在帐篷的柱子上吞云吐雾。

"戒了雪茄了吗？"

"嗯，因为好像对脑子不好。——但是，抽惯了那个，怎么说呢，就抽不了纸烟了，不管什么好烟都不行。"

"那是啊，一分价钱一分货啊——三十钱一根跟三钱一根能比吗？"

"你抽的什么？"

"你抽支看看。"穿西服的从鳄鱼皮烟盒里抽出一支来。

"喔，'埃及人'啊，这个一百根大概五六块吧？"

"虽然便宜，但味道不错啊。"

"是吧——那我也开始抽纸烟吧。这个的话每天就是抽二十根，一个月二十块钱也就够了。"

二十块是高柳君一个月的总收入，这位绅士要把高柳君的所有收入都用来抽烟。

高柳君又往左边走了四尺左右。那里有两三个人正在说话。

"最近啊，因为野添开了上次说的那个人造肥料公司……"光头、低鼻梁、戴着金色假牙的人说。

"那个还真开对了。干得不错。"正四方形、黑黑的、长着金属烟盒般脸的人说道。

"你不也是股东吗？"花白头发，就是前面中途抢走中野君的那个老头说道。

"那个啊，"这次轮到光头了，"因为野添问我，怎么样，你也持有一点吧，我说这次算了，就拒绝他了。可是他说，别那么说，哪怕认五百股也好啊，其实已经用你的名义了。我觉得比较麻烦，就随便应付了一下先回九州去了。过了两周左右,我去公司的时候,秘书说野添的股票大涨,五十块钱的股票涨到了六十五块,合计三万两千五百块。"

"真厉害啊,其实我也曾想持有一点。"四方脸说。

"那个,真是个意外。没想到会那样噌噌一个劲地往上涨。"花白头发不停地用手指搔着头。

"让他用我的名义再多买一点就好了。"光头后悔没得到比三万两千五百块更多的股票。

高柳君战战兢兢地从三人旁边走过。他想找到年轻夫妇,打个招呼早点回去,但是,环顾四周,看到两人被黑色礼服和五彩长袖包围在最里边,一时近身不得。餐桌边人数终于减少了,但是留下的食物也几乎没有了。

"你最近出门吗?"有人问。说话的是一个三十岁左右的男人,仙台平① 料子的日式裤子长及地面,行动时,白色袜子和雪地木屐上的灰色带子时隐时现。

"昨天被须崎的种田家邀请,去他们别墅打野鸭了。"留着小平头、皮肤微黑的那个答道。

"打野鸭还早吧?"

"是时候了。打了十来只。我十只,大谷七只,加濑和山内每人八只。"

"那你最多啊。"

"哪里,斋藤十五只。"

"啊!""仙台平"很佩服。

---

① 仙台出产用来做日式裤子的高级丝织品。

一起毕业的同学很多，但在这里只看到五六个人，而且跟他们的关系都比较疏远。高柳君见了他们也只是打个招呼，没聊别的话，现在却很留恋起他们来。他四处看想找到他们，但是都不见了踪影。也许他们回去了也未可知。那我也回吧。

主客一体，离了主人就没有客人，离了客人主人就不存在。我们以主客之别明确物我的界限是为了生存上的方便。正如，没有能脱离形的色也没有能脱离色的形，没有能脱离技巧的构想，也没有能脱离构想的技巧，而为了方便起见我们都会把它们分开考虑，这道理是一样的。一旦我们区别对待它们，我们就踏入了迷途。因为生存是人生的目的，为了生存的方便我们在迷途越走越远，越来越觉得无法走出来。但如果摆脱个人生存的欲望，哪怕只是片刻，我们也能清醒地勘破迷途走出来。可高柳君是一刹那也不能摆脱生存欲望的人，他很难认为主客是一体的。他以为主是主客是客，正因为他太执着于此想法，所以一旦碰到一个具有优越感的客人时，他就陷入一种好像四面八方都朝他挥舞着无形大刀的心境，所以在这次园游会中他有孤军深入重围的感觉。

踉跄着走进拱门的高柳君又不得不踉跄着走出拱门。从远处往回看，绿色雪松圆环中，帐篷小小的，里面看起来像是堆满了美丽的和服。那当中应该有年轻夫妇的身影吧。

夫妇俩正在寻找高柳。

"高柳君怎样了，后来你碰到过他吗？"

"没有，你呢？"

"我没碰到。"

"可能已经回去了吧？"

"是啊——但如果回去的话，我觉得他回去前应该会过来和我们说说话的。"

"为什么不到大家都在的地方来呢?"

"很吃亏啊,他那样的人。他那样一个人肯定不快乐。不快乐的话出来就好了,但又往后缩。真是个可怜的人。"

"我们邀请他,就是为了让他能愉快点呢。"

"今天他好像脸色特别不好。"

"一定是病了。"

"应该还是因为孤独,所以脸色不好。"

高柳君走在路上,感到一阵彻骨的寒冷。

十

　　道也先生拉着他的长脸，拥着火桶，火桶的周围堆满了熏黑了的竹子。屋外寒风吹过。

　　"我说。"妻子从隔壁房间走出来。和服外套的领子都没有折好。

　　"什么事？"道也先生抬起头。虽然坐在书桌前，但看起来似乎整日在饱受寒风的摧残。

　　"书卖掉了吗？"

　　"还没呢。"

　　"你不是说，过个把月就有一百或两百块的收入吗？"

　　"嗯，我说过。没错我是说过，但书卖不掉。"

　　"那不是让人很为难吗？"

　　"是为难，我比你更为难。所以现在正在想办法。"

　　"但你那么辛苦，都写了三百多页了——"

　　"岂止三百，有四百三十五页。"

　　"那怎么就卖不掉呢？"

　　"还不是因为不景气啊。"

　　"真是的，那怎么办呢？有没有解决的法子啊？"

　　"拿到南溟堂去的时候，说是有名人写序就可出版。然后我想足立是大学教授，他总可以吧，所以就去找足立了。出书跟借钱一样，没有担保人是不行的。"

　　"借钱因为欠人家的所以是要担保人，可——"妻子用食指插到头发里使劲地搔着,发髻不停地摇动着。道也盯着她的头看。

"最近书跟借钱一样,没有信用度的人如果没有连带责任人就不能出版。"

"好没道理啊,花那么多时间,每天写到那么晚。"

"那些书店是不知道的,也不管。"

"书店可能不知道,但你不是知道的吗?"

"哈哈哈哈,我本人当然知道,你不也知道?"

"我知道所以才说的呀。"

"你这么说不能让别人信任你,没用。"

"那怎么办?"

"所以拿到足立那里去了。"

"足立先生说给你写序吗?"

"嗯,说写,所以就把书放他那里了,后来又来说写不了。"

"什么原因呢?"

"不知道什么原因,不愿意吧。"

"那你就算了吗?"

"他不写,没必要勉强他的。"

"但是,那样咱们不是很麻烦吗?上次哥哥作保借的钱快到期了。"

"我原来也是想还那笔钱的——但卖不掉,我也没办法。"

"好蠢啊,简直不知道为什么那么辛苦。"

道也先生一边用火箸捣着火桶里的炭团,一边说,"在你看来是很蠢。"妻子住口了。寒风呼呼地吹,大门的拉门上的纸被吹破,像风筝似的响着。

"你准备这样到什么时候?"妻子无可奈何地问。

"没想过到什么时候。只要有饭吃,到什么时候有什么关系?"

"你动不动就说有饭吃有饭吃,现在是勉勉强强还有得吃,再下去的话马上就没得吃的了。"

"你那么担心吗?"

妻子怒形于色。

"因为你也太没有打算了。做教师赚钱很轻松,你却一个个地辞掉了。然后非要靠着一支笔生活,你也太顽固了。"

"说得对,我是准备靠笔吃饭了。你也做好那样的准备。"

"能吃上饭,我当然随你了。我是你妻子,不会对你喜欢做的事多嘴多舌的。"

"那不就行了吗?"

"但问题是,快没饭吃了。"

"有饭吃。"

"你也真是。很明显做教师很轻松,而现在这样很辛苦。你还是适合当教师的,写东西不合你性子。"

"这你都知道。"

妻子低下头,从袖子里取出用纸擤了一下鼻子。

"不是只有我一个人这么想。就连哥哥不也那样说吗?"

"你那么相信哥哥的话?"

"相信他又不是什么坏事。他是咱哥哥啊。而且,他又那么有体面。"

"是吗?"道也先生只说了两个字,用火箸细心地把火钵的灰拨了一通。里面出来一根两寸来长的铁钉,上面沾满了灰。道也先生用弯了的黄铜火箸把两寸钉夹起来,一只手拉开了门,把它扔到了院子里。

院子里什么也没有。一片片芭蕉已经折断，一片焦黄色，立在那里一动不动。地皮被铲起，就像草席被翻过来了似的。道也先生望着院子，似乎自言自语地说：

"这风可真不小啊。"

"再去拜托一下足立先生看看吧，怎么样？"

"人家不愿意，你再拜托也没用。"

"你就这点让人为难。反正，那样厉害的人，怎么可能马上就答应帮你写呢……"

"那样厉害的人，你说的是足立吗？"

"是啊，你可能也很厉害——但他毕竟是大学的先生，你就对他低个头也不会吃亏的。"

"好吧，就听你的，再去求他一次。——几点了？哎呀，都这点了！该去社里校稿去了。请把我裤子拿出来。"

道也先生还是穿着他的那条茶色的日式裤子，飘然走了出去，那裤子薄薄的，在秋风中翻飞。客厅的挂钟正好当当敲两下，两点整。

有首俳句是这样的：炭火如思绪，堆起又坍塌。这句大概妻子不知道。妻子来到道也先生的火桶边，把灰拨成圆形。火桶是圆形，所以把灰就团成了圆形，若火桶是方的，大概就想把灰拨成方形了吧。女人认为给予她的东西就是正确的，认为最佳的做法就是考虑如何在现有的条件下过得更好。给她们的火桶是六角的还是八角的都没有关系，她们都会把灰相应地拨成六角或八角的。她们只有这点见识。

既不是站也不是坐，妻子的腰悬空着，膝盖抵住火桶的边缘。坐，没地方，而站着不能想心事。她的姿势不上不下，正如她的心里七上八下。

想想真是不该嫁过来，娘家该有多舒服多快活。如果事先有人告诉她做人妻子就是这样的话，那她肯定不会来的。看着他对自己的父母都那般温情，对自己真心实意，甚至约好了连来世都要做夫妻，想着他一定会百般宠爱自己，而他也答应对自己好，所以才从住惯了的家里暂时搬出来了。可离开的家却再也回不去了。就算想回去，但爸爸妈妈都已经去世了。以为他会对自己好，但他是这个样子。这个世上再也没有对自己好的人了。

妻子拨开了外面的那层灰，开始用火箸前端去戳火红的炭团。炭团崩塌了可以再次把它们堆起来，但如果炭被戳坏，那炭团就再也堆不回原来的圆形了。不知她是否明白这个道理，她仍在不停地戳着。

现在想来，当初出嫁时的想法错了。当初嫁过来是为了自己，从没想过是为了丈夫。婚礼上与父母、亲戚举杯时都是为了自己的幸福。父母亲在听《高砂》[①]时一定也是同样的想法。如今，原来的希望全部落空，现在的光景如果说给父母听他们一定会怒骂道也，自己的心里也非常愤怒。

道也好像以为妻子就该照顾丈夫，但对此她想说的是，女人是弱者，年龄又小些，所以应该受到丈夫的照顾。自己既然照顾丈夫，就理所应当也该得到丈夫的照顾，所以，丈夫就应该听自己的。但是他从来就没听过自己的。家庭的历史就是妻子的历史，但道也却好像把它当做了丈夫的历史。这样事情就无法收拾了。世上的丈夫是不是都跟道也一个样？如果都一样的话，那以后结婚的女人肯定

---

① 能乐的一个曲目，其中的一部分在婚礼等场合演唱以表示祝贺。

会慢慢减少。从其实并没有减少这一点看，别人的丈夫一定都活得像个真正的丈夫。原来大千世界只有自己一个人如此痛苦，这可真是一生的不幸。既然嫁到这里就不会离开，但是朝夕相伴的丈夫却如此模样，就是到死对他都不可能产生真正的作为妻子的感情。这事得想点办法。想办法让他成为符合自己心意的丈夫，否则活着还有什么意义。——妻子一边如此寻思，一边摆弄着火钵。风猛烈地吼着，似乎势必要摧倒那棵枯萎的芭蕉。

外面有人来了。拉开大门缩着头往外一看，道也的哥哥站在那里。妻子"啊！"了一声。

道也的哥哥是公司的管理层，那公司的老板就是中野君的父亲。哥哥脱下长长的大衣挂在玄关，进入客厅里。

"风真大啊。"哥哥坐到薄薄的印花布垫上，用手从前往后摸着他那微秃的额头。

"这么冷，您……"

"嗯，因为今天下班比较早……"

"您这是准备回家吗？"

"不，我已经回过家了，然后又重新出门了的。穿洋服跪坐很不舒服……"

哥哥穿了件平织的小袖口和服上衣，外面是一件带暗绿色的青色博多和服外套。

"他今天不在家吗？"

"是，刚刚出去，过会就会回来，您坐会儿。"说着把那个火钵拿了过来。

"不用忙。——真的很冷。"哥哥伸出手去烤火。

"眼看要到年底了，您一定很忙吧？"

"是啊，谢谢。每年一到年终就头痛得不行，哈哈哈哈。"哥哥笑了。世上的人并不都是只在觉得好笑时才笑。

"忙就好啊……"

"嗯，是啊，就那样吧。——道也还是老样子吗？"

"谢谢。他最近总是很忙……"

"那不错啊，哈哈哈哈。阿政，他很让人头疼的吧。想不到他那么不通世事。"

"让哥哥操心了。我也跟他说过很多，但他说我这是女人之见，根本就不听。我也是为难得不得了。"

"肯定啊，因为连我说的他都不听。——我和他在一起，也会很关心，不知不觉地就想说他。"

"那是肯定的，因为大家都是想他好才说的……"

"要是在乡下那样也就罢了，但他到这里还那样。不管他本人喜欢不喜欢，这是做哥哥的义务啊，所以就想说他。——可他一点也不改，真是个大怪人。老老实实当个教师也就罢了，到哪里都跟人处不好……"

"他这点真让人担心，因为这，我吃了多少苦。"

"那是肯定的啊，我也看出来了。"

"谢谢哥哥。给您添了不少麻烦。"

"到东京来了之后也是，如果不是这么不务正业，那肯定还过得去。我跟他说，他根本不听。不听就不听，那你自己活出个人样也行啊。"

"这个我也跟他说过。"

"一旦有什么事，不是还是要来找我吗？"

"真是对不住……"

"不，我不是说你。因为他本人啊，简直太没脑子了。大学毕业都七八年了，还装腔作势在笔耕，你以为是活在哪个国家啊？他那朋友足立，做了大学老师，不是很不错吗？"

"他那样自己还觉得挺了不起的呢。"

"哈哈哈哈，自己觉得很了不起。不管自己觉得自己如何了不起，没人理你也是枉然。"

"最近他也在想办法。"

"很难说。——他不是一直不停地在攻击有钱人吗？真蠢啊。做那样的事有什么意思？又赚不到钱，又被别人排斥。就是自己给自己找麻烦啊。"

"他哪怕听人一点劝也好啊。"

"最终还要带累别人。——其实啊，我今天在公司非常丢脸。课长找我一顿训，说，听说你弟弟啊，那个叫白井道也的，大放厥词猛烈攻击富豪。这不是好事，你提醒他一下啊。"

"啊，真对不住。课长是怎么知道的呢？"

"毕竟公司会收到很多侦探的报告的。"

"啊？"

"其实像道也这样的人，不管他写了什么，他那种没地位的人世间是不会理他的。但既然课长那样说了，那我就不能不理不问了。"

"您说的是。"

"所以，今天来其实是想找他谈谈的。"

"真不巧他出门了。"

"其实他本人不在反而好，跟你谈谈就行。——我也是刚才来的途中慢慢考虑，该怎么办比较好。"

"您跟他提意见，让他再去做教师就好了。"

"能那样就好了,你也过得幸福,我也就放心了。——但是,意见什么的,他可不是能听得进去的那种人啊。"

"是啊,他那样子,肯定是不会听的。"

"我看,这肯定不行。——我这里有一个办法,怎么样,让他本人自愿放弃杂志报纸而愿意去当教师。"

"如果那样我真是太感谢了!怎么做才能成事呢?"

"那个,最近他一直在写的那本书怎么样了?"

"还是老样子。"

"还是卖不掉吗?"

"别说卖了,都没有书店愿意出版。"

"是吗?卖不掉反而好。"

"啊?"

"卖不掉还好些。——还记得上次我做中借的一百元快到期了吗?"

"应该是本月十五号到期。"

"今天十一号,十二,十三,十四,十五,只有四天了吧?"

"是。"

"就用这使劲催他。——这话只跟你明说,那个借款形式上我是保证人,但其实是我借给你们的。——不那样做的话他会无所谓的,那是不行的。——你就照刚才说的去催他。——你们还有别的办法凑够一百元吗?"

"没有,一点都凑不出来。"

"那没关系,你就用这办法去逼他。——不,我不说话,让借条上的借贷人来催。你也必须不能管。——不管那人说什么你都必须冷淡以对,你一句话都不要说。——这样不管他如何顽固,被逼得没办法他就会来求我,他不得不来。他来求我的时候,我就将他降服。你明白吗?既然他来求我,就得按我说的做。他肯定也没什么好说的,即使不听我的也无所谓。然后我就跟他说,你看阿政,过得那样辛苦。只在杂志什么的上面吹牛皮说大话是不管用的,以后要痛改前非,找个实实在在的对世间没有害处的职业,如果想当教师的话,我也四处为你打听打听看看。——这样一来,他肯定就会按照我们说的去做了。你觉得怎么样?"

"如果真能那样,那我就安心了。"

"那就试试看吧?"

"那就拜托了!"

"好,这件事就这么定了。还有一件事。今天从公司回来,经过神田的清辉馆前的时候,看到一个很大的广告,我吃了一大惊啊。"

"什么广告?"

"演讲广告。——演讲广告没什么,但关键是演讲人是道也啊。"

"啊,这个我一点都不知道。"

"有意思的是题目很大,叫什么'告现代青年'。你可能会说,那有什么大不了的,他那样人的话哪有什么青年来听啊。但是,危险啊!因为他自暴自弃,不知道他会说什么。因为课长刚刚跟我警告了他的事,所以我马上给公司打了个电话备了个案,应该没什么大问题。但是我很想阻止他,不想让他去讲啊。"

"他想做什么演说呢?他那样做,又要给别人添麻烦了。"

"反正是些过激的言论。没事的话还好,若有什么没意思的事发生那就无法补救了。——无论如何,我们必须阻止他。"

"怎样阻止他呢?"

"如果直接叫他不要去,他那么顽固肯定会当耳边风的。除了欺骗没有别的办法了。"

"怎么骗呢?"

"这样吧。你就告诉他,我有急事,让他明天在他演讲的那个时间来见我。"

"是吗?那我就让他上您哪儿去,可以吗?"

"他可能不会听你的,不听那也就只好作罢了。"

初冬的天空已经暗下来了,道也先生在风中往家里走去。

十一

今天风还在刮,好像是要把所有有点湿气的东西都吹成鱼干似的。

"哥哥派人送信来了。"妻子递过一个信封。道也坐着,侧过身体接过来。

"他在等我回吗?"

"是啊。"

道也打开信封看信,看了一会儿又把信从后面往前叠好重新放回信封里。一句话没说。

"有什么急事吗?"

道也"喔"了一声,磨墨,刷刷地写着回信。

"什么事啊?"

"啊?等等,等我写完了。"

回信也就五六行,道也写上收信人姓名,说,"把这寄出去",就递过来。妻子叫来女佣交给她,自己没动。

"到底什么事啊?"

"不知道什么事。只说有事,叫我马上去一趟。"

"你去吧?"

"我不去。要不你去看看?"

"我?我不行啊。"

"为什么?"

"我是女人啊。"

"就算是女人,去也总比不去好。"

"但他不是写着让你去吗?"

"我去不了。"

"为什么?"

"我必须马上出门。"

"杂志那边请天把假应该没事吧?"

"编辑工作的话请假没事,但今天必须去演讲。"

"演讲?你吗?"

"是啊,我去演讲。不用那么吃惊吧?"

"刮这么大风,你就别去了。"

"哈哈哈哈,刮风就不去,如果是那样无关紧要的演讲,我一开始就不会答应的。"

"可是,做事还是不要轻率的好。"

"做事轻率?你指的是什么?"

"我是说,不要去演讲,这样对你比较好。"

"有什么好?"

"后面可能会惹麻烦。"

"你说话莫名其妙啊。谁跟你说不能演讲?"

"谁会说那样的话呢!——虽然没说,但哥哥这样派人送信来,说有急事,你不去一趟能说得过去吗?"

"去他那儿,演讲就没法去了。"

"就说突然有事,拒绝了不就行了?"

"都这个时候了,哪能那么不讲情面?"

"那你是说对哥哥就可以不讲情面吗?"

"没说可以。但是，演讲是老早就答应了人家的，而且，今天的演讲不是一般的演讲，是为了救人的演讲啊。"

"救人？救谁？"

"我们杂志社的人，说是因为上次电车事件，有人被当作嫌疑犯抓起来了。但是，我们不忍看他家人陷入悲惨状态，所以，就计划开个演讲会，用门票的钱去接济他们。"

"救那样的人的家人当然是件好事，但是要是被错当做社会主义什么的，那以后可就麻烦了……"

"就是被误会也不怕啊。什么国家主义社会主义的，只要是正确的道路就好。"

"但是，如果你跟那人一样，你想想会怎样？那我也不得不跟那人的妻子一样，变得悲惨可怜了。救人虽是好事，但你一点都不为我着想，你简直太过分了。"

道也先生沉吟了一会，然后，站在书桌前说："不会有那样的事，不会再有那样愚蠢的事了。已经不是德川政府时代了。"

他套上他的那条日式裤子，一分钟不到就准备好了。走出大门，外面风还在猛烈地吹。道也先生的身影消失在风中。

清辉馆的演讲会，就在这大风中开始了。

演讲者四人，听众不足三百人，多是读书人，其中就有文学士高柳周作。他用围巾包着脸，在风中一边咳嗽一边走来的。付了一角的门票钱，走到二楼时，偌大的会场空位很多，让他竟有一种寂寥之感。他在南面比较暖和的地方坐下来。演讲已经开始了。

"保护文士，是那些无法独立的文士才会说的话。保护，是贵族时代的用语，当今人人平等之世还如此叫嚷就是极端之耻辱。与其退而受保护，不如进而让政府付给我们相应的租税。"说到这演讲者下台去了。听众叫好。高柳君旁边穿着深蓝底白花纹棉布外套的书生说,"刚才那个是黑田东阳吗?""嗯。""脸好怪啊。还以为他长着一张像样的脸呢。"

"如果受保护,那脸就会更像样点吧。"

高柳君看着两人,两人也看着高柳君。

"唉。"

"什么?"

"他瞪着我们呢!"

"好怕。"

"下面该谁了?快看,快看,出来了。"

"瘦长得瘆人啊。这么大的风,他是怎么过来的?"

瘦长的道也先生,没穿外套,只穿着棉服出现在讲坛上。在这风中,他就像一根金属钉子一样直立着走来的,一路任干风肆虐,干枯得像一只老葫芦。听众一齐鼓掌。有些场合,鼓掌并不一定意味着叫好。只有高柳君正襟危坐,肃然倾听。

"自己是过去和将来的纽带。"

道也先生的第一句话突如其来,听众一下子摸不着头脑。没有这样的演讲开场白。

"把过去送入未来的被称为旧派,从过去拯救未来的被称为新派。"

听众更加迷惑了。三百名观众中,有人是抱着嘲弄道也先生的目的入场的。他们哪怕只得到一丝可钻的空隙,也会把道也先生嘲弄羞杀在讲坛上。相扑全在于抓准时机。如果瞅不准机会贸然发起攻击,那就只会暴露自己。于是他们像蛇一样,伸着头在等待时机。而道也先生的眼中只有"道"这一个字。

"说自己身上没有过去,就如同说自己没有父母,说自己身上没有未来,就如同说自己没有生育孩子的能力。所以,我们的立脚点非常明了。我们要么是为父母而存在,要么是为了孩子而存在,要么是为了建设自我而存在,吾人生存的意义离不开这三点。"

听众依然保持沉默,也许是被卷进了云雾里。高柳君听得连连点头。

"文艺复兴时期很大意义上是为父母存在的大时代,十八世纪末哥特式文学的复活,从大方向来看也是为父母存在的小时代。同时,也是为了孕育苏格兰的浪漫主义的时代,即为子孙存在的时代。为了建设自我而存在的时期,最好的例子是伊丽莎白时代的文学。说到个人有易卜生,梅瑞狄斯,尼采,勃朗宁。至于耶稣教徒,他们为基督而存在的,基督是古人,所以,耶稣教徒属于为了父母而存在的。儒者是为孔子而活着的,孔子也是古人,所以,儒者也属于为了父母而存在……"

"明白了!"有人在叫。

"没那么容易明白。"道也先生说,听众哄然大笑。

"夹衣是为了单衣而存在,还是为了棉衣而存在的?还是为了夹衣自身存在的?"道也先生说,扫视了整个会场。他应对讥笑非常机智,谨慎中带着轻松。听众不知该如何作答。

"这个问题很难,我也不知道。"道也先生若无其事地说,听众又笑了。

"不知道这个没什么关系。可是,我们到底是为什么而存在的?这个问题不能不搞清楚。明治已经过去四十年了,四十年不算短。明治时代的事业至此已经告一段落……"

"No,No。"有人说。

"有人在喊 No，No，我很赞成他，因为我就知道会有这样的人，我正等着呢。"

听众又笑。

"我真的在等。"

听众第三次又发出了笑声。

"我说过四十年的岁月并不短，过起来很长。但是，在明治时代以外的人看来还很长吗？望远镜的镜片的直径只有一寸，如果站在爱宕山①，品川②的海岸就被收入这一寸中。明治四十年很长，那是对我们这些蝇营狗苟于明治的人来说的，从后世人来看就会很短，从更远的时期来看，那就不过是弹指之间了。——弹指之间能做什么？"道也在桌子上"咚"地敲了一下。听众吃了一惊。

"政治家以为完成了一大事业，学者也以为完成了一大事业。实业家、军人都认为完成了一大事业。以为，那只是他们自己以为。正因为他们行走于明治四十年的天地间才会这么以为。——弹指之间能做什么？"

这次，谁也没有笑。

"世人说，明治都到四十年了，还没有出现莎翁，没有诞生歌德。正因为觉得四十年很长，才会生出这样的抱怨。弹指一挥间会出什么人才呢！"

"就快就会出现了。"有人喊。

"也许很快就会出现了，但是，到现在为止还没有出现，这是事实。——概括成一句话。"道也突然停住了，满场一片静寂。

"明治四十年的日月就是明治开化的初期。再换句话说就是，今

---

① 东京都港区内的一个小山丘，海拔 26 米。
② 位于东京都南部，东京二十三区之一。

天的我们生活在没有过去的开化中。故而我们不是为了传承过去而出生的。——逝者如斯夫，不舍昼夜，没有过去的时代是不存在的。——请各位不要误解。我们当然是有过去的。但是，那过去要么是老朽的过去，要么是幼稚的过去，而不是值得遵循的过去。明治四十年是没有先例的四十年。"

听众中有人脸上显出不以为然的表情。

"生于没有先例的时代，就有着无与伦比的自由。我深深祝贺诸君诞生于这没有先例的社会。"

"对，对。"会场几处响起赞成的声音。

"赞成还有点早。生于没有先例的社会，就得自己创造先例。无拘无束享受自由的人其实已经被自由束缚住。如何有效利用这自由，这是诸君的权利，同时也是一大责任。诸位，对于没有伟大的理想的人来说，自由就是堕落。"

道也先生斩钉截铁地说，两手放在桌子上环视着整个会场，那架势，仿佛给予会场以雷霆一击。

"就个人而论也很清楚。半百的老人回顾过去，而少壮之人没有可回顾的过去。对前途抱有巨大希望的人没有必要恋恋不舍地回顾过去。——我们今天生活的时代正是少壮时代，时代还没有衰老到要回顾过去。政治上不是需要回顾伊藤（博文）侯爵和山县（有朋）侯爵的时代，实业上不是需要回顾涩泽（荣一）男爵和岩崎（弥之助）男爵的时代……"

"好大的口气。"评论的是高柳君旁边的蓝底白花棉外套。高柳君怒形于色。

"文学上不是需要回顾尾崎红叶和樋口一叶的时代。他们这些人生来不是为了成为诸君的先例，而是为了迎接诸君的诞生。用前面的话说，这些人是为了未来而生存的，是为子女而生存的。而诸位是为了自己而存在的。——诞生于一个时代初期的人们，必须有为子女生存的觉悟，诞生于中期的人必须有为自己生存的决心，而后期的人必须要有为父辈生存的准备。明治才过去了四十年，把它看做初期应该没有问题。那么，诸位都是现代青年，你们必须大力发展自己、建设中期。你们不必回顾过去，也不必顾及未来，你们只需尽情地自我发展，获得自己的地位，获取人生最大的愉快。"

会场满场一下子吵吵嚷嚷起来。

"为什么初期的人不能成为先例呢？因为初期是最没有秩序的时代，是充满偶然的时代，是侥幸得势的时代。初期时扬名的人、起家的人、积累财富的人、成就事业的人，很难说他们的成功都是依赖自己的力量。而不依靠自己力量的成功是士的最大耻辱。在这点上，中期的人远比初期的人们幸福得多。因为成事困难所以幸福。虽有苦难但少侥幸，这就是幸福。虽有困难但有发展的道路，有让人思考、依靠自己的力量成功的空间，所以幸福。到了后期会变得僵化，只能听从上代的祖训，除此以外不能有其他行动。无法行动、人心堕落时，社会就会动荡。不动荡就只能成为化石。因为不想成为化石，所以只能自动掀起波澜，这就是革命。以上说明了诸君在明治时代中的地位，诸君处于如此令人愉快的地位，就必须要培养与愉快相符的远大理想。"

于此，道也先生指点了迷津。听众似乎也没有嘲弄的意思，全场静默。

"理想是灵魂。灵魂因为没有实体形状所以无法看清楚、弄明白。不过，人的灵魂，在观其行为之后可以想象得到。可惜的是，现代青年连这个想象都无法做到。这个不能在过去中寻求，更不能在现代中寻求。诸位在家庭中，能以父母作为理想吗？"

有的人脸上表现出不服，但是保持着沉默。

"在学校能以老师作为理想吗？"

"No，No。"

"在社会上能以绅士作为理想吗？"

"No，No。"

"事实上，诸君并无理想。在家轻蔑父母，在学校轻蔑老师，出身社会又轻蔑绅士。轻蔑这些人是因为自己有见识。但是，为了轻蔑这些人，自己就必须抱有比较远大的理想。自己没有理想却轻蔑他人那就是堕落。现代青年正急剧地在一天比一天堕落下去。"

听众稍微变了些脸色，有人自言自语道"无礼"。道也先生昂然地从台上睥睨着台下。

"有人不惮鼓吹英国风，这是很可怜的事，因为完全暴露了自己没有理想的事实。虽然日本青年在急速堕落，但我想还不至于堕落到这种地步。所有的理想都是自己的灵魂，必须从内部产生。奴隶的头脑里无法产生宏大的理想。被西洋理想碾压而眼睛昏花的日本人某种程度上都是奴隶。不但甘心做奴隶，而且还争着做奴隶，这种人的脑子里哪有培植理想的可能呢？"

"诸君。理想必须由诸君的内部自然产生。当诸君的学问见识成为诸位的血，成为肉，又成为诸君的魂的时候，诸君的理想才会产生。临阵磨枪、速成知识没有任何作用。"

道也先生站立着，一只手握成拳头放在桌上，似乎在说：想嘲弄我的话，你就来试试看！肮脏的黑色木棉外套，廉价的日式裤子没有像一开始那样引人注目了。风在呼呼地刮。

"有理想的人知道自己该走的道路。有大理想的人走大道路，他们跟迷路的人不同。不管发生什么他们都必须走这条路,想迷路都迷不了,因为他的灵魂一直引领着他,不让他偏离方向。

"诸君中可能有人会问,要走到哪里去?答案很明显,去能去的地方,这就是人生。谁也不知道自己的寿命,自己都不知道,别人更不知道。哪怕是专家、家学渊博的医生也无法推算人类的寿命。自己能活到多少岁,那是活过以后才能知道的。如果说能活到八十岁,那就必须给出能活到八十岁的证据。即使自信能活到八十岁,而且也很明显能做到这一点,但是如果没有已经活到了八十岁这个事实,那是谁也不会相信的。所以这些是不该说的。受理想暗示,走该走的路也是如此。自己的理想到底多少能成为现实,这是连自己都无法预知的。如果认为过去如何未来便会如何,那纯属臆测,跟既然已经活到现在了,未来也必定会活下去的谬论一样。这是一场冒险,我们都是以成功为目的、立于人生街头的冒险者。

"社会就是战场,文明社会是不见血的战场。四十年前志士们出生入死成就了维新大业,而诸君所冒的危险也许比他们的更可怕。不见血的战场比刀光剑影的战场更加深刻、更加残酷。诸君必须做好准备,必须做好比勤王志士更充分的心理准备,必须做好赴死的准备。安心于太平世界,希望成功唾手可得之辈,其作为人的价值低下,远远比不上那些挫折于理想之途,大业未成身先死的失败者。

"诸君为了顺利前行,就必须赶走阻挡前进的敌人。在与他们战斗时,你才开始发现自己内在生命中比勤王志士更强烈的烦闷和心酸。——今天刮风,昨天也刮风,最近天气很不稳定,但这种不稳定与内心的不稳定相比根本不值一提。"

道也先生透过嘎吱嘎吱响的玻璃窗望着外面的道路。突然一阵风吹来,不由分说地卷起路面的沙石往房顶砸去,然后逃逸在高高的虚空中。

"诸君！诸君有多强健，我不知道，诸君自身也不知道，只等后世人去证明。只有在理想大道的尽头，扑倒在路上的一刹那，对自己的过去投去一瞥时才能明白。诸君的事业必须传于后世。若诸君只以声名传于后世，未免轻薄。"

高柳君觉得有些惭愧，觉得道也闪闪发光的眼睛似乎在注视着自己。

"理想因人而异，我们是做学问的。做学问者的理想是什么？"

听众默然，无人回应。

"做学问者的理想不管是什么，有一点很明显，那就是肯定不是为了金钱。"

会场有五六处响起了笑声。道也先生并不富裕，这是看过他服装的每个人都无法忘记的事实。道也先生用左右两手各自扯着和服袖子的上端，先缓缓地看了自己右边的袖子一眼，又转过脸缓缓地去看自己左手的袖子。黑色木棉衣服缝里积满了沙子。

"非常脏。"他镇定自若地掸落沙子。

笑声从各个角落响起。这不是嘲弄的笑声，善意的笑声已经压倒了嘲弄道也先生的笑声。

"前不久，一个做学问的人来问我，说，我娶了妻子有了孩子，今后必须开始存钱。为了让孩子接受良好教育，现在就必须开始存了，但是怎么做才能存钱呢？"

"没有比问如何做学问才能存钱这个问题更愚蠢的事了。做学问是为了成为学者，不是为了挣钱。思考如何以学问挣钱，就如同计划如何去北极猎虎。"

满场又开始吵嚷起来。

"一般人对劳动和金钱的关系有着巨大的误解。他们以为做了一定的学问就有希望得到相应的金钱。这种等式是不可能成立的。学问是远离金钱的机器。想赚钱，就该成为以金钱为目的的实业家或商人。学者与商人简直就是完全不同的人种，学者做学问期待金钱回报，正如商人以学问为目的让小学徒住进自己的家里。"

"真是这样吗？"有人突然大声质疑。听众又哄堂大笑。道也先生也坦然地笑着，等待笑声安静下来。

"所以，有关学问的问题必须问学者，想要钱的话就该去问商人，除此以外别无他法。"

"想要钱！"有人起哄，不知道那人是谁。道也先生只说了句"想要钱呀"就接着演讲下去。

"学问，即明白事物之理，与生活自由，即有钱，不仅互不相干，甚至是对立的。正因为是学者所以没有钱，想赚钱就不能做学者。学者没钱但明白事物之理，而商人不明白事物之理，才会想去赚钱。"

道也先生以为肯定会有人说点什么，所以停顿了二十秒左右予以等待，但并没有人说话。

"不明白这点，以为有钱的地方也会有道理，那就是愚蠢至极。世间一般也会那么误解，会以为：那个人因为有钱受世人尊敬，那他一定也很明白事理，一定很有文化。但事实是，正因为没有空闲去接收文化所以才有赚钱的时间。大自然是公平的，不会偏心到让你赚钱的同时又授予你文化。但是那帮有钱人连这点浅显的道理都不懂，一个个自以为是……"

"对，对"，"别嫉妒"，"嘘、嘘"，会场里非常热闹。

"他们因为自己位处上流社会被一般人尊敬，就以为世间没有人比自己更通事理，以为学者也罢，其他什么人也罢，都必须向自己低头。可怜的是，他们不知道如此思考问题正好证明了他们自身缺乏文化这一事实。"

高柳君双目炯炯，血涌上双颊。

"他们不通事理，自以为是，无可救药。世人认可他们，觉得他们就该自以为是，可说是极尽讨好之能事，没有见识。人们常说，那个人有那样的社会地位，拥有相当的财产，不会做那样莫名其妙的事吧？岂不知，有时候，正因为有那样的社会地位，有相当的财产，他才会做那样莫名其妙的事。"

高柳君忘记了胸口的痛苦，"对，对"地拍着手。旁边"蓝底白花棉外套"干咳几声以示嘲弄。

"若问社会地位由什么决定，有各种各样的答案。第一有时是由文化决定的，第二可以是由门第决定，第三可能由才艺决定，最后可以是由金钱决定，但是最后这个是最多的。如果把以上的各种标准混为一谈，以为用金钱来衡量的人与以学问来衡量的人的价值可以相通，那几乎就是盲目无知。"

会场五六处分散响起了"咳、咳"声。高柳君紧闭双唇，鼻子喘着粗气。

"以金钱衡量价值的人在金钱以外的世界应该是行不通的。某种意义上，金钱也许很重要，他们就是因为拥有这重要的东西所以才得到世间的尊敬。好，这点谁也没有异议。但是，在金钱以外的世界，他们就不是事事在行了。他们无法加入以金钱以外的标准获得社会地位的人们的队伍。如果他们可以的话，那学者也就可以进入有钱人的领域，在金钱本位的领域横行霸道。而这些有钱人肯定不会容忍。但他们自己却忘了应该乖乖待在自己的领域内，非要跑到其他领域里出头露面。这就是不通事理的最好证据。"

高柳君探出身子鼓掌。人类喜欢模仿，高柳君的掌声带动了四面八方的啪啪啪的掌声。冷笑党知道大势难违，因此只能沉默。

"金钱是劳动的报酬。所以，付出的劳动越多获得的金钱也越多。这点世间也是公平的。（不，这里也有不公平。买卖证券等不付出劳动的人也能攫取金钱。）但我们可以进一步考虑：也许高等劳动伴随着高额报酬——诸君有何看法？——没有人回答我就不得不说明一下。报酬只是由最能影响眼前利害的事情决定的，所以当今教师的报酬少于小商人的报酬。在眼前看不到的、遥远的、更高的地方付出劳动的人，不管是如何为了未来，如何为了国家、为了人类，报酬都会很少。所以，劳动的多少并不能决定报酬的多寡，金钱的分配并没有被劳动支配。因此，有钱人并不一定就是因为付出了高尚的劳动。换言之，并不能说因为有钱所以就高尚。不能以金钱的多寡来判断人物的价值。"

侃侃而谈的道也至此稍作停顿，观察会场的反应。印在纸上的演说是没有生命的。道也是根据听众的反应而决定要演讲的内容。会场出乎意外地安静。

"所以，因为有钱所以想高人一等的想法是错误的，以为有钱就有与学者吵架的资格也是错误的，要高贵的人向自己低头的想法也是错误的——这稍微想想就能明白。哪怕再有钱，生病的时候还是得向医生低头。金币是无论如何也不能拿来煎水当药喝的……"

对于这一本正经的滑稽，三四个人忍俊不禁地笑出声来。道也先生注意到了。

"是吧？用金币煎水喝连拉肚子都治不好，所以必须向医生低头，不过，医生却向金钱低头。"

道也先生微微地笑了。听众也安静地笑了。

"这没什么不好，向金钱低头没问题。但有钱人不可原谅的是，他们知道生病时该向医生低头，但他们不知道在修养、嗜好、气节、人品等方面，该向有学问、高尚的、明白事理的人低头。不仅如此，他们反而还想借助金钱的力量迫使这些人向他低头。——真所谓无知者无畏啊。"演讲就这样突然变成了聊天口吻。

"有钱人以为金钱的力量会带给世间利益，与此相同，有学问的人，明事理的人，以为学问、以为明事理可以给予社会幸福。所以，虽然立场不同，但他们在各自的领域里都是牢不可破、不容冒犯的。"

"学者如果遇到金钱问题，因为他离开了自己的领域进入了别人的地盘，那向有钱人低头是最稳当的。同样，涉及金钱以外的修养、文学、人生、社会之类的问题，有钱人就该请教学者。现在，假设学者与有钱人之间起了矛盾。如果是单纯的金钱问题，那从一开始学者就无能为力。但是如果涉及人生问题，道德问题，社会问题，那他们有钱人就该认识到，从一开始自己就没有开口的权利，必须绝对服从学者。岩崎家建筑大片别墅，这也许压倒了天下的学者，但是在社会、人生的问题上他们就如不更事的小孩一般。如果以为在城市的东南西北建了三十三万平方米的别墅就让天下学者们畏惧了，那就好比以为建了凌云阁[①]就能让天下神仙害怕一样……"

听众惊叹于道也的气势和最后一句话的机智，全场静默。只有高柳君似乎再也按捺不住，大声喝起彩来。

"商人为了赚钱而用钱，这是行业上的事谁也不能插嘴。可是，

[①] 建于东京浅草公园的十二层高瞭望塔，1890年竣工，为当时日本最高建筑。

不是用于商业而想在人事上利用其力量时，就该请教这一行内的人。如若不然，就可能制造出社会之恶而不自知。现在有钱人金钱的一部分经常就使用在这些目的上。之所以这么说，乃是因为他们只是金钱的拥有者，而非其他德、艺方面的主人，也因为他们不知道尊敬学者，所以不管如何教给他们，他们都无法理解别人的意思。害人必害己，他们不得不听取学者、文学者意见的时期将会到来。若不倾听意见，他们的社会地位将会不保。"

听众一下子发出了拥护的喊叫声。患肺病的高柳君喊叫得最起劲。他有生以来第一次感到如此痛快，这就是用围巾包着半个脸从大风中走到这里来的意义。

道也先生凛然地站在讲台上，俨然一个先知。疯狂的寒风吹过，屋子似在晃动。

十二

"有没有好一点啊?"中野君坐到枕头边。

十平方米大小的客厅里,榻榻米已经很旧了,如果拍一下,恐怕飞起的灰尘在夜里都能看得清。宫岛①产的圆盆里放着药瓶和体温计。高柳君听演说归来后,终于咯血了。

"今天好多了。"高柳君坐起身来,后面用棉被盖住一半的背。

中野君从鹿儿岛产大岛绸缎的袖子里欲取出俄国产香烟盒。

"嗯,抽烟对你不好。"又将烟盒丢入袖子里。

"没事。反正又不会因为你不抽烟我就好起来。"高柳君落寞地说。

"不对啊,早期阶段很关键。现在就得开始将养。昨天我去问了医生,医生说不太严重,不用担心。医生来了吗?"

"早上来过了,叫我要暖和着点。"

"嗯,那就暖和着点。这屋子有点冷啊。"中野君环顾四周,脸上流露出一丝寂寞和担心。

"那拉门,可以叫房东的女佣把它糊上啊,风吹进来,很冷吧?"

"拉门就是糊上……"

"换个地方吧,怎么样?"

"医生也那么说。"

"那就换好了,医生是早上说的?"

"嗯。"

"那你是怎么回答的?"

"怎么回答,没法回答啊……"

"说换不就行了?"

"换地方行啊,但换要钱啊。"

高柳君一脸无奈,眼睛望向自己的膝盖。烧毛纱的边缘露出了两寸来长的法兰绒。似乎是没有量好尺寸就裁衣了。

"那个你不用担心,我来想办法解决。"

高柳君将干枯的眼睛从膝盖头移开,望着中野君洋溢着幸福的脸。他是否换地方取决于这张脸。

"我会想办法。怎么了?你那什么眼神?"

高柳君突然意识到自己的心在通过两眼窥探着外面的世界。

"跟你借钱吗?"

"不借也可以……"

"白拿吗?"

"怎么着都行啊,没必要在乎这些。"

"我不想借。"

"不借也行。"

"更没理由白拿。"

"好麻烦的人啊,什么事都这么婆婆妈妈的。在学校时,你不是经常逼我借钱给你或者请你吃西餐吗?"

"在学校时没有生病啊。"

"没生病的时候都那样,生病的时候不是更该这样吗?生病时朋友来照顾,谁都会觉得是应该的吧?"

---

① 地名,在广岛县。

"从照顾的那一方说是那么回事吧。"

"那你莫非是对我有什么意见？"

"哪有什么意见，我甚至很感激。"

"那你就痛快地听我的不就行了？你自己戴着不愉快的眼镜看世界，没必要让被看的我们也不愉快吧？"

高柳君一阵沉默。是啊，也许自己生来就是为了让世间不愉快的。不管去哪里都没受人欢迎过。反正是要死，受人恩惠欠人人情反而心里痛苦。既然我是让整个世间不愉快的人，就算让中野一个人愉快了也无济于事。竟然让世间都不愉快，那样的人，还是早一天死掉好。

"拒绝你的好意我真过意不去，但我不想换什么地方，对不住了。"

"又说那样不通情理的话。这种病初期很关键，错失时期就无法挽回了啊。"

"已经没有任何办法可挽回了。"高柳君说，仿佛是从高山纵身跳下悬崖。

"因为生病你才那么悲观的。"

"你说我悲观，没希望的人当然就悲观啊。因为没必要，所以你不悲观。"

"真拿你没办法。"中野君一时无计可施，站起身，打开拉门，暴露在眼前的就是那棵泡桐，光秃秃的枝丫笔直地指向天空。

"好寂寞的院子啊，只有一棵泡桐孤立着。"

"前不久还有叶子，这么快就没了。你看到过月亮照在光秃秃的泡桐上吗？那可是摄人心魂的景色。"

"肯定是吧。——但是，这么冷的晚上熬夜可不好。我讨厌冬天的月亮。月亮还是夏天的好。在夏天月明之夜,乘着带篷的小船,从隅田川往绫濑①方向划去,把银白色的折扇放在水上漂,那个很好玩。"

"说得好自在啊。让银扇漂,怎么个漂法?"

"船上放几把涂了银泥②的扇子,迎着月亮往河里投去。银光闪闪的,很美。"

"是你发明的?"

"听说古代会玩的人是那么玩的。"

"奢侈的家伙们。"

"你的桌上有原稿,还在翻译地理学教学方法吗?"

"那个已经不搞了。生病了,哪里还能搞那种无聊的东西。"

"那是什么?"

"好久没写了,只写了个开头,就放在那里了。"

"就是那个小说吗?你的一代杰作?终于准备写完它了吗?"

"生病了,更想写了。以前是想有空时写,但现在已经不能等了。死之前无论如何要写好,否则就不甘心。"

"死之前?用词过激啊。我赞成你写,但如果太过热衷了反而对身体不好。"

"虽对身体不好,但只要能写也不错,遗憾的是写不了。昨晚梦见又写了三十页。"

"可见你是多么想写啊。"

"是想写啊。如果连这个都不写,就不知道自己为什么要来到这世上。已经知道写不了了,那现在我就是在白糟蹋粮食了。所以,

---

① 地名,在东京足立区。
② 加银粉的颜料,用于书画写作。

我不可能再麻烦你，搞什么转地疗养的。"

"所以你不愿换地方啊？"

"嗯，是啊。"

"是吧，那我明白了。嗯，原来你是想说这个啊。"中野君沉吟了一下，又说，

"那既然你不愿毫无意义地受人照顾，那我们就让它有意义。"

"怎么做？"

"你眼下的目标就是把打好腹稿的作品写出来是吧？所以以此为条件我来负担你的转地疗养费用。逗子也好，镰仓也好，热海也好，你就去你喜欢的地方慢慢疗养。花别人的钱只是慢慢疗养心里会不安。所以，疗养时兴致来了就继续写作。这样，等身体好了，作品也写好了再回来。我负担费用，但你要公开出版你的杰作。怎么样？这样一来，我的主意也成立，你的愿望也实现，不是一举两得吗？"

高柳君看着膝盖头沉思。

"也就是说，只要我拿着我的作品去你那里，我就算尽到对你的责任了吗？"

"是啊。同时你也算对天下尽到了一份责任。"

"那钱我就要了。也可能要了之后什么也没写就死了也未可知——好，嗯，就一直写，直到死。如果写到死，也就不会写不成了吧。"

"写到死太辛苦了！去到温暖的相州[①]一带，放松心情，时不时地写个一页两页——我的条件是没有期限的。"

[①] 日本古代地方行政区划名，在东海道一带。

"嗯，好，一定写好送给你。既然用了你的钱，糊里糊涂地肯定不行。"

"不要想什么行不行的。"

"嗯，好，我明白了。总之，转地疗养，明天就动身。"

"决定得挺快。宜早不宜迟，越快越好。因为我已经准备好了。"说着从怀里掏出一个鎏金的信封，从中抽出一沓纸币。

"这里是一百元，后面还会送些来。有这些，目前应该没有问题。"

"哪里要那么多？"

"哪儿的话，把这些都拿去。其实这是我妻子的主意。请你就当是接受我妻子的好意好了。"

"那我就收了这一百元喽？"

"收吧，我是特地包了来的。"

"那我就留下了。"

"那么，你明天出发？地方呢？地方哪里都可以，只要你喜欢的地方就行。到了那边给我写封信就行。——你也不是需要护送的重病人，我就不去车站送你了。——还有什么别的事吗？我今天有点赶。其实，今天答应妻子带她去亲戚家的，她在等着呢，我必须得走了。"

"是吗，就回去了？代我向你夫人问好。"

中野君欣然回去了。高柳君站起来，换好了衣服。

一百元钱，高柳君听说过，但亲眼所见还是头一次，当然也是头一次花。以前他就想过要写一部代表自己的作品，在艰难求生的间隙，曾经执笔写过一页两页，但每每文思如泉涌时，却因饥饿或者寒冷所迫不得不停下笔来。照这样下去，根本不可能写出什么像样的东西。他只是以翻译地理学教学方法得以维持活命，就如同拉车的马吃草以便维持终日驰骋一样。他也有自己的想法，如果这想法还没有吐出来就浑浑噩噩地死掉了，那是很可惜的，而且也对不起父母，对不起世间。他想自己之所以被人们像对待一个泥人似的无视、疏远，是因为自己做翻译助手的缘故，因为这是不需要太多头脑和智慧就能做得好的，所以一直没有展现自己的机会。他非常不甘心，就在下定决心准备改变时，去听了道也演讲，但回来就病倒了。医生无情地宣布这是结核病初期。既然已经是结核，那就没救了。他想在有生之年写完它，就拿出旧稿来看，但是，已经是力不从心，为时已晚。想到自己可能无声无息离开人世，却不能留下任何东西时，他就体温上升，发烧更加厉害。如果能把这本写完，就是死了也算有个交代。要想成功地有个交代那就得要治病，那此时的一百元比日后的万金都宝贵。

高柳君怀揣着一百元在屋子里转了两三圈，心情也爽快，胸口也凉快。旋即，下定决心似的取下帽子飞也似的跑到了腊月天的街道上。他在黄昏中走上神乐坂时，已近五点了。性急的店里，已经点上了煤气灯。

毗沙门（善国寺）的灯笼在薄暮中摇动。那些灯笼已经褪色了，它们年内不准备换新的了吗？门前的大排档上，手艺人用手帕把袖子捋至一半，不停地捏着寿司。地摊上的秋刀鱼闪着冷冷的光。黑色的袜子摆在路上，买袜子的人脸上包着手巾，双手缩在袖子里。就那样袜子也能卖得掉吗？红豆馅的烤圆饼一文钱三个，是那老婆婆自己做的吧。自来水笔六文五厘钱一支，也太便宜了吧。

世事多变。我今天在这里这样走着，明天一早我就要飞到两百四五六十公里以外的地方了。这些，卖寿司的手艺人和卖烤圆饼的老婆婆是不会知道的。还有，待我花完这一百元时，我会怀揣着比钱更贵重的东西又回到东京。这也是谁都想不到的。世间是多变的。

见到道也先生，跟他如此这般一说，先生一定会微笑的。如果我说明天就走，先生一定会很吃惊。我再说，我要完成毕生之作再回来，他一定会为我高兴的。——空想是空想的母亲，高柳君的脑子里已经植入了这具有超强繁殖力的东西，他忘记了自己的病，不知不觉来到先生家的门前。

先生家好像有客人，既然来到了这里，他也就不客气，试着叫了一声"有人吗？"

"哪位？"里面应声的是先生自己。

"是我，高柳……"

"哦，进来。"只听到声音，并不见有人出来。

高柳君从玄关走进客厅，正如所料已有先客在。那客人穿着绢织外套，外套下是暗色条纹的上衣，只有带子上凸出的织纹特别显眼。窄额头，高颧骨，橡子一样圆圆的眼睛。高柳君跟先生打过招呼后，也对"橡子"点了下头。

"怎么了？这么晚来，有什么事吗……"

"没事，就是——其实我是来跟您道别的。"

"道别？你要去乡下中学赴任？"

拉门打开，师母端着茶走了出来，跟高柳君互相行礼寒暄后又退出了客厅。

"不是，是想转地疗养。"

"那你身体很不好啊？"

"我想没什么大问题，只是因为有人劝我这样做。"

199

"嗯，若身体不好还是去的好。什么时候？明天？是吗，那我们待会再慢慢聊，我先把这件事谈好。"道也先生身体转向了"橡子"的方向。

"所以，非常不好意思，就像刚才说的，能再宽限点时间吗？"

"我是愿意等啊，只是，我这边也有难处。"

"所以我给你利息行吗？你先收下利息，本金宽限到来年春天吧。"

"利息从未拖欠，一直都还给我了，我也想只收利息，让本金一直放您那里，可是……"

"不行吗？"

"既然您这样说，如果能的话我也很想那样做，可是……"

"不行啊？"

"非常抱歉……"

"怎么说都不行吗？"

"不管怎样，一百元还请您务必凑齐给我。"

"今天晚上？"

"是，应该是啊，昨天是最后期限吧？"

"我知道已经过了期限，这个我怎么可能忘记。所以我多方奔走想尽了各种办法，但怎么也凑不齐，所以才特意给你去信了。"

"是，我拜读了您的信。您好像写了什么书，要求宽限到书能卖给出版社的时候。"

"正是。"

"不过啊，这钱的性质啊——目的不是为了吃利息，年终是一定要派用场的，这是我再三跟您哥哥说过的。但您哥哥说，这个没问题，别人不知道，但我弟弟绝对没问题，我保证。所以我才放心地把钱借给您用了——如今您违约,那就让人非常为难了。"

道也先生无言以对。"橡子"一口接一口地在吞吐着香烟。

"先生。"高柳君突然从旁边插嘴。

"哎。"道也先生转过身来,脸上也没有什么不自然的样子。如果觉得不好意思的话,他肯定一开始就会说有客人而拒绝见面的。

"不好意思,打断你们的谈话了,我想问点事,可以吗?"

"嗯,可以,问什么?"

"我听说先生已经完成大作了,能否让我看一下您的原稿?"

"要看的话,请。你想边等边读吗?"

高柳君沉默了。道也先生站起来,从佛龛里的一堆书籍中间抽出三寸来厚的原稿递给青年:

"你看吧。"封面纸上用楷书写着《人格论》。

"谢谢。"青年双手接过来,望着"人格论"三个字好一会,又抬起眼看着"橡子":

"你能用一百元买这份原稿吗?"

"嘿嘿嘿嘿,我又不是开书店的。"

"那你是不买了?"

"嘿嘿嘿嘿,您别开玩笑。"

"先生。"

"什么?"

"这个原稿一百元您转让给我吧。"

"什么?……"

"您觉得太便宜了是吧?我知道几百万元都嫌便宜。但看在我是先生学生的分上,您就一百元便宜卖给我吧。"

道也先生茫然地盯着青年的脸。

"请您务必让给我。我有钱，我这里有钱，我有一百元。"

高柳君从怀里取出那个原封未动的纸包，放在两人的中间。

"你，你那钱我不能要……"道也先生想把它推回去。

"不，没关系，没事的，您收下。——不，搞错了。这原稿请务必让给我。先生，我是您的学生，是在越后的高田欺负老师，把老师赶出门的学生中的一个。所以，请您让给我。"

留下目瞪口呆的先生，高柳君趁着黑夜远离而去。他决定带回伟大的《人格论》，并将此（而不是从疗养地带回来的自己的代表作）献给友人中野君，以报答中野君及其夫人的好意。

矿工

一

　　我刚进入松树林不久，就发现这个松树林比画上看到的要深多了。不管走多久，周围仍然是一片松树，除了松树以外什么也没有。不管我怎么走，松树都没有任何变化，对此我也毫无办法。真不如一开始就站在那里一动不动地与松树大眼瞪小眼。

　　我昨晚九点左右从东京出发，一直往北走，走了一个通宵，非常疲劳，很想睡觉。可是，附近既没有旅馆，我又没有钱，只好在黑暗中爬上神乐堂①睡了一会。神乐堂供的好像是八幡神。等到我被冻醒的时候，天还没有大亮。然后我就继续一个劲地往前走，一口气走到了这里。而在这里，左右一成不变、始终是一排排的松树，已让我失去了再往下走的气力了。

　　两脚已经非常沉重。小腿肚上好像绑了小铁锤，迈不开脚步，每走一步都很艰难。夹衣的下摆当然是卷起来了，而且裤子里面连衬裤都没有穿。这样子若在平时参加竞走都没有问题。但是，面对这种松树林也只能败下阵来。

　　前边有个小茶馆，透过芦苇挂帘隐约可看到黏土的锅灶上放着生锈的茶壶。一张宽凳子，有两尺来长摆在了大路上，上面坐着一个男人。他背朝着这边，身上挂着两三双草鞋，穿着的上衣分不清是半缠还是丹前②。

　　我正犹豫着是休息一下还是接着往前走，经过那人旁边时侧目瞟了一眼，这时，那个穿着或是半缠或是丹前的男人突然转过脸来，从厚厚的嘴唇间露出被烟草熏黑了的牙齿，他在笑。我正要感到不舒服的时候，对方的脸突然变得一本正经起来。估计刚才他跟茶馆的老太太聊天说到什么有趣的事，不经意地把脸转到了大路上，却不想迎面碰上了我的脸。总之，既然对方恢复了严肃的面孔，我也就终于放心了。刚想到可以放心了，马上又觉得不舒服起来。因为那人严肃的面孔一动不动，白眼珠却以令人惊奇的气势运动起来，定定地从我的嘴巴移到鼻子，又从鼻子移到额头。正以为它可能已经越过我的鸭舌帽的帽檐到达了头顶，那白眼珠又直愣愣地向下移动了。它对我的脸一扫而过，然后从胸前到达肚脐附近，在肚脐上面一寸左右的地方，停住了。肚脐附近挂着钱包，里面装着三毛二分钱。白眼珠从他久留米棉的衣服上方注视着这钱包，终于又越过我木棉的腰带到达了我的胯部。胯部再往下就只有两只光光的小腿了，不管怎么看，都不能从上面看出什么名堂。它们只是比平时沉重一些。那白眼珠故意盯着小腿变沉重了的地方看了一会，终于移到了脚底去了，扫过大拇指部分已经变黑了的砧板大的木屐。

我这样写来，也许您会以为，我是一直站在一个地方，任由他看，但是事实并非如此。其实，就在那白眼珠开始运动的时候，我就断然放弃了在茶馆休息的念头，大步流星地走出去了。但事实上，当我的脚趾拱起来往下踩木屐正要离开时，那白眼珠的运动就已经结束了。非常遗憾的是对方的速度非常快，如果以为他定定地看着我要花不少时间那就错了。虽然是定定地看，但是却飞快。在经过茶馆的时候，我甚至感叹世上还有具有如此奇特功能的两只眼。不过，人只有在被缓慢打量的时候才能考虑变换身体的方向吧？在如

---

① 神社内的建筑物，用来演奏神乐。
② 半缠和丹前都是保暖和服的一种，其主要区别在于衣服长度和袖子部分。

此短时间内我来不及有任何反应。就好比被对方狠狠嘲笑了一通之后，对方说，没事了，请回吧，我才能够如遇大赦一般地站起来一样。我觉得非常沮丧，而对方却很得意。

在往前走十来米长的过程中我非常生气，但走得超过了十来米后，不愉快就烟消云散了。这时腿又开始沉重起来。——这两腿就像绑上了铁锤根本无法灵活行走。之所以被那白眼珠打量所伤害，也不能说全是因为自己的无能。这样一想觉得好没意思。

二

　　而且，我现在的身份根本无暇顾及这类事。一旦离家出走，无论发生什么也不会有再回家的念头。我连东京都无法待下去。就算是乡下也没有准备安心待下去。如果休息，后面就有人追上来。只要昨天以前的矛盾还在头脑里盘旋，不管什么样的乡下都会让我心痛不已。所以，我只有往前走。但因为是漫无目的地行走，周围两米的距离内，就如那洗坏了的照片一样是一片混沌。而且，这混沌也没有云开雾散的可能，只是漠然地、无限地向前延伸。不管我再活五十年或者六十年，不管我如何走如何跑，它一定都是依然向前延伸着。啊，真没意思！我是不得不走所以才走的，而并不是为了逃出这混沌不清的前途。因为我非常明白我即使想逃也是逃不出的。

　　从昨晚九点离开东京时我就已经做好这样的心理准备了，但一旦走出来，走着走着还是不安起来了。两腿沉重，周边松树总是令人厌烦地排列在那里。而与腿和松树相比，心里是最痛苦的。我不知道为了什么这么走，而且如果不走的话似乎一刻也活不了，这种痛苦是很少有的。

　　不仅如此，似乎越往前走，就越深地陷入那逃也逃不开的混沌世界的深处。回头望去，阳光照耀下的东京已是另一个世界，即使我伸出手，伸出脚也无法够得着，和这里截然不同。然而，温暖明朗的东京依然历历在目，非常清晰，以至于在阴影里我都想"喂——"地叫出声来。但同时，我脚步所迈向的却是阴云密布的世界。而我——只要我还活着——就会跌跌撞撞地迷失在这无尽头的阴暗世界里,所以,我觉得不安。

这阴暗世界的阴暗绵延不绝,一直延伸到生命的尽头,阻挡着我前进的脚步,令人难以忍受。当不安之念驱使我后面的那只脚往前移动时,就是往不安中又迈进了一步。被不安驱赶,被不安拖拽,不得不走,不管我怎么走,都不会云开雾散。我在终生无法解决的不安中前行。反正这个世界是阴暗的,那干脆让它越来越黑暗好了。从阴暗的地方踏入更加阴暗的地方,那前面不远的地方就将伸手不见五指,那自己的眼睛也将看不见自己的身体了吧。那样的话会很轻松。

可恶的是,自己路程前方既不明亮,也没有变得更黑暗。总是半阴半晴的状态,总笼罩着无法撵走的不安。这样的状态下,活着没有意义,死却又死不了。只想去一个没有人的地方,只想一个人住在那里。如果这个也做不到,那不如干脆就……

不可思议的是,我虽然想象了"干脆就"的事,但并没有觉得恐惧。可在东京的时候,也经常差点就做了"干脆就"的事,经常差点轻率行事,但是每次并不是像现在这样不觉得恐惧。总是事后后怕,庆幸没有那么做。但这次既不觉得恐惧也不觉得害怕。也许是因为不安之念已经完全占据了我的身心,已经无所谓恐惧或害怕了。似乎还有种自己并不会马上就去做"干脆就"的事的笃定,实行的时间是明天还是后天,或者是一周以后,就算万一无限期延迟下去也无所谓的不屑一顾。因为我本能地知道距离华严瀑① 也好,浅间② 的火山口也罢,都还有很远的路程吧。不到关头,不到终于要

---

① 位于栃木县日光市,是日本有名的自杀圣地。
② 活火山,位于日本群马、长野两县交界处。

下决心的时候，谁也不会害怕。所以，人们才真有下决心要做"干脆就"的事的心情。眼前阴沉的世界是一种痛苦，而这痛苦有望通过并不令人恐惧的方式来解决，想到这，就觉得拖着沉重双腿往前走还是很值得的。我的决心是如此坚定，但这是事后剖析当时的心理状态得出的结论。而当时只想往阴暗深处走，只觉得必须往阴暗处走，一味朝着阴暗的地方走。现在想来虽觉得愚蠢，但也明白了，在某些时候，想着自己是在朝着死亡前进，至少是一种安慰。只是，死亡的目的地一定得在遥远的远方，这也是事实。至少，我是那么想的。太近了就很难成为安慰，因为死就近在眼前。

三

　　我一心只想往阴暗处走,只觉得必须往那里走,脑子里的念头飘忽不定不着边际。这时听见后面有人叫。不管我如何失魂落魄,一旦被人叫唤就马上能回归正常,这真不可思议。我不由自主地转过了头,但并没有要应答对方的意识。但是回过头一看才明白,自己离开刚才的茶馆不到四十米远。那个穿着或是半缠或是丹前的男人跑到大路上,张嘴露出他满嘴的黑牙在不停地叫我。

　　自昨天傍晚离开东京到现在,还没有跟人类说过话。我做梦也没想到有人会跟我说话。因为我自信自己是完全没有资格让人跟自己说话的。但是,突然被人叫住了——虽然牙齿长得很粗糙,但他的笑脸很清晰,他在向我招手。在转身的刹那,我心里豁然开朗,脚也不知不觉地朝着他迈过去。

　　老实说,不管是他的脸,还是服装,还是行为动作我都不喜欢。特别是刚才被那白眼珠上下细细打量的时候,心里甚至开始萌生讨厌他的念头。然而,走了不到四十米的路程,刚才的感情已经消失得无影无踪,取而代之的是一种温暖的心情。我不知道为什么会发生这样的变化。我刚才还在想必须去黑暗的地方,现在却折回茶馆,回到与自己目的地相反的方向。这就意味着我从阴暗的场所后退了一步。但是,这种后退却让我无来由地欢喜。这种矛盾随处可见,自那以后我也多次经历过。我想也不仅仅是我一个人这样。最近我在想性格这个东西根本就不存在。小说家经常得意地说写了这样的性格，创作了那样的性格，读者也说这种性格这样，那种性格那样，似乎很明白似的。恐怕是大家在以写谎话为乐，以读谎话为乐吧。事实上，根本不存在一个所谓完整的性格。真正的事实是小说家写不了的，就算写了，也不能成为小说。真实的人类是难以说清楚的，是连神仙都伤脑筋、无法说清楚的物种。不过，我这样想，也许是因为我自己是这种无论如何也无法说清楚的东西，就以为别人也一定跟自己一样散漫不羁。我的判断也许太武断了，如果那样的话就请各位见谅了。

总之，我是折回来了，走到了那穿着藏青色和服的家伙的身边，"丹前"以老熟人的口吻说："小兄弟"，一边说一边把下巴往衣领里缩了缩，双眼盯着我的额头附近。我一副无所谓的样子，杵着两只茶色的脚站着，问："有什么事吗？"

我的问话很礼貌。如果在平时，被这样的一个"丹前"叫什么"小兄弟"，我是决不会心情愉快地回应他的。就算回答，我也只会简单地应付一声"嗯"，或者"什么？"但是，只有在这个时刻，我从心里觉得面相狰狞的"丹前"和我完全是同等的人类。我并不是考虑到利害关系而故意表现出谦卑。如此一来，"丹前"似乎也把我看作他的同类，问：

"你不想做点事吗？"

一直到刚才为止，我都觉得自己一无用处，只能往阴暗的地方走去。现在中途杀出个程咬金，问我想不想做点事，我完全摸不着头脑，不知该如何作答，只是杵着两条光腿，傻傻地张着嘴，茫然地望着对方。

四

"你不想做点事吗？反正你总得要做点什么的，是吧？""丹前"又重复问了一句。第二次被问时，我的心里也在想着如何应对眼前的问题。

"做也行……"

这是我的回答。虽然这是搜索半天才找出来应急的一句，但在终于把它说出口之前，也是有过一个简单的思考过程的。

刚才我一心只想去到那没有人的地方，虽然不知道到底要去哪里，但又回过头往"丹前"的方向走来了，故而一边走一边无端地怜悯起自己来，因为不管怎么说"丹前"也是一个人。本该往没人的地方去，却回头走向了人的身边，这行为证明了人类的吸引力有多强，同时也证明了我有多软弱，以至于不得不违背自己的意志。简单地说，我虽是准备去阴暗的地方，其实是被逼无奈不得不去。若被什么东西绊住脚，那就顺势乐得留在红尘世界了。所幸的是，"丹前"主动叫住了我，所以我就不由自主地转过身往相反方向迈出了脚步。如果"丹前"不是问"不想做点事吗？"而是问，"准备去平地还是山里？"那我肯定会突然记起刚才因放心而暂时忘记了的目的，肯定会突然感到阴暗的地方或没人地方的恐怖。我眷恋红尘之心是如此强烈，在转身迈出第一步的时候就已经显现出来了。"丹前"越是叫我，我越是接近他，这眷恋红尘的心就越加强烈起来。最后，拖着两条光腿站在"丹前"的正对面时，就是这红尘心达到高潮的瞬间。就在那一瞬间,他抛来了"不想做点事吗?",长相粗鄙的"丹前"非常准确地把握住了我的心理状态,他在劝诱我。突如其来的问题虽让我一时茫然不知所措,但从茫然中回过神来,不知何时我就成了红尘中人。既是红尘中人,那就必得吃喝,为了吃喝就不能不干活。

"做也行……"

这回答很自然地从我的嘴巴里滑了出来。"丹前"的脸上显示出一副理所当然的神情,而不可思议的是我也承认了他的表情,觉得本来就该是这样。

"可以做点事,但到底做什么事?"

这里我又进一步问了一句。

"发财的事,要做做试试看吗?保证能赚。"

"丹前"似乎心情大好,满脸笑容,等着我的回答。

"丹前"的笑容一点都没有让他看起来更可爱,因为他那张脸本来就不是为笑而长的,笑反而会吃亏。但那笑的方式不知何故却让我觉得很亲切。

"那就做做看吧。"

我答应了下来。

"做做看?很好!您就等着发财吧。"

"不那么赚钱,也无所谓……"

"啊?"

"丹前"这时发出了很怪的声音。

五

"到底是做什么事?"

"你做的话我就说。做吧,你?跟你讲了后你要是不想做那可不行。你真的会做吧?"

"丹前"不放心再三追问,所以我说:

"我想做。"

这回答却不是像前面那样自然而然地说出来的,而是再三斟酌着说出来的。这意思是,一般的事我会做,但万一不行我可以逃跑。所以,我没说"我做",而说"我想做。"可能是这样。——本来是自己的事,我却像在写别人,总是有点怪。本来我就是一个散漫的人,自己的事不管如何明白都不敢断定。更何况过去了的事,更分不清别人和自己了,所以所有一切都用"可能"来表达。也许我会被指责不负责任,但是事实本来就是这样,没有办法。后面所有自己没有把握的事我都准备按这种方式处理。

"丹前"觉得事情有眉目了,说:

"那请进来。我们喝茶慢慢聊。"

我没意见。我走进茶馆,坐在"丹前"的旁边,一个四十上下歪着嘴巴的老板娘倒了茶端了过来,那茶一股古怪的气味。我喝了茶,才突然发现肚子饿了。不知道是肚子才开始饿,还是早饿了一直没察觉到。钱包里有三毛两分钱,我在想该吃点什么,这时,"丹前"从旁边递过来一个"朝日"的盒子,说:"您抽烟吗?"人蛮殷勤的。盒子的角裂开了，这倒也罢了，上面还沾了一层污垢，被压得扁扁的，里面的香烟被压在了一起，聚成块了，感觉像只有一根。可能因为他的丹前和服没有袖子，烟盒没地方可放，所以只能掖在腰带里了。

"谢谢，我不抽。"

我谢绝了，"丹前"也并不失望，他用他那指甲缝里嵌满污垢的手指头从那压扁的一块里面抽出一根来。果然，香烟皱巴巴的，弯得像把武士刀。但看看没有破的地方，他放在嘴里三口两口地吸着，鼻子里就喷出烟来了。在那样不干不净的状态下能抽烟得到满足，真是不可思议。

"你多大了？"

"丹前"称呼我，一会用"你"，一会用"您"，搞不清他是怎么区分的。到现在为止，他似乎是在说发财的时候用"您"，一般的时候就用"你"了。看来他是非常在乎发财的。

"十九。"

我回答。那时确实是十九岁。

"还很年轻啊。"

那歪嘴的老板娘，背对着我们一边擦拭着托盘一边说。因为背对着我，看不清她脸上的表情。所以，也不知道她是自言自语，还是跟"丹前"说，还是跟我说。这时，"丹前"好像有点来劲了，说："是啊，十九岁的话是很年轻，正是干活的最好时候。"那口气就是我不得不干活了。我默默地离开了坐凳。

六

　　正对面的台子上摆着些小点心，盛点心的盒子的边缘已经破损了，那旁边有一个很大的盘子。上面盖着蓝色的布巾，布巾上面凸显出圆圆的油炸馒头的形状来。我因为想吃这馒头，所以才起身来到这零食台前。走近来往馒头盘子里仔细一看，里面有一大堆苍蝇。我一走到盘子前，它们就被我的脚步声惊得仓皇四散。我心里一惊，静下心来准备挑选馒头时，那些逃散了的苍蝇觉得没什么危险了，好像串通一气似的又一下子飞来，落在了馒头上。油炸馒头黄色的外皮上，布满了黑色的点点。在我想伸出手的时候，黑色的点点突然间像晴朗夜晚天空的星星一样纵横排列在那里，我犹豫着缩回手，呆呆地望着那盘子。

　　"您吃馒头是吧？这还是新鲜的，前天才炸的。"

　　老板娘不知什么时候擦完了托盆，站在零食台的另一边。我冷不丁抬起头看了一眼老板娘，老板娘似乎想起了什么，突然用那骨节粗大的手罩在盘子上，说："哎呀，怎么这么多苍蝇。"一边说一边抬起罩着的那只手上下挥了一下，又左右摇晃两三下，"吃的话我来给您拿。"

　　老板娘迅速地从架子上取下一个木头碟子，用长长的竹筷一个一个地夹起馒头，一共夹了七个。

　　"这些是好的。"

　　她把木碟子拿到了我刚坐着的矮凳上。没办法，我只好又回到

刚才的凳子上,坐到那木碟子的边上。一看,苍蝇已经飞来了。我一边望着苍蝇、馒头和木碟子,一边对"丹前"说:

"来一个怎么样?"

我不只是还他刚才"朝日"的让烟之情,好像多少也有想试试他吃不吃前天炸的、叮满苍蝇的馒头的小心计。而"丹前"说:

"那我就不客气了。"

说着就轻松地拿起最上面的那个放进了嘴里。从他那两片厚厚嘴唇的咀嚼动作来看,他是毫不在意的。于是我也下定决心,在靠近自己这边的下方,拣了一个形状比较好看的吃下去了。舌头上刚刚感觉到流出来的油的味道不久,馅的苦味就一下子冲撞起味觉来了。但事到如今也并没有觉得后悔,我毫无困难地把馅、皮和油一股脑儿吞下了肚,而且自然而然地又把手伸向了木碟子,这真是不可思议。"丹前"这时已经吃下了第二个,正在拿第三个。跟我比起来,他的速度是非常快的。在吃东西的时候是无法开口说话的,做事也罢,赚钱也罢他好像都已经忘在脑后了。七个馒头在两三次的呼吸之间就消失得无影无踪了。而且,我仅仅只吃了两个。其余五个瞬间就被"丹前"消灭了。

即使肮脏到令人犹豫得不敢伸手,但是一旦吃了一个,心理障碍就没有那么强烈了,就很容易吃下去。这是我后来在山里切身经历的深刻体会,现在看来这只不过是个再平常不过的陈腐真理。吃馒头的时候,令我震惊的是我吃了之后还想吃。肚子很饿,而且对手又是"丹前"。看着"丹前"没事人似的吞下带沙子的馒头,多少激起了我的好胜心理。这个时候什么心理障碍早已荡然无存,因为这时还对这馒头有抵触那就只能自己吃亏了。所以,最终我又向老板娘要了一碟。

七

　　这次我没说"来一个怎么样?",我什么也没说,木碟子一放到凳子上我就拿起一个塞进嘴里。这次"丹前"也没"那我就不客气了",二话不说也塞了一个。然后我又吃了一个,"丹前"也又吃了一个。

　　就这样你吃一个我吃一个,吃到第六个时,只剩下一个了。所幸的是刚好轮到我,还没等"丹前"伸手,我就已经吃到嘴里。然后又要了一碟。

　　"您真够狠的啊!"

　　"丹前"说。我自己没有任何狠不狠的意识,被他这么一说,那一定是很狠的了。但我这股狠劲来自"丹前",他在我面前吃了我并不想吃的东西,结果诱发了我的食欲。但"丹前"说我狠,那口气似乎责任完全在我。所以我很想跟"丹前"理论一番,但却找不到反驳的语言。只是隐隐觉得"丹前"也有责任,至于责任在哪里我却并不知道,所以一句话也没说出来。这时他又说:

　　"你好像特别喜欢油炸馒头啊。"

　　馒头也看什么样的,再怎么也不可能喜欢前天炸的、满是沙子、叮满苍蝇的馒头。但我刚才连吃三碟,怎么着也不能说讨厌。所以,我还是一句话也没说。这时,茶馆老板娘突然开口了:

　　"我家馒头是贡品,人人都觉得好吃啊。"

　　听了老板娘的话,我觉得自己简直被当成傻子耍呢,所以更加

不能接话。就在我一声不吭地听着时,"丹前"开口了:

"好吃,天下第一。"

我无法分辨他是真这么认为还是在拍马屁。我想先不去管什么馒头,还是问问关键的做事的问题,我就试着提起了话头:

"我们刚才谈的事……其实因为一些原因,我必须干活养活自己,到底是做什么事?"

"丹前"正望着正对面的放点心的台子,这时急忙回过脸来朝向我:

"您哪,会发财喔。不扯谎,真的会发财,所以请一定要做啊。"

又叫我"您",不断地想要我发财。他转向我这边,一个劲地想要说服我。我看着他的脸,脸上的肉在颧骨以下的地方自然地凹进去,然后又在下颌鼓出来,勾勒出下巴的棱角。一束阳光照在那里,从鼻翼下部弧形隆起的皱纹显得异常分明。看着这样子,我有点害怕起发财的说法了。

"对我来说,不那么赚钱也没关系。但是事还是要做的。只要是神圣的劳动,我什么都干。"

"丹前"的脸颊边上显出一丝困惑的神色,但不久之后,那括号般的皱纹向两边绽开,毫无顾忌地露出那一嘴烟熏黑牙,然后以一种特别的方式笑了。后来我想,可能是因为"丹前"不懂"神圣的劳动"的意思。他的笑是出于怜悯,怜悯我这样连挣钱的意义都不懂的人,只会卖弄些艰涩难懂的词句。直到刚才我都是准备去死的,就算不死也要到没有人的地方去。就是因为做不到,所以想活着,想去做事了。但脑子里根本就没有发不发财的想法。不仅是现在没有,在东京依赖父母的时候也没有这想法。什么发财,我一直都非常轻蔑赚钱主义。我一直相信,全日本不论什么地方的人都会有与我类似的想法。所以刚才每当听到"丹前"说发财、发财时，我就奇怪他是为了什么。当然我并没有生气。因为我既没有可生气的身份，也没有能生气的境遇，所以一直都很平静。但我做梦也没想到，这句话对人类来说是最好的甜言蜜语，是劝诱方法中最能奏效的东西。因为这些理由，我被"丹前"嘲笑了。当时我甚至不知道他是在嘲笑我。现在想起来真是愚蠢之极。

八

　　以一种特别方式笑着的"丹前",收敛了笑容,用带点认真的语调问:

　　"你以前做过事吗?"

　　什么做没做过事,我昨天刚从家里逃出来。我经历过的劳动就是练习击剑和棒球之类,为了挣钱吃饭的事是一天也没做过。

　　"没做过,可我现在不得不做了。"

　　"是吧?不做事的话……那,您哪,还没挣到过钱吧?"

　　这不是明摆着的,还用问吗?我觉得没必要回答,就没接话。这时茶馆老板娘从点心台的后面一边站起来一边说:

　　"做事就得要挣钱啊。"

　　"丹前"说:

　　"说得是啊。如今,想挣钱,可哪有那么多能挣钱的活啊。"那口气就是他给了我莫大的恩惠。

　　"是呵。"

　　老板娘带着几分对我的轻蔑,走到里面去了。我非常在意这"是呵",总觉得后面也许还有话,所以一直目送着她的背影,只见她走到一株很大的黑松的树根的边上,开始站着小便。我急忙背过脸朝着"丹前"。"丹前"立即说:

　　"也就是我,才肯把这么好的事告诉你这个素不相识的人。换了一个人保证不会轻易告诉你的。"

又一副施恩于我的口气。我怕麻烦，所以就老老实实地、正儿八经地道谢：

"谢谢！"

"其实，是这么个事。"

"丹前"接着说。我默默地听着。

"其实，是这么个事。是到铜矿上做事，只要我去说句话，你马上就能成为矿工。马上就能做矿工，不是很了不起吗？"

虽然我知道他是在催促我回答，但我就是无法顺着"丹前"的话说"是啊"。矿工无疑就是在矿山的矿坑里劳动的工人。世间上工人有千万种，其中最苦、最低贱的就是矿工。我正这么想的时候，他却说"马上能做矿工，不是很了不起吗？"那我怎么可能去附和他呢？我内心啊呀一声，吃了一大惊。如果说还有很多在矿工之下、比矿工更下等的人，那就如同说大年三十不是一年的最后一天一样，这是我无论如何也想象不出来的。老实说，我以为，"丹前"如此说话，就是欺负我年轻，就是在欺骗我。可是，对方看起来却非常真诚。

"你这是一来就当矿工啊。矿工很轻松的。很快就能攒点钱，做自己想做的事。也有银行，想存的话随时可存。是吧，老板娘，一来就能当矿工，相当不错的吧？"

他把话抛给了老板娘。老板娘刚在里面站着解决了小便，脸上还是刚才的那副神情，说：

"是的，马上去做矿工的话，四五年后会存下一大笔钱——况且你只有十九岁——正是做事的年龄——不趁早挣点钱会吃亏的。"

她一句一句，悠悠闲闲，似乎是在自言自语。

九

关键是，这老板娘的言下之意就是一定要做矿工，让人感觉她和"丹前"在一唱一和。当然那也没什么，或者不是那样我也根本不在乎。我觉得奇怪的是，此时我的心情竟然很温和，这倒是有生以来第一次。我想，不管对方的观点错得如何离谱，我都可能会点着头听下去。说实话，我之所以失去人生方向，沦落至此，就是去年一年中所犯的错误、责任、人情、烦闷等等一齐爆发、互相冲突的结果。如果是在昨天，我想我是无论如何也不可能如此温和的，但此时此刻，我的心里没有一点与人对抗的欲望，而且也没有觉得现在这样有什么矛盾或不可思议的地方。也可能是因为没有思考的余地吧。人身上只有身体能始终保持完整统一。很多人以为，既然身体是完整统一的，那心理应该也是一样，可以用相同的方式去对待。所以很多人，哪怕今天做的事情跟昨天的完全相反，他也以为自己还是原来的自己，因而心安理得。不仅如此，一旦有人诘难、责问他的反复无常时，也不会有人回答"因为我的脑子里只有记忆，而且它们是零零散散互不相干的"。我不知道为什么会这样。我经常经历这种矛盾，也似乎感到自己有些责任，虽然这些责任我是无法负起来的。由此看来，人类生来注定是很容易成为社会牺牲品的。

与此同时，支离破碎的灵魂飘飘忽忽地活动，在活动并不遵守一定的规则，我目睹如此现实，如果我不偏不倚、从第三者的角度观察自己的话，得到的真相就是，没有比人更靠不住的东西了。所谓约定,所谓誓言,对那些灵魂已经觉醒的人来说,是无法做到的事。而那些以约定为理由去威逼别人的行为是野蛮至极。要是注意调查那些基本上遵守了约定的例子就会发现,在践行的过程中,总有些地方比较勉强,但当事人都把那勉强的部分强行压制下去,并对之视而不见。这绝不是灵魂的自由行动。如果我早明白这一点,大概就不会在一味地怨恨别人、烦闷、痛苦中离家出走了。就算离家出走来到这茶馆,若能冷静地以第三者的眼光观察自己与昨天截然不同之处,也能多少从自己对"丹前"和老板娘的态度变化中悟到一些东西。

可惜的是,当时的我完全没有探究自己内心的想法,只是沉默、痛苦、悲伤、愤怒,然后怜悯、歉疚、厌世,却又无法完全抛弃人类,我坐立不安,逃避,不顾一切地往前走,被"丹前"绊住,刚刚吃完油炸馒头。昨天是昨天,今天是今天,一小时前是一小时前,三十分钟后是三十分钟后,仿佛我除了眼前的感情外别的感情都已经不复存在,一直以来本就无法整合的灵魂更是飘飘荡荡经常出窍,事实上,这灵魂是有还是没有,我都不甚明了。而且我似乎看到过去一年最深刻的记忆,仿佛是一场悲剧的梦,已经化作一团朦胧的妖气,笼罩在遥远的无边无际的虚空中。

所以,如果是以前的自己,我会摆出各种各样的理由,不说出自己的意见不罢休:为什么要做矿工?怎么会有比矿工更低贱的人?自己不是以赚钱为目的工作的人,说只要赚钱就好,到底哪里好?等等。而此时我却非常顺从,什么也没说。而且,不仅是口头顺从,心底里也根本没有任何反抗的欲望。

十

　　这个时候，自己的心里好像只有一个念头，那就是能做事就好。仿佛只要有活干，只要能维持这飘忽不定的灵魂徘徊在身体里——只要我这没死成的肉体没有被强行杀死的风险，不论是比矿工强还是比矿工差，不论挣钱还是不挣钱，都不是任何问题。因为只要有活干就行，至于工作方式的等级、性质、结果等不管跟自己的想法如何水火不容，不管如何被夸大，哪怕夸大的目的就是为了诱骗我，哪怕信了他们之后自己的理性人格可能被玷污，这些我都已经不在乎了。在这个时候，复杂的人类已经变得非常单纯。

　　而且，听说是做矿工，我心里感到一阵莫名的高兴。第一，我是抱着死不足惜的决心离家出走的；第二，就算死也无所谓，我想去一个没人的地方，然后又不知不觉地变化到了第三点，总之先找个活干。那么，既然干活，就不要干一般的活，接近第二的工作环境比较好，更进一步说，最好是与第一有些关系的工作。从第一、第二到第三，不知不觉中自己的想法似乎一直在变化，心理状态虽一直在变化，在朦胧而暧昧的情境之下，各种状态之间仍然有着联系，兜兜转转中，一回头，又奔着当初的出发点去了。可见，我单纯要干活的决心，既不是完全甩开第二的、与之毫不相干的东西，也不是离开第一十分遥远的东西。如果在没有人的地方，在最接近死亡的状态下干活的话，就能既贯彻我最后所下的决心，又有可能实现我最初的目的。矿工，顾名思义，就是要在矿坑里暗无天日的地方工作。活在阳间，却要潜入到阳间之下，在阴暗的地方与土块、矿石打交道，听不到红尘浮世的聒噪。那里一定阴气森森，对现在的我来说，没有比这更好的地方了。世间上的人多如牛毛，但一定没有一个人比我更适合做矿工。对我来说，矿工简直就是天职。——到此为止我虽然还没有形成一个明确的想法，但一听说矿工，就感觉到某种阴气，而那阴气又莫名地使我高兴。现在回想起来，简直无法体会当时的心情。

所以我对"丹前"这样说：

"我想拼命工作，你能让我去做矿工吗？"

听了这话，"丹前"非常大方地说：

"马上去做的话可能比较难，但只要我去说一下一定能成。"

他既这么说，我也就那么认为，一时就没有话说。这时，茶馆的老板娘插话了：

"只要长藏出面说合，做矿工保证没问题。"

这时我才知道"丹前"的名字叫长藏。后来跟他一起上火车、下火车的时候，有两三次我也抓着这个男人叫他长藏。但到现在我都不知道长藏两个字怎么写。这里写的是我根据读音猜的。刚刚离家出走，就突然被他牵着鼻子带到了一个意想不到的环境，这个让我的生活状态发生重大变化的人的名字，我却只记得其发音却写不出来，想来也是一件奇怪的事。

那么，既然这个长藏和茶馆的老板娘都觉得我一定能做矿工，那么我也以为可能，就请求他：

"那就拜托了。"

可是，做矿工该怎么做，去哪里，办什么样的手续，关于这些，坐在这茶馆的我却完全不知道。

十一

我以为，既然对方如此相劝，我只要同意，拜托他，长藏就一定会开始行动促成这事，所以后面我就没再问了。这时，长藏一下子把穿着"丹前"的屁股从凳子上抬起来，说：

"那现在就开始出发。你准备好了吗？注意不要忘了什么。"

我从家里出来时，就只有身上这一身衣服，除了身体以外决没有其他能忘记的东西。所以我说：

"我什么也没有。"

当我站起身，看到老板娘的脸才想起来，最最重要的是，我忘记付炸馒头的钱了。长藏一副事不关己的样子，半个身子已经走出了芦苇帘，正眺望着大路。我从怀里掏出装着三毛两分钱的钱包，付了三盘馒头的钱，顺便又付了五分茶钱。但馒头花了多少钱最终还是忘记了，想不起来，只是记得这时老板娘说：

"做了矿工，多存点钱，回头再来。"

后来我不做矿工了，就再也没有来这茶馆的机会了。之后，我跟着长藏，又来到那片让我不胜厌烦的松树林，一个劲地走到脚背上都是灰。第一次的时候觉得它长得令人厌烦，这次意外地却很快就走完了。不知不觉地松树不见了，来到了一个板桥街道驿馆[①]样的简陋旅馆前。这里也如板桥街道一样跑着载有多人的简陋马车。走在前面一步的长藏回过头来，问：

"你坐马车吗？"

我答道:

"坐也行。"

对方又反问:

"不坐也行吗?"

我回答:

"不坐也行。"

长藏第三次问:

"那坐不坐?"

我回答说:

"都行。"

说话之间马车已经远去了。

"那还是走路吧。"

长藏说着往前走,我也往前走。往前看去,刚才跑过的马车扬起的灰尘弥漫在日光里,把道路染成了浑浊的黄色。走着走着,人慢慢多了起来。街道也越来越像样。最后来到了就像牛込的神乐坂② 那样繁华热闹的地方。这里商店的样子、人的样子、服装,跟东京完全一样。像长藏这样子的人基本看不到。我问长藏:

"这是哪里?"

长藏一听,似乎吃了一惊,说:

"这里?你不知道这里吗?"

但他并没有嘲笑,马上告诉了我。因此我知道了这地方的名称,但在此我想保密。看到我连这个繁华地方的名字都不知道,长藏好

---

① 板桥为东京都北部一地名,为原中山道上的一个驿站,有很多旅馆,旅馆内有私娼。
② 东京新宿区地名,在夏目漱石出生地附近。

像觉得非常不可思议,就问我:

"你到底是哪里人?"

想来,关于我的过去、经历之类,长藏一句也没有问过,不问就为我斡旋工作,感觉他过于莽撞。但事后我知道了这个人的性格,其实他对那些事情根本就漠不关心。他这样提问完全是被我的无知惊到的结果,不过是出于好奇心。其证据就是,我回答:

"东京。"

他说:

"是吗?"

之后就什么也没问,拽着我拐进了一个小巷。

十二

　　实际上，我父亲是相当有社会地位的。因为很复杂的原因，我虽无法忍受父母而离家出走，但也不至于不明是非到一味发泄对父母的不满或恶意嘲讽他们。我厌倦人世间，连自己的家都觉得无聊，后来甚至连看到父母和家人的脸都无法忍受。我意识到事情的严重后，准备靠自己的毅力改变过来，但是已经来不及了。我想忍耐着坚持下去，但是万般焦虑，越焦虑越厌烦。最终，坚持的闸门被冲破，焦虑一泻千里，忍耐的阵脚已经完全乱了，最终导致我那晚从家里逃了出来。

　　若问起事情的起因，中心人物乃是一个少女。那个少女的身边还有另外一个少女。围绕这两个少女的是她们的父母及亲人。世间把一切都看在眼里。然而，第一个少女对我一时温柔，一时说话带刺。也不知怎么回事，我也不得不变得一时温和一时乖张。但我这样一时温和一时乖张却对不起第二个少女，我是生来就跟她有婚约的。我虽年轻，但还不至于不明白自己的立场。可是，越是觉得对不起她，越是一时温和一时乖张。最后，不仅是表面上，连内心都变了。这一切都被第二个少女怨恨地看在眼里，父母亲人也看在眼里，世人也看在眼里。我想极力掩盖自己心里时伸时缩、时弯时曲的变化，无奈第一个少女不肯罢休，所以就不计后果地时而给她展现出伸的一面，时而展现出缩的一面，怎么也隐藏不了。父母亲人看不下去了，都觉我太不像话。虽然我自己并没有觉得不像话，但渐渐知道了他们把这件事看成完全另外一种样子了。所以我百般辩解，但无人愿听。他们虽是我的父母，但一点都不相信我，我觉得这是最不应该的。同时，待在第一个少女身边，我不知道将来会怎样，也许真会做出无法辩解的、不像话的事来也未可知。可我无论如何也无法从她身边离开。况且，我对第二个少女满怀愧疚，对不起她的念头一天比一天强烈。——如此这般，无法并存的感情从三四个方向袭来，就如同缠绕在一起的五彩丝线，扯了这条，那条打结，解了那条这条又被勾起。这种错综混乱，我的头脑无论如何是理不清的。我在心里想尽各种办法，找出各种各样、甚至可能损害自己信誉的理由来解释这件事，最后只有一个结论，那就是根本无法如愿解释清楚。——我终于明白了一点，那就是，既然我很痛苦，我除了把痛苦留给自己外没有别的路可走。以前我一直以为，在自己痛苦的同时，说动别人，总能找到一个有利于自己的解决方法，我总想依赖别人。就好比在路上与人狭路相逢时，总想自己站着不动，让对方踏入泥泞以便让自己通过。自己站着不动，却想让对方按着自己的意思移动，这是不可能的。站在镜子前，但又不喜欢镜子里自己的影子，这是毫无办法的事。名为世间规则的这面镜子无法移动的话，那最佳的办法就是自己离开镜子。

十三

　　所以，我就决心让自己从这复杂的关系中突然消失。可真要消失的话，除了自杀就没有别的办法了。所以我几次准备自杀，但每次准备好时都因恐惧而罢休。我终于明白，不管如何学习，也学不会自杀。既然不能立即自杀，那就等着自生自灭好了。但如前面所说，我父母是相当有身份的人，我衣食无忧，在我自己家里无法自生自灭。无论如何，逃亡都是必须的。

　　我想过了，就算是逃亡，我也忘不了这种关系，当然，也想过了也许可以忘记。关键是，不去做着试试看就不知道到底能不能忘记。纵然逃亡一直伴随着烦恼，那也是我自己一个人的事。而留下的那些人，肯定会因为我的逃亡而得救。虽然不可能永远逃亡，但既然不能马上消灭自己，那就先逃亡再说。如果这样还不能摆脱过去的痛苦，那时再慢慢安排自我灭亡的计划也不迟。那到时一定能够自杀成功。——这样写来，好像我是一个非常无聊的人，但坦白地说，就只是这么点事，只能这么说。如果把当时的那种懵懂的犟劲照实叙述出来的话，我觉得自己完全具备一个做小说主人公的资格——如果这样写，更显无聊了。

　　如果把当时两个少女的样子、每天不同变化的局面、我的担心、烦恼、父母的意见、亲人的忠告，这些全部照实一字不漏地写下来的话，就能成为一个非常有趣的故事。但我没有那样的才能，也没有那样的时间，所以还是作罢，我只打算讲矿工的事情。

总之，就因为这些理由我出逃了，虽然本来就有把自己当作活死人的觉悟，甚至有自己葬送自己的想法，但是，不管我如何自暴自弃，父母的姓名，过去的经历也是不想告诉长藏的。不仅是长藏，所有的人我都不想说。我当时心情悲哀，晕晕乎乎，连自言自语都不想。所以，虽然觉得长藏不问我的身世很奇怪，跟他掮客的身份很不相称，但我内心是窃喜的。说实话，当时的我还没有练习过说谎，还认为蒙混过关是最大的恶事，若被他问一定会很为难的。

我跟着长藏，拐进小巷里往前走，走出两百多米后，街道两边的房子一下子稀少起来，有些地方能清楚地看到稻田。主街道那么繁荣，而繁荣的也只是主街道的两边而已，当我注意到这一点后，又转过一条街，到了一个很热闹的所在，那街道的尽头是一个车站。这时我终于明白了，不坐火车是无法完成做矿工的手续的。我原以为，这个镇上有个矿山的办事处，只要把我带到那里，那里的工作人员就会护送我到矿山的。

进了车站，走了十来米远，我在后面叫着问：

"长藏，坐火车吗？"

我是第一次喊这个人长藏。长藏稍稍回过头，脸上也没有被素昧平生的人呼喊的不自然，马上回答说：

"是啊，要坐。"

就径直走进了车站。

十四

　　站在火车站的入口处,我在想:难道他是想跟我一起坐车到目的地吗?那他对我好得有点过分了。不过怎么说,我们素不相识,他如此照顾我很是奇怪。也许他可能是个骗子。我意识到自己到现在才注意到这事情的蹊跷,突然就不想坐火车了。我想要不干脆就从车站溜走,准备把迈向火车站台的脚调转方向往入口处走去。但是,我还没有下定离开的决心,正茫然地望着车站前茶馆的红色门帘,突然听见远处有人大声叫我。我一听到这声音,马上就知道声音的主人是长藏,就是自松树林后一直回响在我耳边的声音。我回头一看,只见长藏在远处侧着脸,朝我这边看着,不停地点头。身体好像被遮蔽在厕所的墙后。既然他在叫我,我就朝着他脸的方向走去,只听他说:

　　"上火车前解个手比较好吧。"

　　我说没必要,就拒绝他了,可他怎么也不答应,于是就跟他并排站着——这话说起来不雅——一起小便了。这时我的想法又发生了改变。除了身体,我一无所有,既无名誉也无财产,一看就知道我是个没有抢劫也没有欺骗价值的货色。如果我还以为现在的自己是以前那种身份,并提防长藏,就像已被免职的人担心自己被扣工资一样。长藏虽然没有受过教育,但一眼看穿我无物可骗是不需要受任何教育的。所以我想起来也许是介绍我去当矿工,之后跟我索要介绍费吧。那倒没什么,只要从薪水里扣除一部分给他也就是了,我这样想着，解手也解完了。——其实，得出结论的时间很短，而推论却要写这么长。费了这么大的劲还是没有弄明白长藏拉客的真正目的，就因为那时我才十九岁。年轻其实很吃亏，对这样的捎客，左思右想了很多可能性，但又转念一想，他也许是出于好意，愿意做好事，就是一个好人。我这么为人着想实在是可笑。

两人解完手后，慢吞吞地来到三等候车室的门口时，我正色对长藏说了以下的话：

"不劳烦您特意送我到目的地去了，送到这里就行了。"

长藏听了没有回答，脸上显出一种奇怪的神色，默默地看着我，我以为是我道谢的方式不好，又接着说：

"承蒙您各种照顾，非常感谢。后面我自己来，您就不用客气了。"

说着，我不停地低头行礼。这时，长藏说：

"一个人能行吗？"

只有这时他把"你"给省略了。

"能行。"

我答道。

"怎么做？"

他反问道。我一时被问住了，吞吞吐吐地说：

"如果您现在告诉我地址，我到那里报上您的名字，应该就可以了。"

"你呀，以为报我的名字就可以当矿工，那就大错特错了。矿工，不是那么容易做的啊。"

被他驳回去了。没办法，只好一边解释一边跟他周旋，说：

"我觉得怪过意不去的呀。"

"不用那么客气,我把你送到目的地,你就放心吧。——萍水相逢也是缘分。哈哈哈哈。"

他笑起来了。最后我只好道谢,说:

"真是对不住。"

十五

后来两人紧挨着坐在椅子上，车站里的人越来越多，基本都是乡下人。其中有像长藏一样穿着搞不清是半缠还是丹前的人，也有扛着扁担挑着东西的人。但也看到围裙闪闪发光，礼帽折得很奇怪的江户人打扮的小商贩。各种各样的人聚拢来，椅子的周围人声和脚步声变得非常嘈杂的时候，检票口的门开了。那些等不及的人急忙站起来，一齐挤到铁丝网的前面。此时的长藏样子非常镇定，他厚厚的嘴唇间叼着那如武士刀一般弯曲着的"朝日"牌香烟，把那棱角分明的脸稍微侧向我，问：

"你有车票钱吗？"

我又得公开承认自己的不成熟了。说实在的，关于车票钱的事，直到现在我心里丝毫也没有想到过。虽然知道是坐火车，但要花多少钱，或者是否需要花钱，这些我根本就没有想过，真是愚不可及。我承认自己愚蠢，承认在这个提问出现之前自己一直心安理得，就像坐车根本不用花钱一样。我也说不清，可能是因为自己在心底里已经暗暗滋生了对长藏的依赖，觉得只要他在身边一切都好办。不过，这一点自己当时是决不会想到的，就是现在我也不敢断定。不过，如果没有这种安心感，不管怎么傻、如何只有十九岁，来到车站怎么可能连车票钱的"钱"字的金字边都想不到。而对如此依赖的长藏说，不用您照顾了，已经可以了，后面我一个人可以去，拒绝他的同行，这又是出于什么样的心理呢？因为我经常碰到这样的情景，最后我就得出一个结论：就如同疾病有潜伏期一样，我们的思想、感情也有潜伏期。在这潜伏期中，自己虽已有了那思想，受了那感情的控制，却半点也意识不到。如果一直没有外界的原因或机会使这思想或感情上升到意识的表面，我们一辈子被这思想或感情支配，依然会坚持说自己决没有受到它们的影响，还会不停地举出一些相反的言语或行为来证明这一点。然而，从旁人的角度看，那些言语行为是互相矛盾的，甚至自己也会意识到。就算意识不到，有时自己也会觉得很痛苦。前面我说到被少女所苦，追根究底也是因为没有意识到这潜伏者。如果在这不知名的东西侵蚀自己的感情之前，能够通过注射一针药剂把它通通杀死，那人间会少了多少矛盾，避免了多少不幸啊。可是事实并不如想象的那么美好，所以，我觉得不论是别人还是自己都极其可怜。

当长藏问我"你有车票钱吗"的时候，我也突然意识到这一点，所以非常狼狈。三毛两分钱中付了馒头和茶钱之后几乎就没有剩的了。连买火车票的钱都没有，却一副心领神会的神情接受当矿工的提议，我意识到自己是一个厚脸皮的人，突然感到脸面发烧。现在想到当时的事，连我自己都觉得自己很可爱。如果是现在，在电车上就算有人催我还债，我也只是为难，而决不会脸红。更何况长藏只是个捐客，在他面前表现出神圣的羞耻心的脸红，那就太浪费了，是我做梦也不愿做的。

十六

不知为什么，我想对长藏说我有火车票钱，虽然我并没有，且我又不能撒谎。如果撒谎能不被发现的话，那就狠狠心说次谎吧，但现在是要买车票的时候，说谎马上会穿帮，后果糟糕。虽然如此，但回答说"没有车票钱"也是非常痛苦的。因为我是个孩子，更糟糕的是，我又不是小小孩，而是一个长大了的、懂得男女之事、苦闷着的、对平庸常识似懂非懂的孩子。所以，我既不好说有也不好说没有，于是就回答：

"有一点。"

如果没有迟疑，立即回答就好了。但偏是在很浪费地泛出了颊边红晕之后，又以诚惶诚恐的态度来回答的，这就很愚蠢了。

"一点？你有多少？"

长藏又问。他根本没注意到我颊边的红晕、我的畏缩，好像就想知道我到底有多少。但关键是我刚好也不知道到底有多少，只知道总共只有三毛二分，吃了三碟馒头，付了五分茶钱，剩下的肯定不多了，有跟没有也差不多。

"只有一点点，根本不够。"

我老老实实地说了。

"没关系，不够的部分我补上。把你有的全拿出来吧。"

他比我想象的要平静。我觉得这时候一个铜板一个铜板地去数就显得不体面，也不想让对方认为我有所隐瞒，于是就从怀里把那个钱包取下来，连钱包一起递给了长藏。这钱包是鳄鱼皮制作的质量上乘之物，当初父亲给我时，还特地说这东西很贵，是一件奢侈品。长藏接过钱包，望了望，说：

"嗯，这钱包不便宜啊。"

他也不去查看里面的内容，就塞在自己的腰带里了。不查看具体数目，我觉得挺好，但他又嘱咐我道：

"我去买票，你得老老实实待在这里。走丢了就做不成矿工了。"

说着离开凳子快步向售票口走去了。我看他走进人群后，也不回头看一眼，就在那里排队等着买票。自打松树林的茶馆一出来，一直到刚才，长藏一直紧随在我身边，偶尔离开时，在厕所里还伸出头来叫我。但一接过钱包去买票，我感觉他就好像完全把我给忘了。也许是人太多了，他没闲心往这边看吧。与之相反，反而是我一直盯着他的背影，看着买票的人按顺序一个一个往售票窗口移动，我神经紧张地望着。钱包是很高级，但打开以后倒出来的都是铜板。长藏一定会吃惊我就只有这么一点钱，我都觉得有点对不起他。我正在自寻烦恼，在想"他到底补了多少钱"的时候，长藏泰然自若地回来了。

"这是你的票。"

他递给我一张红色的票，也没告诉我钱差了多少，什么话也没说。我觉得不好意思，接过票只说了句：

"谢谢！"

我没问票钱的事，钱包的事也没提。长藏也没提钱包的事。因而，钱包就成了我送给长藏了。

十七

　　之后，两人终于上了火车。火车上没有发生什么值得一提的事。只是我周围坐着的都是一些长满脓疮的、烂眼睛的、一脸麻子的人，心情特别不好，就换到对面的座位上了。现在想来，当时的情景非常奇怪。我从家里逃出来，都堕落到下定决心做矿工了，按理说对一般的事也就不会太在意了，可我还是不愿靠近丑陋的东西。就算这种情形出现在自杀的前一天，无疑我也一定会从烂眼睛身边逃开的。那么，是不是对所有事情我都是这么严格地保持着原来的习惯呢？似乎又不是，这就让人困惑了。首先，在遇到长藏和茶馆老板娘时，我一直老老实实，这与平时的我简直判若两人，我一言不发，什么议论、主张、气概都没有。这其中可能有饥饿的原因，因为饥饿状态下，事情可能会有点不一样，但这不可能仅仅是因为空腹。怎么都觉得自相矛盾——又出现矛盾了，那就打住不说了。

　　那时的冒险是我生活中最色彩斑斓的一页，只要有时间我就会习惯性地回忆并对之进行思考。每当这时，我都会毫不客气地挥舞着锋利的解剖刀把过去的自己的心纵横两刀切开进行查看，但结果都是千篇一律，那就是"搞不清楚"。并不能借口说，因为过去了，所以全忘了，因为这种切身的体验，在我一生中并无第二次。更不能说是因为不到二十岁不懂事，各种各样的问题交叉缠绕无法理清。事情发生的当时，头脑里确实非常混乱，非常轻率，盲目行动。而导致当时轻率盲动的原因，只能等事情尘埃落定后用今天的头脑进行分析。就是这次的矿山之行，也是因为站在现在回顾过去，所以才能写成这样，让人们看明白。我没有了任何顾忌，有了事无巨细把它们全部写出来的勇气。如果没有把那时的自己提溜到跟前，刨根问底仔细研究的从容心态，也写不成现在这个样子。俗人们以为当场写出来的经历是最正确的，其实这大错特错。因为受转瞬即逝的情绪的影响，人在传达眼前的事情时容易产生意想不到的偏差。如果当时我把自己去矿山时的心情写在日记里的话，肯定会有很多幼稚、装腔作势、虚假的东西在里面，那就无法能像现在这样给别人看了。

我避开烂眼睛，坐到了那座位的对面，长藏看了我和烂眼睛一眼，坐在原来的地方没有动。长藏的神经比我强健多了，对此我吃惊不小。而且，他还若无其事地与烂眼睛聊天，真是难以理解。

"你又进山啊？"

"是的，又带一个人过去。"

"就是那个吗？"

烂眼睛朝我的方向瞟了一眼。长藏正要回答时，他的眼神突然碰到了我的眼神，就抿着厚厚的嘴唇一言不发地转过脸去。烂眼睛也跟着转过脸去说：

"又要大赚一笔了。"

我一听到这句话就立即把脸伸出了窗外。然后往外吐了一口唾沫。而那唾沫又随着列车的风吹到了我自己的脸上，心里非常不愉快。前面的座位上坐着两个陌生的男人，他们正在争辩。

"假设强盗进来了。"

"偷偷摸摸的吗？"

"干吗要偷偷摸摸的呀，是强盗啊。然后，强盗拿着刀还是什么的,正在吓唬人的时候。"

"喔,然后呢?"

"然后,假设主人知道是强盗,就给了一些假钱把他打发走了。"

"那后来呢?"

"后来强盗知道是假钱,他就到处跟人说那家主人用假钱。在常公面前,你觉得谁的罪重?"

"谁啊?"

"那家主人和强盗啊。"

"好难说啊。"

被问的一方苦于没有答案。我有点困了,把头放在窗边,已经迷迷糊糊。

十八

一睡觉时间就突然消失了。所以，如果觉得等待时间的流失是一种痛苦，那最好的办法就是睡觉。死大概也是一样。但是死看起来容易其实却很难。对平庸的人来说，以睡眠代替死是最简便的方法。练柔道的，经常要请朋友锁住自己的咽喉。在漫长的、令人倦怠的夏季的白天，在武馆里断气绝息，仿佛死人一般，然后再设法苏醒过来，便会有一种死而复生的心情。——不过，这是发生在别人身上的事。我担心万一真就那么死掉了岂不就完了，所以从来没敢尝试那种危险的治疗方法。睡眠比不上这个效果，但不会有醒不过来的危险。所以，对有心事的人、苦闷的人、不堪痛苦的人、甚至去做矿工以求自灭的人来说，这是大自然最好的恩赐。这恩赐现在落到了我的头上。来不及道声谢我就进入了梦乡，完美打发了这既然活着就不得不分分秒秒感受其流失的时间。但我又醒了。后来我想，因为我是在火车开动的时候睡着的，一旦火车停下来，睡眠的节奏被打乱，睡意就飞到九霄云外去了。我在睡觉的时候，虽然忘记了时间的流失，但似乎依然具有对空间运动的反应能力。所以，如果真想忘记烦恼，不真的死掉是不行的。只是，人在苦闷消失以后，一定会想再活过来。其实，最理想的状态就是生和死交替进行。——这样写，好像我在开什么浅薄的玩笑，其实并没有那么轻浮。我是认真地在说这件事。其证据就是，这想法并非我此刻回顾过去，正在兴头上随意加上去的，而是在经历了火车停下来，突然睁开眼睛的过程中产生的。这种感觉很愚蠢，也有些滑稽。但当时我真的就是有那么愚蠢的想法，这就拿它没办法了。这种感觉越是滑稽，我就越是觉得当时的自己很可怜。因为这非常清楚地表明我当时陷入了一个非常可悲的境遇，以致不得不真诚地抱着这种不合常理的希望。

我睁开眼睛的时候，火车已经停下了。我脑子里产生的第一个念头是我坐在火车上，而不是火车停了。"产生"念头，这说起来很简单，其实是在"长藏"、"做矿工"、"没有火车票钱"、"离家出走"等等，像汤圆一样黏在一起的十二三个事实下面，一下子从脑子里浮上来的。其速度之快无法用语言形容，可说就如电光石火，真的非常恐怖。后来听说，某人在溺水的一刹那，会把自己的一生，事无巨细全在眼前过一遍，依照我此时的经验来看，我相信这话绝非虚假。也就是说，当时我飞快地意识到自己在现实世界的立场和境遇。在意识到的同时，立刻就产生了厌烦的心理。只是这厌烦很难形容，而我除了这厌烦之外，又没有其他的可写的东西，所以这里就以厌烦结束。如果有谁与我有过相同的体验，单凭这些就能理解我当时的心情吧。假如没有经历过，那才是幸福的人，根本就没必要知道。

十九

不久，同一车厢里有两三个人站起来，同时，从外面进来两三个人。有人为了找座位东张西望，有人转来转去看是否忘了什么东西，有人什么事也没有就变换一下姿势把头伸出窗外，或者打个哈欠。这些动作同时发生，就让整个世界突然发生动荡，让我感觉到自己周围所有人都开始活动起来了。同时，也感觉到自己跟他们不同，是一种孤立的存在。因为连大家都开始活动的时候，我的注意力也被他们所吸引，因为自己根本就没有要活动的心情。我与他们袖子会摩擦，膝盖会碰触，但独独灵魂与他们无缘、不相交，我仿佛是从另一个世界迷路闯进来的幽灵一般。之前这般那般的，我的节奏步调都跟别人差不多，但一旦火车停下来，整个世界都一下子积极地向上腾飞，而我却消极地往下沉降。我一想到自己终究还是无法跟他们交往，胸脯和背部肌肉就骤然变薄，五脏六腑都被挤压成一张薄纸。其中只有灵魂脱离躯壳潜入了地下。我内心充满着歉疚和羞耻的心情，情绪非常低落。

这时，长藏走了过来，提醒我说：

"你还没醒吗？在这儿下车。"

我终于回过神，站了起来。即使灵魂已经开始往地下逃去了，但只要手脚的血流还畅通，只要你叫它它就会回来，这也是一件奇妙的事。但是，如果灵魂跑得更快一点的话，它就不会那么如愿以偿地回来。在那之后我乘坐的船只曾在台湾海域遇难，那时我几乎被灵魂厌弃，经历了很多磨难。然而没有最坏，只有更坏。当你想着这已经到顶头了，前面再也没有了，刚想松一口气，这个时候灾难就来了。可对那时的我来说，这种心情是非常新鲜、而且是非常痛苦的体验。

　　我跟在长藏的后面，一边闻着他衣服的后摆的气味一边通过检票口出了站，到了这个小镇的大马路上。这里就只有一条马路，但意想不到的宽广，而且还笔直得让人心情舒畅。我站在这宽广马路的中央俯视着车站对面遥远的尽头，这时有了一种奇妙的心情。这种心情在我的一生中是一个新鲜的东西，所以记录在此。我通过肺部终于把快要逃出去的魂儿唤回，多少恢复了人的意识。因为是第一次到这小镇，魂儿随着呼吸终于回到了身体里，但还是飘忽不定，一点都安定不下来。我反应迟钝，感觉魂儿是在碍于某种情面不情不愿地在工作，因为我还活在人世，又下了火车，出了车站，又站在这小镇的中央。它决不是出于自己意愿接受了这份工作，并对其负责的。所以，我头重脚轻，昏昏沉沉，对一切都了无兴趣。但当我睁开眼窝深陷的眼睛时，眼前出现的已不再是拥挤的车厢里四方形的空间，我一口气沿着一条大路已经走过了一千多米。而且，出现在眼前的是青翠欲滴的山峦，它虽然遮住了我的视线，但距离刚刚好，我这浑浊的双眸被这绿色深深吸引住了。——刚刚说的那种心情正是在此时产生。

二十

　　大道如砥，正如这成语所说，这大道平坦笔直、不弯不曲令人爽快。说得明白点就是不会让人眼花缭乱无所适从。它仿佛在告诉你，不用担心，只往这边走，你就不必客气不必多想了。而且，它既然叫你跟它走，那只要跟着这唯一的道路一直往前走，似乎就能走到任何地方。奇妙的是，眼睛也不想拐弯去看斜刺里的街道。道路越是笔直延续下去，眼睛就越要笔直跟随，否则就觉得局促不安且不愉快。我坚信一条大道是依据眼睛的自由活动的范围，与其保持平行建成的。然后看街道左右两边的房子——有瓦房，有草房。不管是瓦房还是草房都没什么区别。越往远处去，屋顶就越低，几百间房子好像被一根铁丝由那头到这头串起来似的，非常整齐，斜斜地成一条直线，无限往前延伸。越往前延伸看起来就越矮越接近地面。我站着的地方左右是二层建筑——我记得是旅馆——是必须仰着头才能看到的高度。但是，远离车站的那些房子，用手比画一下，它们低得可夹在两指之间。它们之间当然也有些细小的变化，如门帘被风吹动，或者拉门的下半部分画着蛤蜊等，但如果你只看房子的排列，半秒钟就能看到三四公里之外的地方。就是如此的一目了然。

　　如前所述，我的魂儿就如前一天喝醉了酒一样一直病怏怏的。但是，一出车站，面对这突如其来的简单明了——就算是瞎子也能感受到的一目了然的景色，魂儿是不可能不震惊的，事实上它也确实吃了一惊。吃惊是吃惊，但要让长时间以来懒懒散散的精神变化到抖擞的状态，多少还是要花点时间的。我前面说过一种奇妙的心情，指的是在魂儿还没来得及苏醒之时注意到简洁明朗的景色时的心情——就是在这紧要关头产生的心情。这景色如此悠闲，如此明朗，如此地生气勃勃，与我此时的情绪如此不符。我的魂儿一惊之后开始认真面对这身外的世界。但后来，不管这景色如何明朗，如何舒适，它也只不过就是现实世界的客观存在。既然是现实世界的客观存在，那不管它如何光彩夺目，其令人兴奋的程度就大大降低了。值得庆幸的是，由于我的魂儿处于一种特殊的状态中，我虽然能感受到外部世界的明朗，但不大能意识到这是现实的真实存在——这笔直的道路，笔直的街景在我眼中宛如接近现实的明朗梦境。我在感受着只有在现世才能看到的明朗，并享受着随之而来的明显快感的同时，我的心情却如同触摸到了另一个世界的幻影。我站在宽阔的大街中间，那街道非常长，非常直。如果沿着它走就可以走到它的尽头，就可以走出这个小镇。左右两边的房子，想触摸就可以触摸，想上到二楼也没问题。我心里清楚这些都能做到，但我却完全遗失了"能够"这个抽象的概念，只是站在那里切实感受着来源于眼睛的感官印象。

　　我不是学者，不知道这种心情是种什么心理现象。很遗憾，就是不知道该如何命名所以写了这么长一段。在有学问的人看来，这也许很可笑，但那也没有办法。从那以后我也经常体验类似的心境，但这一次的感受最为强烈。我想也许可以提供某种参考，所以特意写在这里。只是，这种心情转瞬间就消失了。

二十一

　　太阳已经偏西了。初夏的白天比较长，从阳光照射的情况来看，应该是过了四点钟，但还未到五点。也许因为接近山里，天气没有想象的好，但是既然太阳当空也不能说天气不好。我望着斜照在这笔直街道上的太阳，心想，那里是西方。从东京出来的时候一直往北走的，可下了火车我就分不清东南西北了。沿着这条笔直的街道走，穿过这个镇子，就是那座山，从山的方位看，应该还是北方。我和长藏依然是朝北方走的。

　　从距离来看，那山似乎很远，海拔也决不会低。山色郁郁葱葱，有阳光照射的一面泛着光，而背阴的一面绿色中透着黑色。这与其说是阳光照射的缘故，不如说是松树柏树比较多也未可知。总之蓊郁茂盛，深不可测。我把眼光从开始偏西的太阳移到葱翠的山上，在想那山是只有一座呢，还是山那边还有山？与长藏并肩朝着山的方向往前走，越来越近。总觉得对面山的后面、还有那后面的山的后面，一直向北，山山相连，连绵不断。因为我们虽是往山的方向走，但只靠步行一时很难到达山脚，便感觉似有股力量把我们往山的深处吸引。随着太阳西斜，青山的阴影部分和蓝天的天际线忘记了各自的本分，开始互相侵犯对方的领地。我眺望着它们，看不清青山和蓝天的区别，当眼睛由青山往蓝天移动时，却意识不到眼睛已经离开了山，而是把天空当做青山的延续继续眺望。如此一来，天空就变得非常广阔，向北延伸，没有尽头。就这样，我和长藏向北走去。

昨天傍晚从东京出发一直到千住大桥[①]，我的夹衣的后摆都是卷起来的，就是到了松林那里，坐到茶馆的凳子上，直到上火车，我的两腿都是光光地露在外面。就这样也依然很热。但是到了这个城市后，光腿觉得有点冷。与其说是冷，不如说是孤单无助吧。与长藏一起默默地移动着脚步，仿佛行走在秋天里。这时我的肚子又饿了。总是写自己肚子饿，似乎很没意思，但这时腹中是空的，总不会有诗意，没有办法。我确实肚子很饿。离家出走，一个劲地走路，没吃什么像样的东西，很快就饿了。不管心情如何不好，如何苦闷，魂儿如何要逃离身体，但肚子切实是十分饿了。为了稳住魂儿，不得不供应其饭食，可能这种说法更合适。说得寒碜一点，我在与长藏并排走在长长的道路中间时，我的眼睛一直留意道路左右两边，一看到饮食店就会紧盯着不放。而这街上饮食店还真不少。虽然酒店、饭店之类高档一点的地方很少，但我和长藏能进去的大排档类的地方到处都是。然而，长藏丝毫没有准备吃晚餐的意思，也不像前面遇到公共马车时那样询问我："你吃晚饭吗？"但我能看出他跟我一样，眼睛骨碌碌地看着两边，似乎总想发现点什么。我相信长藏马上就会发现一个合适的地方，带着我进去吃晚饭，所以我忍耐着，沿着这长长的街道往北、再往北走去。

[①] 东京都内架设在隅田川上的桥，北岸为足立区，南岸为荒川区。

二十二

　　虽然我坦白了自己肚子饿，但还没有饿到要晕过去。我感到胃中多少还残存着前面吃过的馒头，所以走路是没有问题的。只是刚下火车时，我在萎靡的精神状态下突然来到笔直的大路上，吃了一惊，睁开了眼睛。山里的空气比较凉，太阳落山时就开始来侵犯皮肤了，我想转移注意力，结果就想吃东西了。如果吃不上，那也就算了，还没有痛苦到跟长藏要吃的。不过，嘴巴似乎有点寂寞，所以总被小酒馆、煮菜或小吃店吸引。而伙伴长藏也似乎不约而同地打量着路两边，这让我想吃点什么的欲望越来越强烈。我一边穿过这长长的街道，一边数着路边适合我们两人进去的小吃店。当我数到第九家的时候，长长的街道终于快要走到头了，再走过一条街似乎就到了郊外了。我心里开始忐忑起来，偶尔无意中往右边看时，看到招牌上写着"酒、饭"，心里想这是最后一家了。也许就因为这心理作用，被烟熏得漆黑的走廊拉门上写着的"酒、饭""下酒菜"的黑体字更加鲜明地映入眼帘，每个字都历历在目，至今还留在脑子里没有消失。恐怕不管到什么时候，不管如何年迈昏聩，这五个字我都能一笔一画按照当时的样子一丝不差地写在纸上吧。

　　就在我目不转睛地瞅着"酒、饭""下酒菜"的时候，不可思议的是，长藏也拼命地用眼神搜罗着拉门的后面。我在想，如此顽强的长藏这次也要进去吃点什么了。然而，他并没有进去，反而停住了。我一看，那拉门后面有什么红色的东西正在活动着。我偷眼看长藏的脸色,他正盯着这红色的东西。这红色的东西,当然是个人。但长藏为什么停下来盯着这个红色的人?我完全摸不着头脑。对方是人没错,但只是一团昏暗的红色,看不清脸。我觉得奇怪,停下脚步看着。不久,拉门开了,从里面飞出一块红毯子。也许有人会说,就算是深山老林,五月份也用不上毯子吧。但这个人确实全身裹着红毯子,毯子的下面只穿着一件粗布单衣。也就是说,总体看来,那人与我没有什么太大的区别。当然,他只穿一件单衣,这是后来才发现的,当时他从拉门后面飞出来的时候,我只看到一团红红的颜色。

这时,只见长藏突然径直走到这个人的身边,问:

"你不想做点事吗?"

我第一次被长藏拦住,他的第一句话也是问"你不想做点事吗?"我想他又想让人干活了,所以兴味十足地看着他们俩。那时我醒悟过来了:只要看到一个差不多的年轻人,不管他是谁,长藏都要去问,"你不想做点事吗?"也就是说,长藏就是靠拉人干活为生,而决不是因为看到我非常适合做矿工才引荐的我。不管在哪里,遇到什么人,遇到几个,他都会以一成不变的语气问"你不想做点事吗?",他能非常耐心地重复这句话。长期从事这样的职业却不厌烦,想来他也真不容易。长藏并不是天生就适合问人"你不想做点事吗?"的,他也是因为某种不得已的原因,不得不每天重复的吧。这么说来,他完全是个无罪的人。他意识到自己没有一技之长,无法做别的事,且能重复"你不想做点事吗?"的人,普天之下不计其数,但他仍然毫不退缩,做的时候仍然泰然自若,一副舍我其谁的模样。

二十三

如果当时的我具有上述那样对长藏的看法就有趣了，可那时我正值魂儿从身体逃亡失败之际，哪有那般的眼力。以上的看法也是我现在以第三者的眼光观察那时的自己，回想年轻时的情景并准备把它写在纸上时才浮现在脑海里的，而当时对长藏的看法完全不一样。

我在听长藏和红毛毯谈话时，终于看出来了，其实长藏根本就没有认可我的人格。——虽然这种情况下说人格有点可笑，本来我从东京逃出来，都沦落到做一个矿工了，还谈什么人格，这是极其矛盾的。这点我自己也很清楚。刚提笔写下人格两字，总觉得有些滑稽，差点笑出声来。回想自己的过去，现在能笑出来，说明与以前相比自己已经进步不小，但当时，自己是如何也笑不出来的。——很明显长藏并没有认可我的人格。

因为他抓住从"酒、饭""下酒菜"的后面跑出来的这个年轻人，仿佛把他当成又一个我，用完全相同的声调、相同的态度、相同的言语，甚至是同样的热情程度，一样地劝诱他做矿工，我不知何故觉得他完全不应该这样做。如果现在来分析当时的反应，也许是这么回事：

长藏说矿工是份很不错的职业，对这点，当时的我再没有常识也是不会相信的。首先，从排列的顺序来看，牛的后面是马，马的后面就是矿工，我知道做矿工是件不体面的事，不可能引以为傲。

所以矿工候补除了我以外,又来了一个从小酒馆里跑出来的红毛毯,这并不是什么大事,不值得我费神,这一点我非常明白。但是,他对红毛毯的态度跟对我完全一样,与其说是我对他的态度不满,不如说我只是对他完全把我和红毛毯看成了同一种人这一点不满。对待方式相同,推导下去,就可以得出被对待的东西也相同的奇怪结论。当时的我是晕晕乎乎地想到了这一层。长藏问想不想做事,谈判的对象是红毛毯,红毛毯也就是我自己。我并不觉得那是别人裹着红毛毯站在那里,而是自己的魂儿抛下自己,跳进了红毛毯里,在那里跟长藏谈着做矿工的事。我自己直接应对长藏时,把人格什么的抛在脑后,而当我在一旁看着自己变成了红毛毯,被"很赚呵"说服时的样子时,竟觉得颜面无存。原来我也不过如此吗?我有些扫兴地观察着红毛毯的一举一动。不可思议的是,红毛毯的回答跟我也一样。他虽裹着红毛毯,但这个年轻男人从心底里跟我就是同一类人,为此我深深地感到无趣。还有另一件无趣的事,那就是长藏对我们俩的态度一模一样,精准得像机器,公平到令人憎恨,没有显露出一点点我比红毛毯更适合当矿工的意思。我心里甚至想,总有个先来后到,你就向着我一点又怎么样呢?——由此看来,人类的虚荣心是根深蒂固的,我都穷途末路已经到了要当矿工的地步,虚荣心还是这么强。这便是所谓的强盗有强盗的义气,乞丐有乞丐的规矩吧。——但与虚荣心相比,意识到自己就是红毛毯更让我觉得没趣。

二十四

　　我感到极其无趣，木然地站着，两人的谈判很快就结束了。这并不一定是因为长藏非常擅长谈判，而是因为红毛毯是个笨蛋。我虽称这年轻人为笨蛋，但绝不是因为他不如我而看不起他。因为不论是当初听长藏说话时一直点头，还是立即同意做矿工，还是其他各方面，我都和这年轻人一样，是同等程度的笨蛋。如果偏要找出其中的不同点的话，那也就是裹着红毛毯和穿着飞白花纹和服的区别吧。所以我说笨蛋，是指他和自己一样都是可怜的人，笨蛋一词多少含有同情的成分在里面的。

　　就这样，两个笨蛋跟着长藏，被他带去矿山。而且，当我跟红毛毯肩并肩迈出脚步时，我突然意识到刚才无趣的心情已经无影无踪。看来，没有什么东西能像人类的心情那样来无影去无踪的了。你以为它在，所以安心的时候，它却已经消失了。你以为它不在所以松口气的时候，可它却偏偏又还在。一时有，一时无，你追到哪里都逮不到它。那以后，有次到温泉，因为无聊，就借了旅馆的书来读，那上面都是佛经式的句子，其中有心三世不可得之句[①]。说三世可能有点太夸张了，但"不可得"说的应该就是这种状况。但可能有人听了我的话会反驳说，不，那说的是意念不是心。那就随您的便，我保持沉默不做回应。这种议论完全是多余的，那我为什么又要提出来呢？因为世间有太多非常聪明却完全不懂人心的人。他们以为心是固定形态的东西，只要没被虫蛀，去年的今年的都基本一样。然后,他们基于这种天真的见识,嚷嚷着要自由地支配别人,教育别人,按照自己的意志改造别人,这真让人吃惊。就连水流走了都不再回来,如果流得慢还会被蒸发掉。

总之,您只要记住,当我和红毛毯并肩往前走的时候,刚才的那种无趣的感觉已经蒸发掉了就好。而且,连我自己都感到吃惊的是,我觉得跟红毛毯并肩走路似乎很愉快。他家是茨城县还是什么地方农村的,有些发音不经过鼻腔,口音有些奇怪。他把红薯发音成"红所",虽然后来这成了趣事,但刚开始听的时候,他的口音并不让人觉得美妙。而且,他的长相逊于常人。跟他相比,下巴尖锐、嘴唇很厚的长藏都可说是一表人才了。不仅如此,他一直都在茨城的乡下奔走,至今没有踏上过东京的土地。红毛毯还发出一种难闻的味道。尽管如此,在这山里,在去铜山的路上,我仿佛是得到了一个朋友一样,觉得很高兴。一人落魄,总比两人一起落魄来得孤独,反正我是个准备赴死的人,黄泉路上也希望有个伴。这个人身上没有任何地方讨我喜欢,这么明目张胆地说虽有些失敬,但我很感激他和我一起去堕落,这一点让我感到莫大的愉快。因为这些原因,我们还没迈步我就觉得亲近,就想与他搭话。由此推想,人在河中死亡,肯定会拽上一两个同船的人一起去死,如果死后要去地狱,也会选择鬼多的地狱,而不会选没人的地狱吧。

---

①《金刚经》里的句子:"过去心不可得,现在心不可得,未来心不可得。"

二十五

因为以上这些原因，我瞬间喜欢上红毛毯。走了一两百米后，我又开始觉得肚子饿。我好像总是肚子饿，但这饿是前面就没吃饱，决不是新的饥饿。按顺序来说，首先我精神恍惚，在最没有现实感的状态下走下火车，然后居高临下地看到了笔直的大路及其尽头的青山，这时才慢慢回到现实中。这些前面都已经说过了。因这些原因，后来有了食欲，但又意识到人格被否定，就一个劲地觉得非常无趣，在觉得无趣的同时得到了一起做矿工的同类，这时稍稍挽回一点颓势，所以又回到饥饿的问题上来了。这样说明的话应该能理解吧。虽然觉得饥饿，但已经离开最后一间小饭馆很远了，已经走到了小镇的郊外，再往前就是阴暗的山路了。看来吃饭的心愿是无法实现了。红毛毯是刚刚吃过饭的，走路快且有力，我甘拜下风。所以，我只能下决心跟长藏开口了，最后看看有无办法。

"长藏，要翻过那座山吗？"

"前面那座吗？那座可不容易翻，我们转弯向左。"

他只回答了一句就大步往前走，我怎么也追不上。

"还很远吧？我肚子有点饿了。"

我终于坦白了自己的饥饿。长藏听了，说：

"是吗？那吃点红薯吧。"

他一边说，一边跑向路左边的卖红薯的小店。好像是跟他约好了似的，那样的地方竟然会有个卖红薯的店。夸张点说，这就叫天无绝人之路。直到现在，我回想当时那种巧合的情形都不觉得滑稽，甚至觉得高兴。虽然在东京卖红薯的店也不会很美观，但这家店里有一种不可名状的黑暗，一片漆黑，那里不只是卖红薯，但除了红薯还卖什么，我现在已经记不清了，可能我的心思完全放在吃上了。

很快，长藏两手拿着红薯，从黑漆漆的店里慢腾腾地出来了。因为没有可装红薯的东西，所以他伸出两手说：

"喏，吃吧。"

看着红薯一下子被递到自己眼前，我道了声"谢谢"。然后，只望着红薯却不动。我不是在挑选红薯，它们不是那种可以任人挑拣的东西：细细的，潮湿的，有的红，有的黑，有些地方掉了皮，皮掉了的地方是绿色，似乎长出了芽。不论哪个都大同小异。那是不是因为这些红薯光景太寒碜，让我无从下手呢？也不是。从我胃的状况来推测，我想应该有十足的食欲来愉快欣赏这些薯类中不知该怎么称呼的红薯的。可是，当他说着"喏，吃吧"，一下子把红薯递到我眼皮底下的时候，我有点胆怯，迟疑了没有伸出手，原因该是"喏，吃吧"这种说法不好的缘故吧。

看我不动，长藏眼神有点狠，又说了句：

"喏。"

他用下巴示意了一下红薯，动了一下伸出的手腕示意我吃。细想起来，长藏两手拿满了红薯，如果我不动的话，不管他如何想吃，也是吃不到嘴的。他肯定是有点着急。我终于注意到这一点了，用手肘在空中画了一个奇怪的曲线，右手正要去拿红薯的时候，一根红薯却滚动掉落到了大路上。红毛毯立即捡了起来，一边捡一边说：

"这'红所'是好'红所'，这根我要了。"

所以我知道了他把红薯发音成"红所"。

我记得我那时先是三根,后来两根,前后分两次从长藏那里一共拿到了五根红薯。然后一边很怀念地嚼着,一边走到了小镇的边缘,在这里又发生了一件事。

二十六

　　小镇外边有座桥,桥下是大谷川①,河水很清澈。我一边心里想着已经走出了小镇,一边专心对付红薯,一直都没有注意到河流,直到走到桥上。所以我突然听见了流水声时,吃了一惊,走到桥上一看有河,有水在流。——这听起来有些荒唐,但这样说最贴近事实,那这样写也就最合适,所以我就这样写了。我决不像小说家那样卖弄技巧夸张形容。如果这没有夸张,那就可见当时我是如何津津有味地吃着红薯。话说我吃惊地听见了水声,顺栏杆往下一看,怪不得水声很大,原来河中间有很多大石头,形状各异没有规则,有的站着,有的躺着,似乎就是要挡住水的去路似的。水不停地撞在那些石头上,况且水流还有落差。山上落下来的水挤在一起,互相追赶着似的跳将过来。所以,虽说是河,其实是一条延展开来的宽阔瀑布,因而水虽不多,但非常湍急,就像一个倔强好胜的江户男孩,不管不顾、一个劲地横冲直撞过来。时而喷着白沫,时而变成晶莹剔透的蓝色糖果,弯曲着、扭动着向下游流去,发出很大的响声。时间越来越晚,仰头望去,已经寻不到阳光。只在太阳落山的方向有着薄薄的亮色,在这明亮天空的映衬下,黑魆魆的山的轮廓越来越明显。时间虽已是五月,但依然寒冷,就是这流水声也没有给人以夏日的感觉。况且落日余晖从山的背后透出,正面则在阴影里,山的颜色——这该叫什么颜色呢?若形容其颜色的话,用紫、黑、苍都没问题,但却无法用它们来形容我看到那山时的心情。

因为我感觉那山似乎就要移动，朝着我的头顶上重重地压过来。这也是为什么我觉得寒冷吧。其实，就在随后的一两个小时内，我的前后左右四面八方，所有的地方都会融入那令人恐怖的山的颜色里，我自己也罢，长藏也罢，整个茨城县也罢，全部都将包裹在同一种颜色里，这是毫无疑问的。一两个小时后整个世界的颜色，就是一两个小时前局部的颜色，也就是山的颜色向全体侵蚀、扩大和晕染的结果。因为我意识到这一点，所以会有山似乎要移动往自己头顶上压过来的感觉吧——这是现在我在书桌前的剖析。一有时间就想做点多余的事，这真让人为难。但当时我只觉得寒冷，甚至有点羡慕身边的茨城县出生的红毛毯来了。

这时，从桥的那一头——那一头就是山，两边是树林，看不到一间人家。实际上，直到我踏上板桥的那一刻，才突然发现眼前看不到人家了，之前根本没有想到会这么快。——从那寂寞的山的方向走来一个小孩，年龄大概十三四岁的样子，穿着粗糙的草鞋。一开始看不清他的脸，只见他孤身一人轻快地走过来，时而穿过阴暗的树林，时而穿过有些亮光的石子路。不知道他从哪里来，也不知他是如何出现的。也许他是在一二百米远的前方拐进阴暗树林中的一条小路上的，因为我们看不清，所以就感觉他是突然出现又突然消失了似的。总之，在那样的时间那样的场所，他的出现还是让人吃一大惊。我正把第四根红薯送到嘴边，但忘了咀嚼，一时张着嘴望着这小孩。所谓一时，也就短短的二十秒左右。在那之后，我肯定又开始啃红薯了。

---

① 河流的名称，流经枥木县日光市。

二十七

　　不知道那小孩看到我们有没有吃一惊,只见他毫无顾忌地走过来了。离着十来米远的地方,我看清他是一个圆头、圆脸、圆鼻子,什么都圆的少年。从长相来看,远远在红毛毯之上。我们三个人并排站在桥上挡住了他的去路,他却毫不在意,准备从我们中间穿过,那态度非常镇静。这时,长藏却叫住了他:

　　"哎,小孩。"

　　小孩非常利落地停住了脚步,毫无惧色地回答:

　　"什么事?"

　　我有些吃惊于他的胆量,他竟然能一个人从这黑魆魆的山上走下来。我在这小孩这么大的时候,夜晚走过青山[①]的墓地时都有些害怕。我正在佩服他很了不起,只见长藏问:

　　"你吃红薯吗?"

　　说着把剩下的两根大方地伸到小孩的鼻子前。小孩立刻把两根都接了过去,也不说声谢谢,一句话也不说就开始吃其中的一根。我注视着他那敏捷的动作,心里又开始佩服:他能一个人下山,果然与我有些不同。而对我的这些想法浑然不知情的小孩,天真无邪地吃着红薯。他咬下红薯后,也不充分进行唾液搅拌,就硬生生地吞下去,喉咙里发出咕咕的声音。我有点担心地想,如果慢点吃,可能更能感到吃的快乐。但他本人咕咕地吃着,似乎并不像旁人看来那么痛苦。红薯当然并不是坚硬的东西,不管如何囫囵吞下都不会对咽喉造成伤害,但是,咽喉被塞得满满的,食物进入食道前会有阻碍呼吸的危险。小孩却毫不在意。看着他喉咙一声接一声地"咕"地蠕动着,后面的红薯似乎是追着前面的红薯咕咕地落进胃袋里去的。两根红薯个头不小,他就这样三下五除二地吃完了,然后也没有表现出任何不适。我们三个人一句话不说,从三个不同的角度看着这小孩吃红薯,直到他吃完,也没有交谈一句。我心里觉得有点好笑,但也觉得他有些可怜。这不仅仅是同情之念。我饥饿难忍,跟长藏要红薯,那种饥饿到可怜的感觉刚刚才发生,但看这小孩的吃法,其饥饿的程度应该超过我两倍三倍都不止。正在这时,只听长藏问:

"好吃吗?"

我是伸手拿红薯之前先道谢的,我以为这小孩吃完以后肯定也要说点什么,但他一句话也没说。他默默地站着,就那样望着暮色渐深的山中。我后来知道这小孩完全是野生的,似乎完全不知道要感谢人家。知道这点以后我就觉得可以理解他了,但当时只觉得他不讨人喜欢,跟他的长相不相符。然而,看到他侧着他那圆脸,以一种奇妙的神情望着高山边渐渐黑暗下去的天空时,又觉得他惹人怜爱。然后又觉得有些危险,但觉得危险的原因却很难说清楚。也许,这小小的人儿、高高的山、黄昏、山村相互之间有着某种因缘。我没怎么读过诗歌啊文章这类东西,估计它们煞有介事地描写的就是这些因缘吧。这样看来,我在意想不到的地方捡到了诗歌、遇见了文章了。多年来我四处流浪,时时碰到此类的因缘,连我自己都感到非常奇怪。——不过,静下心来想一想,这也不难理解。这小

---

① 位于东京都港区南青山地区的公共墓地。

孩也许就是小时候听过的儿歌里唱的,从山上飞来却忘了再变回去的精灵①吧。其他多余的事情我就不再想了。因为那小孩正以一种奇怪的神情望着黑暗的山边的天空。

---

① 出自寒冷时期歌唱的儿歌,儿歌里唱道:大寒冷,小寒冷,山上飞来一孩童,边说着什么边飞来,边说着寒冷边飞来。大寒冷,小寒冷。日本学者铃木贞美认为,该童谣中的小孩是北风的化身。

二十八

这时长藏又开口了。

"你去哪儿?"

小孩的眼睛从黑暗的山边移开,答道:

"不去哪儿。"

他的态度非常生硬,跟他的脸蛋完全不符。长藏一点不在乎,又问:

"那回哪里去?"

小孩也很平静,说:

"不回哪儿。"

我听了他的回答,心里越发感到危险。毫无疑问这小孩无家可归,以前我从没有想过会有这么小、这么孤单、又这么有胆量的无家可归者。虽知道他无家可归,但我的担心与其说是基于对无家可归者的怜悯或同情,不如说是由周围自然的力量所引起的。长藏好像丝毫没有那样的感情,对他来说,只要问出这小孩有没有家就足够了吧。他对这哪里也不去哪里也不回的小孩说:

"那跟我们走。我会让你挣钱的。"

小孩想都不想,立即答应说:

"嗯。"

让我吃惊的是,不管是红毛毯还是小孩,都如此有趣地很快就被说动了。人如果都如此简单的话,那就可省掉相互照顾的麻烦了。

但我这么说就显得奇怪，因为在简单这一点上我丝毫都不逊于红毛毯，也不输给小孩，是最不需要关照的。这是很不可思议的。我看这小孩这么轻易地就答应，在吃惊的同时也注意到，像我这种只要有人来劝诱，不管是往左还是往右，都会很随便地迷迷糊糊跟着走的人，天下还真大有人在。在东京的时候，虽然有数不清的人在活动，但大家一边活动着一边都有自己的扎根之地。当我把上衣下摆掖在腰里，从千住①离家出走时，觉得若说偶尔有脱离扎根之地四处漂流的人，任是天高地阔，大概也就只有我一个人了，所以孤单无助的感情也是别人的两倍。在这个小镇，意外碰到了红毛毯。遇到红毛毯不到二十分钟又遇到了这小孩。而他们两人无家可归的程度远胜于我。像这样途中不断遇到同命相怜的人，不管前面是山还是河都不会觉得辛苦。我到底是幸还是不幸？我出生在中产以上的家庭，昨晚九点之前我都一直过着无忧无虑的公子哥的生活。就是有苦闷，当然也是公子哥的苦闷，苦闷之余的离家出走，也是公子哥的离家出走。正因为如此，我对于这离家出走，不恰当地赋予了很多像模像样的意义，对此就算不会心存感激，也觉得是人生中的一件大事。我觉得自己似乎处在生与死的十字路口。之所以这么想，是因为在公子哥的眼里，世上没有一个无家可归的人。——偶尔有，也是在报纸上。然而，报纸上的出走是平面的，仅浮现于一张纸上，故事也是想象出来的离家出走，就算有也算不得数。这就如同从另一个世界打来的电话，我们只有"是、是"地听的份。所以，我要加上一句，真正意义上的、现实中发生的离家出走而无家可归者只有我一个，这值得感谢。本来，我也就是苦闷，就是离家出走而已。

---

① 地名，在东京足立区。

因为看诗歌、美文之类看得很少，所以我丝毫不想把自己流浪过程中的痛苦和悲伤看作小说的一部分，想象自己作为主人公在其中纵横驰骋，夸大痛苦和悲伤，同时以一个局外人的眼光来观察自己及惨状，然后感叹其浪漫和充满诗意。我所说的自己的离家出走有超越其自身的意义，指的是因自己缺少人生经验，把一件本来不值一提的小事放大无数倍，致使自己独自一人狼狈不堪，而这狼狈不堪，在遇上红毛毯、遇上小孩，看着他们平心静气后不知不觉间缓和了不少，我指的是这种拜经验所赐的智慧。坦白地说，不论是红毛毯还是小孩，似乎都远比当时的我强多了。

二十九

如此不费吹灰之力让红毛毯败下阵，让小孩败下阵，轻易攻陷处于那种精神状态下的我，综合这些考虑，可想见长藏的买卖并不像守株待兔那么难。"可以做矿工呵"——"啊？可以做吗？那就做吧"，虽然这种三言两语就答应的笨蛋天下多得是，但我曾以为只有披着上衣下摆夜奔的我一个。我以为长藏这种轻松谋生的人全日本顶多有一个，而且这个人天生运气好，刚好碰到我，否则这生意就无法做成。所以我以为这买卖比在大河边等待三尺鲤鱼上钩还需要毅力，因为自始至终都要耐心等待。但长藏的脸似乎告诉我完全不是这么回事，他的态度仿佛在说，这是世间公认的最寻常的买卖，他可以明目张胆地在大路上捉人。而且，不可思议的是，被捉到的人二话不说就满口同意。他的成功让人不觉感到这真是世间最平常的买卖，这买卖还如此吃香，日本如果仅只有一个人做那根本忙不过来，做的人越多越好，有多少都没问题。——他自己肯定这么想，我也这么想。

悠然自得的长藏，心无芥蒂的小孩和红毛毯，还有看样学样、已经变得很无忧无虑的我，四人在桥对面的小路上往左拐去。有人提醒说，后面要沿着河往上走了，注意点好。我刚吃过红薯，肚子已经不饿了。脚从昨晚开始就在走，是有些累了，但还能走。所以，就按照刚才的提醒，尽量注意，跟在长藏和红毛毯的后面走。路比较窄，四个人不能并排走，所以我就跟在他们后面。小孩因为比较小在后面慢一步，紧紧地跟在我后面。

我肚子比较胀，腿很沉，所以不想开口说话。长藏自过了桥以后也不再说"你"什么的了。红毛毯刚在小饭馆前和长藏谈判时就没怎么说话，不知什么原因现在更加沉默了。小孩更是个闷葫芦，只有他穿着的破草鞋啪嚓啪嚓地发出响声。

就这样，每个人都沉默着，山路上没有声音。而且又是晚上，就更觉寂寞了。虽说是晚上，因太阳刚落山不久，面前的路上的情况还是能看清的。左边是自上而下奔腾的水，或许是错觉，那水似乎在发着光。其实不是发光，只是因为周围一片漆黑，看起来像在发光而已。水撞岩石上，呈现出很鲜明的白色。流水的哗哗声很大，而且片刻不停，感觉有点吵，同时也更让人觉得寂寞。

慢慢地，我感觉这狭窄的山路好像开始往上走。如果只是有点陡，那也不是什么太费劲的事，问题是路还高低不平。岩石从河床的底部冒出来，一会突然凸出地面，一会又凹下去。我的木屐不时撞上这些凹凸不平的石头，撞得狠的时候，感觉连内脏似乎都要从身体里震飞出去，这已经是非常难走了。长藏和红毛毯看来是走惯了山路，在这树荫底下看都看不清的路上走得飞快。最没办法，最让人不得安静的是这小孩了。他若无其事地跨过一个又一个凹凸的地方，始终一声不吭，只有草鞋一直啪嚓啪嚓地响。要是在白天，可能我也不会觉得什么，但因为这个时候，在黑暗中，这草鞋后跟的啪嚓啪嚓声让人心里发紧，感觉自己像是跟只蝙蝠在一起走路一样。

三十

　　路越来越陡，不知何时已经远离了河道，我气喘吁吁。道路的凹凸不平更加剧烈，我的耳朵"嗡"地开始耳鸣了。这若不是逃出来的，若是远足什么的，我早就开始抱怨了。但这原本就是自杀不成后自我灭亡的第一步，即使痛，即使苦，也无人可抱怨。是谁让我受这份罪的？除了我自己还有谁。就算面前有人，哪还有责怪别人的勇气。况且，他们一如既往地走着，根本没觉得这有什么问题，都没有人问我一句。我完全无法可想，只得喘着粗气，任凭耳朵嗡嗡地响，一声不吭、顺从地尾随在后面。顺从这个词，我在小时候就记住了，但开始悟出它意思的却是在这时候。这样讲也许很可笑，因为悟本是个瞬间的动作，一开始就马上结束的。但是，我一旦开始悟以后，这悟就持续了很久，直到在矿山上达到高潮。顺从到了极限的时候，该流的眼泪都不敢流出来了。这里流泪只是个比喻，如果眼泪能流出来，那倒还可以安心。因为流泪的同时也一定是能笑的。

　　有意思的是，曾经被迫如此顺从的我，现在却一副桀骜不驯的样子，不仅完全没有任何顺从的意思，甚至有人可能还以为我明知故犯。长藏那时关照过我，在他看来，现在的我一定是变得傲慢多了。但是，如果要让现在的朋友评论的话，他们也许会说以前的我太可怜了。傲慢也罢，可怜也罢，都无所谓。以前老实顺从现在桀骜不驯，都是天然的自然状态。人就是这么个东西，没有办法。如果在夏天要人不能忘了冬天的感觉,要他浑身打颤,那是无论如何也办不到的。某人因生病发烧时没吃牛肉,你就命令他一辈子都不许把筷子伸向烤肉,那怎么可能?不管你是多么大的人物都不可能。我们经常看到有人责怪别人健忘,说他好了伤疤忘了疼,其实,遗忘是理所当然的,不忘才是骗人的。我这么说,听起来好像是在诡辩,其实根本不是什么诡辩,而是千真万确的真理。如果人以为自己是端端正正的四方形,是一成不变的,那才是想错了,真让人头疼。有许多人根本不看周边情况,一味施加压力强迫他人。强迫别人时,可能还会找到理由,总没听说自己压制自己还觉得挺高兴的。如果总那样保持着一成不变的话,就会错过立体的世界,最终不得不进入平面的世界。那些一味责备别人不仁、不义、变心,认为所有一切都是别人不好的人,都是身处平面国,望着自己活字印刷出来的心,发动战争的人。小姐、公子、学者、无视世间的人,还有贵族中这样的人比较多,他们讲的话叫人很难明白,让人头疼。如果我那时不离家出走,就那样一直当个可爱的公子哥儿长大成人——始终不知道自己的心会变化,我就会郁闷地以为它是不动的,是不变的,如果变那就不得了,就是罪恶,等等——如果就这样长大成人,然后做着学问,拿着工资,满足于和睦的家庭和寻常的朋友,如果不曾感受到过内省功夫的必要,不曾见识过足以改变心情导致内省的生机勃勃的劳动——所有的痛苦,所有的窘迫,所有的变化,所有的漂泊和困倦、懊恼、得失、利害给了我这经验——如果没有这经验,以及解剖和批判这经验的能力——给它最公正的解剖并对之进行一一批判的能力——值得庆幸的是我得到了这至高的天赐能力——如果前面提到的这些我都不具备的话,我就不可能说得这么肯定。虽然我说得肯定,但这并非自傲,因为事实是如此,我只是照实说了而已。相反，从另一方面看，以前老实顺从的人现在可以变得傲慢，那么现在傲慢的人说不定什么时候就会变得老实顺从，这都很难说。——腿似乎要断了，我撑直了站在那里，嗡嗡响着的耳朵里传来远方哗哗的流水声。我愈加老实顺从了。

三十一

　　这种状态已经持续很长时间了，记不清到底走了多少里。因为是夜路，本就让人觉得比平时的路要长很多，而且高低不平的石头让我小腿肿胀，膝盖的骨头互相摩擦，大腿每走一步都好像要掉到地上，哪还有精力去管什么路长还是不长——在这种情况下，活着的证据就是拼死拼活往前走，与长藏的屁股保持一二十米的距离。这不只是顺从地压抑自己后，绝望的结果。因为如果落后超过一二十米以上，长藏就会五六步一回头站着等，所以我只好追上去，但还没等追上，对方又往前走了。因此，这是迫不得已一点点刺激自己使自己兴奋的结果。不过，真佩服长藏眼力好，这可是在半夜。路非常黑，左右两边黑魆魆的树直指天空，只有在仰头看的时候，才发现它们在头顶的上方分开成一条细细的线。虽说有星光，但是根本无法依靠。灯笼什么的我们当然是不可能有的。对我来说，目标就是走在前面的红毛毯。晚上红色是看不见的，只是感觉似乎是他。因为在天还有亮的时候，我就一直盯着那毛毯，心里念着"毛毯，毛毯"，就像念经时盯着经文一样。可能就因为这，天黑以后，眼睛虽然分辨不清那是不是毛毯，但我心里是能看清红色毛毯的。所谓心诚则灵，多半就是这么回事。我是如此想办法选定自己的目标的，而长藏应该是没办法知道跟在他后面的我离开他多远的，但一离开一二十米他就会站住。他是为了站着等我，还是就想歇歇脚，这是对方的自由，我无法确切知道，但他确实是停下来了。这本事是外行人无法拥有的,即使我走得很痛苦,仍在不断地佩服:这是他买卖中的必备技艺,经过长时间的练习,他终于达到了这样的境界。红毛毯和长藏并排走着,只要长藏停下来,他肯定就停下来,长藏一走他也必定走,就像木偶一样活动着。跟我这样稍不注意就落在后面的人比,对长藏来说,红毛毯一点不用费心,是非常容易管理的吧?小孩——刚才的小孩消失不见了。一开始我以为,他年龄小,一定是落在后面的,还想着他累的时候鼓励他一下,但目睹了他在凹凸不平的路上跳跃着前进,草鞋发出啪嚓啪嚓的响声时,我才意识到我比不过他。但这是好久以前的事了。已经走了好长时间了,啪嚓啪嚓声都是来自自己袖子的摩擦,现在我周围看不到他的影子。和小孩并排走着的时候,因为他走路方式很活泼——只是活泼倒还好,他很活泼却异常沉默——让我心里特别不安。如果觉得好笑,你可以想象一下一种极小、非常活泼、却完全不出声的动物就明白他是什么样的了,是非常少见。跟这样的动物一起晚上翻山越岭,谁都会觉得不安。到现在我想起这小孩还是有些说不出来的感觉。前面说过像蝙蝠,他完全就是一只蝙蝠。幸亏有长藏和红毛毯在,如果只是和蝙蝠两个人——说实话,那我只好举手投降了。

三十二

　　这时，黑暗中长藏突然"喂"地叫了起来。
　　不知道有没有人在寂静的夜路上突然听见过人的声音，听起来很有点异样的感觉。如果是一般的说话声，那倒也还好，而"喂"地呼喊人的声音听起来有些瘆人。山路上，黑暗中，没有任何其他的人，更何况是与蝙蝠为伴、本就已经不安之时长藏又煞有其事地喊叫起来。因为在本以为不该有事的时候，而且在不会有事的场所，这"喂"声突然与自己的预想重叠在一起，奇妙地冲击着我的大脑。如果这声音是呼喊我的话，我可能会想出了什么事，会紧张一下，仅此而已，不会有更多的想法。但那声音太大，不可能是为了引起我的注意，因为我只在他身后一二十米远的地方。而且，声音朝着的方向也不对，不是朝着我的。"喂"声向左右两边冲撞，被两旁的树挡回，沿着狭窄的道路往远方逃逸，在遥远的前方形成"喂"的回声。确实有回声，但是没有回答。长藏把声音提得更高，叫道：
　　"小孩哎——"
　　现在想来，连名字都不知道，只叫"小孩哎"是不是有点傻，但那时并不觉得傻。我听到这声音的同时注意到蝙蝠躲起来了。正常的反应应该是他走到前面去了，如果错误判断的话也可能会想到他是不是逃走了，但我第一反应竟然是他躲起来了，毫无疑问这是受了蝙蝠作祟的影响。第二天太阳出来后，这感觉完全消失了，我自己都觉得自己太蠢。但当时听到"小孩哎"的叫声时，那种感觉确实非常强烈。

那声音就像前面说的那样,往前扩展,因为没有任何东西阻挡,就像幽灵的尾巴一样,幽幽地消失了。那之后,也许因为前后对比太强烈,所有山谷草木都陷入深深的寂静——没有任何回答。就在这响声幽幽地拖着尾巴慢慢消失的一段时间,到消失后整个世界陷入沉寂,长藏、红毛毯和我,三人面面相觑,默默站立。这并不是什么好的心情。过了一会,长藏说:

"如果再快点的话能赶上。你行吗?"

当然不行啊,但我知道说了也没用所以就答应了,加快了速度。在这种情况下,我本来不可能加快速度,因为那真是不知天高地厚了,不过那时很奇怪,在没有加速的欲望,也没有加速的气力之下,我却答应了。估计答应的时候我脸色很难看吧。既然答应了,加速也罢不加速也罢,结果都是走得非常快了起来。在这疾走期间,我们是以什么样的方式、都经过了哪些地方,我自然是无暇顾及,一概不知的。不久,长藏突然停下来了,我才注意到我们来到了一间房子的前面,房子里亮着灯,灯光照着房前的道路。我心里一阵惊喜。红毛毯的颜色能看得清清楚楚,小孩也在。我看到小孩的影子横穿过道路往对面山谷转过去了。这小孩竟有这么长的影子。

我从没想到这种地方还会有人住的房子,加上眼睛也蒙眬了,耳朵也耳鸣,又埋头只管跑,并不抱任何到达目的地的希望,以为要一直跑下去。不料却突然停下来了,而且眼前出现了耀眼的灯光,所以吃了一大惊。吃惊的同时,我深深感叹有油灯的地方才是像样的人类世界。直到今天,我也从来没想过油灯竟如此让人感到温暖。后来问了才知道,小孩好像是先去准备好油灯在那里等着我们的。"喂""小孩哎"的叫唤声他都听见了,但没有回答。这家伙真令人钦佩。

三十三

　　一行人终于在此会合了，那后面如何行动呢？我继续老老实实地等着。长藏把我们丢在路边，一个人走进房子里去了。没有办法这里只好说这房子了，其实说房子是有点美化它了。有牛的话这就是牛棚，有马的话就是马厩了。这好像就是一个卖草鞋的地方，因为我已经确定这里除了墙壁、草鞋和油灯以外，什么也没有。门面只有一间，门口的雨棚一半关闭着，另一半大概是彻夜开着的吧。也有可能是被门槛上的槽沟卡住了不能动关不起来。屋顶当然是草铺的，那草已经铺了很久了，可能是因下雨都烂了，好像要塌下来的样子。屋顶高耸，看不清夜与屋顶的分界线。长藏就是走进那里面去了，感觉他好像是钻进了一个洞穴里。在那里他在和谁说着话。我们三人在外面等着。虽然看不清自己的脸，但红毛毯和小孩的脸，映着小屋里斜斜照过来的光看得很清楚。红毛毯依然是散漫的样子，这个人就是一副如此的表情，感觉除非遇到地震了或者房梁掉下来了或者爹妈去世了等大事，否则不会有什么变化吧。小孩看着天空。依然让人不安。

　　长藏出来了，然而没有走到路边来。他站在门槛上，只有细长的灯光从他的两腿之间溜了出来。看来，油灯的位置什么时候被放低了。不用说，长藏的脸是看不清的。

　　"你们再接着爬山的话太辛苦了，今晚就住这里吧。大家都进来。"

一听这句话，我一直以来的顺从突然崩塌，身体一下瘫软下来。在这小牛棚里过夜，这句话竟然给我如此多的慰藉，我竟然没有注意到。虽然来到这里之后我一直看着这牛棚。找到了歇脚的地方却没有歇脚的想法，这都是因为我一直老实听话所导致的吧。不管说什么都是"是、是"地答应着，哪怕心中不愿意，我也没有任何不满，甚至还会觉得很高兴。每当回忆当时情景，我都会有一种自信，即自己曾经是更驯良更勤劳的人，甚至想到士兵就必须像那时的我那样。同时我也觉察到，如果人无视某物体的用途，那他就能够忘记该物体的用途。——我这样写了，但重读一遍却发现这道理比较艰深，难以理解。其实，道理非常简单，因为我想把词句凝炼得比较简短，所以才会变得如此难懂。比如说，某人自以为没有饮酒的权利，只要他能无视酒的好处，那么，当酒壶摆在面前的时候，他也不会想到要去喝酒。我们大家之所以都没有成为强盗，也是因为从小就被教育要适应现在这种状态。从另一角度说，这是因为在这状态中我们人性的一部分被麻痹的结果。若按这个节奏被压抑下去，人人都会变成蠢蛋。愚以为，让人不做强盗是件好事，而最大的功德是让人的所有精神元件一个不落地在其相应的位置上保持活力持续运转。如果我还是当时的样子，那么一直活到现在，不管如何驯良，如何勤勉，无疑也只是一个蠢蛋，不管在谁的眼里都是一个比蠢蛋还不如的残废吧？既然是人，偶尔就可以愤怒一下，反抗一下。本来可以愤怒，可以反抗，却压抑着不愤怒、不反抗，那是因为自己把自己教育成蠢蛋还沾沾自喜的缘故。首先这对身体有害。身体觉得那很麻烦，就很自然地做好各种准备不让其愤怒，不让其反抗了。

三十四

　　我说过，当时因为种种原因，我对长藏百依百顺，而且以为这很自然。相反，以现在的身份，就算一百个长藏拉我七天七夜，我也纹丝不动。对现在的我来说，这样的反应是自然的。而且我认为，会这样变化的才是人。为了容易理解，我以长藏为例，但仔细调查以后发现，人的性格每个小时都是不同的。变化是很自然的事，在发生变化的时候肯定会产生矛盾，这意味着人的性格中充满矛盾。既然都是矛盾，就意味着其实人有没有性格都一样。如果不信，可以亲身实践一下看看。去拿别人试验会很缺德，先还是拿自己做试验吧。这很容易明白，并不是非得落魄到做矿工不可。去问上帝神仙之类，也明白不了。只有住在自己肚子里的上帝才明白这道理。我又没学问，却说得像个学者似的，非常对不住。我一点都没想要高谈阔论，事实说来就是这样。经常有人跟我抱怨，说我充满矛盾让人为难。每次有人来抱怨的时候我都是苦着脸向对方道歉。连我自己都觉得这很让人为难。如果这样的话，那我就可能只是个特例，这些道理就不能适用于普通人。我就暗自担心，我必须想办法改良自己，否则信用尽失将沦落街头。但后来在我遇到各种不同的境遇中，通过了如前所述的亲身实践，发现自己没有任何改良也没有增加别的什么。这些就是我本色的东西，就是我作为完完全全鲜活鲜活的一个人的特征。然后别人也做了试验，而结果跟我一样。来跟我抱怨的人都是应该被别人抱怨的人，所以很滑稽。关键是，肚子饿了想吃饭，肚子饱了想睡觉。穷斯滥矣，达则行道。夫妻钟情了就走到一起，厌烦了就分道扬镳。不过如此而已，全都是随机应变。人类的特点除此以外再无其他。以上是我的一些感喟，然后把它说出来了而已。不过，世间有许多学者、和尚、教育家之类高深的人群，他们各自都在从事专门研究，所以只有我一个人像个行家似的高谈阔论并不好。

　　所以，还是应该抑制一下我现在的嚣张气焰，恢复到从前那般顺从的态度，接着讲山里的故事。话说长藏站在门槛上，面朝大路，说出今晚住这里的时候，因为我并没有预想到我们中途还能住宿，所以我当时第一反应不是"这样的破屋能住人吗？"而是终于明白原来所有的房子都是为了住人而建的。所以我疲惫的身体突然像魔芋一样软塌下来。如果在正常的时候，我全身器官肯定都极度渴望住宿，但这时我压制自我去做矿工，是打算自我毁灭的，这疲劳是堕落和绝望时的疲劳，所以不管身体如何需要，身体并没有向灵魂提出住宿的请求。这时，突如其来的住宿命令下达到了灵魂，灵魂有些不知所措，但总之先把这消息报告给了手和脚，手脚惊喜非常，灵魂也意识到其难得，从而开始感谢长藏的好意。过程就是这样，听起来虽像在说落语①似的有点滑稽，但当时的心情就是这样，不借用打比方是无法说明的。

　　我一听到长藏的话，顿时神经松弛，拖着无法站立的双腿第一个朝门口走去。红毛毯磨磨蹭蹭地进来了，小孩也飞进来了。不是他人飞，应该是他草鞋猛烈地碰撞他的脚后跟发出的啪擦啪擦的声音飞进来了。

---

① 由一个人表演的日本语言表演艺术之一，以滑稽为主。类似中国单口相声。

三十五

　　进来一看，一股好大的气味，但不知道是什么味道。小孩在抽着鼻子，我就知道他也闻到这味道了。长藏和红毛毯似乎一点没感觉。比泥地高出一段的榻榻米，我正在想要是用抹布擦一下就好了，但小孩根本不在乎，脱了草鞋就上去了。小孩草鞋的鞋后跟已经没有了，他的脚一半是光着的。我望着他，心想，这家伙可真是的。长藏开口了：

　　"你穿着木屐，脱了上来。"

　　他在提醒我。虽然感觉很不舒服，但我还是没擦灰尘就上来了。一只脚踏上榻榻米，腾起一阵灰尘。小孩已经躺在上面了。我只用屁股坐了下去，拉门——这里有两扇拉门，——我盘腿坐在拉门的阴影里。因为这拉门立在门口，回头一看，长藏和红毛毯正在脱草鞋。两人都从腰间拿出毛巾，啪啪地掸着脚上的灰尘，然后很快上来了。看来他们是嫌洗脚麻烦。这时，主人拿着茶和烟草盆①从隔壁房间走出来了。

　　主人，隔壁房间，茶，烟草盆什么的，听起来非常平常，但这些东西也只是名称如此，如果一一说明的话，就会惊讶地发现，把它们想象成平常的那些东西是很深的误解了。不过，主人确实拿着茶和烟草盆从隔壁房间出来了。然后和长藏谈起了话。谈话的内容不记得了，但从那样子来看，两人本来就认识，相互之间有借贷关系。他们在不停地说着马的事，根本没问关于我、红毛毯、小孩的事。但也不能说我们完全不在他们眼中，我们的事刚才长藏一个人进去谈判的时候已经都说明了吧。也可能是，长藏经常带着这样傻乎乎的人去铜山，来去都要经过这里叨扰主人，他已经见怪不怪了吧。

我一边听着长藏和主人的谈话，一边开始打瞌睡，也不知道从什么时候，大概是在他们说马没卖成，然后怎么着的地方开始，慢慢地就迷糊了，随之长藏消失了，红毛毯消失了，小孩消失了，主人、茶和烟草盆消失了，当连破房子也消失了的时候，我却一下子醒过来，发现自己的头已经垂落到胸前。我猛然惊醒，抬起头来，但头很重。主人还在说马。我心想，还在说马啊，这样想着意识又模糊了。意识模糊，就由他模糊去吧，突然一下又睁开了眼睛。昏暗的房子里，影子一样的长藏和主人膝盖抵着膝盖，正说到借钱如何如何，主人哈哈哈哈地笑着。这主人，额头很长，一直斜着伸到头顶，从旁边看，有的角度，就像是人工修筑的坡道一样，越往上去头发越茂密。那头发有的很短，有的有一寸来长，都混在一起，没有规则。头发很稀疏，然而乱蓬蓬的。我从瞌睡中突然惊醒的时候，一睁眼首先映入眼帘的就是他的头。油灯上面尽是煤烟，很昏暗，照在他的头上也尽是煤烟的影子。然而离得却很近，因而他的头的影子也很清晰。我在瞌睡时毫无知觉的情况下突然惊醒，第一眼看到的就是这既清晰又模糊的脑袋，所以并没有什么好心情。就因为这，一时就不想打瞌睡了。环视屋内，小孩倒在对面的角落里，这边躺着的茨城县身体伸得很长，毛毯下露出他的大脚。对面是墙壁，墙壁的角落里有个洞，洞的里面是一片漆黑。头上是屋顶，冷冷的黑色。油灯的亮光伴随着油烟照在上面，仔细看去，那草房顶的内侧似乎在颤抖。

---

① 装着烟草等一应抽烟用具的盆。

三十六

　　然后我又睡了，头又垂落下来。感觉很重，把头抬起来，又会垂下去。在开始的那段时间内，随着抬起的头慢慢垂下，睡意也越来越深，最后，头往下落到胸口上，就在落到胸口的那一刹那又突然惊醒。如此重复了三四次，就算眼睛是睁着的，意识却是模糊的。茫茫然然回到现实中，又马上陷入毫无知觉中，然后头又如前面一样垂下来。刚微微有点活着的感觉，然后又陷入一片虚空。最后，就算头歪下来，身体也一动不动了。或者，也许是头一歪，身体就借着头的重量倒下去了。总之，一直酣睡到天明，早晨睁开眼的时候，已经不是打瞌睡时的状态了。就如平常一样，整个身体伸直躺在榻榻米上，嘴边淌着口水。——我是在听到他们谈马的时候开始打瞌睡的，睁开眼听到在谈借钱，然后又继续打瞌睡，最后终于躺倒，从瞌睡进入真正的睡眠，不再有意识，睡死了。睁开眼，天已经亮了。我看到地面上黑暗已退，一片明亮。我睁着眼，淌着口水，一动不动地躺着。在有意识的状态下死掉的话就是这个样子吧，活着，但是根本不想动。昨晚的事一五一十全记得，但并不觉得今天是昨天所有一切的延伸。我昨天所有经验都是新且痛切的，然而，那新的、痛切的所有事物都好像是在远方。与其说是在远方，不如说，好像有个厚厚的障碍物立在昨夜和今天之间，把它们截然分开了。太阳出来了，昨夜的一切后退隐遁，只有这么点区别，而心却没有了连续性，连自己都无法相信自己，真是不可思议。人生就如一场梦，我只这么想了一下，心情就沉重起来，口水也不擦。这时长藏"嗯……"地伸起懒腰了，他躺在那里，把紧握的拳头伸到了耳朵上面。他手臂完全伸展，拳头直直地从榻榻米上快速擦过，然后速度放慢，瘫软下来。我以为他要接着再睡，却又见他的右手往下，咔嚓咔嚓地挠起了他瘦削的脸颊。我以为他可能醒了，又听他喃喃地说着什么，我才注意到他并没有醒来。这时，小孩一下子飞身坐了起来。这是真正意义上的"飞身"，榻榻米下的承重的木头都发出吱嘎吱嘎的响声。不愧是长藏，这时他停止了喃喃自语，立即把抵在榻榻米上的那只肩膀抬到了胳膊肘的高度，眨巴着眼睛。

　　这样一来，我也不能继续沉睡下去了，坐了起来。长藏也完全起来了，小孩站起来了。只有红毛毯还在睡。他很悠闲，依然把大脚伸在毛毯的外边，呼呼地打着鼾。长藏叫他：

　　"你，喂。你还不起来上午就到不了铜山了。"

　　"你"重复叫了三四次，红毛毯却睡得很沉。没办法，长藏把手搭在红毛毯的肩上，开始"喂，喂"地摇起来。红毛毯无法，也"喂"地回答了一声，歪歪斜斜地站了起来。这样所有人都起来了，我脸也没洗，早饭也没吃，正不知如何是好的时候，长藏说，

　　"好，我们出发吧。"

　　就第一个下了地。我有些吃惊。小孩接着下去了。红毛毯茫然地把两只脚垂到了地上。这样我也只得收拾出发了，最后一个把脚伸进木屐，笼着两只手死气沉沉地等着长藏和红毛毯系好他们草鞋的带子。

三十七

  既然下到了地上,都准备出发了,还问什么洗不洗脸、吃不吃早饭当然就觉得太奢侈了,所以我也就没有了想问的心情。因习惯的原因,曾经以为很必要的事情一下子成为多余,这看起来好像很可笑,但后来由此及彼、推而广之地想想,这种颠倒的例子还真不少。也就是说,世间一般认为,多数人做的事被视为理所当然,而只有一个人做的事被认为是多余的。如果想成为理所当然,那就拉拢大量的同道者,这样一来,不正当之举也就成了正当之举了。虽然我没尝试过,但这样做一定会成功的吧?只看长藏和红毛毯让我发生了多么大的变化就能明白。

  长藏系好了草鞋的带子,脚上没有事情可做了,就突然抬起了脸,看着我。然后,说了以下的话。

  "你不吃饭行吗?"

  不吃饭肯定不行,但要是回答不行,也没有任何意义,所以我只回答说:

  "行。"

  长藏又说:

  "想吃吗?"

  他嗤嗤地笑了。这肯定是因为我脸上表现出了几分想吃饭的样子,或者是表现出了对十九年来第一次早饭希望落空,一起床就出发的不满吧。如果不是那样,那他不可能一系好鞋带就问这样的问题。这问题长藏并没有拿去问红毛毯和小孩,从这一点也能看得出来。现在想来,我觉得他也应该问问那两人。不吃早饭走三四十公里的,不是居无定所的人就是准居无定所的人。睁开眼,天虽然已经亮了,但根本联想不到汤的热气、咸菜的香味,而是走到哪里是哪里,今天维持今天的生活,一天一天地供奉自己的灵魂,他们什么都不担心,理所当然地认为世间上并无"明天"这东西,他们是很不幸但同时又很幸运的人们。十九年来我头一次与这样的人住在同一个地方,然后一同出发。看红毛毯和小孩的脸色,他们对早饭没有任何期待,可以猜到他们都是一种没有吃早饭习惯的人类。由此看来,我明白了,自己的命运在做矿工之前就已经滑落到连矿工都不如的地步了。不过,明白了,也没有什么悲伤,眼泪当然没有流出来。只是,直到现在我还觉得遗憾,长藏并没有问这两个没有什么早饭经验的人们"你们想吃饭吗?"他们因为没吃过,是按照习惯回答"不吃也行",还是偶尔也许会有被期待意外的欲望所鼓励而回答"想吃"呢?——这虽然很无聊,但我很想知道。

长藏站在地面上,稍稍往后侧过头说:

"老熊,我们走了。多谢照顾。"

然后轻轻地跺了两三下脚。熊是主人的名字,但还在里面睡着。定睛看了一下,那个昨晚让瞌睡的我心情不好的乱蓬蓬的脑袋的上面盖着被子。看来这主人喜欢把垫被盖在身上睡觉。长藏是冲着乱蓬蓬的头说话的,那头慢慢地离开了榻榻米。然后我看到了熊的脸。这张脸并不像昨晚看到的那么奇怪。但是额头倾斜,一直延伸到头顶,这个今晨看还是没有变。熊从地板上说:

"哪里,没有招待好。"

是啊,确实没招待好,只有他自己盖着被子。

"昨晚很冷吧?"

他又说,真是悠闲。

"不,还好。"

长藏回答,他一只脚正要踏出房间时,后面熊打着哈欠说:

"好,回头再来。"

三十八

之后，长藏就走到了路上。我落后一步，紧追着小孩和红毛毯的屁股后面出了门。大家都急匆匆，看来他们都是完全习惯了这种旅行的人。据长藏说，等下要爬山，必须赶在中午前到达铜山，所以才这么急。我不知道为什么必须在中午前到达，也没有询问的勇气，所以默默地跟着。果然开始爬山了。昨晚爬了那么久，现在又爬，抬眼一看，难以置信地四周都是山。山的后面有山，后面的山的后面还有山，我们就傻傻地一直往这山里面走。照这样看，铜山一定在一个非常偏僻的地方。我一边喘着粗气爬着，一边感到有些不安。既然来到这里，那回东京就不容易了。我怎么会来到这里呢，我有些惊呆了。但是，我是不想待在东京才逃出来的，那进入一个不容易回头的地方，不见父母亲人，默默无闻地死掉，正是我的本意。我来到一个高高的岭上，一边继续喘气，一边停住脚步环视周围的群山。那一座座山都是黑幽幽的，密密麻麻地覆盖着树木，当它们被云遮住时让人感觉很遥远。与其说变远了，也许说颜色变淡更恰当些。变淡，慢慢地就退隐到更远的地方，渐渐地，刚才还能隐隐约约看到的影子终于消失不见。就在这时，云从山前流过。当那白色的物体不停翻滚的时候，淡淡的山的影子又重新出现。山影的一端颜色逐渐变浓，直到山上树的颜色也变得很鲜明，刚才的云又飘到了邻近的山峰上。后面又有新的云补充上来，使刚才好不容易才露出来的鲜明的山色又开始模糊了。最后，已经无法分辨清楚哪里有什么山了，山已经完全看不见了。驻足望去，树木、山峰、山谷等等却又一股脑儿地从云中浮现出来，连头顶上的天空，似乎也从无限高远处落到了触手可及的地方。

长藏一边走一边自言自语道：

"哎呀，下雨了。"谁也没有接话。四人在云中爬着山，似被云吹着，或者卷着，又或者是被云埋着往前走。对我来说这云非常令人欣喜，因为它严密地遮住了我想远离人世的身体，这样，我可以毫不感到痛苦地行走其中。我可以自由活动我的手脚，不但没有被关闭在牢笼中的压抑感，也不用担心被人看见。所谓活埋说的就是这样的情景。而这，是我当时唯一的理想。所以，这云来的正是时候。与其说心里感谢，不如说是被埋在云里很安心，很舒适。现在想来不知道为什么安心。如果被人说成十足的疯子也无话可说。就是现在，如果时间、情况巧合，也许明天我又开始留恋起这云了。这么想有些奇怪，似乎自己无法保证自己的身体，自己的身体不是自己的似的。

不过，这时的云，真是非常令人惊喜。我到现在都无法忘记四人在云中行走时的情景：一会彼此离得很远，一会又聚到一起，一时被阻隔开，一时又被包裹其中。小孩在云中出没，茨城的毛毯一时红一时白。长藏的"丹前"，隔着十来米的距离颜色一时浓一时淡。就这样走，谁也不说话。就这样匆匆往前走。远离世界的四个身影，前前后后，不增不减，一直是四个，时聚时散，但无论如何一直是四个。云中疾走时周边的景色，直到现在我也忘不了。

三十九

　　我被埋在云里，其他三个人也被埋在云里。这里是云的天下，而人世间只有我们四个人。那三人都是流浪汉。脸不洗，早饭不吃，他们是迷失到云中漫步的一伙。我与这伙人成了旅行伙伴，往上走四公里，往下走八公里，云一直追着吹过来，到这里就下起了雨。没有钟表，也不知道是几点。只看天空的话可以说是上午，也可说是下午，就是傍晚也说得过去。这世界跟我的意识一样，也是混沌不清的。稍微引人注目的是下雨期间微微显露出来的山的颜色。那颜色与先前看到的完全不同，有些地方的树不知什么时候被砍掉了，山上光秃秃的，有些地方，秃头上还长了斑，红红的看起来好像朱砂。直到刚才，我一直被一抹云隔离在世间以外，能来到这里，全仗手脚勤快。但到这里之后，当这红色的山一映入眼帘，我好像一下子从云中清醒过来。我从没想到过自己对色彩刺激的反应如此强烈。——事实上，我对颜色感觉非常迟钝，曾一度怀疑自己是否是色盲。所以，当这红色的山体比较强烈地侵犯我的神经的同时，我也意识到自己终于离铜山很近了。要说是第六感告诉我的，也不能说不对，但这红色山体让人马上联想到铜。总之，我凭直觉知道自己终于到了——世人所说的直觉大概就是这类东西吧。在我凭所谓直觉感知到事实时，长藏说出了我想说的话：

　　"终于到了。"然后走十五分钟左右我们就到了街上。翻过山中山，穿过云中云，突然来到了一个崭新的城市，我吃惊得简直不相信自己的眼睛。这若是与旧幕府时代相关的从前的小镇、乡村那也罢了，这里却有新的银行，新的邮局，新的餐厅，所有一切都是没长青苔、崭新崭新的，还有涂着白粉的新女性。我像做梦一样穿过街道，心里的怀疑根本来不及表现在脸上。然后来到一座桥边，长藏站在桥上，看了一下水的颜色，提醒我们：

"这里是入口。好不容易到了这里，必须做好准备。"但我根本不知道要做好什么准备，只能默默地站在桥上，望着入口的方向。左边是山，右边也是山。星星点点地有些人家。房子也是新造的，木头都是新的。其中有些分不清是白粉墙还是涂着白油漆，那也是新的。只有山是古老的，是光秃秃的。我感觉自己好像又被拉回到了现实世界，稍微有些失望。长藏见我一言不发地看着桥对岸，又问一遍：

"好吗？你没问题吧？"

"好。"

我回答得很干脆，但其实内心并不觉得好。也不知道为什么，长藏好像只担心我。从他没问红毛毯和小孩"好吗？"或"没问题吧？"看得出，他似乎从心底认为这两人因为过去的因果，在铜山做矿工终老就是他们的天职。也许他信不过的只有我，长藏心里觉得"这家伙危险"，我早就被他盯住了吧。真是特别照顾我啊。

四十

　　四人一起过桥往前走，右边的房子看起来非常豪华。长藏指着其中一座最宏伟的告诉我们，那是所长的家。他顺便看着左边，说：
　　"这是矿坑，你行吗？"
　　这是我第一次听说矿坑这个词。
　　我很想问问什么是矿坑，但似乎又觉得自己知道个大概，所以就没出声。虽然后来我的身份迫使我自己不得不明确理解矿坑的意思，但那意思与我一开始想到的定义没有太大的出入。我们又向左拐，终于进入了矿坑中。沿着铁轨往上走，看到到处都是简陋狭小的房子。听说这是矿工的住处，我就想自己今天是不是也住在这里，但是却不是。这小房子有两个房间，一个六张榻榻米大，另一个三张榻榻米大，确实是矿工的住处没错，但是这些房子只租给那些带家属的矿工的。像我这样单身一个人就是想住也住不上。我们在这些小房子间穿行，不断往上走，又看到石崖下面细长的长屋子。而且，那长屋子还不少，一开始以为只有两三排，但我们不停地往上走，就不断地看到。长短、大小相似，位置都在悬崖下，但朝向各不相同。这些房子因为是依着山坡地形建在巴掌大的地面上的，所以根本没有余地选择朝东还是朝西。好不容易才建在整平了的地面上的，又不顾朝向，所以都是不规则的。而且，往上走的路是绕来绕去的。以为自己在长屋子的右边走，但不知何时已经转到了那长屋子的前面了。以为那房子就在头的上方，以为一会就能走到，但突然路伸向别的方向,离开它越来越远。这完全无法判断。而且,那些房子里有人脸露出来。房子里露出人脸不是什么稀奇事,只是那些脸可不是一般的脸。一个个不但长得不好看,而且脸色不好。而且,脸色不好的程度,也不寻常。青色的,黑色的,茶色的,恼人的是,那都是些在城市里时想都想不出来的颜色。与医院的病人简直无法比较。我爬着山路,刚看到这脸时,即使不是很了解矿坑的意思,却觉得"啊,这就是矿坑啊"。但就是在矿坑,这种脸也不可能有那么多啊,我一边想着一边往上走,每经过一个长屋子都有脸从里面露出来,而且那些脸都是一个样子。最后,我甚至觉得矿坑是个很恐怖的地方,让我看到了这么多可怕的脸,也让我的脸被那么多脸看到——我觉得长屋子里伸出的脸肯定也在看我们,以一种狞恶的眼神看着。——我们终于在午后一点钟到达了饭场[①]。

　　我不知道为什么叫饭场,也许因为做大锅饭所以取了这个名字。之后,我问过一个矿工这饭场的意思,他说,混蛋,饭场就是饭场,有什么意思!被大骂了一通。这个社会通用的所有术语,不管是矿坑还是饭场还是'迦嗯波'[②],因为所有这些词都是偶然成立、偶然通用的,去问什么意义,肯定是找骂。因为矿工们没空问什么意义,也没空回答,而自己去调查就是大蠢蛋。所以这些都是极致简单,且完全实用的东西。

[①] 在建设施工现场建有集体宿舍,劳动者居住在此进行半强制的劳动。这种简易的集体宿舍就叫饭场。施工方派来监督劳动的监工,即饭场头。
[②] 茨城县方言,意为葬礼。

四十一

　　因此，饭场的意义我到现在都不知道，总之把它理解为悬崖下散布着的长屋子就可以。我们终于到了那个长屋子。那么多的长屋子，为什么单选了这作为饭场，因为是长藏一个人决定的，我很难说明。然而，这饭场似乎也不是长藏买卖的老主顾的地方。长藏一把我扔在这饭场，不知什么时候又带着红毛毯和小孩到另外的饭场去了。我后来才知道他们两人在另外的饭场吃饭（讨生活）。自那以后没有听到任何关于那两人的消息。在铜山也没有偶然相遇过。想一想，真有些奇妙。我与从小饭馆突然飞奔出来的红毛毯和傍晚时分从山上下来的小孩聚到一起，在夏天的夜晚前前后后走在一起，一起睡在破旧的草房底下，第二天又在云中奔走半日，终于到达目的地饭场后，红毛毯和小孩却突然消失。就这些写不成小说。不过，人世间多的是看似有头有尾其实却并不是、所谓失败的小说一样的故事。多年以后再回首，反而是那些拖着长长的尾巴消失在苍穹深处的人的经历反而更让人感兴趣。回头看，能够回忆得出的过去都是梦，那些如梦般的地方更有追怀的趣味。所以，过去的事实中，如果没有模糊的、暧昧的地方，就无法成就这梦幻般的趣味。与那些发展完全、前后因果符合预期的故事相比，如这红毛毯之流，首尾都藏在秘密中、只有中间一段的一夜半日的画面呈现在眼前的人的故事更有看头。那些像小说却又不能完全成为小说的地方，才不流于世俗让人心情舒畅。不仅红毛毯是这样，小孩也是一样，长藏也一样，松原的茶馆的老板娘也一样。范围再扩大点，这一篇《矿工》本身也一样。它只是忠实记录了一个没有结尾的故事。因为没有布局得像一篇小说，所以没有小说那样有趣。然而，却比小说更具神秘感。一切自然发生的事实都是由命运安排的，是没有法则的，不能与人类构思制作的小说相比，所以很神秘。我常常这么想。

红毛毯和小孩被带走是后来的事，在我们到达饭场时他们两个当然还在。这里，长藏终于开始了让我们做矿工的谈判。说是谈判听起来似乎很复杂，但事实上极其简单。他就只是说，这人想当矿工，请无论如何用他。我的姓名、出生地、家庭、阅历之类什么也没有说。当然就是他想说也说不了，因为他不知道。但也没想到如此简单明了地就结束了。我有过初中入学经验，所以我总以为，就算是矿工，如果没有相应的手续也是无法录用的。我事先想过，如果联络人或者保证人之类的文书上需要盖章，到时就拜托长藏。但是，与想象的不同，来谈判的饭场头——那时当然不知道什么饭场头不饭场头的。一个四十上下浓眉、粗胡茬的强壮男人——这人一听完长藏的话，就淡淡地说了句：

"是吗？那就留下吧。"

就如卖炭的把炭包挑到厨房时的感觉一样，他并没有认可你是千里迢迢翻山越岭地来做矿工的，所以我心里稍稍有些恨这饭场头，当然这是我搞错了。这原因马上就会明白。

四十二

所谓饭场头,就是管理一个饭场的矿工的队长,凡是加入这个长屋子工会的矿工,所有的事都必须受这个人的管束。所以,他是相当有势力的。与这个饭场头谈判了一分钟,结束后,长藏说:

"那就拜托您啦。"

说着就带着红毛毯和小孩出去了。我以为他会回来,但自那以后连影子都看不见,我才知道自己完全被他给丢了。想想真太过分了。他带我到这里来的时候,这样那样地也说了一些似乎照顾人的话,但到关键的时候,连个道别都没有。还有他当掮客的手续费,是什么时候在哪里取的,到现在我都不知道。

就这样,我就像炭包里的炭被饭场头认可,被长藏扔在这里。我没有任何一点人类的心情,情绪大大地低落。目送他们三个人背影的饭场头突然把头转向了我,那表情很奇怪。怎么也不让人觉得那是把人当炭包看待的脸,而完全就是东京那边早晚都能遇到的、通晓世事的劳苦人的脸。

"阁下看起来不像是生来就做工人的人啊……"

听了饭场头的话,我突然想哭出来。一直被叫做"你",被虐待到最后,自己都绝望到觉得不能指望太多。就在这时突然有人叫你"阁下",让你回到以前。在出乎意料的地方被承认,高兴、怀念,还有对过去的记忆——直到前天我都是被人尊敬地称作"阁下"的情景一齐涌上心头,令我百感交集,对方的语调又非常郑重而亲切——一下子就想哭出来了。自那以后我也遇到过各种各样的事，也几次想哭过。从今天老于世故的我来看，那些大多是不值得哭的事。但是，听了饭场头的话的那个时候眼中积攒的泪水，就是现在的我沦落到同样的场景，我想也不是不能流出来。痛苦、心酸、悔恨、无依无靠的眼泪，是可以用经验来抹除的。喜悦的眼泪也可以不用流。但是，当已经堕落的自己，依然被他人当做过去的自己来认识，这时的喜悦的眼泪，一定会铭记一生。人就是如此自以为是的东西。但若把这眼泪误解为感谢的眼泪而得意就错了，大概就好比请秘书明明是为了自己，却看作是为了秘书吧。

因为上述的缘故，我听了饭场头的一句话，就突然想哭，但其实并没有哭出来。虽然情绪低落，但也有点兴奋，不知从什么地方涌出了一股抵抗的情绪。因为我不能自由开口（如果说话肯定会哭出来），所以一语不发地听着对方的话。饭场头用让人高兴的亲切口吻，说了以下这些话——

"……因为是刚才那个人带你来的，所以你为什么到这样的地方来的，我也知道个大概了。——怎么样，再重新想想吧。他肯定跟你说得非常好听，什么做矿工可以发财之类。你做了之后就知道，他的那些话里真话不到十分之一，非常没意思。首先，矿工并不是谁都能做的差事，特别是像阁下这种在学校受过教育的人，是无论如何也做不了的……"

饭场头讲到这里盯着我的眼睛看。我必须说点什么了。所幸的是，这时候想哭的心情已经过去了，开口也没问题了。所以，我说——

四十三

"我，我，并不那么想要钱。不是为了发财而来的——这些我知道，就是我也知道……"

"我知道"重复了两遍，这事我现在还记得，是非常不稳重、不知天高地厚的说话方式。人年轻的时候，哪怕刚刚还情绪低落，也可能马上因为对方就激动起来，真的是非常不好意思。况且，那句"我知道"，是指自己知道带自己来的这个人，也就是长藏，他是一种掮客，跟其他所有掮客一样吹牛，意思是自己知道这真相。当然，不管怎么说知道这也不能成为自己的资本。就算自己不是被骗来的，是知道所有真相的前提下自愿当矿工的，事到如今说明这些也不会起到任何作用。但因为年轻，又是虚荣心很强的人——并不是说现在已经弱了——不停地辩解是很愚蠢的，简直让人冷汗直冒。所幸的是，对方是与他的职业不符的诚实的人，而且又同情我年轻缺乏经验，知道我自以为是却以宽容的眼光看待我，并没有训斥我，真是非常幸运。我在这饭场住下后，吃惊于这头儿势力的强大，从而经常回想起自己这句"我知道"而独自脸红。顺便说一句，这头儿的姓名叫原驹吉，哪怕现在我也觉得这是很好的名字。

原没有显出厌烦的样子，他默默地听着我说明原委，接着摇起头来了。那头是很大的小平头，额头上的头发往上翘，就像练剑术的武士经常戴面具而导致头发上翘一样。

"那叫猎奇。你是既然来了就要做，而并不是离家的时候就想着当矿工的。也就只是一时的心血来潮吧。真做的话肯定会厌烦,所以还是不做好。以前就有学生来到这里,连十天都忍不了的。啊?有人来过啊。好几个人来过。来是来,但都惊慌地跑走了。这是一般人肯定做不了的事。我也不多说了,你请回吧。你就算不做矿工,若想糊口的话也不至于太难的。"

说到这里,盘腿坐着的原抬起了屁股。看来,不管怎么说他是不会留下我了,这让我非常犯难。犯难的结果,我让自己不再去想矿工的事,开始检视自己——却一下子感觉冷起来了。夹衣刚才被雨淋湿了。裤子里面什么也没穿。东京的五月,来到这山里,就只是二月或三月的气候。在爬山的时候,因为体温高并没觉得冷。一直到被原拒绝前都是比较兴奋的,也还好。可到达饭场后就在休息,加上做矿工的希望几乎破灭了,悲惨的感觉与寒冷一合并,突然就打起颤来了。那时自己的脸一定是不堪入目的丑陋。此时,我怀念起刚刚丢下我,连招呼也不打就走了的长藏。如果长藏在,他肯定会尽力让我当矿工的。就算不能让我当矿工,也能帮忙解决目前的困境的。既然他能为我出火车票钱,肯定也能把我送到我能知道方向的地方的。钱包被长藏拿走了,我现在身无分文。就算回去,也只会在回去的途中饿倒在山中的。干脆我现在就去追追长藏看看吧。一个饭场一个饭场地找,不会找不到的吧?找到他后跟他哭诉刚才的事情,看在以前的交情上,他也不会不给我出些主意吧?可是,分手时连招呼都没打一声,也许他……我在原的面前,非常繁忙地、一刻不停地想着这些闲事。在我喜欢的原面前,为什么我总想着跟不那么正派,而且已经消失的长藏商量呢?这是什么原因?这种事是经常有的,关键时刻,也不要认定谁是敌人谁是朋友,要在敌人里面寻找朋友,在朋友里面识破敌人,不执着于一方,必须让心自由地活动。

四十四

年轻的我还没有完全理解这些道理，所以站在原的面前一边发抖一边无言以对，原也起了同情心，

"如果阁下想回去，我虽力量不够但也可以帮忙。"对方先开口了。他这样一说，我觉得非常感激，松了一口气。我注意到这也是理所当然的事。——我意识到我能商量的对象，除了这拒绝我的原以外没有别人了。意识到的同时，我又说不出话来了，既说不出请一定接受我当矿工，也说不出我回去请借我路费，还是呆站在那里。意识到了也没有用，记得自己只是握紧了右手的拳头在冷冷的鼻子底下擦了一下。之前我经常去曲艺场，经常看到落语家做这个动作，但我照着做的，这还是第一次。看着我这个动作，原这次又说：

"冒昧地说一句，旅费的事可以不用担心。我会想办法筹给您的。"

旅费当然是没有，我身上连一厘的钱都没有。在没有做好死在荒郊野外的心理准备的时候，还是带着钱心里比较踏实。何况对于满足于慢性自杀的这时的我来说，就算是买草鞋的一个铜板也都是很珍贵的。我只要决定回去，就算必须以头磕地，那必须接受原的旅费的恩惠。一旦真到这个时候，廉耻、品格都是不存在的，只要能得到，哪管得到的方式体不体面。——一般人都会那样吧？而且也只能那样——但这决不是应该称赞的结局。我之所以把这些写得如此露骨，只是想把人的本来面目按照事实写下来，而并不是以写

此为得意。如果有人说人类的本质就是这样，这样做也没有什么不好，那就如同说，因为炼羊羹的材料是红豆，那就不用吃羊羹，只嚼生红豆就行了。每当我回忆起这时的情景，连我自己都觉得无法理解为什么当时我会有那么卑贱的想法。那些一生中从没有过如此卑贱的想法的人，他们也许人生经验不足，但是肯定是幸福的人，而且是远比我们高尚的人。他们是一生只吃炼好的羊羹而从未尝过生红豆的难吃滋味的人。

我差一点就举起双手向素不相识的饭场头乞求帮助了。最终阻止它发生的是我冥冥之中的自我直觉，那就是，对方好意准备的资金，在简陋旅馆里躲过两三天的夜露之后很快就会用光，而用光的第二天早晨，我就不得不无目的地流浪了。我果断地拒绝了这施舍，拒绝的时候表面看起来非常诚实，但再进一步探索下去一看，这确实是把利害放在欲望天平的两端测量后判断的结果，我自己也这么认为。其证据是，在拒绝补助的同时，我提出了以下的要求。

"请让我做矿工，因为好不容易来了，我怎么着也想做做看。"

"真是固执啊。"

原歪着头，看着我，不久就听到叹息似的声音，说：

"那，你是怎么也不想回去了？"

"没有可回去的地方。"

"回家？……"

"没有家。不做矿工，就只能要饭，没别的办法了。"

四十五

　　经过两三遍这样的争论后，说话就轻松多了。我知道假话不容易说出口，但咬咬牙，强忍着说，结果那些话就按节奏自己顺顺当当地出来了，嗯，把这看作是机械的变化也无不可，有意思的是，那机械式的变化，又反过来影响了我的心理。随着自己想说的话毫无障碍地说出口——某人在某场合，连自己不想说的事都乘兴滔滔不绝说出来。舌头就是那样机械式的东西——这机械一被使用就有加速度的功能，自己的胆子也随着大起来。

　　如果您说，不对，应该是因为胆子大了才敢说的吧，那也行。行是行，但那种说法太陈腐，而且经常是假的。无法满足于假话和陈腐的人，应该会首肯我，认为我说的对。

　　我胆子大了起来，胆子一大，就决心留下来住在这里做矿工。再说下去，就感觉自己肯定能做矿工。前天逃出家门的时候，我做梦也没想到当矿工。不仅如此，如果我当时决定为了当矿工离家出走的话，那就会觉得不好意思，就要花一周时间去考虑，那出走的时间就可能被暧昧地推迟。逃亡是逃亡，但是是绅士的逃亡。为了堕落成为不知是人还是土块的挖矿坑的，这种逃亡目的在我的头脑里连影子都没有，因为我是在富裕环境中长大的。然而，就在我因寒冷咬着板牙站在原面前，迫不得已地跟他争论的过程中，我开始感觉自己怎么着都是当矿工的命，不，是觉得矿工就是自己的天职。既然越过了这山、这云和雨，那就无论如何非得做矿工不可。万一不被录用，第二天的黎明将对不起自己。——读者会觉得很可笑吧？不过，我是认真在写自己当时的心情，人越觉得可笑，就越怜悯当时的自己。

是犟，还是不服输，还是因为担心死在路上不敢回家——这个我自己也不太清楚，总之，我用最热切的语调在说服原。

"别这么说，您就用我吧。如果我真的不适合做这工作那也就没办法，但不做着试试看怎么能知道呢——我特意翻山越岭从大老远跑来的，总得让我试试看吧，哪怕是一两天。若结果我真的帮不上忙，那我就回，一定回去。就我这样，若干不了工作也不会强迫您收留我。我十九岁，还很年轻，正当干活的好年龄……"我把昨天茶馆老板娘的话原封不动地说了遍。后来想想，这应该是别人评价自己的语言，而不是自己用来吹自己的。所以，原微微笑了：

"既然你如此想做那就没办法。什么都讲缘分。做做看也好，不过很辛苦啊。"

原不经意地抬眼看了看后面红色的山体，多半也许是在看天气。我也顺着原的视线看去。雨停了，但天空暗云低沉。天空的感觉很奇怪，让人觉得有点恐怖。那一瞬间我的心愿实现了，我已经成了这山中人了。这时，原那句"不过很辛苦啊"很触动我。人在终于实现了自己愿望的那一刻立即会有一种抵触情绪，甚至有时会突然怨恨起愿望的实现。在我得到口头许可，如我所愿能留在这里的时候的感觉，就有点类似于此。

四十六

"那,"——原又说话了,语调与刚才不同——"那,明天先进坑里看看。我会让人带路。——然后,——对了,在那之前我还必须说下。说到矿工,可能人们以为是很简单的工作,但其实并不是外面传闻的那样简单。如果一来就做矿工的话。"

他看着我的脸,一会又说:

"你那样的体格也许很难。不是矿工,你也做吗?"

他很同情地问我。我才知道原来做矿工还需要经过相当的等级、积累相当多的经验。怪不得长藏老是讲矿工矿工的,他是把矿工当做一个很体面的工作在嚷嚷。

"除了矿工还有什么工作?这里的人大家不都是矿工吗?"

我不放心又问了一句。原似乎也没觉得我的问题蠢,马上说明原委道:

"铜山里,有一万人呢。他们分为掘子、木工、山市、矿工四种。掘子是那些无法做矿工的人做的,可说是矿工的助手吧。木工就是坑道内干类似木工工作的人。然后,山市,这些人就是不停地砸碎石块,主要是些孩子——刚才不是来了一个嘛。他们是跟着矿工学习干活的。嗯,大致就是这样的。还有,因为矿工是承包制,运气好的时候,一天可以挣个一元两元的。掘子的工资是每天三十五钱,每年、每天都一样。而且,其中百分之五是工头拿去了。如果生病的话,工资就减半,每天十七钱五厘。还有棉被的使用费一床是三钱——冷的时候一定需要两床的,就是六钱,还有饭钱一天是十四钱五厘,菜钱另算。——怎么样?如果做不了矿工,愿意做掘子吗?"

其实我已经没有勇气回答"做"了,但是,既然都说到这里了,事到如今是不能说不来拒绝的了。所以我尽可能爽快地回答说:

"做。"

我无从知道这"做"在原听来是下定决心,还是无可奈何装出来的爽快回答,总之,听了这回答后,原很和气地说:

"那请上来吧。然后,明天让人带你,去坑道看看。想想,一万人,这样分成一组一组的,我就只管一个饭场,每天都是鸡毛蒜皮的烦人的事。有些人再三请求所以就留下他了,却很快就逃走了。——一天逃走两三个人啊。没有逃走,老老实实待着的人,却又生病,还有人死了——那就必须办后事了。光丧事,一天没有五六件的日子都很少呢。想做,那你就认真做做看。坐在椅子上腿很累吧?上来,来这里。"

这样一一听下来,让我觉得,不管自己是掘子还是山市,如果不拼命工作就对不起原。所以我心里下决心决不做给原添麻烦的不好的事情。不管怎么说,我年龄十九岁,是个很诚实的孩子。

四十七

所以，就照原说的，擦擦脚坐在榻榻米上。这时，里面出来一个老婆婆——这老婆婆的出现非常突然，我吃了一惊。

"请跟我来。"

老婆婆说。我胡乱行了个礼就跟在她的后面。老婆婆小小个子，背影看起来很纤弱，但走路一跳一跳地非常活泼。狭窄的茶色腰带在后面打了一个小结，稀疏的头发被拢在颈窝处，一支铅色的簪子穿插其中。和服袖子向上束起，是正在工作的状态。她可能在厨房，不是厨房就是在里面正在做事时被唤出来带路的，所以如此急匆匆地扭着屁股吧。或者因为她是山里长大的？不，因为这里是饭场，不可能慢吞吞吧。想来，既然今天开始吃饭场的饭，那我也不能悠悠闲闲的，万事都必须得照着这老婆婆的方式行事。——必须——我一使劲，嗯了一声，果然，酸疼的手脚里立即充满了"必须"，头和胸部的器官也似乎发生了变化。我趁势跟着老婆婆噔噔地快速爬上了宽阔的楼梯。然而，当我的脑袋一出现在高出楼梯一尺左右的地方时，刚才的决心顿时消退了。

我胸部出现在楼梯上，看到二楼的情景，惊呆了。榻榻米的数量也许有几十张，一直铺到那远远的尽头，中间没有一扇拉门屏风之类。就像柔道练习场，或者浪花节①的会场那样的布局，而且，大小是它们的两倍或三倍。特别大，虽铺着榻榻米，但感觉是站在了野外的原野上。就这已足够让人吃惊的了，那广阔的原野中还有两个火炉,火炉边围着的人大概有十四五个。刚才我说自己的决心消退,这是很卑怯的事,那完全因为我是一个人类。我虽然平时很好强,但因为年轻,很少出现在陌生人多的地方。平时在正式场合都觉得很忸怩。更何况,这次是突然被一伙矿工生擒活拿,一看到这一个个黑块,我就有些胆怯。他们若是普通人类那倒还好,这么说可能无法理解。——如果是普通人、一般的矿工,那是没有问题的。但是,我胸脯以上一出现在楼梯口,那些黑块就像约好了似的,一齐朝我看来。那些脸——其实我就是畏惧这些脸。也就是说这些脸不是普通的脸,不是普通人的脸,是纯粹的矿工的脸。我只能这么说,无法用别的词汇来形容。如果有人好奇矿工的脸是什么样的一种脸,那就只有请亲自去看看,否则别无他法。如果非要我说明一下,那我就大致描述一下:颧骨高高地耸着,下巴向前突出,同时向左右两边绷紧。眼窝凹陷,眼球毫无顾忌地被吸附在深处,鼻翼无肉。——所有的肉都退却不见,所有的骨头都在怒吼,这样评论比较合适。说不清是脸的骨头,还是骨头的脸,峻峭嶙峋。这也可解释为剧烈劳动导致的早衰,但是天然的自然衰老也不会成为这样子。圆润、温暖、亲切之类的东西在他们脸上完全找不出来,一个词就是狰狞。不可思议的是,这狰狞之相大同小异,看来已经成为了他们的共性。当火炉边的黑块一齐向我看来时,狰狞的脸瞬间就齐聚了十四五个。围在另一个火炉边的那些人,不用说他们的脸也是一样的。刚才上坡时,从长屋子的窗子往下看的全是这些脸。想来,各组长屋子里住着的总共一万人的脸全都是狰狞的吧。我完全胆怯了。

---

① 说唱艺术的一种,江户末期成立于大阪。以三味线伴奏单人表演。题材多为日本的战争故事、传说等,反映世俗人情的主题。

四十八

这时,那婆婆回过头来:
"请到这边来。"

在她不耐烦的催促下,我壮着胆子,往那狰狞的地方走去。好不容易走到火炉边,婆婆又指着说:

"请坐在这里。"

她的意思就是我自己找个差不多的地方坐下,而并不是准备了一个什么座位给我。所以,我避开那些黑块,一个人坐在榻榻米上。整个过程中,那些狰狞的眼睛始终死盯着我,他们毫不客气无所顾忌。就那样看着,没有人说话。我找不到可信赖的人,是不会进入到团体中去的。一个人独坐一旁,又成为狰狞们的目标,这让我非常为难。婆婆也没有介绍我,只是机械地说"坐在这里",之后就摇着她那腰带的尾巴下楼梯去了。剩下我一个,就像站在广阔的曲艺场,被台下的剧场的各种杂役嘲笑一样,当然是手足无措。特别是对当时的我来说更加不安。而且,我只穿了一件夹衣,非常寒冷。现在虽然是五月,但就看这些狰狞们围着火炉,燃烧着炙热的炭就知道有多冷了。我无法可想,为了遮掩自己的忸怩,我把衬衣的扣子解开,把手放入腋下,竖起膝盖,去捏脚指头,或者用两手去揉大腿,做着各种动作。其实,这种时候,脸上要平静——不仅仅是脸上,要从心底里平静下来,波澜不惊地坐着,否则就会吃大亏。但是,我才十九岁,这些道术还没有学会,我没有办法只好做出上面提到的各种愚蠢的动作。突然"喂"的一声，有人在叫我。这时我正好脸朝下在重新系好自己的鸣海①地区产的木棉腰带，一听这声音，我就像电动玩偶一样，脖子立即弹跳起来。一看，还是刚才的那些脸，眼睛全朝这边看，一双双闪闪发光。不知道"喂"的声音发自哪张脸，但从哪张脸发出都没有什么大的区别。每张脸都很狰狞，仔细看去，那狰狞之中也分明雕刻有轻侮、嘲弄、好奇的表情。这是我抬头的瞬间发现的事实，一发现就感到非常不愉快的事实。没有办法，我只能抬着头，等待"喂"的声音再次发出。等待了不知大概多少秒，但似乎是一直保持着这个姿势。这时，突然有人说：

"理都不理呢。"

这声音比刚才的"喂"稍微枯涩，可判断跟刚才不是一个人。但是这不是需要回答性质的语言——用文字写出来跟一般的"呢"没有区别，其实那是以一种无赖的方式说出的命令口气，极其粗鄙。——所以，我还是没说话。只是内心非常吃惊。我到这里以后，交谈过的只有原和那个婆婆，婆婆是女性可以不算，原说话的语气出乎意料的文雅。而原是饭场头儿，连头儿说话都这样，我就以为一般矿工肯定也不会太粗野。所以，当这语言冷不丁地飞出来的时候，我首先是惊讶得气焰顿失而不是害怕。如果这时自己以同样的口气回敬过去，或是被群殴一顿或是取得与他们平等交往的权利，也许问题会很快解决，但我没作任何回答。本来我出生在东京，应该知道在这种场合该如何回答。但是，别说是对这种类似黑社会老大的语言，就是平常的语言我都不会做出反应，不知道是因轻蔑

---

① 地方名，在今名古屋市。

不屑于与对方交谈，还是因为害怕而没有胆量回答。我希望是前者，但是事实好像是后者。总之，可能说两者兼有更稳妥。世间让人轻蔑又害怕的东西多得是，这不矛盾。

四十九

不管哪种原因都无所谓，总之，看我听了这粗鄙语言后很老实地不准备做任何反应，矿工们觉得有趣，一下子哄笑起来了。我越老实他们笑得越欢。除了铜山，世间没有人理会他们，他们幸运碰到一个偶尔闯进矿山来的普通人，作为报复，就对他进行尽情地嘲弄。在我看来，这些矿工是把对社会的怨恨都发泄到我一个人身上了。在进入铜山前，我也是走投无路，在社会无法立足，所以才到饭场来的，而他们简直就是在说不愿与我这样的人为伍。我站在普通社会和矿工社会之间，同时被两方挤压。所以，当这十四五人的笑声热辣辣地迎面扑来的时候，我不觉得悲哀，不觉得羞耻，不觉得手足无措，而是觉得他们全都是一帮可悲的无情的家伙。我知道他们没受过教育，既然没受过教育也不对他们有过多的要求，但是我觉得，即使是矿工，也不是打娘胎就是，不是天生的，他们总得有些像人样的感情吧。所以，一听到这夸张的笑声，我就在心里骂"畜生"。这不是生气时骂的俗语的"畜生"，而是不能将其看作人类的"畜生"。如今的我，因为经验多了，把人类和畜生之间的距离缩小了很多，对于这样的事，总会神经比较迟钝，不当回事，但当时，那是才用过十九年的新的、柔软的脑袋，忍受不了这种不怀好意的笑声，真是不堪回首。每当回忆起当时的场景，连我自己都想把那时这令人心疼的、惹人怜爱的神经系统用丝绸小心地包好珍藏起来。

当充满恶意的笑声终于停下的时候，有人问：

"你哪里来的？"

发出这声音的人坐在离我最近的地方，所以很清楚是谁。浅黄色手帕样的三尺腰带缠在腰上，他保持着背对着我盘腿坐着的姿势，只让我看到他的侧脸。我看到的那只眼睛下眼睑天生很低，仿佛小孩做鬼脸时往下扒着似的，况且结膜充满了血。

"我① 东京的。"

听了我的回答，红眼睛没有肉的脸颊往下凹陷，露出嘲弄的笑容。与他三人之隔的那个矿工稍稍抬了一下下巴，马上就有人接受了这个信号，替他开口说：

"听你这话，是学生少爷吧。肯定是玩女人之类玩摔跟头了吧？不要脸的家伙。本来现在的书生少爷风气就很差，那样的家伙怎么能受得了这里的活，趁早滚回去。这可不是你那干瘦的胳膊能干得了的。"

我什么话也没说。可能沉默时间过长，剑拔弩张的气氛缓和下来，七嘴八舌冷嘲热讽安静了下来。这时，一个矿工——他有一张普通的脸，眉眼端正，就算送出世间也能正常通用。我在被嘲弄的时候，每当抬起眼看那些黑块时，慢慢记下了人数、服装、狰狞的程度等等。最初只看到所有的脸都是由骨头和眼睛构成，上面漂浮着些兽欲的油脂，觉得每张都大同小异。重复看了三四遍后，能分辨四五个人面容的不同，开始觉得这个矿工特别引人注目——他年龄大概不到三十，体格强壮。眉毛和鼻梁交汇处往下塌陷，似乎是长期戴眼镜的结果。他的心里好像积累了比较多的愤怒，这让其狰狞的程度减少了好几分。他具有如此的特征。这个矿工这时开口说话——

---

① 此处原文为"僕"，是一种比较文雅的自称。

五十

"为什么来这种地方？来了之后就无法可想了。这里不是赚钱的地方，这里都是走投无路的人。你早点回去的好，回去哪怕做个送报纸的也行。我原来也上学，但因为太放荡，终于沦落到不得不吃矿坑的饭了。像我这样最后就完了，想回也回不了。所以，你趁现在回东京当个送报员吧。学生连一个月都扛不住的。我是为你好，你回去吧。明白吧？"

这是比较像样的忠告，忠告过程中，狰狞派也没插嘴，都在老老实实地听。因为这惯性，忠告结束后还保持了一段时间安静。我觉察到这是因为这个矿工多少有些势力，这安静也许是因为别人对他势力的顾忌。那时我的心底里觉得有些愉快。不管是这个矿工，还是别的矿工，尽管面相多少有些变化，但他们都是在一个坑洞里扒石块的，这技术本身没有上下之分。这样看来，这个人的势力无疑得益于他的能识字、有知识、明事理——简单地说就是受过教育。我现在被如此欺侮，连最卑贱的劳动者都不愿与我为伍，受众多人的嘲笑，但是，我一旦进入他们这个社会，成为狰狞组的一员，不出一两个月，也许能获得跟这个人相同的势力。应该会吧，我觉得绝对会。所以，不管谁怎么劝我都不回去，一定要在这个社会混出个人样给你们看看。——我的想法非常武断，也没什么意思，但现在看来好像多少也有点道理。所以，虽然认真聆听了这个矿工的忠告，但并没有如对方所希望的那样回复他。慢慢地，沉静了一段时间的嘲弄的舌头又开始活动起来了。

"你想待这里的话可以留下,但这里有各种各样的规矩,你不遵守是不行的。"

"什么样的规矩?"

我这一问就有人非常大声地训斥道:

"混蛋,不就是有老板和大哥吗?!"

我又问:

"老板是什么样的?"

其实我在想,他们如此激烈的训斥,我还是沉默的好。但是万一破坏了规矩,以后的境遇更可怕,所以就准备问问看了。马上就有其他的矿工回答了。

"蠢蛋,老板都不知道啊?老板和大哥都不知道还想当什么矿工。趁早滚吧。"

"因为有老板和大哥,想挣钱没那么容易。滚。"

"赚个屁钱,回去的好。"

"滚!"

"滚!"

他们一个劲地在说"滚",并不是为我着想让我走,而是不想让我加入他们一伙所以赶我走。他们是说:知道你想赚钱,但是批发商的我不想给你商品,这生意只许我们自己赚,所以你死了这条心早点回去。但不说回哪里去,他们的意思是河底下、洞穴中都行,爱去哪去哪。我一言不发。

五十一

　　我想象不出来这情势持续下去会发生什么样的事情。敌人不只是围在这个火炉边,刚才说过,那边还围着一大圈黑块。连这一群都对付不了了,如果那边的一群又加入进来那事情可就大了。我在被愚弄的时候,经常斜着眼睛瞟一下未来的敌人——这时,所有的只要是人都会被我认定为敌人。——在看那些虽然在远方但马上就要攻过来的未来的敌人。这样一来我的心就瞻前顾后,而且不能单独活动。再没有比在后面追着一个东西到处跑更痛苦的事情了。遇到敌人就只能吞没他们,如果不能吞没他们,那就被他们吞没好了。如果两方面都做不到,那就只好干脆断交,以独立自尊的态度看着敌人。不能与敌人融合,又不能安心待在敌人的势力范围外,不得不跟在敌人屁股后头的话,那就大大地吃亏了。从而也就是最卑贱的了。我因为经常遭遇这种场合,就试着研究各种各样的出路,但是实际很难按照研究的结果行事。所以,这里提出的三个策略全都是佛祖念空经。如果这些是大家都知道的无需解释的陈腐说辞,那在这里说就更迂腐了。看来,不做些正儿八经的学问,一到这时候就无法做出取舍选择,甚是让人发愁。

　　我眼观六路,尽可能把自己的存在感缩小到最低程度,正处在惶恐之中,这时只听那婆婆的声音:

　　"请吃饭。"

　　婆婆不知是什么时候上来的,我一点也没有注意到,直到听到这喊吃饭的声音。因为我的胆子变得只有鸽子蛋那么小,还正在萎缩当中。抬眼看去,斑驳的小饭桌上扣着缺了边沿的饭碗,上面还有一个小木饭桶。筷子上涂着红、黄两种颜色,黄色的那边油漆一半已经剥落露出了木头的颜色。菜是一碟魔芋丝。我垂着眼睛看着这饭的样子,心里非常想吃。其实从早上开始到现在,我连一口水都没有喝过。胃完全是空的。如果不是空的,那也就只是昨天吃的炸馒头和红薯。已经两昼夜没有闻到饭的味道了,此时不管灵魂如何畏缩,一看到饭桶,食欲就猛然涌到了喉咙里。所以,也顾不上什么冷嘲热讽,什么虚荣,这些都被我丢到九霄云外,突然从饭桶里盛起了一碗,甚至觉得这动作太慢都有些等不及。我拿起刚才说的油漆脱落的筷子,正要从饭碗里把饭挑起来的时候,吃了一惊,根本挑不起来。我手指指腹发力,把筷子插到碗底,以为这次没问题。但在往上挑的时候,还是不行。米饭一粒粒从筷子尖滚落下去,根本不离开饭碗的边缘。这是我十九年来从未有过的经历,觉得非常不可思议,这种失败重复了两三次,只好放弃,放下筷子,想,这是遇见鬼了还是被狐狸精缠身了?一直看着这一幕的矿工们又一齐哄堂大笑起来。我一听这声音,突然把嘴巴贴在饭碗上。就这样把没有黏性的米饭一下子全扒到了嘴里。瞬间,笑声、矿工、饥饿全部消失无踪,我的灵魂似乎就蜷缩在这三寸之舌上,那奇怪的味道抓住了我所有的注意力。这哪能叫饭,简直就是墙壁上的泥土。这些泥土和着唾液塞满了嘴巴,那心情真是不可名状。

"活该!瞧那样。"

一个人说。

"又不是节日,以为还有白米饭吃啊。所以,告诉你叫你滚啊。"

"连长粒米[①]都不知道,还想当矿工,根本就是脑子有问题。"

又一个人说。

---

① 产自东南亚或中国的大米,米粒细长,缺少黏性。

五十二

　　我在被嘲弄的时候，无可奈何只得把这长粒米吞下去。我想只吃一口，但既然盛了不吃完又要被嘲笑，就以吞苦胆的气势，把碗里的饭吃得干干净净，全部吞入腹中。这完全不是为了满足食欲。昨天吃的炸馒头和蒸红薯是多么美味啊。我生平第一次品尝长粒米的味道。

　　碗里盛的饭，就如刚才所说，总算把它吃完了，根本就没有再盛第二碗的想法了，我只把魔芋丝吃了就放下了筷子。我如此强忍着吃了不想吃的东西，一放下筷子又被七嘴八舌地嘲弄。那时我觉得非常难受，但自那以后，每天三顿都必须面对这长粒米，就算是泥土也已经习惯了，习惯后就觉得它跟白米一样是人类能吃的东西，不，是人类该吃的一种滋味。我现在这时候回想当时在破旧小饭桌前退缩的样子就觉得很惭愧。矿工们的嘲弄也不是没有理由的。如果现在我遇到这样一个贵族式的矿工苦于一碗长粒米饭，看到现场的样子，也许连我也会嘲笑他吧。就算不嘲笑，我觉得也有理由善意地笑一笑。人是会变的。

　　不好意思写了这么久的长粒米，就此打住。那时，对我失败的嘲笑，如果任其自然发展放任不管，不知道会持续到什么时候。这时我听到敲击金属盆的声音，而且不止一下。当当，当当当，一声声是按着节奏敲打的。接着，响起了号子的声音。当然不是纯粹的号子，但在我的知识范围内，觉得最接近劳动号子。这时，刚才的嘲弄暂时停止了。当当，当当当的声音，响彻在寂静的山里空气中，什么东西唱着异样的歌谣走近来了。

"是'迦嗯波'。"

其中一人拍打着膝盖大声说，其他的人都异口同声：

"是'迦嗯波'，是'迦嗯波'。"

黑块们分散开来，纷纷往窗边走去。我不知道"迦嗯波"是什么，但在大家的注意力离开我的同时，我的心情顿时舒畅起来，也有心情想看看"迦嗯波"。有心情了，人也精神了。仔细想来，人心就像水一样，你进它就退，你退它就进。宛如一场双方始终不出手的相扑。所以当所有的人都站起来以后，我也站起来了。然后也走到窗边去了。越过面前挤得满满的黑色脑袋，伸长脖子往下看，对面往斜刺里拐弯的石墙脚边出现了两个穿着藏青色窄袖和服的男人，后面又出来两个。他们每人手里拿着一张像是金属盆被压扁后的薄片。哈哈，原来敲的是这个，我刚想到这儿，两人就两手合拢敲起来了。这不协调的声音被石墙反弹到后面的荒山上，这声音还没等消失，当当，后面又有一组声音响起。后面的两个人手里没拿金属盆，他们喊号子——刚说过是劳动号子。但现在他们发出的声音，与其说是劳动号子，不如说喊的是类似浪花曲那样世间稀少的调子。

五十三

"喂,金公在吗?"

黑脑袋中一个人怒吼道。因为他背对着我看不到他的脸。接着,就有人应声喊道:

"对,让金公看看。"

这句话话音还未落,五六只黑脑袋排成一列齐刷刷地向我看来。我知道他们又该说我什么了,我保持着原来的姿势不动,不可思议的是我发现他们往回看的眼睛并不是朝着我的方向。他们像是在看向这个巨大房间的遥远的另一角,我心想看什么呢,就也转过头跟着他们的视线看去——有个人盖着薄薄的棉被躺在那里。

"喂,金州。"

其中一人大声喊叫,但睡着的人没有反应。

"喂,金州,起来呀。"

有人怒吼着呼叫,但那人还是没有反应。于是,有三个人离开窗户向他走了过去。同时,听到有人说:

"起来吧,起来。给你看好东西。"

不久,躺着的人被两人架在肩上站了起来。然后往这边看来。就在这一瞬间,我瞥了一眼那张脸,不由得汗毛倒竖。那可不是一张躺着休养的人的脸,完全就是一个病人。而且是自己无法行动的重症病人。年纪大概将近五十,胡须乱蓬蓬的,看来是好多天没刮了。即使再挣扎,看他如此憔悴也不由得让人同情。因为过于同情,我反而害怕起来。我第一眼看到这张脸的感觉就是因极度怜悯觉得非常害怕。

病人被两人架着，悬空着身体，拖着那不灵活的脚，往窗子边走去。看着这情景的好几个人，觉得很有趣似的嚷起来了。

"好，金州快点过来。'迦嗯波'正经过这哪。快点来看。"

"我不想看什么'迦嗯波'。"

病人有气无力地说，但他被强行拖着，由不得他想看不想看，很快就被架到窗子拉门的角上。

当当，当当当，"迦嗯波"若无其事地出现在石壁前。我心想，队列还没走完吗？又伸头向下看去，这时又一次令我汗毛倒竖。在金属盆和金属盆之间，一个四方形的简陋棺材夹在其中，被抬在山路上往前移动。上面包裹着白布，贯穿其中的细长杉树棒的两端，被人硬生生地抬着，就像抬着一担水一样。从我们这边看来，连那些抬着的人，似乎都在唱着刚才那响亮的歌谣。——我到这时才理解"迦嗯波"的意思，非常痛切地理解了，一生中不管发生什么事我都绝不会忘记。"迦嗯波"就是葬礼，是只限于给矿工、木工、掘子和山市举行，且不得不举行的一种丧事仪式。经文以浪花曲的形式念唱，配上足以敲击金属盆的音乐，像扛一担水一样抬着棺材——最后，生拉硬拽起半死不活的病人，不由分说地让他观看的葬礼仪式。真是纯真至极，又冷酷至极。

"金州，怎么样？看到了吗？有意思吧？"

有人说。病人拜托道：

"嗯，看到了，把我送到床边让我躺下。求你们了。"

刚才的两个人又架着病人，喊着：

"一二、一二。"

快步把他送回铺着棉被的地方。

五十四

这时，阴沉的天空中飘粉末似的下起了雨。送葬的人就在这雨中敲敲打打地往镇上的方向去了。这里这帮人嚷着：

"又下雨了。"

一边关好窗户回到火炉的旁边。就在这纷乱中，我不知何时也加入了这狰狞的一群，坐到了火炉的旁边。这是偶然的结果，也是有意的行为。因为不在火边会非常寒冷。这山中的寒冷是一件夹衣无论如何也抵抗不了的。而且，雨也下起来了。说雨是雨，说雾是雾，下的是那种细微的雨滴。它们笼罩了整座光秃秃的山，交织在空旷的天空中，湿漉漉地落下来。连坐在家里，似乎都能感到比糠还细的湿气穿过毛孔渗入到身体的深处。没有火的温暖，是无论如何也对抗不了这寒冷的。

我在差不多的地方占据了一个位置，脸上微微能感受到火炉余热的温暖。这次意外地被大家放过，没有预想中的调侃。这是因为我主动入伙狰狞们中间，他们也觉得我可以作为普通的狰狞被对待，所以接受了我，还是因为刚才的葬礼突然改变了气氛，他们暂时把我忘记了，还是因为他们已经没有嘲弄的素材了，还是因为他们厌倦了辱骂？——总之，我换了座位之后心情轻松了很多。然后，火炉边的话题依然是关于送葬。各种各样的声音在说这件事——

"不知那送葬的是从哪里来的？"

"不管哪里来的，都是送葬。"

"可能是从黑市组来的。方向像是。"

"死了被送去哪里啊?"

"庙里,这不是明摆着吗?"

"就你能,老子问的是去哪里的寺庙。"

"是啊,最终不会停留在寺庙,肯定要去什么地方的。"

"所以呀,那去的不知是什么样的地方。难道也还是和这里一样的地方吗?"

"人灵魂去的地方,大致都是差不多的地方吧。"

"我想也是。一旦要去了,也没别的地方可去。"

"不管是地狱还是天堂,都有饭吃吧。"

"也有女人吗?"

"世界上哪有没有女人的地方。"

大概就是这样的谈话,听起来什么内容都有。刚开始我以为是玩笑话,笑笑也无妨,就一边牵动着嘴角一边看着周围。但我发现,火炉边围坐着的每张脸都似雕塑般的严峻,想笑的只有我一个人。他们在非常严肃地讨论着未来的问题。他们眉宇间透露出的那份热心,却怎么也不能让人觉得是真实的。我在环视一遍周围的情景以后,刚才想笑的念头很快消失。这些顾头不顾尾的鲁莽的人们——这些提着煤气灯,下到坑道的里面,做好再也看不到太阳的思想准备的人们——他们可说是肉体的机器,是机械做的禽兽,但这帮狰狞的人们竟然如此关心未来,完全出乎我的意料之外。这样看来,世间上存在宗教这种东西很有必要,因为它可以保证未来。实际上,在我抬起眼挨个打量火炉边盘腿而坐的人们的时候,可能也是因为有些客气、畏缩,脸上已经成形了七分的笑容顿时消失。原本只是想听个小曲,睁开眼却发现眼前坐满各路神仙,我不得不调整心情正襟危坐。简单地说,我到这时才发现他们心里认真的宗教信仰的种子,激起了我在这帮半兽半人面前的严肃心情。而我自己,直到如今也没有一点信仰。

五十五

这时,刚才的那个病人在那边的一角发出了呻吟声。这声音当然没有特别的意义,只不过是普通病人的呻吟而已,但在那些把自己的未来托付给葬礼的人们的心里,这一定是一种不祥的声音。人们面面相觑。

"金公很难受吧?"

一个人大声说道。病人只是"嗯嗯",不知是呻吟还是回答。接着,又一个说:

"别那么想你老婆了,反正已经是别人的了。你现在哼哼有屁用。你老婆已经抵债给别人,你又还不起钱,那不当然是别人的了。"

一个人坐在火炉边大声地安慰着。其实,到底是安慰还是嘲弄,值得怀疑。但对矿工们来说,哪种都一样吧。病人只是嗯嗯地回答——其实只是发出不成回答的微弱声音。他们停下了没有回应的安慰,又在火炉边展开了七嘴八舌的议论,但话题依然没有离开金公。

"要是不生病,金公也不会让人给抢了老婆。说到底,还是他自己不行。"

一个人评论道,好像金公生病是一种罪恶。话音未落,就有人赞成道:

"就是啊。自己生病借了钱,还不起钱所以把老婆抵给别人的,老实说，这不能抱怨别人。"

"抵了多少钱？"

有人问，对面不知是谁简洁地回答道：

"五两。"

"所以，姓市的那家伙离开长屋子，与金州换窝了。哈哈哈哈。"

我坐在火炉边开始感到痛苦。背脊一阵阵发冷，腋下开始出汗。

"金州早点好起来，把老婆救出来就行了。"

"又和姓市的调换啊。你多管闲事啊。"

"还不如多挣点钱，也让对方付出同样价钱的抵押，那样才解气。"

"对啊。"

一个人说出后，所有人哄堂大笑。我被这笑声包裹，却无论如何也笑不出来，只是低着头往下看。看到自己两只膝盖并在一起，严肃地坐着。我意识到自己有点傻气，就把腿盘起来了。但我心里并不如盘腿坐那么轻松。

天色渐近黄昏。由于时间的推移，也因为天气原因，还因为被山包围，所以这里天黑得早。默默听去，雨帘上已经听不到雨滴的声音，也许，雨已经停了。但是，这阴暗的感觉，倒使人似乎觉得雨依然还在下。窗子已经关起来了，看不到屋外的情景。阴暗潮湿的空气透过拉门的纸窗，向火炉的周围袭来。围坐在一起的十四五个人的脸慢慢地变得漠然。同时，火炉中间堆成小山状的火炭炽烈旺盛，颜色一点点越发赤红起来。这情景就好比，我自己往坑底下沉没下去，而火则相反，正从坑底慢慢浮上来。——我的心情大致就是这样。就在这时，房间里突然亮堂了起来，一看，原来是电灯开了。

五十六

"吃饭吧。"

一个人说,大家都像想起什么忘了好久的东西似的:

"吃了饭,就要去换班了。"

"今天有点冷啊。"

"雨还在下吗?"

"这得出去看看天才知道。"

如此这般,他们骂骂咧咧地站起来,下楼去了。我一个人留在空旷的房子里。除我以外只有病人金州。这金州好像仍然在微弱地呻吟着。我把手伸向火炉边烤着,一边重新盘好腿,一边看向金州的方向。他的头看不见,脚也缩在被子里。金州的身体小小的,平平地躺在一床被子里。看起来瘦小扁平得令人同情。慢慢地,呻吟声似乎也听不见了。我转过脸,盯着火炉。但是,我心里非常担心金州,忍不住又往他那边看。一看,他依然在一床棉被下,身体小小的、平平的,而且悄无声息。不知道他是活的,还是死的,只是悄无声息。呻吟声听起来虽然并不让人舒服,但这种寂静更让人担心。我担心到极点就开始害怕,准备站起来。但又一想,没事吧,人哪会那么快就死,就又大着胆子把屁股坐下。

这时,两三个人从下面咚咚地踏着楼梯上来了。我心里想,难道他们已经吃完饭了吗,这么快啊,就稍稍向楼梯方向望去,出现在眼前的人却出乎意料之外。——他们穿着窄袖和服,分不清是黑色还是藏青色，腿上是防寒棉裤，就如一般工匠穿的那样，颜色也同样是藏青色，手里拿着手提油灯。而且两人都满身是泥，全身湿淋淋的。他们就那样站在那里，一言不发地瞪着我，看起来简直就像破门而入的强盗。一会儿之后，他们扔掉油灯，解开纽扣，脱掉窄袖和服，把棉裤也脱了。他们取下墙上挂着的宽袖和服，穿在针织上衣上。然后，一边把着腰带，一边咚咚地下楼去了。然后，又有人上来了。这次同样是湿淋淋的，同样满身泥土。他们丢掉油灯，换衣服。然后咚咚下楼。然后又有人上来。就这样轮番上来，来了很多。都一样眼睛深凹但闪闪发光，一定都会看我一眼。其中也有人问：

"你是新来的吧？"

我只是回答：

"是的。"

所幸的是，这次并不像刚才那样没头没脑地被嘲弄，可谓平安度过。上来的人，又都急匆匆地下楼去了，大概没有时间戏弄我吧。但是，每个人肯定都会瞪我一眼。过了一会儿，终于再也没有人上来了，我终于可以放松一点，盯着火炉里赤红色的炭火，思绪万千。当然想来想去并没能得出什么结论，而是越想越糊涂。但是，看着火，各种各样的妄想就从炭堆中燃烧升腾起来，我也没办法。终于，我好像觉得自己的灵魂跃入了赤红的炭火中，在火气的煽动下疯狂地跳舞。正当我处于这种奇怪的心境时，突然听见有人说：

"累了吧？休息吧。"

五十七

　　一看，是先前的那婆婆站在那里。她依然两袖往上束起，一副正在劳作的模样，这与刚才见到时一样。但她什么时候上来的，我根本没有注意到。我的灵魂在火中尽情驰骋，一会儿变成艳子，一会儿变成澄江，一会儿变成我父亲，一会儿变成金州。——外套，刘海儿，红毛毯，呻吟声，油炸馒头，华严瀑布——无数幻影被升腾的火气驱赶，在火炉里狂舞，直到变成阳光中的浮尘微粒似的东西。当这一切正在脑子里乱着的时候，我突然回过神来，看到眼前的婆婆，所以，觉得非常奇怪，不可思议。但是，我清晰无误地听到了"休息吧"的提醒声，我只回答：

　　"好。"

　　婆婆指着后边的柜子，说：

　　"被子在那里，自己拿出来盖吧。一床三钱。今天冷，你要用两床吧？"

　　我又回答：

　　"好。"

　　婆婆就不再说什么，下楼去了。这样，我得到了可以睡觉的许可，我心想，真躺下也不用担心会被人训斥，就按照婆婆的指示打开柜子一看，里面果然有被子，而且有很多。但是每一床都是脏兮兮的，跟我家里用的简直不能比。我把最上面的两床拿了下来，放在电灯光下察看。布料是浅黄色，花纹是白色。因为上面沾上了一层污垢,超过一半的部分的颜色已经发生了变化。白色的部分已经变成了正常情况下让人无法忍受的混沌的颜色。而且被子很硬,就好像刚舂好的糯米饼包在布袋里,棉花结成了块,硬邦邦的,似乎与被套根本没有任何关系。

我把这床被子平铺在榻榻米上,然后把另一床平铺在上面,把衣服脱到只剩衬衣,然后钻进了被子里。我挤进这潮乎乎的被子里,伸直了两腿,脚后跟就伸到了榻榻米上,于是稍微把脚往回缩了一些。不管是伸还是缩,腿都不能像平时那样轻松自如,关节僵硬,发出嘎嘎的声音。我不想动,一动不动,把膝盖蜷起来,倦怠感就沉沉袭来。大腿以下非常沉重,就好像已经被切掉换上了金属假肢一样,感觉那就是两根棍棒。这冰冷沉重的双腿使我难受,我把头钻入了被子里。因为我觉得只要头能暖和,脚那头也会稍微舒服点吧,这真是不切实际的奢望下生出来的无可奈何的下策。

但我确实很累了。什么寒冷,什么脚,什么被子的气味,什么苦闷,什么厌世——现在是累了,筋疲力尽,比死还难以忍受。所以,我一躺下就从榻榻米上缩回脚,把头钻进被子里。刚做完这些动作就睡着了,睡死了。这以后,自己的事也无法写了……

不久,突然感到背上有刺痛感。我意识非常模糊,分不清是梦里被刺,还是醒着被刺的。所以,也分不清这是针在刺,还是荆棘在刺。难道是清醒时的针被带入梦中,梦中的荆棘不知何时埋到了床下?但事情并不是这样。刚感觉被刺,又迷迷糊糊地忘了针刺的时候,我又一次,被刺了一下。

五十八

这一次我睁大了眼睛,这时又被刺了一下。在我一惊的同时,又被刺了一下。我刚意识到这非同一般,大腿边上又被刺了一下。我差点跳了起来。直到这时我才回归普通人类的意识,发现全身所有地方都有刺痛感。于是,我轻轻地把手伸进衬衣里,在背上摸了一下,到处都是很粗糙的感觉。最初指尖触摸到皮肤时,我以为是患上了剧烈的皮肤病。但是,把手指抵在皮肤上抚摸一段后发现,有什么东西不停地掉落。这可不得了,我一下子跳了起来,只穿着一件衬衣狼狈地跑到火炉边,用拇指和食指夹住了米粒般的东西,仔细一看,是从没见过的一种虫子。其实,直到这时我还没见过臭虫,所以不敢断定——但是凭直觉这应该就是臭虫。我很抱歉在这种卑贱时刻滥用直觉二字,因为当时没有另外的词语了,没有办法只好用这种高尚的术语。就在我检查这虫子的时候,非常恨起它们来了。我把它放在火炉的边沿上,用大拇指啪的一声捻碎了它,虫子发出一种无法描述的草腥味。我一闻到这草腥味,心情一下子好起来了。——我已经有点疯狂了,以致不得不一五一十描述如此的丑事。说实话,在闻到这草腥味之前,我还觉得不解恨。所以,我逮着一个捻碎一个,逮着一个捻碎一个,每捻碎一个就把大拇指的指甲拿到鼻子底下嗅一下。那气味直往鼻孔里面冲,眼泪都快要掉下来了。简直可悲。但是,闻指甲是很愉快的。这时,二楼下面传来很多人一齐哄笑的声音。我急忙停止了捻虫子,望了一眼这大房子，依然谁也没有。只有金州，平平地安静地躺在那里。看不到头也看不到脚。除此以外还有一个人。这个人在我刚注意到他的时候，没觉得他是人。在那边的柱子到窗台之间，横放着一个帆布样的白色东西，他就被包在里面，看着蛮让人骇怕。但仔细一看，白色的东西里面斜着露出了黑色的东西，那是人的留着短发的脑袋。——空旷的屋子里，除了我和这两人外，没有任何其他人。不过，电灯很明亮，异常安静。这时，楼下又响起了笑声。这一定是刚才的那帮人，或者是作业结束后回来的人，大家都聚在一起尽情地开着玩笑。我又茫然地回到被子所在的地方。然后脱掉衬衣，光着身子穿上枕头边的衣服，系好腰带，把最后铺的那张棉被小心叠好放回柜子里。接下来，我就不知道该干什么了。时间不知道是几点，天还远远不像要亮的样子。我双手抱在胸前正在寻思的时候，脚背又开始发痒了。我忍无可忍，一边骂着"混蛋！"一边跳了两三下。然后，把右脚背在左脚的上面擦了擦，又把左脚背在右脚上擦了擦。一次又一次，让人切齿痛恨。但是，我既不能跑出去，又没有睡觉的勇气，而走下楼，加入到围坐着的人们中的力气，我从一开始就没有。想到刚才的嘲笑，觉得远比臭虫更令人讨厌。我心里一边念着：天亮就好了，天亮就好了，一边朝着窗子走去，那窗子正对着大路。那边有一根柱子，我站着，倚靠在柱子上。背靠在柱子上，腰离开柱子，用脚底支撑着身体，两脚沿着榻榻米的缝隙慢慢越滑越远。然后站直，然后又慢慢地滑下去，又站直。我所做的就是这事。所幸的是，臭虫再也没有出现。楼下时不时传来哄笑声。

五十九

我们经常用站也不是坐也不是来形容焦躁不安，但是，其实，这个时候我才真正体验了站也不是坐也不是的滋味。所以，我就不停进行着既不是站也不是坐的运动，权且以这种方式排遣着心情。但是，我已经记不得这运动坚持到了什么时候，大概直到身体比先前更加疲劳，手脚也很酸软，已经对付不了任何臭虫时才睡着。天亮的时候，我发现自己在做滑落动作的柱子下，伸着两条腿，弓着背坐在那里。

奇怪的是，如此让我痛苦的臭虫，两三天过去以后，渐渐地就不再那么让我痛苦了。事实上，仅仅一个月之后，哪怕有再多的臭虫，哪怕它们像米粒一样滚得到处都是，但晚上，我总是能够睡得很香。而臭虫那一边，随着日数的积累，它们也开始有所顾忌起来了。其证据就是，据说，对于新来的客人，臭虫会聚在一起彻夜折磨，但只要你稍微忍耐一点，它们自己就开始兴味索然，不怎么再来接近你了。据说它们闻到每天都吃的人肉的味道自然会觉得呛鼻子，不过也有人解释说，这是因为肉也有一个标准，人肉带有坑道的味道后，连虫子都敬而远之了。这么看来，臭虫和矿工的个性很相似。也许不只是矿工，普通人类的心理跟这臭虫都是一样的吧。这个解释把人类和虫类概括到一起，这一点很有意思，应该是哲学家所喜欢的、美好的东西。然而在我看来完全不是这么回事。这并不是因为虫子客气，也不是因为虫子挑剔，而是被咬的人类习惯的结果，人已经变得麻木了。虫子肯定是依旧在吃，肯定是被吃的人已经无所谓了。被咬却没感觉和没被咬所以没感觉，虽然其中的情趣不一样，但结果却是同样的。不过，关于这一点就算继续议论下去，对现实也起不到任何作用。

把这无用的议论丢到一边，我睁开眼一看，天已经大亮了。楼下已经吵吵嚷嚷地很热闹了。我心情很好，把头伸出窗子一看，又在下雨。其实，下得并不是很明显，就好像是浓浓的云变成了丝，断断续续地往下落的感觉。所以，并不全是雾蒙蒙的。渐渐地，下着雨的地方清爽起来，从而雨丝之间就变得很通透。不过，能看到的东西也就只有山。而且山上草木极其缺乏，一副干枯的模样。山顶赤红，且光秃秃的。如果是夏天，被太阳照耀，就是这山的深处也该是非常炎热的。包围着我的这片山，无处不被雨淋得湿漉漉的。但因为山本身是干枯的没有任何润泽，所以怎么湿似乎都显得不够滋润，就像瓦片在雾里的感觉一样。而且还给人以寒冷的感觉。正当我准备缩回脑袋时，就看到了他们——头上包着手巾，腰里别着稻草，穿着窄袖和服的两三个男人，出现在对面的石墙下面。刚好是沿着昨天葬礼队伍走过的路，只是方向相反。从远处看去，他们筋疲力尽，让人怜悯。我突然意识到，从今天早晨开始我也要跟他们一样了。看着远去的、头上包着手巾的背影，觉得那包着被雨淋湿的手巾的背影就是我自己，心里非常不忍。过了一会，又有破帽子出现在雨中，在他身后又跟着窄袖和服。这应该是早班矿工下坑道的时间。我终于把头从窗口缩回来。这时，楼梯咚咚响，从下面一下子上来五六个人。我心里想，来了啊，却也无法可想，只把手放在怀里，靠着柱子站着。很快的，这五六个人换成同样的服装又下楼去了。后面又有人上来，又换成窄袖和服下去。终于，饭场里所有早班当值的人好像全部都出去了。

六十

　　看饭场如此繁忙，我也不能闲在这里。但是，没有人来叫我洗脸，也没有人来叫我去吃饭。就算再怎么是公子哥儿，过于无所事事也不好。我咬一咬牙，慢吞吞地下楼了。我心里是非常不安的，但态度上就像住在酒店里给了小费的客人一样。不管如何胆怯，我也无法表现出其他的态度来，完全是一个不谙世事的孩子。下到楼下一看，迎面正撞上那个婆婆，拎着一双草鞋从里面跑出来，她依然是束着袖子劳作的样子。

　　"在哪里洗脸？"

　　我问道，那婆婆看我一眼，丢下一句：

　　"那里。"

　　就往门口去了，简直就是不想理会我。我不知道她说的那里是哪里，想可能是婆婆来的方向，就往里面走去，走到了一个很大的厨房里。占据厨房中间的是一个类似大酒桶一样的柜子。那里面装满了长粒米煮成的饭——反正是我一天三顿都吃，一个月也吃不完的长粒米，没吃之前就已经觉得食欲全无了。——我找到了洗脸的地方。走到厨房的下面，站到长长的水流前，走过场似的用冷水揉搓着面颊。在这里认认真真地洗脸真是很傻。再往后发展下去，我也会觉得不洗脸完全没问题，也会心安理得了。昨天红毛毯和小孩无疑也是沿着这条路进化而来的。

　　我终于自力更生地洗好了脸，心想吃饭怎么办，于是又上台阶走回厨房。所幸这时婆婆从外面回来为我准备了早饭。令人高兴的是还有碗酱汤。我把汤浇到长粒米饭上，用筷子稍微搅拌一下，这样就不用去细细嚼那泥土般的味道了。这时，婆婆说，

"阿初等着带你去坑道，吃完饭，早点过去。"

还没等我放筷子，她就开始催我了。其实，我还想吃一碗，否则身体撑不住。但她这么催，我就不能再要她盛第二碗了。我说：

"啊，是吗？"

站了起来。来到外面一看，外面真的站了一个人。他一看到我的脸，就说：

"是你吗？去坑道的？"

那架势，就像要砸碎一块石头。

"是的。"

我老老实实地回答。他说：

"那跟我来。"

"就穿这衣服也行吗？"

我恭敬地问。

"不行，不行。怎么能穿成那样进去。我从老板那里给你借了件来，穿这个。"说着，他把那窄袖和服抛给我。

"那是上身的，这是绑腿，接着。"

他又把绑腿扔了过来。我拿起来一看，潮乎乎的。很多地方还沾着泥土。料子好像是小仓织①。我心想，自己也终于得穿上这坑道服了。脱下平织上衣，上下都换成了藏青色。乍看起来就像内阁里跑腿的，但我的心情，远远没有内阁里跑腿的受命时那样明快。我

---

① 产于日本九州地方的一种棉织物品，特点是厚实，经久耐用，常用来制作学生装和工作服。

以为这样就准备好了，就走下了地。

"别慌，等等。"

阿初又声如洪钟地喊道。

六十一

"把这个绑在屁股上。"

接过阿初递过来的东西一看,是个很奇怪的、类似稻草蒲团样的东西,上面系着绳子。我照着阿初说的,把它绑在臀部。

"那是护臀垫,这是凿子。把这个插在腰上……"

我接过阿初递过来的凿子一看,是一根长约一尺四五寸的铁棒,前面部分稍微有些尖。我把它插在腰间。

"顺便也插上这个,有点重啊。行吗?不拿稳会受伤的。"

真的很重。我心想,真亏他们别着这样的锤子还能在坑道里面行走。

"怎么样,重吗?"

"是的。"

"那已经是轻的了,重的有五斤。——好了吗?插好了?扭扭腰看看。不会掉下来吧?行了的话把这个提上。"

又把手提油灯递过来,"等等,拿灯前先把草鞋穿上。"

出口处有双新草鞋,刚才婆婆拎着的可能就是这双吧。我光着脚穿上草鞋,把绳子使劲拉到脚后跟。

"你真笨啊,哪有那样绑的。脚趾的地方要松一点。"

阿初骂道。终于,在他的骂声里,总算穿好了。

"好,这样总算穿好了。"

阿初把馒头斗笠和油灯递了过来。我不知道这是该叫馒头斗笠还是竹笋斗笠，总之是服劳役的人们戴的斗笠。戴着这奇怪的斗笠，然后提着油灯。这油灯是可以提着的，形状就是一个大概可以注入两合①石油的油缸，上面开着有注油口和一个插灯芯的孔，连着一个细长的管子，管子的尽头横着一弯，就形成一个圆形空间，把拇指伸进这个地方，用拇指的力量就能把这个灯提起来。不用五根，只用一根手指就可以提起来，非常实用。

"这样，伸进去。"

阿初把他那粗短的拇指，伸进了油灯的孔里。稳稳地提着了。

"看到了？"

阿初用一根手指，把油灯像柱形钟的钟摆一样摇了两三下，没有掉下来。我也跟着学，用同样的节奏摇了摇，也没有掉下来。

"就是那样，很聪明啊。那就出发了，准备好了？"

"嗯，好了。"

我跟着阿初出来了。雨还在下，最先落在斗笠上。我仰起头，想看看天空，雨滴就一滴滴地洒落到下巴、嘴巴和鼻子上。然后，落在肩头，也落在脚上。走了一段路后，整个身体都是潮湿的，沾到皮肤上的湿气，被皮肤的活力蒸发。但因为雨水比较冷，感觉身体的温度越来越低。一到上坡，阿初就急匆匆地大踏步走起来，湿漉漉的，那气势，似乎要从毛孔里把雨滴给弹回去。终于，我们来到了坑道入口。

入口可说有火车隧道大小。梯形面的顶部，大概有四米来高。中间有铁轨，这点也跟火车隧道相似。据说这是矿车的通道。我站在入口处，向里面望去。里面很昏暗。

---

① 1合相当于180毫升。

六十二

"怎么样?这里就是地狱的入口。能进去吗?"

阿初问道,带着嘲弄的语气。刚才从饭场出来往这里走的路上,各个长屋的窗子里又伸出头来,骂道:

"昨天的那个。"

"新来的。"

他们那样子让人感觉到的不是源于久关在山里猎奇式的好奇心,那些语言的背后一定包含着愚弄的意味。具体一点说,一层是,你这老爷也终于流落到这种地方来了,很解气,意思是"你也有今天";另一层是,可怜见的,来了这里就由不得你了,那样单薄的身体能干什么。所以,在嚷嚷着"昨天的那个""新来的"的时候,他们感到一种快感,因为看到我堕落到不得不和他们经受同样的痛苦,同时还要加上对无法忍受这种痛苦的家伙的轻蔑。他们不只是对别人堕落到跟他们一样境遇而喝彩,他们还要对堕落的人踹上一脚,告诉他,虽然是同等程度的堕落,但他们拥有更强的忍受堕落的能力。这些语言里透露着自信,他们因此而满足。我在路上每当听到"昨天的那个"的时候,就用劳役斗笠遮住半边脸,直至来到坑道的入口。因为阿初还在嘲弄我,所以我很生气,回答说:

"能进,不是连火车都能进吗?"

听了我的话,阿初说:

"你能进?别吹牛皮了。"

但是如果我害怕，回答说"进不了"，对方一定会马上说"你瞧瞧，果然吧"。反正不管我怎么回答都是同样的结果，所以我也不后悔。阿初突然飞进了坑道里。我也跟着进去。进去一看，没想到眼前突然一片黑暗。我不知道脚该往哪里走，觉得非常无奈。因为即使下雨，外面也是亮堂的。而且，除了轨道上，两边都是泥泞。而阿初赌气似的大步流星往前走，我也毫不逊色地大步往前走。

"坑道里面要老实点，到处都在扔东西，不小心不行。"

阿初说着，突然在黑暗中停住了脚。阿初的腰中有凿子、有五斤的锤子。黑暗中我非常听话，回答说：

"是。"

"行吗？明白吗？想活着就不要逞强进入坑道这种地方。"

这是他已经转过身去往前走时说的话，似乎是在自言自语。我吃惊不小。洞中回音很大，阿初的话嗡嗡地反弹进我的耳朵里来。如果真如阿初所说，我是进了一个非同小可的地方。因为矿工是一种接近死亡的职业，所以我才准备当矿工，但如果真死——这种可怕的买卖——如果被杀死的话——如果被抛入"死挪窠"的话——我想知道"死挪窠"是什么东西。

"'死挪窠'是什么样子的？"

"什么？"

阿初回过头来。

"'死挪窠'是什么样子的？"

"坑洞。"

"啊？"

"坑洞啊。——扔矿石的地方，很深的洞。要不要把你和矿石一起扔进去看看？"

说完他又大步往前走。

六十三

我站住了。回头望去,入口处就像一个小小的月亮。进来的时候,我想,这就是坑道啊,没有预想的那么可怕嘛。但是被阿初恐吓后,这隧道不管如何平凡,也再也不是原来的那个样子了。我开始想念砸在斗笠上的冰冷雨滴。所以回头望去,入口看起来像个小月亮。回头看我才开始注意到我已经进坑很深了,所以连入口看起来都像一个小月亮。虽然外面是阴天,但我还是想念外面。头上压着的黑漆漆的坑顶,真让人难受。而且我感到坑顶越来越低。这时,我们横穿过轨道,向右转去,开始下坡。回头只能望见一片黑暗,入口已经看不到了。那扇小小月亮一样的通往红尘的窗,已经毫不客气地关闭了。我和阿初一直往下走去。一边下,一边伸手触摸着岩壁,那上面就像下过雨一样湿漉漉的。

"怎么样?跟上来了吗?"

阿初问。

"跟上了。"

我老老实实地回答。

"再过一会就到地狱三丁目。"

说完,两人又开始沉默。这时前方出现了一点光亮,在黑暗中就像猫的一只眼睛一样。如果是手提油灯的光,应该会晃动,但那光一动不动。距离不知道有多远,方位虽然不是正前方,但是能看见。如果坑道中只有一条路,那我和阿初一定是朝着这盏灯走去。

我什么也没问，心想，大概这就是地狱三丁目了，继续往前走去。这时，漫长的下坡终于走完了，路平坦地向前绕去，在那尽头，就是刚才说的那盏灯。刚才看到时似乎就在鼻子底下，现在到了近在咫尺的眼前，距离已经非常近。

"终于到达三丁目了。"

阿初说。到了一看，坑洞有四五个榻榻米大小，那里有个交通岗亭样的小屋。那小屋里亮着电灯。两个穿着洋服的官员面对面坐在桌子两边的椅子上。外面写着：第一哨所。后来听人说才知道这是监视矿工出入、检查劳动时间的地方。当时因为不知道是什么设施，看到六七个像矿工一样面色黧黑的人站在哨所的前面，觉得非常诡异。他们是在等着准备交班的。我虽然腰里别着凿子和锤子，提着油灯，但我只是矿工志愿者，只是来参观坑道的，连实习矿工都不是，看来是没必要等，很快就通过了这地方。那时，阿初把头伸进哨所的玻璃窗里，和官员打了一个招呼，官员连看都没看我一眼。站着的那些矿工，每个人都瞟了我一眼，但没有一个人说一句话，可能是在官员面前有所忌惮。

刚出这关口，坑道的样子突然发生了变化。刚才站着走路，伸直了身体也触摸不到的坑道顶，一下子变低了，站直着走，似乎就会经常碰到头。要是再低两寸的话，肯定就会撞到岩石上，额头会碰出血的。像在松原那样，尽情直着身子，大大咧咧地走是不行了。这很可怕，我尽量把头缩在肩膀里，紧跟着阿初。刚才也把油灯点上了。

六十四

　　阿初在我前面三尺远的地方，突然趴在地上。我以为他滑倒了，就在后面比较结实的地方，脚部用力牢牢站定了。停住的时候如果不这么做的话，因为是坡道，就会有向前倾倒的危险。我稍微把胸脯抬了抬，等着阿初爬起来。但他不起来，依然趴着。
　　"怎么了？"
　　我在后面问。阿初没有回答。——难道——受伤了吗？——我正准备再问一遍——这时阿初慢慢爬了出去。
　　"没事吗？"
　　"爬。"
　　"啊？"
　　"我说爬。"
　　阿初的声音渐渐远去了，那声音让我觉得非常不可思议。就算他是背朝着我，刚才这个距离也是完全能听清楚的，但现在突然听不清了。声音不仅是变小了，而且好像被收进了口袋里，变得模糊不清。我终于注意到这不是一般情况，走近一看终于明白了。这坑道里面刚才还能像平常一样行走，到这里突然变窄，不趴着就出不去。在那狭小的入口处，露出了阿初的两只脚，他身体刚刚爬进去。不一会，外面的一只脚进去了，眼见着另一只脚也进去了。看来我自己也必须爬了，否则无法可想。"我说爬"，阿初说的绝对是有道理的，我照着他说的做。然而，我右手提着油灯，左手手掌毫无顾忌地放到冰一样的不知是泥巴还是岩石还是土的东西上一按，感觉寒冷通过手腕传到肩头，再飞速传到心脏。为了让油灯不碰到地上，我把右手抬到紧挨着脸的地方，这真是非常不方便。我保持着这姿势停在那里不知道该怎么办才好。然后看了一下右手里提在空中的油灯，正在这时，从坑顶啪的一声滴下一滴水。油灯发出嘀的一声哀鸣，油烟从下巴喷到了脸上，进入了眼睛里。但我依然盯着这油灯。这时，远方传来"当——当——"，无疑是矿工作业的声音，但是离这多远，在哪个方向，我却完全不知道。这不是东西南北的红尘人世的声音。我以这个姿势向前爬了两三步。当然很不方便，但是也不是不能爬。只是，我担心因不时落下的水滴而发出呜咽声的油灯。阿初已经到前面去了，唯一可依靠的就是这油灯了。而这油灯却因水发出呜咽声似乎就要灭掉。但它一会又明亮起来。我正想太好了放下心来的时候，又一滴水落下来，它又嘀，似乎要灭掉。我心里非常忐忑不安。其实，刚才水滴也一直在滴，但可能因为灯的位置在腰部以下，所以根本没有注意到吧。现在油灯近在耳边，听到其呜咽声，所以神经紧张起来。因此，我爬得就慢了，还仅仅只爬了三步。这时，阿初的声音突然响起来了。"喂，能不能快点出来？在那磨蹭什么？——还不快点天都黑了。"

　　黑暗中，阿初确实说天都黑了。

六十五

　　我一边爬，一边把下巴伸出去，连喉结都尖起来了。我往阿初那边看。在两米开外的地方，有个像熊窝似的洞，阿初的脸——一个像脸样的东西从那里伸出来。因为我太慢了，阿初弓着身子正朝这边望着。这两米我是怎么爬过去的，现在已经记不清了。总之，我尽快爬到洞边，伸出头，那时阿初已经把头缩回，站在洞的外边。看到他的两只脚就在我的鼻尖前，我心里一阵欣喜，爬过了狭窄地带。

　　"你在干什么？"

　　"因为太窄了。"

　　"因为窄就被吓倒了，那就一步也别踏入坑道里了。连再笨的笨蛋都知道这里不像陆地上那样有地面的。"

　　阿初确实是说过坑道不像陆地上有地面。因为这人总说一些出人意料的话，这里补充说明一下，以保证这是千真万确的事实。我每次解释理由时，都被阿初驳斥，所以我基本沉默，但这时却一下说出来了：

　　"但油灯好像就要灭了，我很担心。"

　　阿初一听，把油灯伸到我的鼻子前，慢慢地检查我的脸，然后命令说：

　　"你把灯灭了看看。"

　　"为什么？"

　　"不为什么，你灭灭看。"

"吹灭吗？"

这时，阿初大声笑了起来。

我一惊，脸上一副不可思议的神情。

"开玩笑。你以为里面是什么？是菜油啊！水滴怎么可能让它灭了！"

我终于放心了。

"放心了？哈哈哈哈。"

阿初又笑了。每当阿初笑的时候，整个坑中都有回响，等回响一结束，坑中便会比之前更加寂静。这时，不知何处传来咚、咚，凿子和锤子的撞击声。

"听见了？"

阿初用下颌示意。

"听到了。"

正当我凝神倾听的时候，他马上又催促起来。

"走吧，这次跟紧点别落后。"

阿初态度不错。我觉得这是因为我一而再再而三被他揪住了错误的缘故。不管他如何苛刻，阿初心情好就行。我意思是说这样对我有好处，所以那就没问题。我如此堕落，在后面嗅着阿初的屁股往前走。路往左边拐，是比较陡的下坡。

"喂，下坡了。"

阿初头也不回地说。这句话让我想起了东京的人力车夫，即使在痛苦之中也觉得好笑。但阿初没注意到这点，径自下坡去了。我也毫不示弱地跟下去。路面是被凿成一段一段的，隔十米左右拐一次，算来已有爱宕神社[①]的高度了。我紧跟着往下走，丝毫不敢松

---

① 应指东京的爱宕神社，建于1603年，位于东京最高的山爱宕山上，山海拔25.69米。通向神社的八十六级石台阶"男坂"以陡峭闻名。

懈。下来后,我松了一口气,但呼吸时却有点痛苦。我以为只是坑道太深,空气流通不畅的缘故。但其实,这时候,身体已经受到伤害了。伴着这痛苦的呼吸持续走了五六十米后,路的样子又变了。

六十六

这次阿初脸朝上,撑着手,把腰以下部分先伸进去。因为坑道的宽度和高度发生了变化,不以这种方式让腰部以下先进去就无法通过。

"要这样通过,看好。"

阿初说着,身体和头部也哧溜溜地穿过去消失不见了。我心想真是熟能生巧,也先把脚往前伸出,用草鞋底试探着去踩。但完全浮在空中,脚根本探不到底。我明白洞的里面若不是陡然下落,那也一定是特别陡峭的坡道。如果头先进去那就只会撞伤头,如果莽撞地把脚踏进去,就可能摔跟头。所以,只能先躺下伸出两脚,用两手在后面支撑。但是,我做这个动作非常不在行,在把手撑住的同时屁股也撞下去了,啪嗒一声响。透过护臀垫,臀部仍有痛感。可见这下跌得不轻。我心里想糟糕,马上就把两脚往前伸去。往下垂了大概一尺来高,还是什么也探不到。没办法,这次把手往前挪动,把腰伸出再伸脚。这次滑落到大腿附近,草鞋的底部终于触摸到了坚硬的东西。为了确定脚底踩到的地面是否结实,我用脚底啪嗒啪嗒地敲了几下,准备如果没问题的话就放开双手站到那坚硬的东西上面。

"干吗总用脚啪嗒啪嗒地踹?没事的,稳稳地站起来吧。你这个胆小鬼。"

那是下面阿初的声音。我在被训斥的同时,胸部以上离开洞穴直直地站起来了。

"你简直就像是伞变的怪物。"

阿初看着我的脸说。我不懂伞变的怪物是什么意思，所以也没觉得可笑，只是认真地问：

"是吗？"

奇怪的是，好像这个回答很有趣，阿初又大声笑了起来。从这时开始，阿初的态度变了，比先前多了几分亲切。偶然的事件，不知什么原因可能会让别人喜欢，反而是为了讨人喜欢而做的事经常适得其反。到现在为止我还没有看到过巧夺天工的拍马屁。自那以后，我也曾以自身的可爱去博取各种各样的人的欢心，但结果都不理想。不管对方怎么笨，总有一天我会露出马脚，那是很可怕的。我事先准备好的说辞，从没有像对这"伞变的怪物"的回答那样取得成功。我终于醒悟，费力的失败是愚蠢的，所以最近站在宿命论的立场与人交往。比较让人烦恼的是演讲和写文章。这些东西不费心力准备就会失败，但是，不管我如何费尽心力准备也都还是失败，也就是说其实结果都一样。不过，费力的失败，即使不讨别人喜欢，也不会暴露出来自己的弱点，所以，还是事先准备再做的好。我想什么时候做一次阿初喜欢的演讲或写一篇让他高兴的文章——但总觉得会被他嘲弄，所以直到现在还没有动手。——这些在这里都是多余的话，就此打住，继续刚才阿初的故事。

那时阿初一边笑着，一边在下边对我说：

"喂，别装得那么一本正经的，赶紧下来吧。日子很短啊。"

在矿坑中点着油灯的阿初，确实说了日子很短啊。

六十七

我沿着土坡往下走了四五米，一走到阿初站着的地方，阿初就往右拐去了。又是一个台阶一个台阶地连续走了十来米。下到底后，这次阿初又往左拐，然后又是一个台阶一个台阶。一会右一会左，我们像是沿着闪电的轨迹在走，一个台阶一个台阶地——不知道往下走了多远。这路是第一次走，而且是在黑暗的矿坑中，所以我觉得非常漫长。一段段的坡路终于走完了，我刚想大概已经离尘世很远了，这时突然出现了一个五六张榻榻米大小的房间。说是房间，其实就是比较大的坑洞，上下比较窄小，中间比较宽阔，就好像是落入了酒瓮中一样。后来才知道，这叫做"作业场"。如果经技师鉴定这里有矿脉，那这里就会开辟成作业场，所以自然比一般人通过的地方要宽阔些。矿工三人一组在这作业场里领取自己所承包的工作任务。有的任务预计两周完成，但四天就结束了，有些估计最多五天完成的任务却需要坚持做半个月以上。因此，矿坑里凿出了通道，通道边只要找出了铜脉，就会就地挖下去。所以，有火车经过的矿坑入口处的路是平坦的，而且是一条直线，但是下到第一哨所附近，路就出现往左往右的分岔，这些路边又分别建立作业场。这里的事情完成后，再找到铜脉，再接着往下挖，因而坑道里全是很窄的路，全是黑暗的坑。这就像蚂蚁在地面纵横穿行一样，或者比喻为书虫吃书也无不可。也就是说，人在土里吃铜，吃完了，再找到铜，再接着吃，就有了很多的路。所以，尽管是在矿坑中走过，如果只是走过而不到作业场，那就不会遇到矿工。可以听到咚咚的声音，只听到声音，那是非常寂寞孤独的。看来，我虽被阿初带着进入了坑道，但因为我的第一目的是来参观的，所以绕着道走，没有接近作业场。下了那么多的坡来到这里，才第一次看到矿工工作的现场。——在走弯弯绕绕的一段段的下坡台阶时，我一心一意地往下走，这坡怎么走也走不完，连人影也碰不到一个，心里是非常不安。现在到了作业场，看到了人类，就非常高兴了。

往里一看，有人坐在圆木上，人数有三个。圆木是长圆形的，跟铺轨道用的枕木差不多，看起来非常重，真想象不出它们是怎么运到这里的。据说，为防止坑顶塌方，在稍微宽阔一些的地方需要用这样的柱子支撑，所以得留下木工工作的作业场。两人坐在木头上面，另一个人面朝圆木蹲着。三人中间有个小木碗，扣在圆木上。一个人按着木碗，三人都发出一种奇怪的声音。被按着的木碗被拿起来，下面出现了色子。——正在这时候我和阿初走了进来。

三人同时抬起眼看着我和阿初。油灯插在土墙上，昏暗的灯光照着三人发光的眼珠子。其实，发光的东西只有眼珠子。坑里本来昏暗，本该明亮的油灯也很昏暗。油灯漆黑的烟飘过的地方，似乎有浑浊的液体在流动。浑浊液体的边缘也是黑色，当它一变成烟，这烟立即就被黑暗所吸收。所以，坑中一片混沌。三人在这混沌中抬起了头。

六十八

　　他们的头上戴着油灯,所以看得比较清晰的只有他们的头部。但因为三个人的头都是黑色的,所以,跟看不见也没什么两样。而且三个头都聚在一起,而更怪的是,我一进去,三个头立即就分开了。这时,碗消失了,碗底下色子也消失了。我看到过碗、色子,听到过三人异样的叫声,这时我看到了他们模糊不清的三张脸。其中一个人,颧骨的一小块地方和鼻翼的边缘映在灯光里,另一个人的额头和一半的眉毛落在光里,剩下的那个人整体都是模糊的。我提着的油灯的灯光,从四五尺远的地方照着他们。——三个人保持着这个姿势直愣愣地看着,看着的是我。

　　终于碰到人了,我心里很欢喜。但一看到面前的三对眼珠子,下意识地停住了脚步。

　　"你是……"

　　其中一个人话刚开了头就打住了。其他两个人还没开口。我也就站在那里,没有回答。——无法回答。这时:

　　"新来的。"

　　阿初颇有气势地替我回答了。老实说,当被三个眼珠亮闪闪的人问"你是……"的时候,我忘记了自己身边还有阿初,我只是吃了一惊,站在那里发愣。正当我呆呆地站着,身体变得僵硬的时候,耳边响起了"新来的"的声音。这声音从我左耳的后面发出,向对方的方向传递的时候,我才想起自己原来有阿初跟着。因而,我快要变僵的手脚又回复到正常的状态。我往旁边后退一步，想让阿初上前。果然阿初提着油灯，走了过去。

"老样子，还在赌啊。"

阿初提着油灯，插到三个人的中间，看着碗和色子说道。

"怎么样？你也来一个？"

"还是不了，今天要带人。"

阿初没有加入他们。一会儿后，嗨的一声在圆木上坐下，看着我说：

"休息会儿再走吧。"

我刚才害怕到发呆，现在突然高兴了，也精神起来。我在阿初旁边坐下，到这时才明白护臀垫的好处。屁股舒适地坐在上面，局部觉得很柔软，而且不冷，非常好。其实，刚才眼睛有些晕眩——不知道是不是晕眩，坑道里面本来就黑暗也不是很清楚，感觉并不好。现在这样坐着，感觉舒服多了。四个人在谈各种话题。

"广本那里来了新球，知道吗？"

"嗯，知道。"

"这次还买吗？"

"我不买，你呢？"

"我？我吗——哈哈哈哈。"

那人笑起来了。这笑的是刚进来时脸看不清的那个，现在也还是看不清。其证据就是，他笑还是不笑，脸的轮廓基本都是一样的。

"看来手气很好啊。"

阿初也微微笑了。

"因为进了矿坑，就随时可能会死。是吧？大家谁都一样。"

这是回答。这时——

"这就是我们还没死的时候做的事啊。"

另一个人说,语调中蕴含着某种咏叹的意味。我觉得非常突然。

六十九

然后，有个人突然跟我搭话，他和我中间隔着另一个人。

"你是哪里来的？"

"从东京来。"

"想来这里挣钱可不行啊。"

另外的人立即告诉我。我遇到长藏的时候，吃惊于他一遍又一遍地跟我说能赚钱能赚钱，一到饭场，又相反的总听到赚不到钱赚不到钱，这真让人头疼。我原以为在地底下总不会有人说那样的话吧，但下到这里一碰到人又是重复着说赚不到钱。我觉得蠢透了，想回敬一句什么，但又怕说得不好被训斥，所以就忍住没说。但如果我什么都不说，也有可能被他们教训，所以就问了一句：

"为什么赚不到钱？"

"这铜山里有神住着。不管如何存钱想出去都是不行的，钱肯定会回到这里。"

"什么神？"

我问。

"达摩。"

说着四个人觉得很有趣似的笑了。我不说话。四个人也不管我，开始一个劲地说着达摩的故事。大约持续了十多分钟。这期间我在考虑别的事。考虑来考虑去，我还是在想，如果看见我穿着这样满是泥巴的衣服，蹲在这暗无天日的矿坑里的样子，艳子和澄江会怎么样？她们会同情吗，会哭吗，还是会说"真惨"，然后博我欢心呢，我想了好多种可能性，最终的结论是，毫无疑问她们会心疼、会哭，然后我就想把我现在的样子给两人看一眼。然后又回想起了昨晚在火炉前被狠狠嘲弄的情景，想如果她们看到这幕又会如何反应？但这次我的想法是幸亏她们不在我身边，我不想被她们看到。我想象着如果被看到的话会是什么样，但当我眼前同时出现软弱的、被狠狠欺辱的自己的样子和两个时髦的女人时，就觉得无地自容，腋下直冒冷汗。由此看来，我对自己堕落成矿工这个事实本身，不但不觉得羞耻甚至还有些得意，只是不想让她们看到刚刚成为矿工时我的笨拙的一面。对自己的不光彩的一面，我想对所有人隐瞒，特别是不想让女人看到。因为我觉得女人是弱者，需要依赖我，那我就尽量给她们证明我是一个可依靠的、器量大的男人。特别是结婚前的男人对这一点感触颇深。不管到了什么样的穷途末路，人都会时时显示出戏剧性的一面。我臀部垫着护臀垫，在深深的坑道里，手里提着油灯休息时的思绪完全是戏剧性的。从某种意义上说，这是缓解痛苦的灵药。光明正大地抚慰观众心灵的戏剧，我觉得就是从这儿发展起来的。我在心里扮演着并不高明的主人公，虽有些失落却甚是得意。

　　这时，突然响起的巨大声响，似乎要把我的肺脏震出来。不知道这声音来自脚下还是头上，因为屁股下面的圆木和黑黑的洞顶都一齐跳了起来，让人根本分不清。我的脖子和手、脚也跟着动了一下。如果坐在屋外走廊上，垂着脚，在膝盖上轻轻敲一下，膝盖以下就会反射地跳起来。刚才我身体的震动方式完全和这一样，只是觉得剧烈程度是这两倍以上。不仅身体这样，我的精神也一样。正沉醉于一个人的表演，突然一下子被打回现实中。声响还在继续，就如同响雷被埋入土中，响声被阻挡，无法自由传播，听起来迟钝、焦灼、闷闷地。像是被压抑着，碰撞在岩石上；又像是被束缚着，愤怒不已；然后被反弹，因失去发泄的途径，轰地怒吼着。

七十

"不能慌。"

阿初说。他站起来了,我也站起来了。三个矿工也站起来了。

"还剩一点,干完了吧。"

他们拿起了凿子。我和阿初走出了作业场。这时烟袭来了。火药的气味直往眼睛、鼻子、嘴巴里冲。我呛得受不了,朝后转过脸。这时作业场发出了当当的声音,他们已经在工作了。

"怎么回事?"

痛苦中,我问阿初。其实,刚才耳朵被震时,我知道这一定是坑内大爆炸,甚至想不逃出去的话会有生命危险。而阿初却似乎要往更深处走,我虽觉得有些害怕,但奈何我没有行动的自由,也就不具备精神的独立,所以放下心来,想,反正师傅觉得应该逃生的时候,自然会带着我逃,就跟在他后面出来了。这时浓烟从对面吹来,我心想这不能莽撞地深入啊,就自己回过头,刚好听到刚才的那帮人在浓烟中当当地敲着矿石。看来真是没啥事啊,但心里还是怀疑,所以问出口了。阿初一听,在烟中咳嗽了两三声,告诉我说:

"不用怕,是爆破。"

"没事吗?"

"可能有事,但既然进了坑道就由不得自己了。要是害怕爆破,那在这坑道里一天也待不了。"

我不再言语。阿初挥着双手,似要把浓烟驱散似的径直往前走。

在我看来，阿初并不是不觉得痛苦，但在一个新来的人面前必须要表现出毫不畏惧吧。或者，烟从一个坑道窜到另一个坑道，若在地面上早已散发干净，但这里的路上一直昏昏的、依旧盘踞不散，他感到很呛，想早点离开也未可知。如果那样的话就是我的不对了。

总之，我忍着痛苦尾随着阿初钻过一个子宫般的洞穴，又走了几段七八米长、被凿成台阶状的路，往右往左转到尽头，出现在一条岔路上。在那条小路的尽头响起叮当叮当当的声音，就好像是往深井里抛石子的感觉。但显然，这比一般的井要深得多。东西在坠落途中，碰到侧壁发出的声音非常清脆，而且，尾音拖得很长。最后的叮当当是碰到底部时发出的，从底部传出来似乎要花很长的时间。只有一条通道垂直往上，没有别的逃逸的道路，所以不管花多少时间，最终声音是一定会传出来的。途中声音似乎快要消失，但由于岩壁的帮助，底部发出的声响不管如何微弱如何遥远，最后都会毫发无损地被送到上面来。——大概就是这种声音。叮当当，叮当当……

阿初停住了脚步。

"听见了？"

"听见了。"

"在往矿洞里扔矿石。"

"哦，啊……"

"因为顺路，带你看看矿洞。"

阿初临时起意，把一只脚有力地往后一伸，调整了一下草鞋后跟的位置。我注意力集中在耳朵上，还没来得及回答，阿初已经向右拐过去了。我也跟着走进黑暗中。

七十一

拐过后，走了四尺左右路就到了尽头。于是又往右拐，两米左右的前方一下子有了微弱的亮光，向纵横两个方向展开。其中有两个黑影。当我们走近时，其中一个黑影左脚用力往前一蹬，后面手里借势把一个很大的簸箕往斜刺里抛去。簸箕落在踏板上。哐啷，哐啷啷的声音朝地下落去。往前一尺的地方就是一个大坑洞。大小大概够铺两张榻榻米。掘子刚把装在簸箕里的碎矿石扔进坑里去。面前的石壁完全笔直。微弱油灯的灯光照在上面，甚至看不清它的颜色。只觉得上面很潮湿，潮湿的地方在闪闪发着光。

"去望望看。"

阿初说。

面前的坑洞上有个三尺来长的木板往前伸出。我走到了木板的三分之一处。

"再往前，走。"

阿初催促道。我犹豫了。就这样如果踏板断了，不知道会坠落到哪里。更何况，再往前走一尺，万一发生什么情况，连跑回到后面地上的时间都没有。一尺似乎很短，但在这里可以相当于平地上的二十米。我踟蹰了好几分钟。

"往前走啊，胆小鬼。就那熊样还做掘子？"

有人说。这不是阿初的声音，可能是黑影中的一个人说的吧。我没有回头看，但依然无法迈开脚步，只是睁着两眼望着对面洞壁因潮湿而发出的幽暗的光，然后视线慢慢向下方推移，到大概两米左右的地方多少还能看到光，再往下就是一片黑暗。因为一片漆黑，我就无法知道视线能看到哪里了。只是觉得深不见底。要是落下去就完了，我想到这里突然神经紧张起来，感到背后似乎有人在推我，但脚依然站在原地没有挪动。这时，后面有人说话：

"喂，挡路了。让下。"

我一回头，一个掘子抱着很重的草袋站在那里。这草袋只有米袋①一半大小，但看他两手托着底部，又用腰支撑着，似乎用了很大的劲，看来非常重。看到这种情况，我马上避让到一旁，就那样退回到了比较安全的、就算木板断了也能毫不费力地飞奔回地面的地方。草袋挡在眼前，我想他一定是觉得非常不安吧。却只见他毫不犹豫地迈着沉重的脚往前走，走到离边缘两尺远的地方，并拢双脚。我以为他停下了，但他又伸出了脚。前面只剩下一尺左右的距离了，又往前走了五寸。然后规整地并拢了左右脚。然后，"嗨"的一声，胸部和腰部同时向前伸出。危险！我刚以为他会掉下去，就见沉重的草袋翻着跟头离开了掘子的手。掘子回到原来的地方站定。落下的草袋一时无声无息，然后在很远的地方发出咚的一声。看来草袋已经落到了洞底。

"怎么样？刚才那样你能做到吗？"

阿初问我。

"嗯……"

我缩着头，一副害怕的样子。阿初和掘子都笑出了声。我觉得被他们笑也是没办法的事，依然很害怕。这时，只听阿初说：

---

① 江户时期日本米袋装米 60 公斤。

"不管做什么都要学,不做做看,根本做不到。你做掘子,要是觉得害怕,你站在后面扔扔看,全部都会落到木板上,根本落不到洞里。而且你自己还可能被矿石的重量带动,反而危险。如果不那样一鼓作气伸出胸脯的话……"

刚说到这里,另一个人说:

"不掉下矿洞两三回是不行的,哈哈哈哈。"

说着笑起来了。

七十二

我们回头,回到原来的路上,走出五十来米远,掘子往右折去了。阿初和我径直走下了坡。下到底下,弯弯曲曲地走过十来米平路,在路的尽头,阿初停下了,问:

"喂,还能下吗?"

其实,早就不能下了,但途中放弃肯定会不及格,所以我一直忍耐又忍耐才能来到这里,但心底里知道肯定是要走到最底下的。这时对方突然停下来,把前面的行程告一段落,重新正儿八经地问"还能下吗?",这意味着还要下的路程肯定不是一两百米那么短。——我偷偷地看着阿初的脸想,他会放过我吗?此时的进退完全在他的一念之间,不管如何笨或者如何聪明结果都是一样。所以,与其我在心里想,不如看阿初的脸色更能尽快做出判断。也就是说,这是由不得自己的性格、而是由周围环境决定命运的时刻。性格已经降低到了普通水准以下了。这是我多年积累的自信的性格被击得粉碎的最显著的例子。——我的"无性格论"也来源于这里。

前面说过我在看阿初的脸色。看不见"想下的吧?"的亲密情状,也看不见"不下对你不好"的忠告的意思,也没有"我一定要让你下"的威吓的表现,当然也没有"肯定想下吧"故意逗我的感觉,他脸上只有一种"估计不想下了吧"的侮辱的神情。那也没什么。但是,那表情里面潜藏着一个切实的问题,那就是不及格。这种时候不及格是比名誉、品格,比什么都重要的事。我即使窒息也要继续往下走。

"下吧。"

我一咬牙，说。阿初果然跟预想的一样，稳稳地表示了同意：

"那下吧。不过，比较危险啊。"

危险肯定是危险。沿着被切割得像屏风一样的九十度直角，从洞穴往下，这是猴子才做的事。挂着有梯子。已经无所谓坡度了。紧挨着这面墙壁，两根木棒垂直向下，伸头看去，看不到前面。梯子延伸到哪里，又绑在什么东西上面，根本不知道。

"那我先下。请小心点跟着啊。"

阿初说。阿初说话如此礼貌完全出乎我的意料之外。也许看我咬牙说"下吧"，起了几分怜悯心吧。不久，阿初一转身，正式把屁股朝向洞穴的方向，然后蹲下，从脚开始，慢慢地进去了。最后只剩下了脸，不久脸也消失了。在能看到他的脸的时候，多少有些放心，当他黑黑的头也没入到洞中后，我又担心又害怕，就再也待不住了。我踮着两只脚从上往下看。阿初往下去，只能看到他黑黑的头和油灯。看得我有点晕眩，这时我想，现在还能看到阿初，不趁现在下，可能就下不下去了，就会非常丢面子，越早下越好。想到这，我突然掉过头来，学着阿初两膝着地，用手拽着往下，用草鞋底去触摸梯子的横杆。

七十三

　　两手抓住了梯子的第一段，脚踩在一个牢固的地方，背像虾米一样弓起来。然后，慢慢伸直了腿，一站直，油灯就到了胸部附近。站着不动的话，油烟就会熏到眼睛。没有办法，一只脚往下探，手也要相应地变换抓着的位置。当我想把手往下移的时候，想不到手里提着的油灯突然无法控制地乱晃起来。弄不好，连衣服都要被烧到了。我小心翼翼地提着让它离自己远一点，却又碰到了石壁，差一点被碰碎。刚拿到这灯时，当我把大拇指塞进灯把手，灯像钟摆一样摇动时，觉得这真是一个非常方便的东西，但在这个时候，却觉得它非常碍事。而且，梯子幅度很窄，横档和横档之间距离却很长，往下走一段，要比下普通的梯子费双倍的力气。况且这时还有恐惧感作祟。在每次重新抓住时，横档都是滑溜溜的。把灯提到鼻尖前，借着微弱的灯光一看，上面沾满了泥土。这肯定是上上下下的草鞋留下来的。我在梯子上，伸出头往下看。不看就好了，但是忍不住。一看，头马上就晃悠悠起来，紧紧握着的手也开始松开。这样下去可能就会死，死了就麻烦了。于是我牢牢抓住横档，突然闭上了眼。这时，肥皂泡大小的东西在眼前散开、旋转。而其中，阿初正在往下去。说实话，在往下看的时候，阿初的身影看是看得到，但闭上眼睛后眼前涌出的肥皂泡里，却没有阿初。但是，此刻他却出现在那里，而且，正在往下去。真是太不可思议了。现在想来，在眼冒金星前，肯定是看到过阿初的，但是，晕晕乎乎地怕死的时候，忘记了阿初的影子映在视网膜上。一抓紧横档，闭上眼睛，他的影子马上又苏醒过来了吧。不过，在生理上这样的事是不是可能发生，我就不知道了。那时候我是糊涂的。坑洞是漆黑的，生命是可贵的，头脑里是混乱的。是活着还是死了都分不清的。而那当中，阿初在往下去。不知道是在我眼中往下去，还是在我的脚下往下去，我完全分不清。但不可思议的是，一睁开眼睛往下看去。那里，阿初还是在往下去。而且，好像是在对面的直壁上往下去。这回也许因为是第二次，所以并没有晕眩到要摔下去。睁大眼睛仔细看去，他确实是在对面的石壁上往下去。奇怪了，我想。这时，油灯"嘀"地叫了一声。虽然知道它不会灭，但一到这时候还是有点担心。阿初快速地往下下着。我想，到了这时候，也只有全力往下走才是上策。我重新抓住滑溜溜的横档木，握紧，下了五六米以后，脚终于落到了土上。我踩了踩，确实是土。为谨慎起见，我手里仍旧抓着横档木，往脚下看了看，梯子确实已经没有了。踩着的土也就一尺见宽，其余的都是笔直的洞穴。不过，这次是对面墙上挂着另一挂梯子，就在那里，一伸手就能抓得到。无法可想，我只好转移到另一挂梯子，然后尽快地往下走。梯子的长度跟前面那个一样。下去后，又是在对面方向的墙上，挂着另一个梯子。无话可说，只得再次转移。好不容易又爬完这个之后，新的梯子照旧又在对面的墙壁上悬挂着。没完没了。在我爬过第六个梯子以后，手也酸了，脚也开始抖起来了，呼吸也变得奇怪。往下看，阿初的身影早已经看不见了。越看越是一片漆黑。我的油灯因滴水一直唧唧地呜咽着，草鞋里已经灌满了水。

七十四

　　稍微休息了一下,感觉手就像快要断了似的。再往下去的话,也不能保证脚不会踩空。但是,必须往下走,如果不下的话,一个倒栽葱掉下去头就会摔得粉碎。想到这里,就觉得无论如何,要想尽一切办法下去。这时,想要克服这一段段梯子的力气就不知从哪里冒出来了。那力量到底来自哪里,我始终不知道。但它不是一下子冒出来的,而是一点点,从手腕、肚子和脚上慢慢渗出来的,所以,我自己也完全能意识到。我觉得这就像考试前的晚上彻夜看书,疲劳后昏昏欲睡,突然睁开眼睛后还能看个五六页。这时候的学习,虽然记不清到底看了什么内容,但是读完是没问题的。与此相似,我虽然不敢断言我确实是往下走了,但结果我确实是下去了。即使忘了所看的书的内容,但看了多少页却记得很清楚。与此相同,我清楚记得自己爬了多少个梯子。刚好十五个。爬完十五个,还看不到阿初,我就有些吃惊了。所幸的是只有一条路,战战兢兢地爬出了狭窄的洞穴,终于看到了阿初。而且,他也不似先前的不饶人,问我说:

"怎么样?很辛苦吗?"

因为我确实很辛苦,我就回答说:

"很辛苦。"

阿初又说:

"只剩一点了,再坚持一下,怎么样?"

369

他在鼓励我。于是我问道：

"还有梯子吗？"

阿初一听，说：

"哈哈哈哈，没有梯子了。没事的。"

他露出了善意的笑容。所以我想自己也只有忍耐了，就跟在阿初的屁股后面。又开始下坡了。走着走着，路上开始出现积水，脚底发出吧唧吧唧的声音。用油灯照着一看，就好像下谷①一带的沟渠泛滥了一样，水呈灰色咕噜咕噜地不停往外冒着。那些泥水还贼冷，脚趾根部好像要被切断一样。但到处都是水，好不容易从水里拔出来的脚又不得不残忍地蹚入水中。拔起一只脚以后，就想像鹭鸶一样单脚一直立着。草鞋的底部早就无奈地发出吧唧的声音了，踩上去的时候，水边就像鱼鳍一样激起一阵波浪。波浪的一部分被油灯照着晶晶地发着亮光，但马上又平静下来回归原状。好不容易平静下来的水面，又一脚吧唧踩上去，搅乱它们。水面又像鱼鳍一样发光。反复如此，一直越往里走，水就慢慢地越来越深。我以为过了这里后就会上岸，正期待也许会有干路时，一个转弯，刚才还脚背深的水一下子漫到了小腿。我强忍着，想着后面总会好点，但又往右一拐，脚下一个落差，水又浸到了膝盖。这样一来，移动起来，就发出咕噜咕噜的声音了。被膝盖打破的波浪卷着旋涡流去，那旋涡又朝大腿方向袭来。我觉得非常危险。也许，是因什么原因渗水，那这矿坑中肯定到处都是水了。想到这里，我腰部、腹部突然感到一阵寒冷。而阿初毫不在意，在泥水中大步往前走。

"这个样子，没事吗？"

---

① 东京台东区西部地名，位于隅田川西岸，当时周边大部分是沼泽地或湿地。

我在后面问，阿初也没有回答，依然咕噜噜咕噜噜破浪前行。按照我的想法，铜矿一旦浸水，肯定就无法工作。既然水这么深，一定是有什么不祥的事发生了，或者我被带入了废坑。不管是哪种情况都是灾难，想到这，我又不安起来，想再问阿初一次，但这时水终于漫到腰上来了。

七十五

"还要往前走吗？"

我实在忍不住了，从后面叫住了阿初。这声音不是普通的询问，而是想到自己的安危，拼命地从口中发出来的。不过，我把在危急关头发出的单音节的叫声，暂时换成了带有恐惧的疑问，因为心里还是有点顾忌阿初。一听到这声音，阿初马上停下来，站在水里回过头来。我把油灯高高举起，凝神看去，阿初的眉毛皱成了八字形，而且，嘴角边露着笑意。

"怎么了？认输了吗？"

"不是，这水……"

我满脸凄惶地看着腰边的水。阿初不为所动，依旧笑意盈盈，轻松得就像行人卷着裤脚，在浸水的路上蹚水一样。他那样子消除了我对水的怀疑，但我本性胆小，又一次重复问了刚才的问题：

"这没事吗？"

听到这阿初的表情越加愉悦起来，然后认真地说：

"这是八号坑，是在最底下的。有水很自然，不用那么害怕。没事的，跟我来。"

他不接我的茬，无法，我只能湿着大腿跟上去。这是在黑暗的矿坑中，如果打一个恰当的比喻的话，可以说从头到脚都浸泡在黑暗中。同时，又浸在真正的水里，而且水的颜色与坑道一模一样，感觉加倍的恶劣。而且，水又从脚踝慢慢地逼上来，现在连腰都浸在水里。甚至,每动一下就激起波浪,水位以上的身体都被打湿了。湿了的地方干不了,有时,波浪还会打到更高的地方,所以,身体变得冰冷,一寸又一寸地蔓延到腹部。坑道让我从头发冷,水让我从底下冷到肚子,来自两头的寒冷让我像只海参一样跟在阿初的后面走在一无所知的环境中。走着走着,右边出现了一个洞穴,水从洞的深处流出来。然后听到里面发出叮当叮当的声音。毫无疑问是作业场。阿初站在洞前,问:

"看,这种地方还有人在工作,你能做到吗?"

我的胸脯浸在水里,弯着腰去窥探洞中情况。里面有淡淡的亮光——说是亮光,其实是那种有气无力,似有似无的微弱光亮,照在一个空旷的空间里,光线无法穿透黑暗,反而被黑暗压倒,处于一种混沌浑浊的状态。其中有个更黑暗的东西斜斜地吸附在岩壁上,叮当的声音就是从那里传出来的。那声音响彻四壁却苦于无处可去,被水反弹后汇聚一起向洞穴的出口奔来。水也一起跟着流来。岩壁漆黑,而水面却泛着光亮。

"进去看吗?"

阿初说。我打了一个冷颤,回答说:

"不进去也行。"

于是阿初说,

"那就不去了。不过,只限今天呵。"

他给出了限制条件,扫了一眼我的脸。我果然上当了。

"我明天就要在这里工作吗?在这工作的话,要在水里浸几个小时?——只要浸在水里就可以完成任务了吗?"

"是呀。"

阿初似乎在想什么。

"一昼夜三班倒。"

他说明道。一昼夜换三班的话,一班就是八小时。我的眼睛向下,视线落到黑暗的水上。

七十六

"不过没事,你不用担心。"

阿初突然安慰起我来,大概觉得我怪可怜的吧。

"但是,我也必须要工作八小时啊。"

"我知道,那是规定,必须要干满的。但不用担心。"

"为什么呢?"

"我说不用就不用。"

阿初往前走去,我也默默地跟着走出去。吧嗒吧嗒在水里走了两三步,阿初突然回过头来,

"新来的一般在二号或三号坑干活。不是特别熟悉情况的人是不会下到这里来的。"

他一边说一边笑起来了。我也跟着笑了。

"放心了?"

阿初又问。没办法,我只好回答:

"是的。"

阿初非常得意。咕噜咕噜流动的水,一下子退到了膝盖处。用脚尖去试探,碰到一级一级的台阶。我数着一个,两个,到第三个的时候,水落到脚踝的位置。然后,一直是平坦的路。意外地很快来到了比较高的地方,我非常高兴。这之后,越来越高兴,越转地面越干燥,最后到了听不见吧唧响声的地方。这时,阿初问我想不想看机器,就是把四面八方扔到矿洞里的矿石收集起来送到第一坑,

然后在那里装上火车往外运的机器,一听说这我从心底里拒绝。不管这机器运转得如何有趣,但对明天的我根本没有用处,所以没有任何想看的心思。不看机器,那就到此为止,矿坑内参观到此结束。所以,带路的阿初通知我返回。看来阿初也觉得齐腰的水蹚一次就够了,回程带我走的是相对不那么湿的路。就这样也有二十米左右的地方水浸到了小腿肚子。在经过这二十米左右的路程时,不明就里的我以为又回到了原来的地方,一边回想来路冰冷的水浸到肚脐附近的情景,一边在冷水里挪着脚,心里害怕又要经过那里。然而,事实并非如此,越往前走水越浅,脚步也变得轻便,终于走到了干燥的路上。我问阿初:

"没有水路了吗?"

阿初只是笑笑。那时我心里也非常愉快。但很快就到了先前那梯子下面。水浸到胸部尚可忍受,只是这梯子——刚想哪怕只是在回程的时候能避开也好啊,就来到了它的下面。我听人说过蜀之栈道,这梯子就仿佛是那栈道被倒着吊起来,然后把倾斜的角度改成九十度的东西。一来到这里,我突然迈不出脚。就好似突然患了脚气一样,不由自主地,好像有人把腰往后拉一样。可能有读者会以为既然被拉,那是被阿初拉吧,但不是。因为当时的心情,勉强形容的话,说像被往后拉更合适。总之,腰伸不直。我不是在断言这就是倒吊着的栈道在作祟,我没那意思。刚才一直领着我的阿初态度已经好多了,因他的宽大温和,我努力奋发的紧箍咒已经慢慢松了很多,这也是事实。总之,我走不了了。看着我的腰,阿初说道:

"好像走不了了啊,你这是被吓的。你休息下吧,我去逛逛就来。"

丢下一句,他就遁入黑暗中,不知去向。

七十七

　　接下来当然只剩下我一个人，我一屁股坐到了地上。这时候护臀垫非常好用，多亏它，我坐在岩石上不觉得疼，也不用担心衣服被弄脏，也算是惨淡中的一丝安慰。我将僵硬弯曲的背部靠在岩壁上。除此以外什么也不想干，只是保持着那样的姿势盯着对面的岩壁看。因为身体不能动，所以心也不能动，或是因为心坐着不动，所以身体疲惫，总之，身心相互依存，彷徨于生死之间，一时间万事都不明了。一开始还觉得，哪怕只是一立方尺也好，想呼吸一下新鲜的空气，慢慢意识就昏暗起来，忘记了坑道中的黑暗。分不清是意识昏暗还是坑道内昏暗，朦胧之中，两者合二为一。但是，我并没有睡着。只是，静静地，意识就稀薄了。但是，那稀薄的意识，是溶解于十倍水中的世俗气，不管如何混沌，那意识都还是存在的。这就好比和人隔着电话交谈——或者比这还稍微模糊点。浮世的太阳过于炙热我已经不堪忍受，对这样的我——不管在东京还是乡下都无法生存的我——不得不服用清热解毒药消除烦闷的我——必须把不断传递到神经纤维末梢的过度刺激散发开去的我——对这样的我来说，像这样意识沉没到水平线以下的状态，是必要的，这是我的愿望，也是我的理想。被长藏拉着的时候，一路上我在空想中描述着矿工的生活，但现在的状态与那相比简直就是天堂。如果，离家出走是自我毁灭的第一步，那么现在这种境界虽不知道是自我毁灭的第几步，但肯定离目的地不远了。我在被阿初丢下休息的短暂时间里，没想到却被突然推到了自我毁灭的边缘。——嗯，你们觉得我的心情是怎样的？老实说，很高兴。不过，高兴的感觉游离在溶解于十倍水的意识之中，与别的世俗欲望一样，并不是很激烈，也很稀薄，但这种感觉是真实的。此时我的精神状态，与活动区域被挤压的心理缺陷现象不同。我能自由恣肆地进行一般活动，只是活动的强度减弱了，所以，平常的我和这时的我的差别只是浓度的不同。我在一生中最淡的时刻，有着淡淡的欢喜。

　　如果这种状态持续一个小时，那我就得到一个小时的满足。持续一天我肯定得到一天的满足，就算持续一百年那也是欢喜的。不过——这里我又有新的心理活动了。

　　之所以这么说，是因为这种状态并没有按照自己的希望停留在原地方，而是开始活动起来了，就像油就要燃尽的灯一样活动起来了。如果用数字来表示意识，正常时候是十，那现在就停留在五上。那样持续一段时间后，又降到四，降到了三。照这样下去，什么时候肯定要降到零。在这慢慢变淡的过程中我感觉到欢喜。我能意识到这变淡的过程。欢喜不管到哪里肯定都是欢喜。所以，从道理上讲，不管意识降低到什么程度，我自己只感觉到欢喜，只感觉到满足。然而，这感觉慢慢地越来越淡，终于，在接近零的时候，一种想法突然从黑暗中跳了出来，"这家伙要死掉"的想法突然跳了出来。接着"死了就麻烦了"的想法也随之跳出来。同时，我的眼睛倏地睁开了。

七十八

　　脚趾好像要断似的，膝盖到腰部的血液冻凝固了，腹部好像装满了水，胸部以上还像个活人。睁开眼睛后，想着没睁开时的情景，回想刚才意识变化的顺序，到了"要死了，真死了就麻烦了"的时候，戛然而止。停止以后，就是眼睛睁开的行为。也就是说，"要死了"的意识使生命发生转变，转变后的第一个动作就是睁眼。意识到"要死了"和睁眼，这两个动作是完全分离的，但又是连续的。持续的证据就是，睁开眼睛后看自己周围时，"要死了"的声音依旧响在耳边。确实还在响。我用了声音或耳朵的字样，因为除此以外没有别的办法形容。无法形容。肯定不能理解为有人在提醒我"要死了"，因为周围当然是没有人的。难道是神——我非常讨厌神。这句话还是慌忙中从自己的心里浮现出来的。我做梦都没想过人会怕死到这种程度。如果这样的话，那根本不可能自杀。这个时候，灵魂的行为方式与平时不同，自己被本能所支配，却完全意识不到。我想这是值得注意的现象。这个例子，也可以解释为是受到了神的帮助。也可说是那些始终跟随自己左右的人——似乎多数情况下是恋人——是那些人的灵魂救了自己。我虽然年轻，但并没有把这声音解释为来自艳子或澄江，因为我非常自以为是，但又非常感动。可能我天生就是个不那么浪漫的人吧。

　　这时，阿初突然回来了。一看到阿初，我的意识就越来越明朗起来。接下来不得不爬那倒挂的栈道；从明天起不得不拿着凿子和锤子叮当叮当地敲；长粒米饭；臭虫；"迦嗯波"；达摩等，一个不落，最后，连自己的堕落都变得非常鲜明起来。

"感觉稍微好点了吗？"

"好像稍微好点了。"

"那就开始爬吧。"

阿初说，我站着准备跟他道谢的时候，阿初精神抖擞地抓住横档，一只脚架了上去，又回过头提醒我说：

"往上爬稍微辛苦些。但要跟上来啊。"

说着爬了上去。我倒吸一口凉气，自下往上看，阿初在往上爬，像猴子一样往上爬，非常快，根本没有慢一点等等我的意思。看来，我要是不赶紧爬，恐怕要被他丢下不管了。我也咬着牙开始爬起来。爬了两三段，就感叹果然如阿初所说，非常困难，不仅是累。下梯子的时候，胸部以上可以往前倾，某种程度上可以把背部的重量交给梯子。但是上梯子的时候完全相反，稍不注意，身体就往后倒。往后倒的重量必须以两手来支撑，这样就给手腕到肩膀的一段增加了多余的负担。同时，手掌和五根手指必须稳稳抓住梯子的横档。横档正如前所说非常滑溜。所以，每爬完一个梯子都非常不容易，何况有十五个。阿初早已消失得无影无踪。只要一松手，我就会头朝下落入黑暗的深渊。我必须使劲抓住不能放松，肩膀就必须要使劲。在第七个梯子的中间，我呼出的气息像火焰一般烫，我深切地感到劳动的艰难，眼里噙满热泪。

七十九

我使劲眨了两三次眼,但视线依然非常模糊。连五寸远前方的石壁都看不清。想用手背去揩,但两手握得满满的不敢松开。我开始后悔了,想为什么必须沦落到像个猴子一样。我把要往后倒的身体尽可能地往前倾,想在梯子上靠一靠。也许解释为想休息下比较确切。或者说是在中途停留也可以。总之,就停下来不动弹了。也动不了。我只静静地站着,听不到油灯的呜咽声,脚下草鞋渗入的冷水也全然感觉不到了。当然,至于这样过了多长时间也完全感觉不到。这时,滚烫的眼泪又流出来了。我心里是非常清醒的,只是眼界一片模糊。不管怎么眨眼睛都无济于事,眼珠就像浸泡在热水中,无法睁开。我想焦灼起来,想愤怒起来,想非常激烈地兴奋起来。可是,身体不灵活,不听自己驱使。我咬着牙,两手握紧横档摇了两三下,横档当然是纹丝不动。于是,我想那不如干脆把手松开,倒栽葱落下,脑袋先跌碎,问题很快解决,这样比较好。我又开始冲动地想死了——在梯子下面还不想死,所以飞身爬了上来,可一来到梯子中间,突然一股脑儿绝望起来,一心想死,这是我一生心理发展过程中值得铭记的事实。我不是心理学者,不知道如何准确解释这种变化,但一想到心理学者反而缺乏实际经验,所以,虽然不一定正确,我还是想把我的愚见陈述一下以供参考。

当我屁股底下垫着护臀垫休息时,因为从一开始就知道是休息,所以心里很安定,受的刺激比较少。在那样的状态下靠在墙壁上,就能一直稳定地保持那种状态，意识就自然地慢慢地模糊起来。灵魂沉潜下去。那时的精神运动方向，每次都是固定的，一定是从积极出发，慢慢地取道接近消极。这是一般的路径，但当这一般的路径走到尽头时，也就在感到已经走投无路的时候，灵魂一分为二开始两种行为。首先是顺风顺水往最底层流去，然后就那样死去。如果不这样，那就在快到终结点的时候，突然向相反方向飞出去。这样，往消极方向去的东西，突然掉过头来，回到积极的起点。这样，生命马上可以保住。我在梯子下面的体验是第二种。所以在接近死亡的舒服的心境中，已经走到黄泉路边的灵魂，突然出现在了红尘俗世的中心，连回头慢慢往回走的过程都省略了。我称这种现象为起死回生体验。

然而在梯子中间，发生的是完全相反的现象。我必须追随在阿初后面爬梯子，可那阿初早已经不见了踪影。我着急、难受，却不能松手。我比猴子还不如。我觉得可怜，觉得痛苦。——所有一切都是切肤之痛。自我意识变得越来越激烈。所以，这时候的精神运动方向，是从消极往积极攀登的状态。当那种状态一直往前发展，兴奋达到顶峰时，也同样出现了两种作用，其中一个比较有趣的是，灵魂在已经到达的积极的顶峰一个鲤鱼打挺，突然出现在消极末端的奇特现象。平易一点解释就是，这是在清楚明白还活着的事实的同时决心抛弃生命的现象。我把它取名为生不如死的作用。这两种作用看起来似乎矛盾，但其实根本不矛盾，都是灵魂的本性，出乎意料地发生得相当自然。这就说明，积极地想死会成功死掉，而因外界所迫被置于死地却很难死掉。有过这些经历的我就是最好的证据。在梯子中间，在我非常生气，想索性一死了之时，根本不会害怕把手从梯子上放开，当然也决不会像前面那样心怀恐惧。但是，一旦准备死，准备放手时，又有一种奇妙的精神作用出现了。

八十

　　我本不是小说式的人物，但因为年轻，以前因移情别恋而计划自杀时，总想华丽地死给人看。手枪，或者短刀都不错——也就是考虑采取一种让人称赞的自杀方法。如果可能的话，我也想去华严瀑。不过，在厕所或者储物间上吊的这些不光彩的死法，我不会采用。虚荣心，连这时也会冒出来。不知道它是从哪里冒出来的，可就是冒出来了。也就是说，肯定是心中有容许虚荣心存在的余地，所以才会冒出来。从这可以看出，不管自己自杀的决心是如何坚定，但这件事本身并不紧迫。不过，在这种一心求死、眼看就要从梯子上撒手下坠的紧要关头，虚荣心却仍然冒了出来，足可见虚荣心的力量也是不一般的强大了。

　　本来，这与死后想名留青史的想法也没有太大的不同，我想对于一般人来说也算不上什么稀奇古怪的想法，关键是对于如此处境下的我来说，就有点过于奢侈了。但就是这种奢侈心，却阻止了我突然想自杀的念头，使我苟活到今天。

　　事情经过是这样的：我想干脆死了算了，把身体微微后仰，就要把握紧横木的手慢慢松开的时候，一声号令——说是号令可能令人难以理解，但完全是号令一样的声音响彻在脑海里——"就算是死，死在这儿也不体面。等等，等出去以后去华严瀑吧"。这样一来，刚准备放松的手又很自然地握紧了，浑浊的眼睛突然明亮起来了。油灯正在燃烧。仰头看去，梯子的横档裹着泥巴，一直延伸到黑暗中。我一定要爬完它。如果中途放弃那就会死得连狗都不如。掉进漆黑的坑中，和矿石一样跌入人迹不到、不见天日的地方，就那样被世人遗忘——连带路的阿初都会忘记我——就算被找到，连半人半兽的矿工们都会轻蔑我，这太叫人无法忍受了。无论如何我一定要爬上去。油灯在燃烧，梯子在延伸。梯子的前头是坑洞，坑洞的前头是太阳高照。那里有广阔的原野和高耸的山峦。越过原野和山峦就是华严瀑。——无论如何，我必须爬上去。

我把左手高举过头顶，用力握着滑溜溜的横档，似乎要在上面印下指痕。伸直了湿透了的腰，同时，把右脚抬到一尺来高。油灯在昏暗中做垂直向上运动。周围更加明亮起来。被我踩过的梯段慢慢地沉入黑暗中。我吐出的气息碰撞在黑色的石壁上，气息温热，有时看起来是白色。我闭紧嘴唇，听到鼻子深处的响声。梯子仍在延伸。水从悬崖上滴落下来。晃动的油灯，呈弧形掠过崖壁的前面，呜咽着几近熄灭，但当手的动作停下来时，油灯也随之安定下来，又送出垂直的青烟。然后灯又晃动，又呈斜线运动。除了一尺来宽的梯子挂着的地方，满眼都是空空如也的石壁，让人不寒而栗。我觉得眼睛晕眩。索性闭上眼睛，往上爬。看不见灯，看不见石壁，只有一片黑暗。手和脚在移动。也看不见移动的手和脚。只凭手脚的感触活着。活着往上爬。活着就是爬梯子，爬梯子就是活着。但是，梯子仍然没爬完。

之后的路程就像做梦一样。我分不清是我自己在爬，还是天助我在爬。我只记得，当我爬完最后一段，手在上面触摸不到可供握紧的梯子的横档时，一屁股瘫坐在了坑中。

八十一

"怎么了？上来了？我还担心你会不会死在路上呢。——因为太长了。我也想回去看看你，因为怕你一个人害怕。不过，你真上来了，了不起。"

阿初等得有些不耐烦了，焦虑不安中看到我来了，大喜过望。他好像特别担心我爬不上来。我只说了句：

"途中有点不舒服，休息了一下。"

"不舒服？那麻烦了。途中，是在梯子上吗？"

"是，是的。"

"嗯，那明天无法出工了。"

一听这一句，我心里说，你吃屎去吧，谁愿意去学做一只鼹鼠。我这样还有美女爱着我呢。出了这矿坑我就马上去华严瀑，一定要死得像个样子。人生最后一小时跟这种野兽在一起让人怎么受得了。所以，我对阿初简单地说：

"可以的话我们上去吧。"

阿初一脸吃惊。

"上去？你有力气啊。"

我心里想说，"别把人当傻瓜，你这睁眼瞎，你看错人了！"但我嘴上还是礼貌地回答了一句：

"嗯。"

阿初还在磨蹭，与其说是吃惊，不如说还想嘲弄我。

"喂,没事吧?这可不是开玩笑,你脸色很难看啊。"

"那我先走了。"

我一生气走了出去。

"不行,不行,你不能先走,跟在我后面。"

"是吗?"

"当然啊。你当人傻瓜啊!有那种把带路的人丢一边自己先走的吗?真会胡说!"

阿初先走了出去,似乎想把我丢在后面。一出去就突然加快了速度。或弯腰,或爬行,或向后仰,或低头,阿初顺着坑内的环境进行着各种身体的变化。而且,走得非常快,就好像是在土中出生,铜脉里长大的人一样。混蛋,不要在中途跑得那么快。我也毫不示弱地跟着走去,可一走才发现,我不管如何不想服输都不行了。转过五六个弯,就在左摇右晃中,阿初消失不见了。我刚发现这一点,却听他唱了起来"一定要想办法,想办法,啊——"。阿初的身影看不到,只有他的声音碰撞着四面墙壁发出回响,回荡在坑道里。我想这家伙心眼真坏,刚开始还准备追上他,追上你给你看看,就使尽全身力气或爬,或弯腰,但遗憾的是,阿初的歌声渐渐地远去了。所以我也不再想去追了,只跟着阿初的"啊——"的歌声的指引往前走。刚开始还能知道个大概,最后那"啊——"变得很怪,最后终于听不见了。这个时候我真是茫然了。如果只有一条路,那不依靠阿初,我凭着自己的力量也能够走到阳光里,问题是,这里是被长年挖掘的坑道,就像原始人①的老巢一样有着各种各样的洞穴,通到让人无法想象的鬼地方。如果不小心,可能又会走到水深齐腰的地方,或者又跑到刚才倒挂的栈道前,所以我不敢随便走动。

---

① 原文"土蜘蛛",是《日本书纪》等古书中对被大和朝廷灭掉的日本列岛土著居民集团的蔑称。据说他们手脚很长,住在洞穴里,看到人来就躲入洞穴中。

八十二

我站在黑暗中,看着油灯寻思着:去的时候已经下到了第八号坑,回去的话必须要爬到有火车轨道的地方。不管什么样的坑,往上爬就好。相反如果发现是往下走的坑,就马上返回,再重新出发。如果迷路了,那肯定会走到某个作业场,那就过去问一下矿工。我下定决心后,就在分不清东南西北的地方随便迷起路来。我非常性急,跑得气喘吁吁。因为走了太久,脚已经不再冷了。但是,一时无法出去。总觉得好像是在同一条路上来来回回地转,找不到出路,情急之下我直想用脑袋去撞石壁,用脑袋去撞开它。当然,真撞的话哪个会被撞开?那肯定是脑袋了,但我竟气得想用脑袋撞,哪怕把石壁撞开一点点也好。我觉得越走坑顶越碍事,越走左右的石壁越碍事,越走脚底下草鞋踩着的一级级台阶越碍事。最最碍事的是,整个坑道把我困在这里太久,始终不让我出去。我想用头去撞击这可恶的东西的某个部位,让它至少裂出一条缝隙。——我之所以没有真的去撞,是因为时时想着要到华严瀑去。就在如此兜兜转转中,看到前面来了一个掘子,应该是在把零散的矿石往矿洞搬运的途中。他手里抱着大簸箕,摇晃着油灯走过来了。看到灯时,我高兴得心都要跳出来了。我不再害怕,兴冲冲地朝他走去,对方也没有停下等,也在往这边走来。当两盏灯只隔着两米左右的距离时,我迫不及待地看向掘子的脸。那张脸非常苍白,就是在这矿坑中,都觉得不是一般的苍白。如果走到阳光里,在蓝天下看,那一定是苍白得吓人。所以我没有了跟他说话的欲望。一想到就是这样的家伙，他也还嘲笑人，侮辱人，那就更不想跟他问路了，就算是死我也要独自一个人出去。在与他擦肩而过时，我在心里切实地说了一句："我可不是卑贱到要跟你搭话的人。"但对方对此毫不知情，当然是什么话也没说就走过去了。我的前面黑了下来，油灯只剩了一盏。我越来越焦灼，但还是无论如何出不去。面前的路四通八达，左边是路，右边也是路。我走过了右边的路，又进了左边的路，还走了正面的路，但都找不到出路。就在快要感到绝望的时候，身边却响起了叮当的声音。五六步远前方拐弯处有一个窄小的作业场，一个矿工不停地挥着锤子敲打凿子。每敲一下，矿石就从石壁上脱落下来。他旁边有草袋子，这袋子跟刚才被投入矿洞的那个大小差不多，里面已经装满了矿石，只等掘子过来搬走它了。我想这一次我一定要向这家伙问路，然而他本人还在一心一意叮当地敲着，况且看不到他的脸。我突然想刚好可以休息一下再走，这里刚好有草袋，我放上屁股，它就是我的凳子了。我一下子把护臀垫坐到了草袋上。突然，叮当声停止了，矿工的身影猛然拉长变高。他的手里还拿着凿子。

"你干什么？"

尖锐的声音响彻坑洞，撞击着冲进我的耳朵里。高大的身影大步地走了过来。

八十三

　　我一看这人腿很长，胸脯挺拔，体格强壮，相对于身高脸显得较小。走到我可以比较清楚地看清他脸部轮廓的地方，他停下了，然后居高临下地看着我。他紧闭双唇，睁着他那双眼皮的大眼睛，鼻梁笔直，皮肤黑里透红。这可不是个一般的矿工。突然，他说话了：

　　"你是新来的吧？"

　　"是的。"

　　这时我的腰已经离开了草袋，因为我总觉得走过来的矿工有些可怕。虽然刚才我还轻蔑地认为这里的一万矿工都是畜生——发誓要去死——但对大步走过来的矿工却一下心怀恐惧起来。

　　"你怎么在这种地方迷路了？"

　　他这样问我时，我稍微放心了些。他那语气，似乎已从我的样子判断出我并不是故意坐到他的草袋上的。

　　"我昨天傍晚到饭场，今天进坑道里来参观的。"

　　"你一个人吗？"

　　"不是，饭场头派了一个人跟着的……"

　　"应该是吧，不可能一个人到这种地方来。那个带路的怎么了？"

　　"他自己先出去了。"

　　"自己先出去了？把你丢在这里？"

　　"是的。"

"不负责任的家伙。没事没事，我马上送你出去，你稍等一下。"

说着，他又拿起了凿子和锤子叮叮当当地敲开了，我遵照他的命令等着。一碰到这个人，我就不想一个人出去了。死也要一个人出去的气势和决心突然忘到九霄云外。我注意到了这个变化，但并不觉得有什么不好意思。我觉得既然没有对别人说就无所谓。自那以后，因为对别人明言过，即使是不想做的事，每次都不得不做可以不用做的事。有没有对别人明言过，是有着很大的不同的。不一会，叮当声停住了。矿工又走到了我的面前，盘腿坐下来。

"等一下，我抽口烟。"

说着，取出烟袋。茶色的，其材质分不清是纸还是皮，插在裤子上，刚好被短袖遮住。矿工陶醉地深吸了一口烟，又从鼻子里把它吐出来，同时把烟筒的中间部分在烟草袋上"啪"地敲一下。一个小小的火球，从烟筒的前端快速飞了出去，落在矿工草鞋的脚尖旁熄灭了。矿工吹了一下倒空了的烟管，残留在烟管里的烟，一下就从烟筒冒出来了。这时，矿工开口了。

"你是哪里的？来这种地方做什么？看你身体瘦长，从没干过活吧？那为什么来这里？"

"我确实没有干过活。来这里是因为某些原因……"

我说到了这里，但没说已经厌倦了矿工，准备回去了，更没说准备去寻死。但这说话方式，跟前面那样在心里把矿工当畜生，嘴上却礼貌周到的做法完全不同。这次我只是有选择地说了自己的想法，但说的都是真心话，没有心口不一，是发自内心的礼貌回答。那矿工默默地注视着烟嘴，然后又往里面装进了烟草。在鼻孔里正冒着烟的时候，他又开口了。

八十四

我当时听矿工的话,首先吃惊的是他的教育,以及由教育而产生的高尚情感、见识和热忱,还有就是他使用的汉语词汇。——那些汉语词汇是其他矿工做梦也不可能知道的,而他却驾轻就熟,信手拈来,就好像在家庭的日常生活中每天都在使用似的。当时的情景如今仍历历在目。他睁着他的大眼睛,看着我的脸,把头略微往前倾,一只手的手肘撑在盘坐着的腿上,左肩膀微微上抬,右手指握着烟管,薄薄的嘴唇间时时露出整齐的牙齿。——以下他说的这些话,句子的顺序、词语的用法,确实是我按着记忆记录下来的,只是声音没有办法留下来。

"人们常说生姜还是老的辣,我虽然做着这样卑贱的工作,但因为年龄比你大,希望可以给你提供些参考。青年时代感情最丰富,我也依然记得。感情丰富的时期常伴随着失败。你也如此吧?我也是。肯定谁都一样。所以,能猜到。虽然不清楚你的情况和我的情况有多大的差别,但是能猜到。我不指责你,我同情你,你肯定有深刻的原因。如果我问了之后能帮到你,那我就会问,可我是出不了这矿坑的人,就是听了也无法帮你解决,所以你最好不要跟我说。我也……"

说到这,我注意到这男人的眼睛里有一些异样的东西在闪闪发光,他似乎感慨颇深。不知道这是因为他自己刚说的出不了矿坑,还是因为他即将叙述的自传故事,这个我分辨不清,但他的眼睛很异样。况且，这敏锐的眼睛正在盯着我看。他那敏锐的目光里满是怀旧或者沉思，而这些东西强烈地吸引着我，让我对他产生熟悉而又亲切的感觉。在这暗无天日的矿坑中，只有这个矿工身上有人类的气息，而这些气息此刻就浓缩在他这双眼睛里。很快我所有的注意力都被这眼睛所吸引，对他的话洗耳恭听。他又重复了一遍"我也"。

"我也，曾经上过学，受过中等以上的教育。但是，在二十三岁的时候，与某个女人亲近——详细情况就不说了，就因这，我犯下了不可饶恕的罪行。犯罪之后发现，我已经无法立足于社会。本来这也并非我主观想犯罪，而是某些迫不得已的原因，使我别无选择只能犯罪。但社会是冷酷的。心里的犯罪不论多少都可以饶恕，但表面行为上的罪行是绝对不能宽恕的。我是个正直的人，讨厌弄虚作假，也就是说，既然犯了罪，我就甘心情愿受罚。我必须抛弃学问，抛弃功名，一切都成了一场空。虽然后悔却无可补救。而且，必然被制裁之手抓捕（不知是故意还是偶然，总之他用了制裁之手这个词）。然而，我并没有作恶，却让我顶着罪名，这是我的本性无论如何也无法忍受的，所以我就逃走了，逃到能逃的地方，就逃到这里来了，终于不得不潜入到矿坑中。进矿坑已经六年，自此以后没再见过天日。每天只在矿坑中叮叮当当地敲打，敲了整整六年。明年我可以走出这矿坑，因为到第七年了。但是，我不出去，也出不去。虽然制裁之手已经不再抓捕我了，但我不出去。因为事已至此，出去也是枉然。就算回到人世间，原来在人世间所犯的罪行并没有消失。以前的事到现在我都没有释然。你现在也依然记得你的过去吧。讲讲你是怎么回事……"

他中途突然向我发问。

八十五

我被突如其来一问，一时不知道该如何回答，所以，怔在那里。我的心里装的不是过去，而是一两年前到前天，也可以说是跟现在相等的过去。我正想干脆也把自己的心事跟这个人敞开说了，这时对方却似乎为我遮掩，不让我说，他自己又继续说下去：

"在这里六年，几乎看尽了人的肮脏之处。但是，我还是不想出去。不管这里如何令我生气，令我作呕，我都不想出去。社会上——阳光灿烂的社会上，——还有比这更痛苦的地方。这么一想就能忍受了，只把它当做一个黑暗的、狭窄的地方就无所谓了。我的身体现在满是铜矿的味道，一天不闻油灯的气味就无法忍受。不过——不过这些是我的事，不是你的事。你也这样就糟糕了。活人发出铜臭味就麻烦了。不管你是下了多大决心，怀着什么目的来这的，都不行。决心和目的，短短的两三天内就会消失。在这里很可惜，太可怜了。可能对那些不知理想为何物，除了使用凿子和锤子外一无所长的家伙来说，这里没什么。但是像你——你上过学吧？——在哪里上的？——啊？不过在哪里都一样，而且你还年轻啊。抛进矿坑，你太过年轻了。这里是丢弃人渣的地方，简直就是人类的坟墓，埋活人的地方。这里是陷阱，不管如何优秀的人，只要一脚踏进来，就永远出不去。你对此一无所知，只听信掮客的话，被他们拉过来的吧？我为你痛心。引诱一个人堕落，是一件大事，与之相比，杀一个人的罪反而还要轻些的。因为人堕落后会有他的害处，他会祸害别人。——其实，我也是那样的一个人。可是，我除了如此堕落外别无选择。不管怎么哭，怎么后悔，我除了堕落以外无路可走。所以，你还是趁现在回去的好。你如果堕落，不光是对你自己有害——你有父母亲吧……"

我只是回答了一句"有"。

"有的话，那就更是如此了。还有，你是日本人吧？……"

我沉默了。

"是日本人，就该从事对日本有用的职业。有学问的人做矿工是日本的损失。所以，你早点回去的好，东京的话就回到东京。然后，做正当的——适合你的——不损害日本的事。不管怎么说，这里不能留。如果没有路费，我给你出。所以，你回去，明白吗？我在山中组，来山中组一问安先生马上就能找到。你可以来找我，我会想办法给你筹集路费。"

安先生的话到此结束。这里有一万人的矿工，就在我认定这一万人无一例外都是不懂道理人情的畜生所变的怪物时，却碰到这个人，这简直就是小说里的情节。在矿坑中听安先生的开导就是一个奇迹，是比六月下雪还要神奇的奇迹。我知道过了大年三十就是正月，也记得绝处逢生这个成语，也学过"穷则通"这句话，甚至经常以为危难时刻总会有人出手相救，而最终被自己这戏剧性的心理害惨过多次的经验——可此时却完全相反。正因为我从心底认定这一万人都是畜生，认定那些畜生又都是我的敌人，我胸中燃烧着无法忘怀的愤怒而痛苦的火焰，所以对安先生的出现更加感到惊讶。与此同时，安先生的训诫强而有力，震撼着我的耳膜，在我心里具有改变我的初衷、推翻我原来决定的力量。

八十六

　　一时间两个人都默然无语。安先生已经把他想说的话全部说完,不会再开口了。而我有义务对他进行回应,说是义务真是对不起安先生。我在从心底表示感谢的同时,也非常想让他听听我的想法,怎奈鼻子深处被塞住,不能随心所欲开口。就算勉强说话,声音好像不会从嘴里发出而从鼻子发出。我忍耐着,嘴唇两边颤动,鼻翼不停地翕动着。不久,堵塞在口鼻中的感动无处可去,就都汇聚到了眼睛,睫毛因而变得沉重起来,眼皮发烫。我非常窘迫,安先生的脸上也是异样的感觉。两人都比较尴尬,相对盘腿而坐却默然无语。这时,隔壁作业场敲矿的叮当声响起。现在想来,我很想确切地知道自己和安先生默然相对的地方是在地面以下几百尺的深处。在城里很少会有这样的奇遇,铜山里面更不可能有。而在没有日头的坑底,被世间、人类、历史、太阳遗忘的两个人,竟然幸运地共享倾听教诲、流洒尊贵眼泪的舞台,而这除了盘腿而坐、默然相守的两个当事人之外并无第三个人知道。

　　安先生又抽起了烟,烟一阵阵地被喷出。那被喷出的烟由浓变淡,然后消失在黑暗里,接着又一缕烟由浓变淡,再消失在黑暗里,慢慢地,我终于可以自由说话了。

　　"不胜感激。正如您所说,这里不是人待的地方。我在遇到您之前,也准备今天就离开矿山……"

　　我是准备出山去自杀,这一句却终于无法说出口,所以在这里稍作停顿。

"那更好，赶紧回去吧。"

安先生趁势鼓励说。我又只能沉默。只听安先生说：

"所以路费我给你筹。"

我刚才一直听他讲路费路费，我理解他的好意，但我没有半点想接受的心情。而这与昨天拒绝饭场头的好意时的想法又不一样。昨天是非常想要，哪怕是下跪恳求都想讨要。但是，因心理算计着当矿工比得到一点路费更合算，所以虽差点伸手接受，最终还是勉强拒绝了。而安先生的路费我一开始就不想接受。我不接受，那他的好意就会落空，从这一点看，我不接受是有点对不起他。况且，既然不做矿工了，拿了钱就有很多方便，但我还是不想接受。现在想来，这完全是因为对方的人格的缘故，因为觉得接受是一件羞耻的事，我是害怕降低了自己的人格。因为对方那么高尚，所以自己也必须高尚，如果不高尚的话，就担心可能损害自己的体面。接受对方好意，给予对方满足，我也觉得很愉快，但如果没有接受的理由，而只是一味从自己的得失标准出发，那就跟叫花子无异了。在如此令人尊敬的安先生面前，让我证明自己是个叫花子，是个不比叫花子高尚的人物，是无论如何做不到的。我虽然年纪轻，比较愚昧，但意外地竟很洁身自爱。我说：

"路费我不能要。"

我拒绝了。

八十七

这时安先生已经抽了两三袋烟了,正在把烟管装入筒子里,听了这话瞟了一眼我的脸,说:

"那就当我冒昧了。"

他这么说,我觉得非常抱歉。如果他说我既然给你你就收着吧,我肯定只有勉强收下了。自那以后我留心观察,人们从别人那里拿钱的时候,一开始大抵都会推辞一番,之后大都会揣进怀里。我想这也不过是我这种心理状态的一种发展形式而已。幸亏安先生是个磊落的人,他说了句"那就当我冒昧了",所以我很幸运地就不用陷入这种形式了。

安先生立即撤回了路费一事,重新问了一句:

"不过,你是回东京吧?"

这时我自杀的决心正在慢慢消退,心里也忖度着,有可能会积攒路费后回东京,所以我回答:

"我再好好想想。反正到时我会去找您商量的。"

"是吗?那,我先把你送到分岔路口。"

他把烟盒又插入裤子中,上面用窄袖和服的衣摆遮住。我提着油灯站起来。安先生走在前面,意外地坑道变得好走多了。经过四五次先前那样的穿行,两次贴地爬行,就到了坑顶比较高、可以直起身子通过的路上了。在那里转了几次,攀到右边的顶上,第一哨所就突然出现在眼前。安先生在看到电灯的地方停住了。

"那我们就此别过。那是哨所，从那前面右边上去，就会走到铺着铁轨的路上。那以后就只有一条路了。现在时间还早，我还得干会儿活才能出去。我晚上回去，五点以后肯定在，有空的话可以过来。路上小心点，再见。"

不一会，安先生的身影遁入了黑暗中。当我回头道谢时，他油灯光线照射的角度已经发生了变化。我一个人从坑道入口出来，头重脚轻地回到了长屋。途中我想了很多。那个叫安先生的人，如果顺利在社会中成长下去，不知道现在会成为什么样的人，但肯定比当矿工有前途。是社会杀了安先生，还是安先生做了对不起社会的事——那样有男子气概，那样爽快的一个人，不可能胡乱动粗的。也许并不是安先生的罪恶，而是社会的罪恶也未可知。我因为年轻，还不是十分明了社会是个什么样的东西，但是我想赶走安先生的社会绝对不会是个什么好东西。并非我袒护安先生，怎么看安先生也不像是犯下了不得不逃亡罪行的人。是社会，不杀死安先生不罢休。尽管我这么说，但我并不清楚社会是个什么东西。以前我以为社会就是人，更不明白那些人为什么要杀安先生那样的好人。所以我虽断定是社会的错，但根本不觉得社会可恨。只是觉得安先生很可怜。如果可能的话，我想替他受过。与他不同，我是自己任性，来这里是为了杀死自己。如果我厌倦这样做，我还可以回去。而安先生是被人所杀，被逼着生活在这里。他想回，可无处可回。不管怎么说都是安先生更可怜些。

八十八

安先生说他堕落了。受过高等教育的人当矿工，那无疑是堕落。但那堕落不仅是身份的堕落，也意味着品行的堕落，所以令人痛心。不知安先生是否也在达摩身上下注了？在坑中是否也扔色子一赌输赢？是否也为了调侃病人让他看"迦嗯波"，是否也抵押老婆——怎么可能，这种事绝对不可能有。自昨天来到这里，这里没有一个人不愚弄我，只有安先生，在黑暗的洞穴里充分承认了我的人格。安先生虽然干着矿工的活，却并没有从心底里变成了矿工。就那样他也说是堕落了。而且，他说终生无法从这堕落里走出来。他说过在地底下，堕落地以死的方式活着。他如此意识到自己的堕落，却依然还活着干活，活着叮当地敲着，活着——想救我。只要安先生还活着，那我也不能死。死是懦弱的……

如此下定决心之后，我觉得做什么都无所谓，首先肯定是做矿工。我大步流星地往回走，却在离长屋五十米左右的地方，看到阿初坐在石头上等我。雨停了，天空依然阴云密布，但已没有了湿漉漉的感觉。风从山上吹来，虽然很冷，但世界明亮，令人心旷神怡。因为很高兴，我拖着疲惫的双腿，急匆匆地走到他的身边，阿初却一脸的不可思议：

"嚆，出来了？你还真能认识路啊。"

他说。你是来给人带路的，却把人弃置不顾，唱着"一定要想办法，想办法，啊——"，让人焦虑，使人迷路到绝望，甚至都想把头撞碎在石壁上,最后好不容易碰到安先生,多蒙他的好意才能出得坑来,现在你一句"你还真能认识路啊",就想把这一切一笔勾销。但又害怕老板责备,所以你等在途中,准备带我一起回去。看他坐在石头上,脸上带着淡淡的笑意,我想在这个带路的家伙的头上吐上一口唾沫。但转念一想,我刚刚放弃了寻死的念头,一段时间内必须滞留在这里。如果吐他口水,肯定会起纠纷,一吵架肯定是我输。输了以后肯定就会被扔进矿洞,那我好不容易放弃死的行为就没有任何意义了。所以,我这样回答他:

"是啊,总算出来了。"

阿初一听,更加不可思议,问:

"哦,佩服。你自己出来的吗?"

这时,我虽然年轻,但做得很漂亮。说做得漂亮,只是说对自己来说不吃亏,其他也没有什么值得夸奖的地方。总之,对十九岁的人来说,我想我还是比较心思复杂有心眼的。之所以这样说,是当时被阿初那么问时,安先生的名字已经到了舌尖就要滑出嘴唇了,但最终还是没有说出来,这一点让我自豪。虽说这是根本不值一提的小事,但如果仔细想来应该是这么个道理:山中组的安先生毫无疑问是一个有势力的矿工,安先生特意把我这个素不相识的人亲切地送到了第一哨所的旁边,这件事如果公开出去,那这个带路的人就丢脸了。如果大家知道他有责任,却把责任丢在一边自己先跑出了坑道,况且有明确证据证明他这样做是出于恶意,那这家伙就对不起老板(饭场头)。这样一来他今后肯定会寻仇。虽然把他的不负责任说出去很痛快——我决不说谎,不像被宽恕之念束缚的基督教徒那样——说出去的时候很痛快,但被人寻仇的时候就很麻烦

了。实际上我是被这怕麻烦之念所束缚的。所以,我就波澜不惊地回答说:

"是的,问了很多人之后出来了。"

八十九

阿初的脸上露出一半失望、一半安心的表情。一会儿,他从石头上抬起屁股。

"去老板那儿吧。"

他又走出去了,我默默地跟在后面。昨天见老板是在饭场,但他家住在另外的地方。从长屋边上往上走五十来米,就见平坦地面上垒起了石壁,石壁上有个两层的建筑。房子本身看起来并不差,但除了房子外没有树也没有院子。二楼窗户上同样也露出了恶魔的脸。来到入口处,阿初从外面喊了声,窗户被打开,露出了饭场头的脸。他只在灯芯绒的衬衣上套上了"丹前"。

"回来了?辛苦你了。去那边休息吧。"

转眼阿初就消失不见了,只剩下了两个人。饭场头站在窗子里,我站在外面,就这样谈话。

"怎么样?"

"大致都看了。"

"下到了哪里?"

"下到了第八号坑。"

"到八号坑了?那很辛苦啊。很难走吧?所以……"

他稍微把头往前伸了一下。

"所以——我还是想留下来。"

"你还是。"

饭场头重复了一句，紧盯着我的脸，我也不说话。二楼上的窗户上还是有脑袋，而且比原先还增加了两个。看到这些脸，我真是讨厌到极点。想到一回到饭场就会被这些脸包围的情景，我浑身颤抖。但我仍然想留下来，不管需要如何忍耐，我都准备留下来。但是，当我坚定地说完"我还是想留下来"，突然抬头看二楼的脸的时候，真是觉得很悲哀：我已经沦落到双手合十请求把我留下跟这帮家伙共处的地步了。想到这里，我身体和灵魂都像海参一样变得软塌塌。这时，饭场头终于开口了，非常干脆利落。

"那我就留下你。不过，按照规则，你去医院让医生看看。必须要拿健康证明来。——今天或——今天已经很晚了，明天早上去检查吧。——医院吗？医院在这儿的南面。你来这儿的时候不是看到了吗？就是那个涂着蓝色油漆的房子。你今天累了，回到饭场好好休息一下吧。"

说着他关上了窗子。在窗子关上前，我一低头行了个礼回到了饭场。饭场头说好好休息，他的好意我心领了，但如果真的能够好好休息，就不会这么痛苦了。醒着时有狰狞组，睡觉时有臭虫，我无时无刻不被这些东西骚扰着。偶尔端起饭碗，又是一些无法下咽的灰土。——但我留下。既然决定留下，那就让他们看看。至少安先生活着的时候我要留在这里。我想，哪怕坑道的人全部都变成臭虫，但只要安先生还活着，还在工作，我也要活着，要工作。我一边这么想，一边走完了五十米的下坡路回到饭场，上了二楼。上来一看，果不出所料，火炉边围坐了一大群人在等着我。我非常不快，但尽可能若无其事地，在不妨碍任何人的地方坐了下来。然后，就开始了。讥讽，批评，谩骂，滑稽，各种各样的表演就开始了。

我都一一记得，因为那些话刺激我柔软的脑袋，我记得很清楚，一辈子也忘不了,但是没有必要再一一重复。你只要想这大致跟昨天相同就可以了。我突然很想见到安先生。晚饭还是跟上次的一样,我强忍着吃了两碗,然后趁大家不注意,悄悄离开了饭场。

九十

走过"迦嗯波"经过的那个石壁,在一个很长的下坡路的前面往右上走,斜对面有一棵很大的槐树,山中组就在这槐树的后面。我探头看了一下黄昏的门口,一个掘子正在清扫油灯和窄袖和服。里面非常安静。

"安先生已经回来了吗?"

我很礼貌地问,掘子抬起头看了我一眼,就冲里面喊:

"喂,安先生,有人找你了。"

话音未落,只听安先生的脚步声响起,走了出来,他似乎已经等待多时了。

"来了?来,上来。"

安先生穿着木棉的条纹和服,系着细小圆点还是什么图案的短腰带,站在那里看起来就像东京的马夫,我稍微吃了一惊。安先生也望着我的样子,歪着头,说:

"喔,你的服装完全是在东京时的样子啊。我以前也穿过那样的衣服,现在穿这种。"

他伸开两边袖子给我看,

"看起来像什么?像拉车的?"

他说。我不敢放肆,微微笑了一下。安先生说:

"哈哈哈哈,我意志比这堕落得更厉害,你可别吓着。"

我不知道该如何回答,还是微笑着站在那里。这种时候,只要

没有别的事,大致我傻笑着就对付过去了。但安先生远远比我老练,看我这样,就说:

"我想你会来,刚才就开始等了。上来吧。"

他帮我解了围。他属于那种运用他老练的社会知识,帮助不老练的人的人,我非常佩服。正因为我不老练总被人欺负,所以对他更加佩服。所以,我就顺着安先生的话走上了这长屋的榻榻米。房间也不小,但没有我住的那个地方大。电灯亮着,也有火炉。只是人数比较少,只有五六个人而已。而且,那些人都围在那边,这边就只有我们两个人。我们又开始说话。

"什么时候回去?"

"我不准备回了。"

安先生呆住了,脸上一副"你怎么那么傻"的神情。

"您说的,我完全明白。但是,我来这里也不是没理由的,就是回也没地方可回。"

"那你也是做了什么无颜见人的事了?"

安先生的语调犀利,感觉他好像大吃了一惊。

"那倒不是——是我不想再见人,不想出现在人世间了。"

我回答道。安先生一直注意着我的态度、我的脸色和我的语调,突然笑起来了。

"开什么玩笑,你那么任性吗?什么不想见人,你不觉得太奢侈了吗?我都想有你那样的身份,哪怕一天也好。"

"如果能够,我想和你换。"

我是非常认真说的这句话,安先生又笑出来了。

"真拿你没办法啊。你想想看,不愿出现在人世间的人,会愿意出现在这矿坑里吗?"

"一点也不愿意。因为没办法——没有办法。昨晚到今天已经被欺负得够呛了。"

安先生又笑起来了。

九十一

"这帮混账的家伙,谁欺负你了?欺负人家年轻,好,好,我现在就替你报仇,不过你得回去。"

这时我心里变得强大起来,越想留下来了。只要我强大起来,那帮狰狞们一点都不觉得可怕。我想我逐渐有了能把他们那一帮子一齐骂倒的勇气了。所以,我跟安先生说,不用为我报仇,我只想拜托您别让我回去,让我留在这里。安先生脸上表现出怜悯,怜悯我太傻,同时又难以置信的表情:

"那,你就留下。——没有什么拜托不拜托的,那是你的自由。这个不需要跟我商量。"

"但是如果您不同意,我就不好留。"

"既然这么说,你可以暂时留下,但不能长期待在这里。"

我谨遵安先生的意思。实际上,我也是这么想的,这绝对不是什么交往上的应酬话。接着我们又谈了很多,内容与在坑道里的述怀没有太大的区别。只是,听说安先生的哥哥是高等官员,在长崎做事,我非常感动。我想不论是安先生的立场,还是他哥哥的立场一定都是很痛苦的。随之我联想到我和我的父母,又悲伤起来。回去时,安先生把我送到门口,跟我说,如果有事商量,随时可来。

出来一看,阴沉的天空不知什么时候已经放晴了,天上一弯新月。路格外明亮,也非常寒冷,仿佛是月光穿透夹衣、穿透衬衣渗透到我的肌肤上来了。我把两只袖子拢在胸前,把鼻子以下埋在其中，尽可能地耸着两只肩膀，走了出去。我虽然身体蜷缩着，但心里面比刚才踏实多了。痛苦都是暂时的，习惯了就不会再那么难以忍受了。不管怎么说，这里有一万人聚集，每天一起劳作，一起吃饭，一起睡觉，我只要跟他们学习七天左右，也一定会堕落得有模有样。——此时我脑子里，"堕落"两字就这么冒出来了。然而，这两个字只是比较适合目前的场景，所以冒出来了，并不明确代表堕落的具体内容，所以，我并没觉得可怕。如此，我比较兴奋地回到了饭场，在离饭场十来米的地方，就听见里面闹哄哄的。外面是寂寥的月亮，我听着屋里的喧闹，站在那里仰头望着月亮。望了好久，怎么也不想进去。但露宿月光底下也很难受。我想去安先生那里借宿一晚。往回走了一步，但想想这也有些过分了，就打起精神慢慢地走进了长屋。门口的一边就是那间大屋子，有拉门把它与楼梯隔开。屋子里电灯高高地吊在上面，非常明亮，没有一点阴影，喧闹声就是从这里传出的。为了不发出任何声响，我脱下木屐，从拉门边经过，走上二楼。走完楼梯，放眼眼前的大屋子时，终于松了一口气。屋子里谁也没有。

只有金州像张煎饼似的平躺在那里，还有那个裹在帆布袋里吊着的人。不过，这两人都极其安静，在也跟不在差不多。整个屋子了无生气，只是一味的空旷。我走到屋子的中间站在那里，想，是把被子铺在地板上睡呢，还是和衣随便躺在哪里，还是像昨晚那样靠着柱子直到天亮？和衣睡很冷，靠着柱子难受。那还是想铺被子。今天已经筋疲力尽了，也许就是被臭虫咬也会睡得很香。被子我选一张最干净的好了。也有可能，因为日子不同，臭虫的数量会少一点呢。就这样，我找了各种各样的理由，拿出被子，一下子钻进被子中。

九十二

　　如果我把这晚的经历，按照记忆原原本本地写下来，除了证明我是一个不可救药的傻瓜外没有任何别的好处，也没有任何意思，所以就不写了。一句话，我再次感到痛苦，与昨晚相比有过之而无不及。我睡得早，从被子里跳起来也快。起来后，想，昨晚被臭虫咬成那样，为什么不长记性还把被子拉出来睡呢，我有些后悔。这完全是自作自受，况且，只要有点常识，谁都会避免这种事，也必须避免。自作自受，连自己都觉得自己是个浅薄的笨蛋。我极度嫌弃自己，盘腿坐在被子上陷入沉思时，又被猛烈地叮了几口。就在这一刻，我的臀部、大腿、膝盖同时跳了起来，就像一只鹭鸶一样单脚立在被子上。我就那样环视着周围，然后哭了出来。我没有办法，只得解下腰带，叠成四折，光着身子，啪啪地抽打全身所有的地方。然后穿上衣服，然后，走到昨夜的那根柱子边上，靠在柱子上。我开始想家了，但不是留恋父母、艳子、澄江，而是想念家里那间六张榻榻米的房间，想念收在壁柜里的棉布被子和缝有花边领子的黑色天鹅绒的棉衣式的盖被。我想铺着那被子，盖着那盖被，暖暖地放松地睡一会，哪怕三十分钟也好。现在谁睡在那屋里呢？或者，自我走后，桌子还保持原样，房间还空在那里吗？如果这样的话，那垫被、盖被一定都是叠好放在壁柜里的，那太浪费了。父亲、母亲、澄江、艳子都不会被臭虫咬，他们很幸福。这时候，他们应该睡熟了吧，真羡慕。——还是，辗转反侧睡不着？父亲一睡不着就会生气，半夜里会咚咚地敲烟嘴。他说是在抽烟，但我觉得抽烟只是借口，他其实是在平息自己心里的愤怒。也许现在正不停地敲着呢，他是在生他儿子的气呢，还是因为太担心我而睡不着？不管是哪种，都很令人动容。可是，我并没有那么想他，以后也不会因想他而痛苦。母亲睡不着就会起来解手。她把内院的小窗撑开，洗手，结束后却忘了把小窗放下，第二天早上被父亲训斥。她昨晚、今晚一定都被父亲骂了。澄江睡得很香——肯定睡着了。在我面前，她一会圆一会方，变着法儿钓着我，可一旦我不在，她马上就会忘记，跟平时一样吃得香，睡得甜，她这种人简直不能跟她比。这样的女人，我在报纸小说里都不曾看到过，一开始觉得不可思议，但我有确凿的证据，她这种人确实存在。我不得不爱着这样的女人，真是前生注定。我觉得她很可恨，觉得可恨可还是被她吸引。简直不合逻辑。就连现在，那白皙的脸庞也时时浮现在眼前。令人可恨的脸。艳子没睡，还在哭着。令人同情。可是，我既没有被她吸引过，也没有故意去吸引过她，所以不管她为了我怎么睡不着觉，怎么哭，我都毫无办法。同情，但不管怎么同情都没有办法解决，所以索性就不去想了。——所以，最终，只要能让我安安稳稳地睡一觉，其他让我做什么都行。我对吃惯了的白米饭也是馋涎欲滴，但更渴望睡在没有臭虫的床上，哪怕只是三十分钟也好。让我美美地睡一觉，之后，让我切腹都行……

九十三

  这样想着,天又亮了,可能中途就睡着了,睁开眼的时候,已经不再想事情了。然后,就慢慢走下楼梯,洗脸,吃长粒米饭。所有经过都如昨天一样,在此省略。等到九点就出发去医院。听说医院就是前天上山来的时候看到过的那个涂着蓝色油漆的建筑物,所以我不会走错路也不会找错房子。出了饭场走两百多米,医院就在路边上。虽是木建筑,但很宏伟,占地面积也很大,跟狰狞组似乎不相称。那帮野蛮人还会生病已经让人不可思议了,而对那些生病的人还配备有治疗的器械、药品、医生和建筑物,更让人觉得人世间的不可思议。就好比强盗们共同出钱建设小学让其子弟上学一样。文明和愚昧的两极在这涂着蓝色油漆的房子里相遇,当一方对另一方施加影响时,愚昧变得更加愚昧,目的和结果相悖。我一边想一边走,又看到那些鬼脸从二楼的窗子伸出头来望着我。我抬头一看到这些脸,刚才的那些想法一下子烟消云散。那些脸中,哪怕有一张安先生那样的脸,也会让人有起死回生般的欣喜。可是,那里的每一张,似乎都约好了似的,都是一样的狰狞到极致。那些脸甚至让我想,他们不管生什么病,都是不需要去医院的。

  好在天气很好,晴空万里。阳光照耀在被劈开了的红色山体上。那些土,因吸收了昨天和前天的雨水,都还没有干。当太阳从东方斜照在上面时,它们就贪婪地吸收着阳光。天气晴朗,周围都是湿润的感觉,往下看去,长屋和长屋间的缝隙里露出如黛山色,浓翠欲滴。风完全停住了。昨晚跟今天早晨的温差估计有十五度以上。路边，一朵蒲公英孤零零地开在那里。那颜色美丽得让人惋惜。那美丽与狰狞组也是很不相称的。

到了医院。沿着夯土的走廊走过十来米，看到走廊的尽头挂着"门诊室"的牌子，在那前面一点的右手边写着"待诊室"。我横穿两米左右的走廊进入待诊室，房间的地上仍然是夯土，有两条长凳排列在那里。小小的玻璃窗上贴着用楷书写的"挂号处"的字样。我走到这个窗口，递上写有自己姓名的纸片，里面坐着的二十二三岁的年轻男子接过纸片，眉毛皱成八字形。他望着那纸片，好像那字有多难认似的，无礼地问了句：

"这是你吗？"

真让人不舒服。他有什么必要如此轻蔑我，我心里感到非常气愤，于是淡淡地说：

"是。"

我尽可能冷冷地，不带任何表情地回答。那人盯着我看了一会，似乎在责怪我态度不够谦恭，我也就此闭嘴一语不发地站在那里，于是他说：

"等一下。"

说着啪地关上窗户出去了。传来拖鞋的声音。我觉得他完全没必要弄出那么大的响声。

我坐在凳子上。那人半天不回来。迷迷糊糊中，我眼前浮现出"迦嗯波"来，看到金州被人喊着号子抬了过来。这医院为什么储备那么多药，又为什么给病人治疗？似乎没有任何意义。再没有比这更装模作样的伪善了。医院尽可能地欺负病人，"迦嗯波"毫无顾忌地喧闹。叫他们来医院看病？那可真是无微不至的照顾。

413

九十四

"喂，去那边。"

突然，那年轻人的声音响起来。一看，他很威风地站在玻璃窗里，睥睨着我。我走出了待诊室，往右拐弯，沿着走廊走进门诊室，药的气味迎面扑来。一闻到这药味，我就想起自己也快要死了。死了归于这里的泥土，简直太不可思议了。这大概就是所谓的命运吧。虽然很早以前就知道命运二字，但只是知道字，却不了解它的意思。就算了解意思，要想完全认同也很难。当时只满足于了解它的定义，就像西方人想象从没见过的竹笋一样。直到两三天前，我还是个无忧无虑的公子哥。我看到了"迦嗯波"，目睹了对人类来说非常重要的大事"死"的现场，同时又看到了矿坑，这人类中的野兽——矿工所待的地方，我仿佛突然被吊到半空，然后被放在这二者之间。把这二者连接起来，我才开始明白命运的含义，明白命运会运用它那不可思议的魔力玩弄单纯的年轻人。明白这一点后，已经看山不是山，看土不是土了。看起来蓝色的天空也不仅仅只是蓝色了。这医院、这门诊室、这药品的气味，都像梦一样不可思议起来。就是坐在这椅子上的自己，也搞不清楚到底是谁。除自己以外的世界虽然看得很清楚，可是完全不清楚那世界意味着什么。我坐在这兼做药房的门诊室的椅子上，依次环视着桌布、桌子、药瓶、窗子、直到窗外的青山，视觉上看得都非常清楚，但所有这一切看起来就像是一幅画，而看不出其他的任何实际意义。

这时，门开了，医生出现了。看那脸，也依然是矿工的类型。他穿着黑色的西式礼服和条纹的裤子，把下巴伸出衣领，问：

"是你吗？要做健康检查的。"

这语调中含有一种敬意，这敬意让人感觉到这医生对无论是马，还是狗，还是什么东西都一视同仁表示敬意的态度。

"是。"

我离开了椅子。

"职业是什么？"

"职业？没有什么职业。"

"没有职业。那，你靠什么为生？"

"依赖父母养活。"

"依赖父母养活。被父母养活，你什么也不干吗？"

"嗯，是那样的。"

"那，就是小混混了？"

我没有回答。

"把衣服全脱了。"

我脱光了衣服。医生把听诊器放在我胸部、背脊听了下，突然捏住了我的鼻子。

"呼吸。"

气息从我嘴巴呼出。医生又把手放在我嘴上。

"这次把嘴闭上。"

医生把手放在我鼻子底下。

"怎么样？能当矿工吗？"

"不行。"

"哪里不好？"

"马上写给你。"

医生在四方形的纸片上写了些什么,然后扔也似的递给了我。一看,写着支气管炎。

九十五

　　说到支气管炎，那就是肺病的前奏，得了肺病就没救了。难怪刚才闻到那药味就直觉得自己要死了，还真是有理由的。这次是终于要死了。再过两三周的时间，我也会像金州那样被人架着看"迦嗯波"，最终自己也终于变成"迦嗯波"，尽可能地热热闹闹，敲敲打打——也许新来的，没有人为我热闹为我敲打也未可知——最后的最后——自己也不知道会怎样。不知道也无所谓，连活着还能行动的现在我都不知道。只觉得连绵不绝、一成不变的世界中，排列着几种鲜艳的颜色而已。我曾以为矿工是世间最肮脏的东西，但如果从万物只是颜色的变化的角度来看的话，就无所谓脏不脏了。怎么样都无所谓，怎么样都请便。我只要袖手旁观，命运就会为我解决一切问题吧。死也行，活也行。我现在觉得去华严瀑有点多余了。回东京？有什么必要回去？反正也就只能咳个两三次就没命了。是命运把我吹到了这里，在再一次被命运的风吹起来之前，我就待在这里，这是最省事，最方便，最稳当的选择。待在这里，只要学着堕落，一定能待到死的。肺病患者学其他东西也许很难，但如果是学习堕落——突然遇到了来的时候看到的蒲公英。刚才还在遗憾无人欣赏它的美丽，但现在看着什么感觉也没有。为什么刚才觉得这个很美？我停住脚，看了一会，还是不觉得美。然后又往前走。在走长长的上坡时，很自然地仰起了脸。于是，又看到了先前那样的，矿工托着腮帮往下看我的情形。刚才那些人看起来还那么令人讨厌，但现在看起来就跟泥土捏成的人头一样。不觉得丑、不觉得恐怖，也不觉得讨厌。就只是一张脸。就像日本第一美人的脸也就只是一张脸一样，矿工的脸也只是脸。这么想着的我也就是骨头和肉组成的一个人类，没有任何别的意义。

我就在这种状态下，如入无人之境来到了老板的家里。当我叫门的时候，一个十五六岁的姑娘，倏地一下拉开了拉门。这里怎么可能会有这样的女孩，搁以前的话我一定会大吃一惊，但现在我没有任何感觉。只是机械地问候了一声，女孩一只手扶着拉门，朝里面喊：

"爸爸，客人。"

这时，我明白了这女孩是饭场头的女儿，但也只是明白了。女孩还站在那里，但我已经把她给忘记了。

"怎么样？"

"我去过医院了。"

"拿到体检表了？我看看。"

我右手握着体检表，但我忘了，我想，放到哪里去了，到处找。

"你不是拿着的吗？"

饭场头说。真的，原来我拿着呢。我把皱了的纸抻一抻递了过去。

"支气管炎，原来你有病呀？"

"是的，不行。"

"那就麻烦了，怎么办？"

"但还是请您留下我。"

"这不是不行嘛。"

"可是，我已经回不去了，一定请您留下我。跑腿，扫地，什么都行，我什么都干。"

"什么都干？你不是生病了吗，没办法啊。这怎么办呢？既然你好不容易来了，让我想想。明天能知道个大概，明天再来看看。"

我像个石头人一样回到饭场。

九十六

　　那晚我平静地盘腿坐在火炉的一边。矿工们不管说什么我都不理。根本不想理他们。不管怎么吵，怎么愚弄我，哪怕是踩我踢我，我都觉得他们和我不过是雕在同一块木板上的一团人像。睡觉的时候没有铺被子，仍然盘腿坐在火炉的旁边。等大家都睡了，我也就原地和衣躺下。没有人往火炉里添炭，火气越来越弱，寒气越来越强。我睁开了眼。衣领下面胸口阵阵发冷。我起身走到外面仰头看天，漫天星斗。我想，那星星为什么那么亮呢？然后又回到了屋里。金州还是平平地躺在那里。金州什么时候举行"迦嗯波"呢？我和金州谁先死呢？安先生说他进矿坑已经六年了，那他还能敲多少年矿石呢？最后他也会像金州那样平平地躺在饭场的一角吗？——我坐在没有火的火炉边，一直想到天亮。事情一件接一件不断涌现在脑子里，每一件都是干枯没有活气。眼泪、感情、颜色、香味，什么都没有。不觉得害怕，没有恐惧，不觉得留恋，也没有什么放不下。

　　天亮之后，照例吃过饭，然后去饭场头家。老板中气很足的声音传来：

　　"来了？刚好有个好差事。我到处打听都没有什么好事情——正为难呢，终于找到了一个。饭场记账。这差事如果没有人的话也能对付，现在是那婆婆在做。但既然你托我，这个差事怎么样？我去说的话应该没问题的。"

"啊，那太感谢了。什么事我都做。记账，具体是做什么呢？"

"没什么，就是记记账。饭场那么多人，什么草鞋、大豆、海带之类，每天要买很多东西，你就一件一件记录下来就行。东西婆婆会给他们，谁拿了多少什么东西，把这些记录下来能看明白就行。然后我在发工资的时候，把这些钱扣除就行。这不是什么花力气的工作，谁都能做，但正如你所知道的，这里是一群不会写字的乌合之众。如果你做的话我也会轻松很多，怎么样？记账的差事做吗？"

"很不错，我做。"

"工资很少，真是对不住。每月四元——伙食费另算。"

"已经够多了。"

我回答。但也并没有什么特别高兴。虽然还不能完全安心，但我在矿山的地位终于由此决定下来。

第二天我在厨房占据一个位置，摆出记账的架势。先前那么轻蔑我的矿工们，现在态度一百八十度转弯，主动来讨好我。我就开始学习堕落了。我吃长粒米，也被臭虫吃。每天都有捎客从街上拉来猎物，每天都有小孩被带来。我用每月四元工资的一部分买点心给孩子们吃。不过，后来想着要回东京了就决然不买了。这记账的差事我干了五个月，期间没出过差错。之后，我回到了东京。——我的矿工经验就是这些，而且所有都是事实，其证据就是这篇东西根本没有成为一篇小说。

夏目漱石
野分

图书在版编目（CIP）数据

秋风 /（日）夏目漱石著；梅定娥译 . —上海：
上海译文出版社，2024.6
（夏目漱石作品系列）
ISBN 978-7-5327-9500-0

Ⅰ. ①秋… Ⅱ. ①夏… ②梅… Ⅲ. ①小说集－日本
－近代 Ⅳ. ①I313.44

中国国家版本馆 CIP 数据核字（2024）第 091726 号

秋风	［日］夏目漱石 著	出版统筹 赵武平
		责任编辑 许明珠
野分	梅定娥 译	装帧设计 柴昊洲

上海译文出版社有限公司出版、发行
网址：www.yiwen.com.cn
201101 上海市闵行区号景路 159 弄 B 座
苏州市越洋印刷有限公司印刷

开本 890×1240 1/32 印张 13.25 插页 15 字数 204,000
2024 年 6 月第 1 版 2024 年 6 月第 1 次印刷

ISBN 978-7-5327-9500-0/I·5943
定价：70.00 元

本书中文简体字专有出版权归本社独家所有，未经本社同意不得转载、摘编或复制
如有质量问题，请与承印厂质量科联系：T：0512-68180628

漱石枕流，悠悠百年

——纪念夏目漱石诞辰一百五十周年

吴树文

在日本，提到作家夏目漱石，可说无人不知。最常用的一千日元纸币正面曾以夏目漱石的肖像为图案。至于夏目漱石的作品，从袖珍型的文库本到各种开本的文集、全集，始终是书店常备的热门书。而且，儿童读物、青少年读物、知识教养丛书、中老年爱读书目以及各种文学名著书目里，都少不了夏目漱石的作品。

夏目漱石在世四十九年，正是日本明治维新后的四十九年。近代日本确立时期的日本社会中发生的种种社会现象、社会事件乃至明治文明的形式及表现，都在夏目漱石的作品里有所反映和论述。

夏目漱石的出现，使日本近代文学面目一新。在自然主义文学主导文坛、浪漫主义文学席卷文坛的时候，漱石文学独树一帜，摆脱劝善惩恶式的教训主义故事格局，对人间社会洞察细微，连用"讲谈"、"落语"中的传统手法和写生文的技法，针砭日本文明社会的弊端，揭露金钱支配社会的丑恶现象，反映人们内心深处的孤独，可谓嬉笑怒骂皆成文章。漱石作品的读者层次广泛，知识分子尤其青睐，置身其间，倍感亲切。

夏目漱石亦是一位德高望重的文坛领袖。其住所的书斋漱石山房，不啻是当时文人的殿堂。有才能的文学青年和作家，多在漱石的奖掖、薰陶下，成名成家于文坛。作品脍炙人口的芥川龙之介就是其中之一。从夏目漱石致芥川龙之介与久米正雄的一则普通的复信中，足可窥见夏目漱石诲人不倦的形象。对于当时尚未为人所知的两名青年，夏目漱石谆谆告诫，一丝不苟。夏目漱石大概从这两名才情横溢的青年身上感到了一种不祥气氛，遂殷切直言：宜超然于世间文史之评，如牛之强稳有力迈步向前。旨在指出：勿为文坛之区区评价而喜而忧，勿介意世间文士，要努力于己之所见、己之所尚，则佳作必为世间所承认。

其实，此乃夏目漱石一贯之思想。对人也好，对社会也好，夏目漱石极为注重其内在内发的因素，批评明治的日本社会不过是在模仿西欧的外表形态，绝非内在真髓的变革。所以，当日本因在日俄战争中获得胜利而沉浸于自视世界一流强国的兴奋中时，夏目漱石在《三四郎》里借广田先生之口，喊出了日本要亡国。

有人分析说，也许是因为日本尚未真正成为内在内发的国家吧，所以夏目漱石的作品至今在日本盛销不衰，夏目漱石亦始终是超越了时代的日本热门作家。一百年来，漱石文学在日本社会中举足轻重，今后仍会有不同凡响的影响。

夏目漱石生于一八六七年一月五日，旧历是日为庚申。民间流传，生于庚申之日者，名中须带有"金"字，否则成人后多当大盗。于是父母命名"金之助"。翌年，江户幕府倒台，日本改年号为明治，步入近代化新阶段，史称"明治维新"。如若按照日本人多用实足年数计算年龄的习惯,则漱石与明治同龄。

夏目家曾是世袭的行政官僚。夏目漱石在东京新宿区诞生时,家道已经中落,其父只是该区属下的一名小官吏。其母是续弦。夏目漱石是众多子女中的幼子,出生后未受重视,不久被送入旧货商盐原家当养子。婴儿时期的漱石常坐在箩筐里,同那些旧货旧物一起陈置于地摊。五年后,漱石被送回夏目家。至于复籍生家,漱石已二十一岁。当时夏目家的长子次子相继因肺病而死亡。看来,自小不运的经历,使漱石对"人间爱"敏感不凡,以至于后来的漱石文学在表现"人间爱"方面亦丰富多姿。

一八八一年,夏目漱石十四岁,他离开东京府第一中学,转入二松学舍求学,打下了汉学的基础。汉文的素养使漱石文学别具一格,使他驰骋文坛得心应手。比如"浪漫"的汉字译词,就出于漱石之手而被沿用至今。当时,"浪漫主义"这一受西欧影响而风行日本的时髦流派,由森鸥外译作"传奇主义"。

其实,夏目漱石为生计虑,起先是想学建筑的。后来听从朋友米山的建议,感到选建筑专业是出于一己之得失,有志者当以天下为己任而改选文学。

一八九三年,夏目漱石从当时的东京帝国大学英文专业毕业,因爱吟咏汉诗,兼受中学时代的好友正冈子规的影响,便致力于俳句的创作。这在后来的漱石文学摆脱俗气、俗臭,显示出脱俗性上,有着无与伦比的作用。"漱石"这个笔名典出中国南北朝时期的名著《世说新语·排调》,涵有固执异癖之意。由此亦可窥见夏目漱石之情趣所在。

此时,夏目漱石有志于英文和英国文学的教学及研究工作,在旧制高等学校执教鞭,讲授英文,没有写小说的打算。

一九〇〇年,夏目漱石作为日本文部省第一批公费留学生,赴伦敦研究英文,颇感夙愿得偿。但是,赴英伊始,伦敦生活费之高昂使他拮据不安,经常嚼饼干充饥,闷闭于宿舍攻读英国文学著作。不久,他似有所悟,对这种研究产生狐疑,开始探索文学之真髓。为了这个新的大课题,夏目漱石节衣缩食,购买参考书籍,潜心研究,以致疏忽了向文部省的汇报,受到重责。

发愤研究的结果,夏目漱石写出了《文学论》。与此同时,留学经费之不足,贫困的生活现状,加上可怕的孤独感,使他的神经衰弱症日益严重。在留学期限临近之时,文部省闻说夏目漱石有病态发作之虞,遂发电,命另一名旅欧留学生护送精神异常的夏目漱石提前回国。

一九〇三年,夏目漱石回国,作为小泉八云的继任者,在第一高等学校任教,并在东京大学讲授英国文学、《文学论》以及《文学评论》。但是,两年有余的极不愉快的留学生活和苦痛体验,使他对研究英国文学日益感到不安和空虚。加上精神状况每下愈况,夏目漱石遂在朋友的怂恿下,走上了创作之路。换言之,夏目漱石年近四十才开始写小说,这是小说家中颇为罕见的。但是,正因为如此,夏目漱石的小说往往蕴藉着圆熟深邃的人生哲理。第一部小说《我是猫》是借猫之眼来洞察人类社会,痛快淋漓地讽刺并鞭笞社会的功利、卑俗、傲慢、野蛮,描写了明治时代知识分子的良心,使人感受到人生和人性深处的真相。

夏目漱石是日本较早接触西洋文化和西洋文明的知识分子,亦较早洞察到日本的西洋文明化有重大弊端。

一九〇七年，夏目漱石不堪教师生涯的身心折磨，应朝日新闻社予以大学教授同等待遇之聘，进入朝日新闻社，成为报社专职作家，一年须发表十二篇作品。嗣后，夏目漱石在《朝日新闻》上络绎发表连载小说。入社后的第一部长篇连载小说是《虞美人草》。接着是爱情三部曲《三四郎》《后来的事》《门》。

夏目漱石在不失为优秀的青春小说《三四郎》里，描绘了纯朴无邪的青年三四郎与明治新女性美祢子之间不存在爱情的爱情模式。而《后来的事》则旨在表明，爱的价值源泉当存在于"自然天成"之中，不在于神，亦不在于近代西欧的个人主义。换言之，爱的源泉是日本人心灵深处的自然天成。《门》描绘了自然天成左右人生的幸与不幸。至此，在爱情问题上承上启下的三部曲长篇小说谱完终章。但弦外余音，不一而止。譬如：人们在内省之下，决心不顾社会制裁也要归依自然之昔我，其结果，会不会陷入以更深的内省再度否定目前之自我的境地呢？

兼有东西文化教养的夏目漱石，在爱情三部曲里描绘了受西欧影响的"恋爱"，这种"爱"既不同于日本旧有的上对下之"恩爱"，也不同于男女之间的"性爱"。这使当时的读者饶有兴味，与此同时，漱石又融入东洋文化的特点，强调"爱"受"自然"所涵，爱的形式须以自然为源泉。读来隽永可亲。

《门》完成后，夏目漱石到伊豆的修善寺静养，一度严重吐血，生命危笃。起死回生后，心境有颇大的变化。在此期间，漱石坚决推辞文学博士的称号，令世人惊叹。

在嗣后的三年里，夏目漱石发表了以缀短篇为长篇形式的《春分之后》、描绘身心疲惫与文学生涯的长篇小说《行人》、描述三角恋爱中日本人文学理念观的长篇小说《心》和自传体性质的长篇小说《路边草》。

一九一六年,夏目漱石在上一年连载完《路边草》后,发表连载小说《明暗》,但未及完成而病逝。终年四十九岁。

夏目漱石还撰有众多"意余于言"的随笔。就其文章来说,乃是日本语的范文。在中国,文学本源于经史一类的正统文章,有"言无文,行不远"之说。日本自古以来受中国的影响,亦以随笔、日记文学为正统,体现文人的品学和地位。

夏目漱石在去世前一年写下的杂感性质的小品集《玻璃门内》,多为生与死的思索。漱石认为"死"是至高的境界,同时慨叹人无法摆脱"生"的本能和执著。

夏目漱石本擅长刻划人心深处的葛藤,小说很少直接道及其个人的生活和思想。但随笔一卸小说樊篱,剖析内在的自我,诙谐、困惑、敦厚、淳朴、真实,乃是洞察漱石内心世界和复杂人生观的重要途径。

夏目漱石年谱

一八六七年(庆应三年)出生

二月九日(旧历正月五日),生于江户牛达马场下横町(今新宿区喜久井町一番地),为第五子。本名金之助。父名小兵卫直克。母名千枝。父亲掌管牛达十一町,明治维新后任区长。

一八六八年(庆应四年·明治元年)一岁

十一月,成为曾为夏目家门生的盐原昌之助的养子。

一八七二年(明治五年)五岁

养父盐原昌之助,为养子金之助办理入籍手续。

一八七四年(明治七年)七岁

十二月,入读户田小学。同年,养父母关系不和。回生身父母家一段时间后,被养母接去同住。

一八七五年(明治八年)八岁
由于养父母正式离婚,户籍虽还在盐原家,却被夏目家带回。

一八七六年(明治九年)九岁
转读市谷小学。常去说书场旁听。

一八七八年(明治十一年)十一岁
转读锦华小学。

一八七九年(明治十二年)十二岁
三月,入读东京府第一中学。

一八八一年(明治十四年)十四岁
一月,母千枝去世。四月,转入汉学堂二松学舍,学习汉学。

一八八三年(明治十六年)十六岁
七月,为备考大学预备学校,入读成立学舍。

一八八四年(明治十七年)十七岁
九月,入读东京大学预备学校预科。与柴野(中村)是公、太田达人、佐藤友熊组成"十日会",成为亲密好友。

一八八六年(明治十九年)十九岁
四月,东京大学预备学校更名为第一高等中学。九月,决意自立,与柴野是公一起成为江东义塾教师。初见正冈子规。

一八八七年(明治二十年)二十岁
一月,取得第一高等中学第一名的成绩,自此至毕业成绩始终保持首位。三月,大哥去世。六月,二哥去世。家运衰败。

一八八八年(明治二十一年)二十一岁
一月,户籍复归夏目家。七月,第一高等中学预科毕业;九月,升入本科。起初志愿为建筑专业,后在同学米山保三郎的建议下改报英文专业。

一八八九年(明治二十二年)二十二岁
在正冈子规的《七草集》上发表评论,首度以"漱石"署名。此后,与子规交往甚密。八月,与同学游房总半岛。九月,将写就的纪行汉诗文集《木屑录》寄予子规,子规惊叹于其文才,二人交往进一步加深。

一八九〇年(明治二十三年)二十三岁
七月,第一高等中学第一部本科毕业。九月,进入帝国大学文科大学英文专业。

一八九一年(明治二十四年)二十四岁
七月,敬爱的嫂子登世(三哥之妻)去世。暑假,与中村是公、山川信次郎登富士山。

一八九二年(明治二十五年)二十五岁
二月,受同校教授迪克逊之托,开始《方丈记》的英译工作。为豁免兵役,四月将户籍移入北海道,成为北海道平民。七月,与子规首次游历关西地区。与子规分别后,在二哥遗孀家乡冈山稍作逗留。八月,前往松山拜访子规,与高浜虚子结识。八月下旬,返回东京。十月,在《哲学杂志》上发表诗评。

一八九三年(明治二十六年)二十六岁
一月,在文科大学英文学谈话会上发表题为《英国诗人关于天地山川的观念》讲演,引起巨大反响。七月,帝国大学文科大学英文学科毕业,进入帝国大学研究生院学习。十月,于东京高等师范学校任英语教师。

一八九四年(明治二十七年)二十七岁
神经衰弱症加剧。

一八九五年(明治二十八年)二十八岁
一月,应聘《日本通信》记者,未获录用。四月,辞去高等师范学校教职,成为爱媛县寻常中学(今松山中学)教员。同年,子规由甲午战争战场上归来,二人频繁交游,切磋俳句。

一八九六年(明治二十九年)二十九岁
四月,转任位于熊本的第五高等学校。在菅虎雄处暂住,五月搬至熊本市内下通町。此后,在熊本一地的搬迁就达五次之多。六月,与中根重一的长女镜子成婚。同年,再度开始汉诗创作。

一八九七年(明治三十年)三十岁
三月,《项狄传》书评发表于《江湖文学》。四月,回东京的意愿与以文学安身立命的想法日益增强。六月,父直克去世。七月,回东京,探望子规。九月上旬,将经历了流产的妻子镜子留在老家,只身回到熊本。十二月末到第二年正月,与山川信次郎游历小天温泉。

一八九八年(明治三十一年)三十一岁
镜子孕吐厉害,情绪不稳。十月,岳父中根重一辞去贵族院书记官长一职。

一八九九年(明治三十二年)三十二岁
四月,在《杜鹃》上发表文章《英国的文人与报纸杂志》。五月,长女笔子出生。八月,《小说〈艾尔温〉的批评》在《杜鹃》发表。与山川信次郎登阿苏山。

一九〇〇年(明治三十三年)三十三岁
五月,受文部省之命,作为第一批公费留学生,赴英留学。九月,由横滨出发。十月,登陆意大利热那亚,途径巴黎,抵达伦敦。在巴黎参观了世博会,登上了埃菲尔铁塔。抵达伦敦后,游览了伦敦塔、大英博物馆、威斯敏斯特宫。十一月,作为旁听生开始在伦敦大学上学。由莎士比亚学者克雷格博士为其单独授课。

一九〇一年(明治三十四年)三十四岁
一月,次女恒子出生。四月,寄给子规、虚子的三封信以《伦敦消息》为题登载于《杜鹃》五月、六月号上。五月,和池田菊苗同住。八月,参观卡莱尔博物馆。八月前后,《文学论》构思定型。

一九〇二年(明治三十五年)三十五岁
九月,子规去世。神经衰弱症发作。秋季,为排遣心绪,练习骑自行车。十月,旅行至苏格兰。十二月,乘坐"博多丸"轮船离开伦敦,踏上归国路。

一九〇三年(明治三十六年)三十六岁
一月,回到日本。四月,就任第一高等学校英语教员、东京帝国大学文科大学讲师。在大学讲授"《织工马南》"与"英文学概说"课程。七月,神经衰弱症加剧,与妻子分居到九月上旬。九月,开讲《麦克白》,此后为莎士比亚的作品连续开课。同时,继续教授"英文学概说"课程(最后一讲是一九〇五年六月)。十月,三女荣子出生。是年,以英文作诗多篇。

一九〇四年(明治三十七年)三十七岁
一月,《关于麦克白的幽灵》发表于《帝国文学》。十一月,应高浜虚子之邀,创作了可以在文章朗读会"山会"上诵读的短篇作品《我是猫》第一回。十二月,《伦敦塔》《卡莱尔博物馆》脱稿。

一九〇五年(明治三十八年)三十八岁
一月,《我是猫》在《杜鹃》、《伦敦塔》在《帝国文学》、《卡莱尔博物馆》在《学灯》上陆续发表。《我是猫》获好评,在《杜鹃》(二月至十月)上连载至第六回。四月,《幻影之盾》在《杜鹃》上发表。六月,《琴之空音》在《七人》上发表。"英文学概说"课程结束之后,开设"十八世纪英文学"(之后汇集为《文学评论》)课程。九月,《一夜》在《中央公论》上发表。十月,《我是猫》上篇由大仓书店·服部书店出版。十一月,《薤露行》在《中央公论》发表。十二月,四女爱子出生。

一九〇六年(明治三十九年)三十九岁
一月,《趣味的遗传》在《帝国文学》发表。《我是猫》(第七、八回)在《杜鹃》发表。三月,《我是猫》(第九回),四月,《我是猫》(第十回)、《哥儿》,分别发表在《杜鹃》上。五月,短篇集《漾虚集》由大仓书店·服部书店出版。八月,《我是猫》(第十一回)在《杜鹃》上发表,全篇完结。九月,《草枕》在《新小说》发表。十月,《二百十日》在《中央公论》发表。举办第一届"木曜会",此后每周四夏目门生汇聚一堂。

一九〇七年(明治四十年)四十岁
一月,中篇集《鹑鹑笼》由春阳堂出版,《台风》在《杜鹃》发表。四月,辞去东京帝国大学、一高教职,在池边三山的劝说下入职朝日新闻社。在东京美术学校发表题为《文艺的哲学基础》讲演。五月,《文艺的哲学基础》在《东京朝日新闻》发表(至同年六月)。

《文学论》由大仓书店、《我是猫》下篇由大仓书店·服部书店出版。六月,长子纯一出生。二十三日,入朝日社的第一篇作品《虞美人草》在《东京朝日新闻》(至十月二十九日)以及《大阪朝日新闻》(至十月二十八日)上连载。

一九〇八年(明治四十一年)四十一岁
一月一日,《矿工》在《朝日新闻》(至四月六日)上连载。《虞美人草》由春阳堂出版。二月,发表讲演《创作家的态度》。六月,《文鸟》在《大阪朝日新闻》发表。七月,《梦十夜》在《朝日新闻》(至八月)上连载。九月一日,《三四郎》在《朝日新闻》(至十二月二十九日)上连载。《草合》由春阳堂出版。十一月,《答田山花袋君》在《国民新闻》发表。十二月,次子伸六出生。

一九〇九年(明治四十二年)四十二岁
一月,《永日小品》在《东京朝日新闻》(至二月)和《大阪朝日新闻》(至三月)上发表。三月,《文学评论》由春阳堂出版。五月,《三四郎》由春阳堂出版。六月二十七日,在《朝日新闻》(至十月十四日)上连载《后来的事》。九月至十月,应满铁总裁中村是公之邀,游历满洲与朝鲜。十月,《满韩处处》在《朝日新闻》(至十二月)上连载。十一月二十五日,在《东京朝日新闻》上开设"文艺栏"。

一九一〇年(明治四十三年)四十三岁
一月,春阳堂出版《后来的事》。三月一日,《门》在《朝日新闻》(至六月十二日)上连载。二日,五女雏子出生。五月,作品集《四篇》

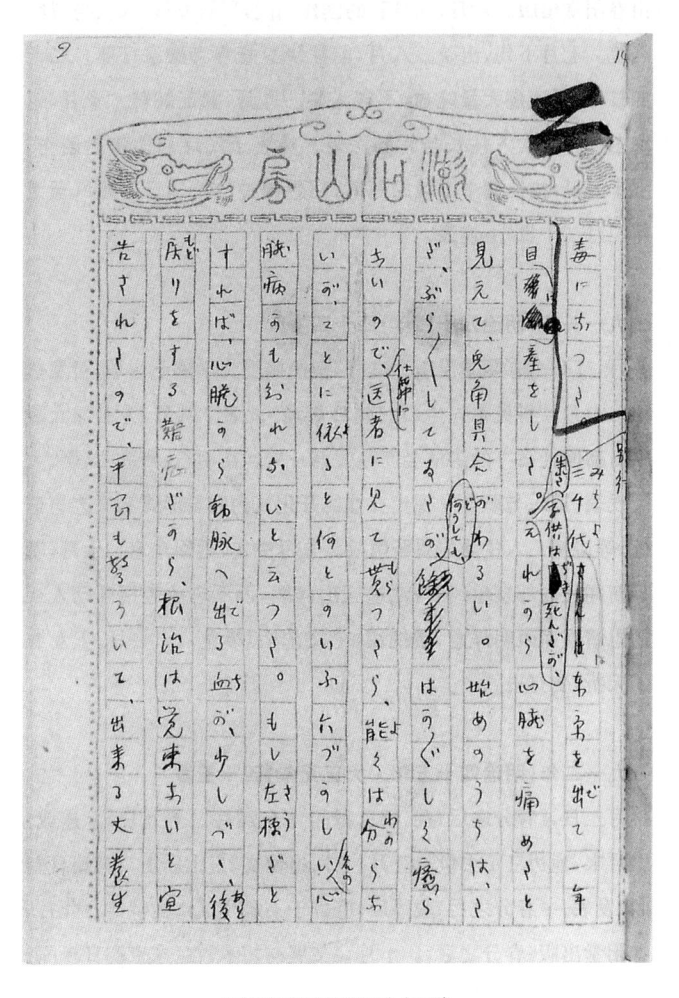

《后来的事》夏目漱石自书原稿

由春阳堂出版。六月,在《门》的创作期间,胃病发作,入长与胃肠医院。七月下旬,出院。八月,前往伊豆修善寺温泉疗养。二十四日,因胃溃疡大量吐血,不省人事。九月,状况好转。十月,返回东京。再次入住长与胃肠医院。热衷于汉诗和俳句的创作。二十九日,描绘病中心境的随笔《回想种种》在《朝日新闻》(至翌年二月二十日)上连载。

一九一一年(明治四十四年)四十四岁
一月,《门》由春阳堂出版。二月,拒绝接受文学博士称号,引发热议。七月,《科贝尔先生》在《朝日新闻》发表。八月,为参加大阪朝日新闻社举办的讲演会而赴关西一带。在明石、和歌山、堺、大阪发表《道乐与职业》《现代日本的开化》《内容与形式》《文艺与道德》等讲演。入住汤川胃肠医院。九月中旬,返回东京。十月,朝日新闻社内部发生纠纷,池边三山辞职,因不忘池边招自己入社的恩情继而表明辞意,被挽留。"文艺栏"废止。十一月,五女雏子夭折,受打击。

一九一二年(明治四十五年·大正元年)四十五岁
一月二日,《春分之后》在《朝日新闻》(至四月二十九日)上连载。二月末,池边三山去世。三月一日,追悼文《三山居士》在《朝日新闻》发表。《春分之后》脱稿后,沉醉于书画与汉诗的世界。九月,春阳堂出版《春分之后》。十月,《文展与艺术》在《东京朝日新闻》发表。十二月六日,《行人》在《朝日新闻》上开始连载。

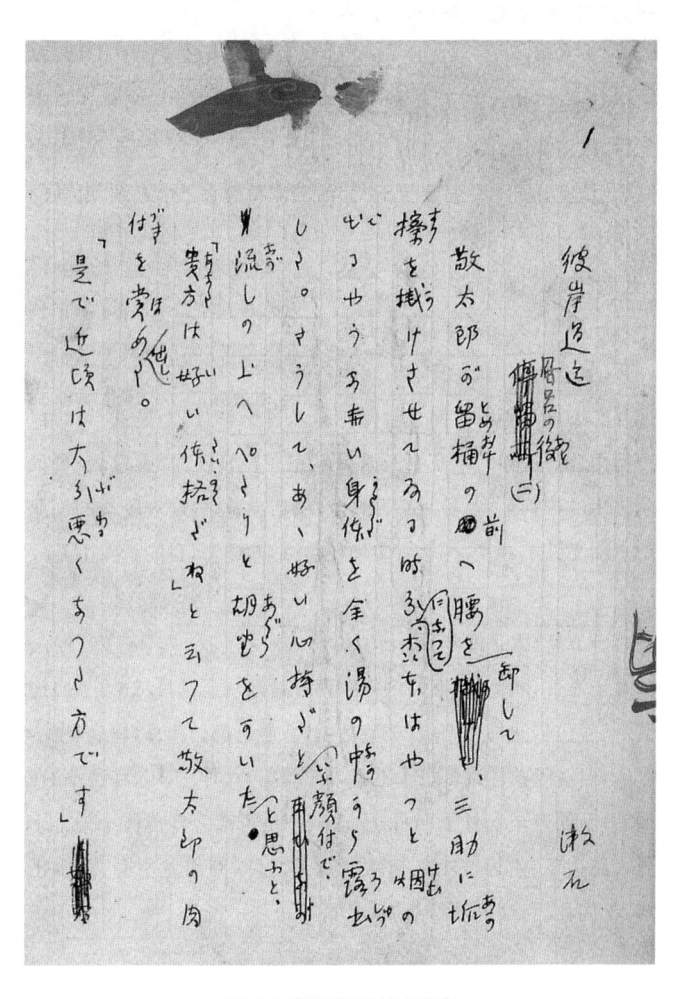

《春分之后》夏目漱石自书原稿

一九一三年(大正二年)四十六岁
一月,讲演集《社会与自我》由实业之日本社出版。四月七日,胃溃疡复发,卧病,《行人》连载至第三十八回《回来之后》,中止。康复后,跟随津田青枫作油画。九月十七日,再开《行人》连载,发表续篇《烦恼》(至十一月十五日)。后随津田潜心于水彩画、南画的制作中。

一九一四年(大正三年)四十七岁
一月,大仓书店出版《行人》。《内行与外行》在《朝日新闻》发表。四月二十日,《心》在《朝日新闻》(至八月十一日)上连载。六月,户籍由北海道移回东京。八月,在《东京朝日新闻》上发表《科贝尔先生的告别》。九月,《心》由岩波书店出版,为岩波茂雄的创业纪念作品。十一月,在学习院辅仁会讲演,题为《我的个人主义》。

一九一五年(大正四年)四十八岁
一月十三日,随笔《玻璃门内》在《朝日新闻》(至二月二十三日)连载。三月,岩波书店出版《玻璃门内》。游京都。四月,胃病复发,卧床,召镜子前往京都。十七日,回东京。六月三日,《路边草》在《朝日新闻》(至九月十四日)上连载。是为唯一自传体小说。十月,《路边草》由岩波书店出版。秋冬之际,芥川龙之介、久米正雄、松冈让、和辻哲郎等参加"木曜会"。

一九一六年(大正五年)四十九岁
一月,评论《点头录》在《朝日新闻》上发表。五月二十六日,《明暗》在《东京朝日新闻》(至十二月十四日)和《大阪朝日新闻》(至十二月二十七日)上连载。十一月十六日,多位门生参加"木曜会"(此为最后一次)。二十一日午前,《明暗》第一百八十八回终稿。二十二日,前夜胃病恶化,欲续写《明暗》而不得。十二月九日,因胃溃疡离世。翌年一月,《明暗》由岩波书店出版。

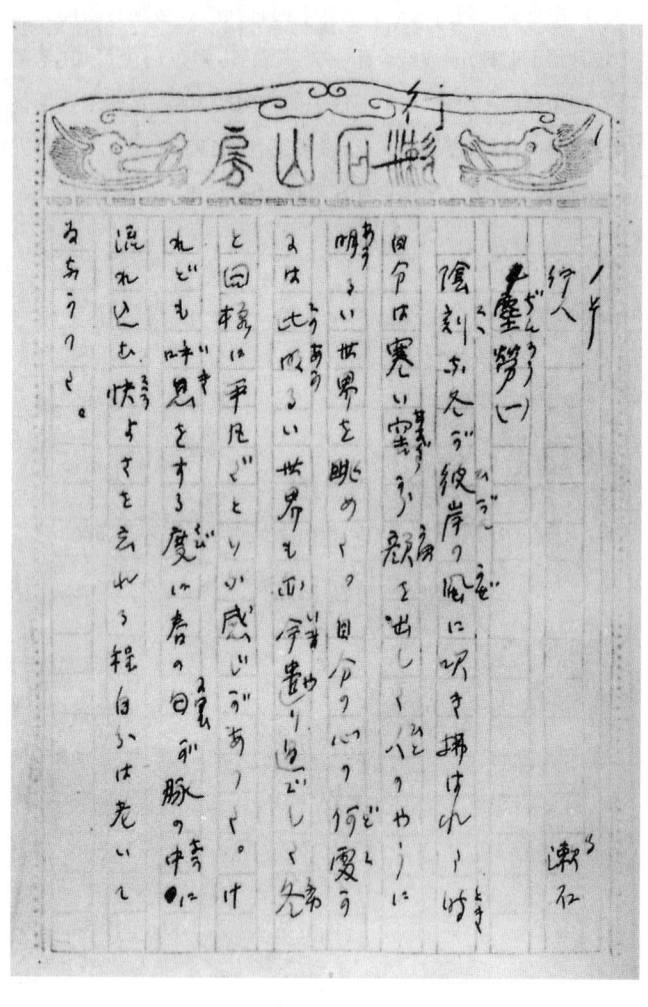

《行人》夏目漱石自书原稿